"十三五"国家重点出版物出版规划项目

永别了，古利萨雷！

〔吉尔吉斯斯坦〕艾特玛托夫 著
冯加 译

华文出版社
SINO-CULTURE PRESS

ПРОЩАЙ, ГУЛЬСАРЫ!

ЧИНГИЗ АЙТМАТОВ

前　言

成吉思·托列库洛维奇·艾特玛托夫（1928—2008），是吉尔吉斯斯坦当代著名作家。他的作品引起过不少轰动。

其一是，他的一组早期作品《查密莉雅》(1958)、《我的包着红头巾的小白杨》(1961)、《骆驼眼》(1962)和《第一位老师》(1962)，以其浓郁的抒情，细腻的心理刻画和清新的民族生活气息见长，把纯洁的爱情、真挚的友谊、夫妻情、父子情、师生情渲染得淋漓尽致，感人至深。以上四篇结集成《草原和群山的故事》，获得1963年苏联最高文学奖项——列宁奖。年仅三十五岁的艾特玛托夫成了该奖项最年轻的得主。那个时期作者收到过成百上千封读者来信，每封信都给他带来"节日般的欢乐"。

其二是，艾特玛托夫的全部中篇小说，包括两个短篇，无一例外地拍成了电影和电视。《查密莉雅》改编成歌剧《你是我一支心爱的歌》，《小白杨》先后两次拍成电影：《山口》和《我是天山》（上下集）。《第一位老师》、《小马在飞奔》（即《永别了，古利萨雷!》）、《早来的鹤》和《白轮船》等影片拍得真实感人，轰动一时。电影放映后，观众的信件如潮水般涌来，纷纷询问在哪儿可以买到书，掀起了更大的阅读热潮。

其三是，艾特玛托夫拥有世界范围的读者。最早是法国作家阿拉贡把《查密莉雅》译成法文，使得艾特玛托夫一夜成名。后来他的《一日长于百年》在法国出了四版。1970年，作者称"在土耳其准备上映《登上富士山》，正在出版《早来的鹤》——在那儿我的书已经出了八版"。又如非洲肯尼亚译出的第一部苏联小说，便是《永别了，古利萨雷！》。艾特玛托夫曾提到，有一天他收到一个邮包，是德意志联邦共和国寄来的，里面是有关《一日长于百年》的五十多篇评论文章。在我国，外国文学出版社陆续出版了艾特玛托夫的小说集（三卷本）和《断头台》。笔者有幸见到过艾特玛托夫，那是1989年5月13日，他作为总统十人委员会成员之一，随同戈尔巴乔夫访华，中科院外文所为他和作家瓦连京·拉斯普京举行座谈会。会后，我把装了一书包的他的中译本、有关资料以及北京大学颁发的《断头台》译著获人文社会科学研究优秀成果二等奖的证书送给他，并请他在拙译《断头台》上题词。当我告诉他中国读者喜爱他的作品、他的《断头台》有七种中文版本①时，他惊喜之余表示不解："为什么要七种版本？"

总之，来自吉尔吉斯小山村、二十世纪六十年代初登上文坛的艾特玛托夫，历经三十余年的文学创作，已成为举世瞩目的一位著名作家。

《永别了，古利萨雷！》(1966)，是一部描写老牧民塔纳巴伊一生遭遇的中篇小说。作者只写了主人公牵着心爱的老马古利萨雷回家路上的一夜。老马奄奄一息，老人百感交集，小说就是通过主人公大量的回忆，展现了他的一生和悲剧性的遭遇。讴歌劳动者的精神力量，是艾特玛托夫创作一贯的主题思想，但与早期作品相比，这部小说的人物更丰满了，主题更深化了，在表现手法上则大大加强了对典型环境和细节的

---

① 1986年，艾特玛托夫的新作《断头台》在苏联杂志《新世界》第6、8、9期连续发表。当时我国尚未加入世界版权公约。外国文学出版社、漓江出版社、湖南人民出版社、上海译文出版社、重庆出版社、中国文联出版社、百花文艺出版社等七家出版社都组织人力抢译，推出了各自的译本。

客观描写。

"给文学肌体赋予生命的心脏——是人物的性格。"[①]《永别了,古利萨雷!》的一大艺术成就是塑造了一个具有吉尔吉斯民族性格的老牧民、共产党员塔纳巴伊的形象。在人物塑造上,作者遵循个性化的原则,他赞成写"复杂的性格",包括"不隐瞒人的弱点和矛盾"。作者始终把他的主人公置于时代的中心。塔纳巴伊有一个平淡无奇但又十分典型的人生经历:贫困的童年(小羊倌)——天翻地覆的革命带来的巨大进步(入团、入党、投身清算富农的运动)——六年的士兵生涯——战后先是牧马后是牧羊的艰苦劳动。时代造就了塔纳巴伊的坚强性格。他有革命的理想:他一生辛勤操劳,目的是为了农庄的巩固和发展。他无私,刚强。在难以想象的困难面前,他自觉承担社会义务,在区委头头的诬陷迫害面前,他不折不弯;即使被开除出党,他也一如既往地忘我劳动。塔纳巴伊很有个性。作者写他的"耿直的性格""火爆的脾气""改不了的急性子""天不怕地不怕"的精神,无怪乎养马场主任骂他是"犟骡子"。塔纳巴伊的这种脾气有时表现为疾恶如仇的锐气,有时又表现为语出伤人的粗暴。而且这种火暴性子,随着年龄的增长以及后来被开除出党,最后变成了"缩手缩脚""矮人一头"的怯懦。作者也不回避主人公思想上的矛盾、弱点和过失。总之,作者不仅写塔纳巴伊的个性,而且写个性的发展,写环境对个性的制约和影响。如果说,他的早期作品中的主人公多少带有浪漫主义的激情和某些理想化的痕迹的话,那么《永别了,古利萨雷!》中的主人公则更贴近生活,更复杂,更富于个性特征,也更典型。

《永别了,古利萨雷!》的另一个特色是暴露性主题的引进和主题的深化。从作者的早期作品看,他主要是歌颂光明、歌颂新人的作家。而在《永别了,古利萨雷!》中,作者以巨大的艺术真实性再现了战后

[①] 艾特玛托夫:《性格与当代精神》,载于《文学报》,1961年6月8日。

时期农庄生活中的重重困难，穿插了一大段主人公同区委领导中官僚主义的直接冲突，导致一名忠心耿耿的共产党员被开除出党的悲剧。这是作者深入生活、干预生活的必然，是他现实主义创作的新进展，也是他后来创作中暴露性主题的发端。

《永别了，古利萨雷！》的又一艺术成就是作者扩大了艺术表现的范围，塑造了一匹骏马古利萨雷的生动形象。在他后来的作品里便有了骆驼卡拉纳尔（《一日长于百年》）和母狼阿克巴拉（《断头台》）的故事。古利萨雷是一个独立的艺术形象。作者采用民间文学惯用的拟人化手法，把古利萨雷写得活灵活现。他写了马的一生，马的喜怒哀乐，写它的灵性和野性。古利萨雷的形象又带有寓意性。牧民和马不可分割，相得益彰。他们同样有过黄金时代，也有过辛酸的经历。他们的性格极其相似：一个是剽悍的烈马，一个是倔强的硬汉子。另外通过主人公对马的那种爱护备至、视同亲人的态度，从一个侧面揭示了主人公博大的胸怀和人道主义精神。最后，古利萨雷的形象在全书的结构上起了联系人物的纽带作用。书中全部次要人物的出场都是由古利萨雷引起的。这种巧妙的构思真可谓匠心独运。

艾特玛托夫说过："在艺术创作上给我带来最大愉快和痛苦的，也许是中篇小说《永别了，古利萨雷！》了。我想在这个作品中说出一些不同于我过去作品的新东西。我个人觉得，这个作品的可贵之处在于，我得以描绘出吉尔吉斯民族现代生活的图景，塑造了一个吉尔吉斯民族性格。我努力再现的不是民族的某些装饰品，而是要提出吉尔吉斯民族生活中那些本质问题，深入揭示社会的冲突和矛盾。"[①]艾特玛托夫的这段自述概括了作者的创作意图和这部作品的艺术成就。小说获得广泛好评，获1968年度苏联国家文艺奖，同年作者获"吉尔吉斯人民作家"称号。

---

① 艾特玛托夫：《对未来的责任》，载于《文学问题》，1967年第9期。

收入本书的还有《在巴达姆塔尔河上》《候鸟在哭泣》《旋风》《雪地圣母》(节译)等作品。

*　　*　　*

艾特玛托夫表示,作家不应重复同样水平的东西,声称"我不会停留在过去的阶段上"。艾特玛托夫这种永不满足、刻意求新的进取精神,促使他在创作道路上不断探索,不断前进。

继《永别了,古利萨雷!》之后,艾特玛托夫又发表了《白轮船》(1970),剧作《登上富士山》(1972,与哈萨克剧作家卡尔塔·穆罕默德·扎诺夫合著),《早来的鹤》(1975)和《花狗崖》(1977)。二十世纪七十年代的作品显露出作家艺术探索的新倾向:主题思想上哲理性、寓意性加强,创作手法上写实与假定性手法交融。二十世纪八十年代,他发表了两部长篇小说《一日长于百年》(1980)和《断头台》(1985)。二十世纪九十年代初,艾特玛托夫开始从政,先后出任苏联驻卢森堡大使,吉尔吉斯斯坦驻比利时大使兼驻欧洲共同体和北约代表。在卢森堡,他与日本学者合作,写出了《人类灵魂的颂歌》(1990)。这部充满哲学思想的书,现已用日、德、俄等多种文字出版。1995年,他的新作《卡桑德拉印记》问世。他认为,与过去的作品相比,这部小说风格迥异,是他关于整个人类文明的思考。他的最后一部长篇小说为《崩塌的山岳》(2006)。

从全部作品来看,艾特玛托夫是一位具有鲜明创作个性的作家。他的视野开阔,取材广泛,很少雷同。他的作品主题鲜明,洋溢着对人的爱,对劳动者心灵美和精神力量的颂扬。他习惯每篇突出一个主人公,通过平凡的日常生活和异常艰苦的环境,通过主人公同人们的关系、同时代的冲突,特别是通过人物的内心感受和对事物的思索,深入开掘主人公的精神世界。他的构思新颖而周密，布局别具一格，早期用第一人称"我"叙写，后来往往截取主人公生活中的一个片段，大量采用人物的回忆、内心独白、想象、思索、梦幻、联想等手法，形成了一种自白式的独特的艺术构思。他的创作汲取了民族文化的丰富营养，作品中广泛运用民间文学的表现手法，经常引用民歌民谣来深化主题，烘托主人公的心情。二十世纪七十年代的作品则大大加强了神话和传说的比重，从而扩大了艺术表现的范围和手法，增加了作品的魅力，也使他的作品带上了浓重的民族色彩。艾特玛托夫还是一位双语作家。他开始时用母语写作，从《永别了，古利萨雷！》起，他先用俄语写作，然后自己将作品译成吉尔吉斯文。他的语言简洁、生动，行文流畅、自然。凡此种种，使艾特玛托夫被誉为"以火箭速度达到艺术创作成熟轨道"的作家。

2008年6月10日，艾特玛托夫在德国纽伦堡病逝。俄罗斯领导人普京致电悼念："艾特玛托夫的去世，是我们所有人无法弥补的损失，我们会记住这位伟大的作家、思想家和人道主义者。"

艾特玛托夫永远活在他的作品中，活在读者的心中。

冯　加

北大畅春园

2018年6月

永别了，古利萨雷！ / 001

在巴达姆塔尔河上 / 183

候鸟在哭泣 / 219

旋　风 / 239

雪地圣母（节译）/ 299

永别了,古利萨雷!

一

一辆破旧的四轮大车上，坐着一位老人。毛色浅黄的溜蹄马古利萨雷①也已经老了，很老很老了……

这段通向高原的缓坡很长，爬起来着实叫人心烦。四周是灰色的、荒秃秃的小山。每逢冬天，山风袭来，卷起满地积雪；到了夏天，酷暑难熬，活像座人间地狱。

对塔纳巴伊来说，这段坡路实在是一种惩罚。他不喜欢慢腾腾地赶路，嘿，那简直叫人受不了。年轻的时候，他常去区中心办事，回来的路上，他总是快马加鞭，飞身上山。他用鞭子使劲抽马，一点儿也不心疼牲口。有时，他和一起赶路的人坐的是双牛驾的四轮大车。碰到这种场合，他总是一声不响地拿过自己的衣服，跳下车，宁愿走着上坡。他大步流星，像冲锋似的，一口气登上高原才歇脚。他在那里大口大口地吸着空气，等着下面慢慢爬上来的老牛破车。由于走得太快，他的心怦怦直跳，胸口隐隐作痛。尽管这样，他还是觉得比坐牛车要痛快得多。

已故的乔罗对他朋友的这种怪脾气，老爱取笑一番。他曾说：

"塔纳巴伊，你想知道你为什么老不走运吗？没有耐性。就是这样。什么事你都想快呀快呀，世界革命恨不得三下两下就大功告成！

---

① "古利萨雷"为吉尔吉斯语，即毛茛，是一种多年生草本植物，开黄色小花。此处为马名。

别说革命了，就连一条普普通通的路，那段出了亚历山大罗夫卡的慢坡，你都受不了。人家赶路，都不慌不忙；可你呢，跳下车，跑着上山，就像背后有群狼追赶似的。结果有什么好处呢？一点儿好处也没有，还不是坐在上边等别人。要说世界革命，靠你单枪匹马也是搞不成的。你记住吧，在大伙儿赶上来之前，你就得等着。"

但这已经是很久很久以前的事了。

这一回，塔纳巴伊坐在车上，不一会儿就过了亚历山大罗夫卡的这段慢坡。看来，习惯了，服老啦。他悠着劲不紧不慢地赶着车。现在他出门总是一个人。从前跟他一块儿结伴搭伙、沿这条热热闹闹的路赶路的人，现时已经不好找了。有的在战争中牺牲了；有的去世了；有的老了，待在家里享清福了。而年轻人出门，现在都坐汽车，谁愿跟他一起，赶着可怜巴巴的老马活受罪呢？

车轮在古道上辘辘作响。路还远着哩。前面是一片草原，过去是一条水渠，之后，还得走一段山前小路。

塔纳巴伊早已发觉，马好像支持不住了，越来越没劲了。可是，因为一路上尽想着那些颇不轻松的往事，所以也没有太在意。难道真会这么倒霉，马会在半路上累倒吗？从来没有出过这样的事。会到家的，会拉到家的……

他哪里知道，他的这匹老马古利萨雷（它因为长了一身不同寻常的黄灿灿的毛而得名），现在是它一生中最后一次爬过这段亚历山大罗夫卡的慢坡了。此刻，马正吃力地拉着他，走完它最后的路程。他哪里知道，古利萨雷像吃了醉心花①，脑袋昏沉沉的；它感到天旋地转，眼前尽是五颜六色的圆圈在飘忽游移；大地在猛烈晃动，时而这一侧，时而另一侧，触到了天际。他哪里知道，古利萨雷不时感到，它前面的路猝然中断，眼前一片漆黑。于是它仿佛觉得，在它要去的前方，那应该是群

---

① 牧场上的一种毒草。

山的地方，却似乎有一片赤褐色的烟雾在浮动。

古利萨雷早就感到胸口阵阵隐痛，颈轭压得它喘不过气来；皮马套歪到一侧，像刀割似的勒着；而在颈轭右下侧，有个尖东西老是扎着肉。这可能是一根刺，要不就是从颈轭的毡衬垫里露出来的一颗钉子。肩上一块擦伤的地方，原来已长上老茧，此刻伤口裂开了，灼痛得厉害，还痒得难受。四条腿变得越来越沉，仿佛陷进了一片刚刚翻耕过的湿漉漉的地里。

但老马还是忍着剧痛，拖着艰难的步子；老人塔纳巴伊只偶尔扯一扯缰绳，催赶一下马匹，依然在想着自己的心事。有多少往事值得他回忆啊！

车轮在古道上辘辘作响。这时候古利萨雷还是迈着它习惯的溜蹄马的步式，还是那种与众不同的节奏和碎步。这种步式，从它头一回直起腿来，跟着母亲——一匹长鬃的高头大马，在草地上不大有把握地迈出第一步起，它就一次也没有搞错过。

古利萨雷生下来就是匹溜蹄马。因为这种出名的步式，它一生出足了风头，也吃尽了苦头。要在从前，有谁会想到让它来驾辕呢，那简直是对它的侮辱。但是，俗话说得好：马要是倒霉，喝水也得戴上嚼子；人要是遭灾，过浅滩也得穿上靴子。

这一切都是很久很久以前的事了。此刻，溜蹄马正竭尽它最后的气力，走完它最后的路程。有生以来，它从来没有这样慢地走向行程的终点，也从来没有这样快地接近生命的结束。终点线离它始终有一步之隔。

车轮在古道上辘辘作响。

古利萨雷感到蹄子下的土地在晃动。在它逐渐消逝的记忆中，隐隐约约闪现出那遥远的夏日，那山间露珠晶莹的柔软的草地，那美妙异常的、不可思议的世界。在那个世界里，太阳常常像马那样嘶叫着，从一个山头跳到另一个山头。而它,傻呵呵的,立刻飞跑起来,去追赶太阳,跑过草地,跑过小河,跑过小树丛,直到那匹领群的头马气势汹汹地竖起耳朵,追上它,把它赶回马群时为止。在很久很久以前,马群好像是四脚朝天在湖水深处转悠似的,而它母亲——一匹长鬃高头大马,一眨眼的工夫,仿佛变成了一朵暖洋洋的奶花花似的云团。从小它就喜欢那种时刻——一眨眼,母亲变成了一朵柔声打着响鼻的云团。母亲的乳房胀得鼓鼓的,奶汁是那么甜美,满嘴都是冒着泡的奶水,那样冲,那样甜,呛得它都透不过气来了。但它还是喜欢钻到高大的、长鬃毛的母亲的肚皮底下站着。这是多么甘美、多么使它陶醉的奶汁呀!整个世界——太阳、大地、母亲,都溶在这一小口奶汁里了。已经撑得饱饱的了,可是还想再吮上一口,再吮上一口……

唉!可惜好景不长。很快一切都变了。天上的太阳不再像马那样嘶叫,不再从一个山头跳到另一个山头。太阳总是严格地从东边升起,照例在西边落山。马群也不再是四脚朝天地转悠了。马匹所到之处,草地上一片吧嗒吧嗒的吃草声,草地被踩得乱七八糟,到处露出黑土。马匹所到之处,浅滩上的石头咔嚓咔嚓直响,都给踩裂了。长鬃的高头大马原来是个严厉的母亲。一旦溜蹄马吃得太撑了,妈妈总是狠狠地咬它的颈脖。奶水已经不够吃了,该吃草了。生活开始了。这种生活持续了许多年,而此刻就要结束了。

在整个漫长的一生中,溜蹄马从来没有想起过那个永远消逝了的夏天。后来,它备上了马鞍,跑过各式各样的道路,驮过形形色色的骑手,而路——却永远没有尽头。只有此刻,当太阳重又跳动起来,大地在脚下晃动,当它眼花缭乱、晕晕乎乎的时候,它仿佛又重回到了那个被遗忘的夏天。那些山,那片露珠晶莹的草地,那些马群,那匹长鬃的高头大马,此刻都奇怪地、忽隐忽现地在它的眼前闪动。于是,它鼓起劲来,挺直身子,绝望地蹬着腿,想从车辕下挣脱出来,想甩掉颈箍、车辕,想脱出身来,投到那个已经消逝的、现在又突然展现在它面前的世界里去。可惜这种幻象总是扑朔迷离,使它十分苦恼。母亲像它小时候那样,柔声地叫着,在呼唤它。马群也像它小时候那样,飞跑着,它们的身子、尾巴老是碰着它。而它,却已经筋疲力尽,无法战胜若隐若现的昏暗的暴风雪。暴风雪越来越猖獗,狂风吹过,像无数条坚硬的尾巴抽打在它身上,雪直往眼睛和鼻孔里钻。它浑身热汗淋淋,却又冷得打战。而那个可望而不可即的世界却悄悄地在漫天风雪中湮没了,消失了。群山、草地、小河也都不见了,马群跑掉了。在它前面,只剩下它的母亲——那匹长鬃的高头大马的模模糊糊的身影。只有母亲不想丢下它,在召唤着它。于是溜蹄马竭尽全力,一声长嘶,哀哀地痛哭起来。可是,那声音却连自己也听不到了。一切都消失了,暴风雪也消失了。车轮不再辘辘作响,连颈轭下的伤口也不再疼痛了。

溜蹄马停下来,身子不断地摇来晃去。眼睛疼得都睁不开了,可是脑子里却不断地响着那奇怪的辘辘声。

塔纳巴伊把缰绳扔到车上,不大利索地爬下车来,伸了伸发麻的双脚,然后愁眉苦脸地走到马跟前。

"哎,你真不争气!"塔纳巴伊瞅着溜蹄马小声骂道。

那马站着,老大的脑袋已经从颈轭里脱出来,耷拉在瘦骨嶙峋的细长脖子上。溜蹄马的条条肋骨吃力地上下起伏着,牵动着大胯骨下干瘦、松弛的皮肉。曾几何时,它的毛色油光闪亮,金灿灿的;而此刻,浑身的汗水和污泥把它染成褐色的了。一条条汗水和着青灰色的泥沫,顺着粗大的骶骨淌到肚子上、腿上、蹄子上。

"我好像没有赶过你呀。"塔纳巴伊小声嘟哝着,慌了手脚。他急忙松开马肚带,解下轭套的结绳,摘掉马嚼子。嚼环上满是黏糊糊、热乎乎的唾沫。他用皮袄袖子给溜蹄马擦干净嘴、脸和脖颈,随后向大车奔去,收起剩下的干草,凑齐了半抱,扔到马脚下。可是那马只顾浑身打战,连碰也不碰一下草料。

塔纳巴伊抓起一把干草,送到溜蹄马的嘴边。

"喏,张嘴,吃吧。哎,你怎么啦?"

溜蹄马的嘴微微动了一下,但却接不住干草。塔纳巴伊看了看马的眼睛,心一沉,脸色顿时变了。马的眼眶周围布满了皱纹,眼睫毛都掉光了。在深深凹陷的、半睁半闭的眼睛里,他什么也没有看到。两只眼睛已经昏暗无光,就像被废弃的破屋里的两扇窗,显得黑洞洞的。

塔纳巴伊心慌意乱地朝四野里张望了一下:远处是群山,周围是空荡荡的草原,路上连个人影也没有。在这个季节,这一带的行人是十分稀少的。

老人和老马孤零零地伫立在这荒凉的古道上。

已经是二月末了。平地上的雪早已化了,只是在沟壑里,在长过芦苇的低洼地里,还散见着最后的一堆堆积雪,那样子就像冬天躲在狼窝里的狼脊背一样。微风送来阵阵积雪的气息,大地却还是封冻的,瓦灰色的,显得毫无生气。冬末的山区一片荒凉,无处可以投宿。瞧这情景,塔纳巴伊的心都凉了。

他扬起蓬松、斑白的胡须,把褪了色的皮袄袖子搭在额上,久久地注视着西边的天空。一轮落日悬挂在天边的云彩之中,向地平线泻下了一片柔和得像轻烟似的晚霞。没有迹象表明天气要变坏,但还是很冷,不免叫人担惊受怕。

"早知如此,不出车就好了,"塔纳巴伊发起愁来,"如今前不着村,后不着店,只能待在这野地里。我这不是让马白白送死吗?"

是呀,看来他应该明天早上动身才好。要是白天赶路,即便发生什么情况,总会碰到个过路的人,可他今天到晌午才动身。在这种季节难道能这么干吗?

塔纳巴伊爬上一个小山包,瞧瞧远处会不会有过往的汽车。但是，路上两头什么也看不见，什么也听不着。他只好又慢慢折回到大车跟前。

"真不该出门！"塔纳巴伊又一次想道。为了这个改不了的急性子，他已经责备过自己无数次了。他懊恼万分，生起气来，埋怨自己，也恨那桩促使他急急忙忙离开儿子家门的事由。当然应该住上一夜，也好让马喘口气，歇上一歇。而他竟……

塔纳巴伊气呼呼地把手一挥。"不，说什么我也不能留下。就是靠两条腿，我也得走回家去！"他辩白道，"难道能这样跟公公说话吗？不管怎么着，我总还是父亲吧！'瞧你，既然一辈子在山沟沟里放羊放马的，那又何苦入党呢？！到头来，还不是叫人家给撵出来了！……'儿子也好不到哪里去，一声不吭，连眼皮子都不敢抬一抬。要是那婆娘对他说：别理你父亲，那他准会不理的。窝囊废，还想当官呢！唉！说这些干什么呢！现在的人，可不像过去了，不像过去了。"

塔纳巴伊感到一阵燥热，他解开衬衣的领子，急促地喘着气，绕着大车，来回踱着，已经把马，把赶路，把黑夜就要到来的事统统忘记了，怎么也平静不下来。在儿子家里，他克制了自己，认为犯不着同儿媳妇吵吵嚷嚷，那会有损自己的体面。而此刻，他却勃然大怒，真想把他一路上痛苦地想到的一切，当着她的面发泄一通："不是你接受我入党的，也不是你开除我出党的。儿媳妇，你哪儿知道当时的情况？现在来指手画脚，当然容易。眼下人人都有文化了，得向你致敬！可那阵子，我们担当多少责任啊！对父亲，对母亲，对朋友和仇人，对自己，对街坊的狗——总而言之，对世上的一切都得负责。至于出党，这事你管不着！这是我的事，儿媳妇，这事你管不着！"

"这事你管不着！"他大声重复说，一边在大车旁狠劲地跺着脚。"这事你管不着！"他不断重复这句话。遗憾和糟糕的是，仿佛除了这句"你管不着！"他就再也无话可说了。

他一直围着大车走来走去,后来才想起,他应该想点儿什么办法。是呀,总不能在这里一直待到天亮吧。

古利萨雷套着马具,还是那样呆呆地、一动不动地站在原地。它佝偻着身子,四条腿蜷缩着,看上去活像一具僵尸。

"你怎么啦?"塔纳巴伊跳到马跟前,这才听到它轻微的、拖长的呻吟声。"你这是打盹了,不舒服了,还是难受了,老伙计?"他急忙摸了摸溜蹄马冷冰冰的耳朵,又把手伸进马的鬃毛里。呀,里边也一样:冷冰冰的,还湿乎乎的。但最叫他感到可怕的是,他已经感觉不出马鬃惯常的分量了。"太老了。鬃毛都稀疏了,轻得像绒毛了。唉!咱们都老了,咱们都快要完蛋了。"他伤心地想道。他犹豫不决地站起来,不知如何是好。要是把马同车子都扔下,一个人走回去,那也得到半夜才能到家,才能摸回到峡谷里他那座看守人的岗棚。现在他跟老伴儿住在那里的饲料基地上。在小河上游一千五百米的地方,住着他的近邻——一个看水员。夏天塔纳巴伊看管草场,冬天照看黄鹌菜,不让牧民们过早地把干草弄走或者给糟蹋了。

去年秋天,有一回他去村办事处有点儿事。新任的生产队长,一个外地来的年纪轻轻的农艺师对他说:

"老人家,您去一趟马棚,我们给您挑了一匹马。马是老了点儿,说实话,不过对您的工作还是合适的。"

"什么样的一匹马呀?"塔纳巴伊警觉起来,"又是一匹老马吧?"

"您到那里瞧瞧吧,一匹大黄马。您应当认识,都说您从前骑过的。"

塔纳巴伊到马棚去了。当它一眼看到院子里的溜蹄马时,他的心疼得都揪在一起了。"呀,这回咱们总算又见面了!"他暗自对这匹瘦弱不堪的老马说。但他下不了狠心加以拒绝。他就把马牵回家去了。

一到家,老伴儿差点儿认不出溜蹄马来了。

"塔纳巴伊,这果真是古利萨雷吗?"她惊奇不已地问。

"是它,就是它,这有什么好大惊小怪的?"塔纳巴伊小声嘟哝着,竭力不去正眼看他的老伴儿。

他们两人都不难想起有关古利萨雷的往事。年轻的时候,塔纳巴伊犯过错误。为了避开这个令人难堪的话题,他瓮声瓮气地对她说:

"喂,干什么老站着,给我热点儿吃的。我饿得都像只狗了。"

"我这是在想,"她回答说,"这就叫岁月不饶人啊!你要不说这是古利萨雷,我都认不出来了。"

"这有什么好奇怪的。你以为,咱们俩的模样就比它强?每样东西都有它的黄金时代。"

"我也那么想,"她若有所思地摇了摇头,又好心地取笑说,"说不定每天晚上你又得骑上你的溜蹄马出去转悠了吧?——我批准了。"

"哪能呢,"他尴尬地把手一挥,转过身去,背对着老伴儿。对玩笑本可以一笑置之,而他,却不好意思起来,于是便爬到草棚的搁板上取干草去了。他在那里折腾了好半天。他原以为她把这事忘了,看来,她并没有忘记。

从烟囱里冒出缕缕炊烟,老伴儿把冷了的午饭热了热,而他,却还在摆弄他的干草。后来,她在门口,大声喊道:

"快下来吧,要不饭又凉了。"

以后,她再也没有提起过这桩往事来。本来嘛,又何苦呢?!……

整整一秋和一冬,塔纳巴伊细心照料着溜蹄马。古利萨雷的牙全掉了,只剩下光秃秃的牙床,他便把麸子煮熟,把胡萝卜切碎喂它。看来,他把马又调养好了,这本是意料中的事。可眼下拿它怎么办呢?

不,他下不了狠心把马扔在路上。

"怎么办?古利萨雷,咱们就这么站着吗?"塔纳巴伊用手推了推它,马摇晃了一下,换了换脚,"噢,你等着,我马上就回来。"

他用鞭把从大车底部挑出一个空麻袋——那是用来装土豆给儿媳妇送去的——从里面掏出一小包东西。里面放着老伴儿为他烤的路上吃的干粮。他顾不上吃，就把这包东西忘了。塔纳巴伊掰了半块饼子，撩起棉袄的下摆接着，把饼子捻碎，送到马跟前。古利萨雷呼哧呼哧地闻着饼子的香味，但却张不开嘴来。于是塔纳巴伊伸过手去喂它，往它嘴里塞了几小块饼，马开始咀嚼起来。

"吃吧，吃吧，兴许咱们能对付着赶到家的，是吧？"塔纳巴伊高兴起来，"兴许咱们能悄悄地、慢慢地赶到家的，是吧？到了家就不怕了，我和老伴儿会把你调养好。"他一边喂着，一边说着。口水从马嘴里流到他颤抖的手上，他高兴极了，因为口水有点儿热气了。

于是，他抓起溜蹄马的缰绳。

"得了，咱们走吧！别再站着了，走吧！"他坚决地命令说。

溜蹄马迈起腿来，大车吱咯作响，车轮又慢慢地在路上滚动起来。于是，老人老马又慢腾腾地走动起来。

"没一点儿劲了，"塔纳巴伊在车旁跟着，还是想着马的事，"古利萨雷，你今年多大啦？二十了吧？好像还不止。看来，有二十好几了……"

二

他头一回见着溜蹄马，已经是战后了。

上等兵塔纳巴伊·巴卡索夫在西线和东线都打过仗。日本关东军投降之后，他就复员了。总而言之，这六年的士兵生涯，他差不多是一步一步艰苦地走过来的。主保佑，他的运气还不错：就是有一回坐车时震伤了，另一回一块弹片伤了胸部。他在野战医院里躺了两个多月，后来又赶回了自己的部队。

可是当他回到家乡时，车站上的小贩们都管他叫老汉了。得了吧，这多半是开玩笑。不过，塔纳巴伊对此并不恼火。他当然不算年轻了，但是也不能算老。看上去有点儿老态：打了几年仗，面孔自然是饱经风霜的了，嘴边也掺杂几根白胡茬儿。不过无论体格，无论精神，他都是结结实实的。过了一年，妻子生了个闺女，后来又生了一个。两个女儿现在都已出嫁，有了孩子了，夏天常常回来。大女婿是个司机，常常把两家人都带上，开着汽车，到山里来看望老人。是的，老人们对女儿和女婿毫无怨言，就是儿子不怎么争气。不过，这说来话长……

那阵子刚刚胜利，在回家的路上塔纳巴伊感到，好像真正的生活眼下才开始。心情舒畅极了。在沿途的一些大站上，都有管乐队迎送过往的军用列车。妻子在家里等着，儿子快八岁了，该上学了。塔纳巴伊在车上的感受，仿佛是第二次获得了生命，仿佛万千往事，都已不值一提。真想忘记一切，真想一个心眼只考虑未来。而未来，看来是简单明了的：要过日子，要抚养孩子，要搞好生产，要盖房子，总之一句话——要生活。对此，不应该再有什么干扰，因为过去所做的一切，只是为了保证今天能最终过上这种真正的生活——人们日日夜夜梦寐以求的生活。正是为了这种生活，人们才在战场上流血牺牲，争取胜利。

于是塔纳巴伊感到，他得赶紧生活，赶紧生活！为了未来，他应该贡献出自己毕生的精力！

开头，他在打铁铺里抡大锤。他原本是这方面的巧手，现在好不容易又摸到了铁砧，于是他从早到晚，挥着胳膊，使劲锤呀锤呀，使得那个铁匠忙不迭地翻转着锤子下烧红的铁块。直到如今，他的耳际还不时响起打铁铺里叮叮当当的声音。这种声音常常能压倒一切忧虑和操心的事。那阵子粮食奇缺，衣衫破烂，妇女们光着脚板穿胶皮套鞋，孩子们不识糖味，农庄债务累累，银行账款冻结——对这一切，塔纳巴伊挥舞铁锤，表示不屑一顾。他使劲抡着大锤，铁砧叮当作响，蓝色的火花四下飞溅。他呼哧呼哧地喘着粗气,使劲挥着锤子,心里只有一个念头:"一切都会好转的。最最根本的是,我们胜利了,我们胜利了!"仿佛锤子也在随声伴唱:"胜利了,胜利了!"在那些日子里,不止他一个人,几乎所有的人,都成天陶醉在胜利的欢乐之中,仿佛胜利可以代替面包似的。

后来塔纳巴伊到山里放马去了。是乔罗说服他去干的。已故的乔罗当时是农庄主席,整个战争年代他一直担任这个职务。由于有心脏病,他没有入伍,但尽管在后方待着,却衰老得厉害。塔纳巴伊一回来,立即就看出来了。

换了别人,未必能说服他离开打铁铺,改行去放马,但是乔罗是他的老朋友了。从前他们两人一起入了团,一起宣传过集体化运动,一起清算过富农。特别是他——塔纳巴伊——当时可积极哩。凡是上了富农名单的人,他一个也不手软……

乔罗到打铁铺找他,终于把他说服了。看起来,乔罗对此相当满意。

"我真担心你一头扎进打铁铺出不来了。"乔罗笑眯眯地说。

乔罗一副病容:骨瘦如柴,脖子细长,凹陷的面颊上,满是皱纹。天气再怎么暖和,哪怕到了夏天,他也照样穿着那件脱不下身的棉袄。

在离打铁铺不远的一条水沟边,他们找了个地方蹲下,开始交谈起来。塔纳巴伊不由得想起年轻时候的乔罗。那阵子,村子里数他有文化,是个出众的小伙子。他为人稳重,厚道,大家都敬重他。塔纳巴伊可不喜欢他的厚道。在一些会上,他常常跳起来,狠狠地批评乔罗在对敌斗争中不能容忍的软弱性。他的这种批评常常十分尖锐,简直像报上的社论似的——凡是他在读报时听来的东西,他都能背出来。有几次连他自己都感到那些话的分量。不过结果往往还不错。

"你知道吗,前天我进了一趟山,"乔罗说开了,"老人们都在问:是不是当兵的都回来了？我说，是的，凡是活着的，都回来了。'那什么时候他们才来接活儿呢？'我回答说，已经都在干活儿了：谁在地里，谁去了工地，谁在哪儿。'这些我们早知道了。可谁来放马呢？他们得等我们断了气才来吧？好在我们也活不了几天了。'我都感到过意不去。你知道，他们为什么提这个吗？战争一开始，我们就让这些老人进山放马了。一直到现在，他们还在山里。我不是对你一个人才这么说，这种活儿可不是老人们的差事。成年累月在马背上颠着，日日夜夜不得安宁。到了冬天，夜里的滋味够人受的！你还记得杰尔比什巴伊吧？他就是那样在马鞍上活活冻死的。而这些老人有时还驯马呢，说是部队需要军马。你倒不妨试试，上了七十岁的年纪，再让魔鬼拖着你这个山坡坡那个山沟沟跑跑看，连骨头都收不回来。得好好谢谢他们：总算挺过来了。可那些当兵的一回来，鼻子翘到天上去了。说什么出了国了，世面见多了，让他们去放马就不愿干了。他们说，干什么非得让我去荒山野岭里东跑西颠呢？就是这么回事。所以你一定得帮帮忙，塔纳巴伊。你要去了，到时候我就好让别人去了。"

"好吧，乔罗，我先跟老婆商量商量。"塔纳巴伊回答说，一边在心里却想开了，"什么样闹腾的日子没过过呀，你呀，乔罗，却还是老样子，一副好心肠，自己却一点点耗尽了。兴许，这是个长处。战场上形形色色的事见多了，待人接物还是厚道点儿好。兴许，这才是为人的根本。"

到此他们就分手了。

塔纳巴伊朝打铁铺走去，但乔罗忽然又叫住他：

"你等等，塔纳巴伊！"他骑马赶上了他，在鞍鞯上弯下身来，察看着他的脸色，"顺便问一句，你没有生气吧？"他低声问道，"你知道，怎么也抽不出空来。真想能坐下来，像从前那样，好好谈谈心。多少年没有见面啦。我原以为，仗打完了，日子会松快些，可现在的操心事，一点儿也不比过去少。有时候连眼都合不上，脑子里纠缠着各式各样的念头。怎么办呢？得把生产搞上去，让大家吃饱，还得全面完成各项计划。现在的人，可不比从前了，都想过得好点儿……"

可他们始终没有找到机会，坐到一起促膝谈一谈。而岁月无情，到后来就为时晚矣。

就这样，塔纳巴伊到山里放马去了。在那里，在托尔戈伊的马群里，他头一回见到了那匹才一岁半的浑身黄茸茸的小马驹。

"老人家，你给留下什么宝贝呀？马群可不怎么样，是吧？"当他们清点过马的匹数，从马栏里放出马群时，塔纳巴伊对牧马人挖苦说。

托尔戈伊是个干瘦老头儿，满是皱纹的脸上没有一根胡茬儿。他身材矮小，像个半大的孩子。头上扣着一顶老大的毛蓬蓬的羊皮帽，活像个蘑菇。这类老汉动作敏捷，专爱挑剔，喜欢嚷嚷。

但是，托尔戈伊这回却没有发作。

"马群就是马群，都那样。"他心平气和地回答，"没什么好夸口的，你放一阵子，就会清楚的。"

"老爷子，我这是随便说说的。"塔纳巴伊小声和解地说。

"有一匹好马！"托尔戈伊把落到眼上的羊皮帽往上推了推，蹬着马镫，微微欠起身来，挥着鞭子指点着说，"瞧那匹小黄马，就是在右边吃草的那匹。有朝一日，会大有出息的。"

"就是那匹圆滚滚的？看上去，骨架子小了点儿，腰短了点儿。"

"这马发育慢些。等长大了，肯定是匹千里驹。"

"它有什么好的？哪点出众呢？"

"天生的溜蹄马。"

"那又怎么样呢？"

"这种马少见。要在过去，就是无价之宝。赛马的时候，若能抢上这种马，把脑袋搭上也舍得。"

"得，咱们瞧瞧去！"塔纳巴伊提议说。

他们催赶着马匹，在马群的外沿跑着，把小黄马轰到一旁，然后在它后面赶着。小公马不反对跑一跑舒展舒展筋骨。它高高兴兴地抖动了一下额鬃，打个响鼻，跑了起来。那马迈着整齐而迅速的溜蹄马的步式飞跑起来，犹如脱弦的飞箭。它跑了大半个圈子，想跑回马群里去。塔纳巴伊兴致勃勃地观赏着小黄马的飞跑，大声叫好：

"啊！瞧，跑得多快！瞧！"

"可你刚才怎么说的！"老马倌愤愤地回答。

他们策马在溜蹄马的后头小跑着，像观看赛马时的小孩子那样，大声嚷嚷着。他们的喊声仿佛在催赶小公马，它跑得越来越快了，跑得那样轻松自如，不乱步伐，稳稳当当，像在飞似的。

他们不得不让自己的马大跑起来，而那匹小公马却始终保持那种溜蹄马的节奏继续跑着。

"你看，塔纳巴伊！"托尔戈伊在飞奔的马上挥着他的帽子，大声叫道，"这马的听觉特别灵，就像手碰上一把刀子那样。你瞧，它听到喊声，更加来劲了！哎，哎，哎！"

当小黄马终于回到马群时，他们才不再去管它，可是自己却因为策马飞奔而久久不能平静下来。

"太好了！谢谢你，托尔戈伊，你养了一匹好马，看了都叫人心里痛快！"

"是好马，"老人同意说，"不过，你得留神，"突然他变得严厉起来，一边用手搔着后脑勺，"别夸奖了。夸奖多了，反会不吉利的。不到时候，先别嚷嚷。一匹出色的溜蹄马，好比一个漂亮的姑娘，追逐的人可多哩。姑娘家的命运是：落到好人家手里，就会开花，让人高兴；落到哪个坏蛋手里，瞧着她都叫人难受，一点儿办法也没有。一匹出色的马，也是一样。弄不好，就毁了它。跑着跑着，都会失蹄的。"

"不用担心,老人家,要知道,这种事我也在行,不是小娃娃。"

"那倒是。这马的名字叫古利萨雷,记住了。"

"古利萨雷?"

"对。去年夏天我的小孙女上这儿来玩了。这是她给马起的名字。她可喜欢啦。那阵子,它才是一周岁的马驹子。记住,叫古利萨雷。"

托尔戈伊是个爱唠叨的老头儿。整整一宿,千叮咛万嘱咐的,塔纳巴伊只好耐着性子听着。

第二天,塔纳巴伊把托尔戈伊和他的老伴儿送出七俄里①之外。剩下空空的毡包,往后该由他的一家人来住了。还有一座毡包留给他的帮手住。可是帮手一时还没有着落,暂时只有他一人留下。

分手时,托尔戈伊再一次提醒说:

"小黄马先别碰它,也别让别人管它。开春了,你亲自驯它。你要注意,千万小心点儿。等马上了鞍,你骑的时候,别使劲赶它。你要是乱扯缰绳,弄错了溜蹄马的步式,你就把这马给毁了。还有,你得注意,开头几天,别让马在劲头上喝多了水。水淌到腿上,会生湿癣的。你要是出门,把马骑来让我瞅瞅,要是我还没咽气的话……"

托尔戈伊和他的老伴儿走了,带走了驮着家什的骆驼,给他留下了马群、毡包和重重叠叠的山……

古利萨雷哪里知道,关于它引起了多少话题,往后还会引起多少议论和风波呢! ……

古利萨雷照样自由自在地生活在马群里,一切依然如故:还是那些山,还是那片草地和河流。只是原来的老汉不见了,换了一个牧马人了。那人穿一件灰色的军大衣,戴一顶有护耳的军帽。新主人嗓子有点儿沙哑,不过声音很洪亮,很威严。马群很快就跟他搞熟了。既然他喜欢,就让他到处遛遛腿吧。

---

① 俄里,俄制长度单位,约为 1.0668 千米。

后来下雪了。常常下雪，老也不化。马这时得用蹄子扒开积雪才能找到草吃。山风把主人的脸吹得发黑，一双手变得又粗又硬。现在他穿上毡靴了，还穿上一件老大的羊皮袄。古利萨雷全身长起了长长的毛，可它还是感到很冷，特别是到了夜里。每逢朔风凛冽的夜晚，马群都一声不响地紧紧地挤成一团，身上蒙着一层霜花，一直站到太阳出来。这时，主人骑在马上原地打转，拍打着衣袖，搓揉着脸。有时候离开片刻，不久又回来了。最好是他一刻也不离开马群。不管他冻得大声嚷嚷，还是小声哼哼，马群会突然昂起头来，竖起耳朵倾听。这当儿，要是确信主人就在身旁，马群又会在呼啸的夜风中打起盹来。那年冬天，古利萨雷就记住了塔纳巴伊的声音，而且从此以后，就终生不忘了。

有一天夜里，山里起了一场暴风雪。刀割似的雪片纷纷而下，钻进马的鬃毛，压下马的尾巴，糊住马的眼睛。马群惶惶不安起来，它们挤成一团，浑身打战。母马不安地惊叫起来，把小马驹子直往马群里轰，结果把古利萨雷挤到最外头，怎么也挤不进去了。溜蹄马开始尥蹶子，左推右搡，最后还是落在外边——这下遭到了那匹领群的公马的严厉惩处。那匹头马一直在外围转来转去，用蹄子踢着雪，把马群往一块儿轰。有时它急急地跑到一边，带着威胁的神情略微低下头，竖起耳朵，消失在黑暗之中，只听到它的响鼻声。有时它又跑回马群，一副凶狠威严的架势。它看到古利萨雷落在外头，就跳起来，朝它猛扑过去，一转身，用后蹄朝它的肋部猛地一踢。这一脚真厉害，古利萨雷差点儿没有憋死。它感到肚子里有什么东西咕噜一声响，疼得它一声尖叫，好不容易才稳住脚跟。这之后，它再也不想逞能了。它紧挨着马群，乖乖地站着，感到肋部疼痛难受，心里着实恼恨那匹凶狠的头马。马群安静下来了，于是它听到一阵隐隐约约的拖长的声音，它这是头一回听到了狼群的嗥叫声。它感到，仿佛生命猝然而止，全身都发僵了。马群战栗着，神情紧张地倾听着。周围又沉静下来。可是这种死寂太恐怖了。大雪漫天飞舞，簌簌地落在古利萨雷扬起的嘴脸上。主人在哪儿？此时此刻多么需要他，哪怕能听到他的声音，闻到他身上羊皮袄的烟味也好，可他却不在。古利萨雷斜着眼看了一下近旁，不禁吓呆了：仿佛有个什么影子，在黑暗中贴着雪地，一闪而过。古利萨雷猛地往一旁跳开，一下子马群骚动起来，乱了阵势。惊炸的马群大声尖叫着，嘶鸣着，以排山倒海之势，向伸手不见五指的黑夜飞奔而去。已经没有任何力量能够阻挡得住了。马群拼命向前冲去，如同山崩时从峭壁上泻下的无数岩石，互相撞击着。古利萨雷莫名其妙地只顾狂奔疾驰。突然，一声枪响，接着，又是一声。飞马听到了主人狂怒的吆喝声。喊声从侧面的地方传来，截住了马群的去路，过后又出现在前面了。此刻，马群迎上了这个经久不息的吆喝声，那声音便领着马群前进。现在主人又跟它们在一起了。主人冒着随时有掉进裂缝和深渊的危险，在前面飞奔。他的喊声变得有气无力了，后来完全嘶哑了。但他还是不住地"嗨，嗨，嗨，嗨！"地吆喝着。于是马群跟在后面跑着，渐渐地摆脱了追逐它们的恐怖。

　　黎明时，塔纳巴伊才把马群赶回原来的地方。直到这时，马群才停歇下来。马身上的热气像浓雾似的在马群上空冉冉升起，马的两肋都费劲地鼓动着，这些马，惊魂未定，全身还在不停地打战。一张张冒着热气的嘴在扒着雪地。塔纳巴伊也在弄雪吃。他蹲在地上，抓起一把把冰冷的白雪，直往嘴巴里送。后来他忽然双手捂住脸，屏息不动了。雪还是不停地飞舞，落到热气腾腾的马背上，雪化了，变成混浊的黄泥浆，一滴滴往下淌着……

　　厚厚的雪慢慢融化了，地面露出来了。之后，绿茵遍地，古利萨雷很快就长得膘肥体壮了。马脱毛了，换上了一身油光闪亮的新毛。冬天啦，饲料不足啦，仿佛在记忆中都无影无踪了。马是不会记住这些的；只有人，还没有忘怀。塔纳巴伊记得那严寒；记得狼嗥的黑夜；记得骑在马上冻僵了的难受劲；记得在篝火旁烤着发木的手脚，咬着牙，以免哭出来的情景；记得春天的冰冻，像铅一般沉重的疮痂封住了大地；记得一些瘦马倒毙了；记得有一次下山，在办事处连眼皮子都没抬，就在马匹死亡登记表上签了字，接着一下子暴跳如雷，大声吼叫，用拳头捶着主席的办公桌：

"你别这样瞅我！我不是法西斯！马棚在哪儿？饲料在哪儿？燕麦在哪儿？盐在哪儿？尽让我们喝西北风！难道就这样叫我们养马吗？你瞧瞧我们穿的什么破烂！你去瞧瞧我们住的毡包，瞧瞧我们过的日子！从来没吃顿饱饭。就是打仗，也比现在强似百倍。而你，那样瞅着我，倒像是我把这些马掐死了似的！"

还记得主席可怕的沉默，他的死灰般的脸；记得后来自己又为这些话羞愧万分，只好请求他原谅。

"得了，你，你原谅我吧，我发火了。"他结结巴巴好不容易挤出几个字来。

"倒是你应该原谅我。"乔罗对他说。

后来，当主席叫来了仓库管理员，塔纳巴伊更是无地自容了。乔罗吩咐说：

"给他五千克面粉。"

"那幼儿园怎么办？"

"什么幼儿园，你老是糊涂！给吧！"乔罗不客气地命令道。

塔纳巴伊本想坚决拒绝，说马奶快下来了，不久就会有马奶酒了。但当他看了一眼主席，明白了他的苦心，就只好不作声了。以后每当他吃起面条时，他总感到像烫了嘴似的。他把匙一放，说：

"你怎么啦，想把我烫死还是怎的？"

"那你就等会儿凉了再吃,又不是小孩子。"妻子心平气和地回答。

这一桩桩,一件件,他都记得清清楚楚……

已经是五月了。公马的叫声中带着哭腔,常常互相冲撞起来,干起架来,要不,就追逐别的马群里的年轻母马。牧马人拼命地奔跑,轰开干架的马,大声呵斥着,有时挥动着鞭子,免不了也参加一场格斗。古利萨雷还不懂得这号事。有时阳光灿烂,有时细雨霏霏,小草从马蹄下面钻出来了。草地绿油油绿油油的,而在草地上空,白皑皑的雪岭冰峰闪闪发光。这年春天,溜蹄马古利萨雷跨进了美妙的青春时代。古利萨雷从一头毛茸茸的矮小的马驹子,变成了一匹身架匀称、结结实实的小公马。它长高了,原来那种柔和的线条不见了,它的躯体变成一个三角形:前胸宽宽的,臀部很窄。它的头长成真正的溜蹄马式的头——瘦削,头前部突出,两眼间距很大,嘴唇紧缩而富有弹性。不过所有这一切,它还无心顾及。只有一种强烈的欲望支配着它(这给它的主人添了不少麻烦),那就是酷爱奔跑。它常常领着一帮同龄的马儿,纵情驰骋。它一马当先,像颗金色的流星似的,急驰而去。有一股无穷无尽的力量驱赶着它,使它不知疲惫地奔上峻岭,冲下山坡,越过怪石嶙峋的河岸和陡峭的隘道,穿过丛林和谷地。哪怕到了深夜,当它在星空下酣睡的时候,它仿佛还梦见,大地在它脚下飞驰而过,风卷着鬃毛在耳边呼啸,马蹄又急又快,像铃铛那样,清脆悦耳。

古利萨雷对主人的态度,同它对一切与己无关的事物一样。说不上喜欢他,但也没什么反感,因为对方并不限制它的自由。除非它们跑得太远了,主人追赶时才骂上几句。有那么一两回,主人用套马杆抽过溜蹄马的屁股。古利萨雷全身哆嗦起来,但与其说是因为挨了打,还不如说是出乎意外。这下,古利萨雷跑得更欢了。在回来的路上,它跑得越快,拿着套马杆在它后面跑着的主人就越高兴。溜蹄马听到身后啧啧的赞许声,听到主人骑在马上的歌声。碰到这种时刻,它就喜欢主人，喜欢在歌声下飞跑。后来它把这些歌都听熟了——各种各样的歌：有的欢乐，有的忧伤；有的长，有的短；有的有歌词，有的只是曲子。它还喜欢主人给它们喂盐吃。几个木橛子上架着一个长长的木槽，主人往里面撒着一把把的盐粒。所有的马都使劲朝里边挤——这可是最大的享受。古利萨雷这下也尝到盐味了。

有一回，主人敲着空桶，开始吆喝马群。马从四面八方跑来，挤到木槽跟前。古利萨雷挤在马中间，品尝着盐味。当主人和他的帮手操着套马杆，围着马群转来转去的时候，它也满不在乎。这事跟它无关，因为通常套马杆总是套那些供坐骑的马，喂乳驹的母马，或者别的什么马，可从来没有套过它。它是自由自在的。突然，鬃毛搓成的套索在它的头上滑下，扣住了脖子。古利萨雷不明白这是怎么回事。它也不怕这个活套，继续舔着盐粒。要是套索套上了别的马，别的马就会扬起前蹄，直立起来，然后拼命冲开去，可古利萨雷却纹丝不动。后来，它想到河边去喝水，便从马群里挤出来。脖子上的活套拉紧了，扯住了它。这样的事，可从来也没有发生过。古利萨雷往后一跳，打了个响鼻，瞪着眼睛，然后往上一蹿，直立起来。刹那间，周围的马四散跑开了，只剩下它，面对着两个操着套马杆拽住它的人。主人站在前头，后面是另一个牧马人。一眨眼的工夫，就围上了一大帮小家伙。他们是牧马人的孩子，是不久前来到这里的。由于他们老是围着马群没完没了地跳呀蹦呀，早就叫古利萨雷烦透了。

溜蹄马感到胆战心惊。它猛地一蹿，又直立起来，这样折腾了好几回。太阳变成无数圆圆的火球，在它眼前闪烁、飘落；群山和大地在旋转；人，一个个仰面倒下去。霎时间，它的眼前一片漆黑，那样可怕，那样空虚，急得它只顾用两只前蹄拼命乱蹬。

不管溜蹄马怎么挣扎，活套却越拉越紧。古利萨雷被勒得喘不过气来，但它不是避开人群，反倒直冲人们猛扑过来。大伙儿急忙四散逃开。圈套松了一会儿,于是古利萨雷跑起来,把几个人拖倒在地上。女人们大声惊叫,忙把孩子们往毡包里轰。这当儿,牧马人已经站起身来,只听得"啪"的一声响,套索重又落在古利萨雷的脖子上。这一回,紧得连大气都出不来了。一下子,古利萨雷感到头晕目眩,呼吸困难,精疲力竭,这才站住不动了。

主人拉紧手里的套马杆,开始从侧面朝它这边走来。古利萨雷斜瞪着眼睛,瞧着他。主人的衣服撕破了,脸擦伤了,但他的眼神并不凶狠。他喘着粗气,吧嗒着出血的嘴唇,像是耳语似的小声说:

"驾!驾!古利萨雷,别怕,站住,站住!"

他的帮手,跟在他后头,紧拽着套马索,也小心翼翼地跟了过来。主人的手终于够得着溜蹄马了。他抚摩着它的头,也没有转过身子,一边简短地、急急地对帮手说:

"笼头!"

那人忙把马笼头塞到他手里。

"别动,古利萨雷,别动,小乖乖!"主人一边说着,一边用一只手蒙住溜蹄马的眼睛,把笼头套在它的头上。

现在,该给它戴上嚼环,备上马鞍了。当马笼头套到头上时,它打了个响鼻,又想冲开去。但是主人及时抓住了它的上腭。

"缠绳!"主人向帮手又喊了一声。那人跑过来,很快用一根皮条做成的缠绳套住上唇,再用一根棍子绞几下,缠好。

溜蹄马痛得一屁股坐到地上,再也反抗不得了。冰冷的铁制的嚼环磕着牙齿,叮当作响,掐进了两边的嘴角。有什么东西扔到它背上,拉扯着,几根皮带勒紧了它的胸脯,使得它的身子来回直晃。不过,这已经算不了一回事了。它只感到嘴上那种撕心裂肺的、不能想象的疼痛。眼珠子都翻到额头上去了。连动都不能动一下,喘口气都不行。它甚至都没有觉察到,主人已神不知鬼不觉地一下子骑到它身上了。

直到从它嘴里取下缠绳，它才清醒过来。

有那么几分钟，古利萨雷一无所知地、呆呆地站着，只感到全身捆得紧紧的，身子沉甸甸的。后来，它斜着一只眼从肩头瞧过去，蓦地发现背上有个人。它大吃一惊，猛地往一边冲去。但是嚼环撕裂着嘴巴，疼痛难忍，而那人用两条腿紧紧地夹着它的肚子。溜蹄马往上一蹿，又直立起来，愤怒而狂暴地长嘶一声，急得来回直窜，不时尥着蹶子。它鼓起全身的劲头，想甩下身上的重压；它朝一旁猛冲过去，但是套索不让它跑开去——那套马索的另一端由骑在马上的帮手紧紧地踩在马镫里。这时，它只能兜着圈子跑。它跑着，期待着什么时候套索断了，它可以立刻跑开，可以自由自在地飞跑。可是套索没有断，它也只能无可奈何地兜着圈子跑。这正是人们要它干的。主人不时用鞭子抽它，用靴后跟磕它。有两回，溜蹄马还是把主人掀翻了下来。但是他一跃而起，又跳上鞍去。

这样持续了好久好久。头都晕了，周围的地在旋转，毡房在旋转，远处四散的马群在旋转，群山在旋转，连天上的云也在旋转。后来，它实在累了，便换成大步走着。真渴呀！

但是又不给它饮水。到了晚上，也不给它卸下马鞍，只是稍稍松了松马肚带，把它拴在马桩上歇着。笼头上的缰绳紧紧地缠在鞍鞒上，这样马头就只能平直地挺着，这个姿势它也就无法卧倒了。马镫收了起来，也放在鞍鞒上。就这样，它站了整整一宿。古利萨雷无可奈何地站着，被它经历的那些不可思议的事情弄得神情沮丧。嚼环在嘴里老是碍事，稍稍一动，就会引起钻心的疼痛，那股铁腥味也真不好受。嘴角肿起的包早就扯破了。肋下皮带磨破的地方又痛又痒。在毡制的鞍垫下，擦伤的背感到酸痛难受。真想能喝上口水呀！它听到河水哗哗在响，这使它更加干渴难耐。在河那边，跟往常一样，马群在吃草。传来嘚嘚的马蹄声、马的嘶叫声和值夜的牧马人的吆喝声。人们坐在毡包外的篝火边歇着了。孩子们逗着狗玩，学着狗汪汪地叫。而溜蹄马站在一旁，谁也不搭理它。

后来，月亮升起来了。群山悄悄地从昏暗中浮现出来，在朦胧的月色下微微晃悠着。满天的星星，闪闪发光，越来越低地垂向地面。古利萨雷被捆在那个地方，老老实实、一动不动地站着。好像有谁在找它。它听到那匹小红马的嘶叫声——就是那匹跟它一起长大、形影不离的小母马。小红马的额际有块像星星那样的白斑。它喜欢跟溜蹄马一起飞跑。一批公马已经在它后面追逐了，可是它就是不理它们，总是跟溜蹄马一起跑着，远远躲开那些公马。小红马还是马驹子，而古利萨雷也没有成年，不会做出那些公马想干的勾当。

此刻小红马正在近处嘶叫着。对，这是它！古利萨雷能准确无误地听出它的声音来。溜蹄马本想也长嘶一声来回答它，但又害怕张开那张撕裂的肿起的嘴。这太疼了。最后，还是小红马找到了它。小红马迈着轻轻的步子，跑到跟前，在月光下闪动着它额际的那块星星样的白斑。它的尾巴和腿都是湿淋淋的。它蹚过小河而来，随身带着河水的凉气。小红马先用面颊碰了碰古利萨雷，然后到处闻着，用它那柔软温暖的嘴唇轻轻地蹭着它。小红马柔声地打着响鼻，招呼溜蹄马跟它一起离开这儿，而古利萨雷却动弹不得。后来，小红马把头搁在古利萨雷的脖子上，用牙齿在它的鬃毛里搔着痒痒。本来，古利萨雷理应把头也搁在小红马的脖子上，给它搔一搔脖子上的鬣毛。但是古利萨雷对小红马的温存无以为报。它连动都无法动一下。它只想喝水。要是小红马让它饮足了水，该有多好！最后，小红马跑开了。古利萨雷目送着它，直到它的身影融化在河对面的一片沉沉夜色之中。它来了，又走了。泪水夺眶而出，顺着面颊，大滴大滴往下淌，无声无息地落到前蹄上。溜蹄马有生以来第一次哭了。

一大早，主人来了。他环顾了一下四周春意盎然的群山，伸了个懒腰。他笑呵呵的，突然感到骨头一阵酸痛，不禁哼哼起来：

"哎哟，古利萨雷，瞧你昨天把我摔的！怎么样？冷得哆嗦了吧？瞧，肚子都饿瘪了。"

他拍了拍溜蹄马的脖子，絮絮叨叨地对它说了不少亲昵的话，逗趣的话。古利萨雷哪儿能听懂人说的话呢。塔纳巴伊说：

"得了，你别生气了，老弟。你总不能一辈子不干事瞎逛荡呀。你会习惯的，一切都会顺顺当当的。至于说，吃了点儿苦头，那么，不这样是不行的。老弟，生活就是那么回事，它逼得你四个蹄子都钉上马掌。可往后，你再遇到路上磕磕碰碰的石头，你就不用犯愁了。你饿了，是吧？想饮水吧？我知道……"

塔纳巴伊把溜蹄马牵到河边。他小心翼翼地从它磨破的嘴里取下嚼环。古利萨雷颤巍巍地俯向水面，感到一阵寒气，眼睛都感到酸痛了。呵，多么甜美的水！为此，它多么感激它的主人啊！

就这样，古利萨雷很快就习惯了备鞍，丝毫也不感到马具的拘束了。驮着骑手，它感到轻松愉快。主人不时轻轻地勒住缰绳，而它却急着向前飞奔，一路上响起溜蹄马式的细碎的马蹄声。古利萨雷学会了驮着人跑得又快又稳，这一点叫大家赞不绝口：

"你让它驮一桶水，保准一滴不洒！"

那位从前的牧马人托尔戈伊老汉对塔纳巴伊说：

"你驯了一匹好马，谢谢啦！你等着瞧吧，你的溜蹄马会成为马中的明星的！"

三

一辆破旧的四轮大车，在空旷的路上吱呀吱呀地慢慢爬行，车轮声时断时续。溜蹄马已经精疲力竭，不时停下步来。在这黄昏的死寂中，它只听到自己耳朵里清清楚楚地回响着"怦怦怦"的心跳声……

老人塔纳巴伊让马喘口气,在一旁等着,随后,抓住衔铁旁的马缰绳:

"走吧,古利萨雷,走吧,天色不早了。"

老人和老马又慢慢腾腾地走着,走了约莫一个半钟头的时光,直到溜蹄马完全停下步来。它已经再也拉不动大车了。塔纳巴伊重又围着马忙乱起来:

"你怎么啦,古利萨雷,啊?你瞧,天快黑了!"

但是,马不明白他的话。它套着全副马具站在那里,头沉甸甸的,它已经感到无法控制,因而不断地晃来晃去,整个身子已经东歪西倒,而耳际依然回响着那震耳欲聋的"怦怦怦"的心跳声。

"噢,你原谅我,"塔纳巴伊说道,"我早想到这一招就好了。这该死的车,该死的马具,滚他妈的!其实,只要能把你弄回家就行了。"

他把老羊皮袄往地上一扔,急急忙忙给马卸套。把马从车辕下牵出来,把颈轭从头上摘掉,随后,把全套马具扔到车上。

"这下好了!"他说完,披上皮袄,瞅了一下卸了套的溜蹄马。那马,不戴颈轭,没有挽具,头显得特别大,站在这寒气逼人、暮色苍茫的草原上,活像个幽灵。"主啊,你变成什么模样了,古利萨雷?"塔纳巴伊喃喃自语,"要是托尔戈伊这会儿看到你,在棺材里也会躺不住的……"

他牵着溜蹄马,又慢慢地向前走去。老人,老马。后面是扔下的大车,而前头,在西边的方向,一大片紫黑色的阴影落在路上。夜色正悄悄地淹没着整个草原,遮住了群山,抹去了地平线。

塔纳巴伊蹒跚着,回忆着漫长岁月中跟溜蹄马有关的件件往事,他不禁面带苦笑想起人们来:"我们全都一样。只是到生命垂危的时候,比如谁病重了,快死了,我们这才想起他们来。到这时刻,我们才恍然大悟，我们失去了谁，他为人如何，有什么长处，做了哪些好事。可是，对那些不会说话的牲口，能说些什么呢？古利萨雷驮过的人多啦！谁没有骑过它呢！现在老了，大家都把它忘了。此刻，它只能勉勉强强地迈着腿，可从前，是匹什么样的马啊！……"

于是，他重又回想起来。他感到奇怪的是，怎么好久好久没有想起过去的事了。已往的一切，重又浮上心头。看来，什么东西也不会无影无踪地销声匿迹的。过去他很少回忆往事，说确切点儿，是不让自己去回想。而此刻，在跟他儿子、儿媳妇的一席谈话之后，当他牵着奄奄一息的溜蹄马，在这茫茫夜色中踽踽独行的时候，他不禁悲痛万分、无限忧伤地回忆起已往的岁月。于是，一切重又栩栩如生地展现在他的面前。

他一边走着，一边沉思默想，而溜蹄马在后面费劲地拖着步子，常常扯住了缰绳。老人的手发麻了，他就把缰绳换到另一个肩膀上，依旧拽着身后的溜蹄马。后来，连他也感到拉着费劲，他就让溜蹄马歇上一歇。他想了一下，索性把马笼头也摘了下来。

"你在前头走，能走多快就多快，我在后面跟着。我不会把你扔下的。"他说，"喂，走吧，慢慢儿地走。"

现在，溜蹄马在前面走着，塔纳巴伊在后面跟着，把马笼头搭在肩上。马笼头他是决不会丢掉的。当古利萨雷停下步来，塔纳巴伊就等着；当古利萨雷又有点儿力气了，老人老马便又一起在路上慢慢走着。

塔纳巴伊不禁苦笑了。他想起，也正是在这条路上，当年古利萨雷像飞一样疾驰而过，身后扬起一片滚滚的烟尘。牧民们都说，单凭这股尘土，他们在几俄里之外，就知道这是溜蹄马在飞跑。马蹄过处，尘土像条飞舞的白色带子，在无风的日子里，悬浮在大路上空，如同喷气式飞机喷出的一股烟雾。遇上这种时刻，牧民会站住，把手遮在额头上，喃喃自语："那是古利萨雷在飞跑！"并且不无妒意地想，此刻又不知是哪个幸运儿跨在溜蹄马上迎风飞驰了。对吉尔吉斯人来说，能驾上这样的骏马飞跃驰骋，是莫大的荣幸。

古利萨雷驮过无数的农庄主席。各式各样的都有：有的聪明能干，有的刚愎自用；有的廉洁奉公，有的不干不净。但是无一例外，他们全都喜欢溜蹄马：从上任的第一天起就跃跃欲试，直到离职的最后一天才肯下马。"这会儿他们都在哪儿了呢？他们会不会偶尔也想起这匹一天到晚为他们奔跑过的古利萨雷呢？"塔纳巴伊想道。

最后，他们好不容易走到一座横跨峡谷的桥跟前。他们又停了下来。

溜蹄马蜷曲起腿来，想在地上躺下。但是塔纳巴伊不让它这么干，因为一经躺下，再费多大的劲，也就拽不起它来了。

"起来，起来！"他大声喝道，还用马笼头敲了一下马头。因为打了马，他心里十分难过，但还是不断地吼叫着："你怎么啦，听不明白吗？你找死啦？不行，不能这么干！起来！起来！起来！"他一把揪住鬃毛，使劲拽着马。

古利萨雷吃力地挺直了腿，痛苦地呻吟着。尽管已经断黑，塔纳巴伊还是不敢看一下马的眼睛。他抚摸着它，到处摸索着，然后低下头，把耳朵贴近马的右肋。在马的胸膛里，心脏断断续续地，像缠上水草的水车轮子那样，呼哧呼哧地响着。他弯着腰，挨着马站了好久，直到他感到腰酸背痛，才直起身来。他摇了摇头，叹了口气，决定冒一下险，回到刚才的桥那儿，不走大路，而折入一条顺着峡谷的小道。那条小道直通山里，这样走可以抄点儿近路，早点儿赶回家。说真的，夜里迷了路可不是好玩的，但塔纳巴伊十分自信，这一带的路他了如指掌，只要马能挺得住就好了。

老人正这么思量着，远处亮起了两盏车灯。灯光像一对明晃晃的圆球，蓦地从黑暗中闪现出来，而且越来越近，射出一片长长的晃动的光束，照着前面的道路。塔纳巴伊牵着溜蹄马站在桥旁。汽车也帮不了他的忙，但是塔纳巴伊依旧等着——不过是无意识地等着罢了。"总算来了一辆车。"他满意地想，因为路上终于有人了。卡车的前灯射出强烈的光束刺着他的眼睛，他便用手挡住灯光。

坐在驾驶室的两个人，吃惊地打量着站在桥旁的老人，打量着他身旁的一匹老朽的驽马。那马既没有鞍子，也没有笼头，简直不像匹马，倒像一只死乞白赖跟在人后头的癞皮狗。刹那间，强烈的灯光直射过来，于是老人和老马一下子变成了两个没有形体的惨白的躯壳。

"真有意思，他一个人夜里待在这儿干什么？"坐在司机旁边的一个又高又瘦、戴着护耳皮帽的小伙子说。

"准是他，那边的大车准是他丢的。"司机解释着，刹住车，"你怎么啦，老头儿？"他从驾驶室里探出头来喊道，"那边路上的大车是你扔下的吧？"

"是的，是我。"塔纳巴伊答道。

"就是嘛。一瞧，一辆快要散架的四轮大车横在路上。近处没一个人。本想把马具捡起来，可那玩意儿也没啥用了。"

塔纳巴伊一声不响。

司机从驾驶室里爬出来，一股强烈的伏特加酒味直冲老人而来。他走了几步，便在路旁撒起尿来。

"出了什么事啦？"他转身问道。

"马走不动了。马有病，也老了。"

"嗯。那现在上哪儿去？"

"回家去。回萨雷戈乌峡谷。"

"嘘——"司机打个呼哨，说，"进山去？不顺道。要不，上车来。这样吧，我把你捎到国营农场，你在那里歇一宿，天亮再走。"

"谢谢了，我得带上马。"

"就这具活尸？你把它扔了喂狗行了。把它往峡谷里一推——这就完事了：老鸦会来收尸的。要不要我们来帮忙？"

"你走吧。"塔纳巴伊很不高兴地从牙缝里挤出了一句。

"得，随你的便。"司机冷笑一声，钻进驾驶室，"砰"一声关上车门，说道，"这老头儿发呆！"

卡车开动了，也带走了那片昏暗的灯光，在卡车尾灯暗红色的灯光照耀下，桥在峡谷上空吃劲地轧轧作响。

"你干什么挖苦人家呢，要是你碰到这号事，你怎么办？"过了桥头，坐在司机身旁戴着护耳帽的小伙子说道。

"废话！……"司机打着哈欠，转动起方向盘，"我碰到的事，成千上万。我说的都是正经话。你想想，那马都老掉牙了，那是旧时代的残余。现在，老弟，技术主宰一切。干什么都得靠技术。打起仗来也是一样。这样的老头儿老马早就该报销了。"

"你真狠心！"小伙子说。

"呸！我管得着吗！"那人回答说。

卡车开走了，周围又是一片黑暗，眼睛又慢慢习惯了。这时候，塔纳巴伊催赶了一下溜蹄马：

"喂，走吧，驾！驾！你倒是迈腿呀！"

过了桥头，他牵着马离开大路，拐上一条小道。现在老人老马在峡谷上面一条隐约可见的羊肠小道上慢慢向前移动。月亮刚刚从山后露了出来。群星在等待着月亮的升起，在冷冷清清的天空中，凄凄惨惨地闪烁着。

四

在古利萨雷受到调练的那年，马群很迟才从秋季牧场上撤下来。

那一年的秋天比往年要长，冬天也不算很冷，虽说常常下雪，但过不多久就化了。饲料充足。开了春，马群又都来到山前地带，单等草原发绿，马群就要下山了。

战后这一年，也许是塔纳巴伊一生中最美好的时刻。"老年"这匹灰马，虽说已在近处的山口等着他了，但目前，塔纳巴伊骑的却是一匹年轻力壮的黄茸茸的溜蹄马。要是这匹溜蹄马迟几年弄到手，他就未必能感受到驾驭古利萨雷的那种幸福，那种激昂心情。是的，塔纳巴伊有时也并不反对在众人面前抖抖威风。骑上溜蹄马，就像腾云驾雾，他又怎能不神气神气呢！这一点，古利萨雷也挺明白。特别是当塔纳巴伊策马回村经过田野时，一路上总要遇见一群群吵吵嚷嚷下地的妇女。在老远的地方，他就在马鞍上挺起胸来，全身不知何故紧张起来。他的这种激动心情也传给了溜蹄马。古利萨雷把尾巴抬得差不多跟背一般平，鬃毛迎着风层层展开。马儿不时喷喷鼻子，一边曲里拐弯地跑着，轻轻松松地驮着身上的骑手。系着白头巾、红头巾的妇女们纷纷朝两旁让路，有的掉到庄稼长得老高的绿油油的麦田里。瞧，她们个个像着了魔似的，一下都站住了，一下都转过身来，闪出一张张笑脸，一双双发亮的眼睛，一排排雪白的牙齿。

"哎，马倌！你站——住！——"

紧跟着，身后一片笑语喧哗：

"小心点儿，你要是摔下来，我们可要逮人的！"

有时候她们真的手拉着手，截住去路，动手逮他。有什么法子呢?！有时娘儿们也喜欢胡闹一阵。她们会把塔纳巴伊拖下马来，哈哈大笑，嚷着叫着，夺下他手里的马鞭：

"快说，什么时候给我们送马奶酒来？"

"我们一天到晚在地里忙得要死，你倒好，骑着溜蹄马，成天瞎逛荡！"

"谁碍着你们啦？你们也来放马呀！不过得先给你们当家的嘱咐嘱咐，让他们另找个婆娘。到了山里，看不把你们冻死，个个冻成冰棍儿！"

"哎哟，原来是这样！"于是，她们又动手动脚的，要拉他扯他。

但是，塔纳巴伊从来没有一次让别人骑过他的溜蹄马——就连那个女人也不例外。虽说每次遇见她，心里总不能平静，每回他都情不自禁地要勒住溜蹄马，让它慢慢走着。就是连她，也从未骑过他的马。当然，也有可能，她本来就不想骑。

这一年，塔纳巴伊被选进了监察委员会。他常常得回村去，差不多每一回都会在路上遇见那个女人。从办事处出来，他十有八九是气呼呼的。这点，古利萨雷根据他的眼神、声音和手的动作，知道得清清楚楚。但要是遇上她，塔纳巴伊便和颜悦色起来。

"喂，走慢点儿，上哪儿这么急！"他小声嘟哝着，一边让这匹烈性子的溜蹄马安静下来。等赶上了那个女人，他就让马大步走着。

他们两人便悄声细语地交谈起来，要不就默默无言地走着。古利萨雷感到主人的心情变轻松了，声音变柔和了，手也变得温暖了。所以，溜蹄马就喜欢在路上碰上这个女人。

可是马怎么能知道，农庄的生活有多艰难，劳动日差不多分文不付；它又怎能知道，监察委员塔纳巴伊·巴卡索夫在办事处一再质问：事情怎么会搞成这个样子的？到底哪年哪月才能过上好日子，到时候能对国家有所贡献，让大家不白白劳动呢？

去年粮食歉收，饲料不足；而今年，为了让全区不丢脸，竟把超产的粮食和牲口替别的农庄上缴了。往后怎么办，庄员指靠什么，这些就不得而知了。岁月匆匆，关于战争，人们渐渐淡忘了，而生活却依然如故：从自留的菜园子里收点儿东西，要不就打点儿主意从地里捞点儿什么回来。集体农庄一文不名：粮食、乳类、肉，样样亏损。夏天，牲畜大量繁殖；到了冬天，一切化为乌有：牲口一批批饿死冻死。应该及早盖起马棚和牛栏，建立起饲料基地，可是建筑材料没有着落，谁也不批货。至于住房，经过这些年的战争，早就破烂不堪了。要说有人盖上新房，那准是那帮成天跑自由市场贩卖牲口和土豆的人。这号人现在成了气候，连建筑材料他们也能走后门搞到手。

"不，不应当这样。同志们，这不正常，这里头有毛病。"塔纳巴伊说，"我就不信，事情该是这样。要么是我们不会干活儿，要么是你们领导无方。"

"什么不应当这样？什么领导无方？"会计塞给他一叠单子，"你瞧瞧这些计划……这是收入，这是支出，这是借方，这是贷方，这是差额。没有盈利，只有亏损。你还要什么？你可以从头到尾查一查。就你是共产党员，我们都是人民的敌人，是这样吗？"

有人插话了，于是吵吵嚷嚷，大家争论不休。塔纳巴伊抱着脑袋坐在那里。他在苦苦思索，这一切是怎么发生的。他为集体农庄感到痛心，不仅因为他在农庄劳动，还有别的一些特殊的原因。有人跟塔纳巴伊有宿怨。他清楚，现在这些人在背地里讥笑他，要是遇见他，总是挑衅地盯着他的脸，仿佛说：喂，情况怎么样？是不是你还要来一次没收富农的财产？只是眼下我们的油水不大了。你在哪儿爬上去的，还从哪儿给滚下来。咳，怎么在火线上没有把你打死了呢！……

他只是用目光来回答：等着瞧吧，浑蛋们，反正得照我们的主意办事！可是这些人又不是异己分子，都是自己人。就拿他的哥哥库鲁巴伊来说吧，现在他已经上了年纪了，战前在西伯利亚蹲了七年。他的儿子都长大了，个个跟父亲一样，把塔纳巴伊恨死了。是呀，他们凭什么得喜欢他呢？说不定他们的子子孙孙都要同塔纳巴伊一家结下不解之仇。这也是事出有因的。事过境迁，可人们的怨气没消。过去那样对待库鲁巴伊对不对呢？难道他不就是个勤俭持家的当家人，一个中农吗？手足情谊又在哪儿呢？库鲁巴伊是父亲前妻生的，而他是后妻生的，可是照吉尔吉斯的风俗，这样的兄弟等于一个娘肚子里生的。这么说，他是六亲不认了，那阵子有多少流言蜚语啊！现在，当然喽，可以重新评说评说。可当时呢？难道不是为了集体农庄他才这么干的吗？这么做对不对呢？过去他从来没有怀疑过，可是经过一场战争，有时候就不这么想了。对个人，对集体农庄，这样做是不是树敌过多了呢？

"哎，你怎么老坐着，塔纳巴伊，你倒是说话呀！"人们让他继续参加讨论。于是，还是那些事情：冬天得把各家院里的粪肥收集起来，送到地里；大车没有轮子，这么说，得买点儿榆木，买点儿铁皮，做几个木头轮子。可哪儿来这笔钱呢？立个什么名目，会不会给点儿贷款呢？银行可不信空话。旧渠得整修，还得挖新渠，这工程又大又难。冬天大家没法出工，因为地上了冻，土是刨不动的。等开了春，活儿就应接不暇了：得播种、接羔、间苗，还得割草……畜牧业怎么办？接羔的房子在哪儿？奶厂的情况也不妙：牛圈的顶棚糟烂了，饲料不够吃，奶牛不出奶。一天到晚讨论来讨论去，结果又怎么样呢？有多少火烧眉毛的事要办，有多少困难和不足啊！有时候一想起来都叫人寒心。

但人们还是鼓起勇气，把这些问题重又提到党组会议和农庄管理委员会上进行了讨论。主席是乔罗。后来只有塔纳巴伊才看重他。批评起来当然容易得多。塔纳巴伊管的只是一群马，而乔罗，对农庄里的每一个人，每一件事都得负责。是的，乔罗是个硬汉子。有时候，看起来事情搞得一团糟：在区里，有人冲着他敲桌子；在农庄，有人揪住他的胸脯不放。遇上这种种情况，乔罗却从来也没有灰心丧气。处在他的位置，塔纳巴伊早就得发疯，要不就得上吊了。而乔罗，却照样管着农庄的事务，坚守岗位，一直到后来心脏病太严重了，还担任了两年多的党支部书记。乔罗善于跟别人谈心，鼓起对方的信心。结果常常是，听了他的话，塔纳巴伊重又相信一切都会好转，相信总有一天会过上好日子，正如革命刚开始时人人盼望的那样。只有一次，他对乔罗的信任发生了动摇，不过那一次，也多半是他自己的过错……

溜蹄马当然不清楚塔纳巴伊心里在想什么，它只见到他从办事处出来，皱着眉头，怒气冲冲的。他猛地跳上马鞍，狠劲地扯着缰绳。溜蹄马觉得出来，主人心情很坏。尽管塔纳巴伊从来没有打过它，但是碰到这种时刻，溜蹄马还是怕它的主人。要是在路上遇到那个女人，马就知道，主人的心情准会好转，他会和气起来，会轻轻勒住它，会跟她悄声细语地说起话来，而她的手就会在古利萨雷的鬃毛上蹭来蹭去，搂搂它的脖子。谁的手也没有她的手那样柔软。这是一双奇妙的手，那么富有弹性，那么敏感，如同那匹额际长着一颗星星的小红马的嘴唇一样。世界上没有一个人的眼睛能同她的相比。塔纳巴伊微微欠着身子跟她说着话，而她，一会儿笑逐颜开，一会儿又满脸愁云，摇着头，不同意他说的什么话。她的一双眼睛，忽儿闪亮，忽儿发黑，恰似月色下湍急的溪水底下的石子。分手的时候，她总是频频回顾，不断地摇头叹息。

这之后，塔纳巴伊一路上便陷入沉思。他松开缰绳，于是溜蹄马就随心所欲、自由自在地小步跑着。马鞍上好像没有主人似的；无论是他，还是马，好像都出神入化了似的；好像歌声也是自然流露似的。轻轻地，含混地，伴随着古利萨雷富有节奏的马蹄声，塔纳巴伊在哼着歌儿，唱着先人们的痛苦和忧伤。而溜蹄马，选了一条熟悉的小径，驮着他，涉过小河，进了草原，回到马群那里……

古利萨雷喜欢主人这时的心情，它按照自己独特的方式也喜欢这个女人。它能认出她的体态，认出她走路的姿势，凭它灵敏的嗅觉，甚至能闻出她身上散发出来的那股奇异的花香——那是丁香花的香味。她的脖子上挂着一串用干丁香花芽穿起来的项链。

"你瞧，它多么喜欢你，贝贝桑。"塔纳巴伊对她说，"你好好摸摸它，多摸摸。瞧，它竖着耳朵听着哪。简直像头牛犊子：有了它，现在马群不得安生了。你要是放任不管，它就跟公马咬架，像狗似的。现在只好把它骑出来，我都担心，会不会伤了它的筋骨，还太娇嫩呢。"

"是呀，它倒是喜欢的。"她若有所思地回答说。

"你是想说，旁人不喜欢？"

"我不是这个意思。现在我们都不是那种谈情说爱的年龄了。我挺可怜你。"

"那是为什么？"

"你不是那种人。往后你会痛苦的。"

"那你呢？"

"我算什么？——一个大兵的老婆，寡妇。而你……"

"我，是监察委员。这会儿路上碰见了你，有几件事向你调查调查。"塔纳巴伊想开个玩笑。

"你怎么老是在调查情况呢，小心点儿。"

"哎，我这又怎么啦？这不是——我走我的路，你走你的路。"

"我是走我的路，咱们俩走的不是一条道。好吧，再见了。我没工夫。"

"你听着，贝贝桑！"

"什么呀？别这样，塔纳巴伊。何苦呢？你是聪明人。没有你，我已经够受得了。"

"怎么啦，我是你的仇人还是怎么的？"

"你这是跟自己过不去。"

"怎么理解呢？"

"随你的便。"

她走了，而塔纳巴伊骑着马在大街上走着，装成去什么地方办事的样子。他拐个弯，朝磨坊或学校的方向走去，兜了个圈子，又回到了原来的地方，为的是哪怕能远远地再看望一番。看着她从婆婆家走出来（上工的时候，她把女儿放在那里），牵着小姑娘的手，朝村子尽头的家园走去。她身上的一切，包括她那种竭力不朝他这边张望、径直走路的样子，她那黑头巾下白净净的脸，她的小闺女，还有旁边跑着的小狗——所有这一切，他都感到无比的亲切。

最后，她进了院子，消失不见了。这时候，他才朝前赶路。一路上他想象着：她如何开了门，进了空荡荡的家，如何脱下破旧的棉外套，只穿一件连衣裙跑去打水，如何生了火，给小姑娘梳洗、喂饭，如何从牛群里接回母牛，最后，到了夜里，如何孤单单地躺在黑漆漆的、冷清清的屋里，反反复复地说服自己，也说服他：他们两人无法相爱，他是个拖家带口的人，在他这样的年龄还爱上别人未免可笑，什么事情都得适可而止，他的妻子是个好人，所以更不应当使她的丈夫再为别的女人烦恼。

塔纳巴伊思绪万千，很不自在。"看来，命中没有缘分。"他思忖着，凝视着河那边烟雾缭绕的远方。他哼起一支支古老的曲子，把那些烦心的事：农庄啦，孩子们的衣服鞋子啦，朋友仇人啦，已经好几年不讲话的哥哥库鲁巴伊啦，还有那偶然梦见、但总要出一身冷汗的战争啦——把这人世间的一切烦恼，统统抛到脑后。他暂时忘记了他经受过的一切，以至他都没有觉察到，马正在浅滩上涉水过河，等上了岸，重又奔跑起来。一直到溜蹄马感觉到近处的马群，加快了步子飞跑的时候，塔纳巴伊这才回过神来。

"驾！古利萨雷，你这是往哪儿跑？！"塔纳巴伊如梦初醒，便抓紧了缰绳。

五

　　不管怎么说，那个年头无论对塔纳巴伊，还是对溜蹄马来说，都是黄金年头。一匹千里驹的名声，不下于一个足球健将的荣誉。昨天的毛孩子，成天在后院追着足球，今天忽然间变成了天之骄子，变成了行家议论的中心，群众欢呼的对象。只要他能命中球门，他的声誉便与日俱增。后来，他渐渐退出球场，最后被彻底遗忘。而首先把他忘记的，往往是欢呼声最响的人。一代球王终于让位于后起之秀。一匹千里马出名的过程，也是如此。当它在比赛中独占鳌头时，它声名鹊起。唯一的差别也许只在于：马是无人忌恨的。马是不会忌妒马的，而人，谢天谢地，还没有学会忌恨起马来。尽管，怎么说好呢——有了忌妒心，就会不择手段。真有这样的情况：有人忌妒心太重，为了报复，竟把钉子钉到对方马的蹄子里。哎哟，这可是恶毒透顶的忌妒心肠！……不过，这事且由它去吧！……

　　托尔戈伊老汉的预言实现了。这一年的春天，溜蹄马像颗明星，一跃而起。男男女女，老老少少，所有的人都异口同声："古利萨雷！""塔纳巴伊的溜蹄马！""咱们村的宝贝！"……

　　而那些拖鼻涕的娃娃们，还没有学会发"Р"这个卷舌音呢，个个学着溜蹄马飞跑的架势，在尘土飞扬的大街上奔来跑去，争先恐后地直嚷嚷："我是古利萨雷！""不，我是古利萨雷！""妈妈，你说，我是古利萨雷！""驾，冲啊！哎——我是古利萨雷！"……

　　什么叫荣誉，它有多大的威力，关于这点溜蹄马是在它参加第一次赛马时才有所了解的。那天正是五一节。

　　群众大会之后，在河边的大片牧场上举行各种竞技比赛。无数的人，或步行，或骑马，从四面八方汇集起来。有的是从邻近的国营农场来的，有的是从山里来的，有的甚至是从哈萨克斯坦赶来的。哈萨克人把他们的骏马排成一溜，让大家观看欣赏。

大伙儿都说，像这样盛大的节日，在战后还是头一回哩。

一大早，塔纳巴伊就给古利萨雷备上马鞍，特别仔细地检查了马肚带，又试了试马镫系得是不是结实。溜蹄马从他的闪光的眼睛和颤抖的双手，预感到即将发生非同寻常的事情。主人显得十分激动。

"喂，古利萨雷，给我留神点儿，不许有错！"他一边给古利萨雷梳理着马鬃和额发，一边小声地叨叨，"你听着，可不要给自己丢脸！你听着，咱们没有这个权利！"

人们吵吵嚷嚷，跑来跑去，在这种激动不安的气氛中，能感觉出人们热切期待的心情。邻近的几处放牧点上的牧民们，早已备好了自己的坐骑。野小子们也都上了马，大声喊叫着，在四周穿梭似的跑来跑去。随后牧民们从四处集合拢来，一齐向河边拥去。

牧场上人欢马叫，古利萨雷困惑不解。河面上空，牧场上空，河滩地两旁的小山包上空，回响着一片笑语喧哗。那些五颜六色的头巾和衣裙，那些鲜红的旗子，那些雪白的妇女头饰，弄得古利萨雷眼花缭乱。所有的马都备上了最精巧的马具。马镫铿锵作响，马嚼子和马脖子上的小银铃清脆悦耳。

驮着骑手的群马，在队列里拥挤着，急躁不安地倒换着蹄子，刨着泥地，跃跃欲试。几个老人——大会的裁判，在圆场上展现着矫健的骑姿。

古利萨雷感到，它的心情越来越紧张，全身的力量与时俱增。它觉得周身火烧火燎似的，而要摆脱这种状况，就得立即冲进场地，飞奔而去。

当裁判发出进入场子的信号，塔纳巴伊便松开缰绳。溜蹄马载着

他飞到场子中央,打了个盘旋,不知往何处奔跑。两旁的人群里响起一片喊叫声:

"古利萨雷!古利萨雷!……"

凡是参加这次赛马的人,都出场了。不下五十多名骑手。

"请求人民的祝福!"大会的总指挥庄严地宣布。

剃着光头、额上缠着手巾的骑手们举起五指伸开的双手,在夹道欢呼的人群中间走过。于是从队伍的这头到那头,响起了异口同声的祝福声:"阿敏①!"于是几百双手举到额头,随后,手心贴着脸面,像一股股山涧似的落下来。

这之后,骑手们扬鞭抖缰,飞驰而去,奔向设在九千米开外的起跑处。

与此同时,场地上开始表演各种竞技:徒步的人跟骑手角斗,骑手摔跤,跑着马捡起地上的硬币,等等。不过这些都只是开场锣鼓,好戏将在骑手们飞驰而去的地方开始。

古利萨雷在途中急躁不安起来,它不明白为什么主人老是勒住缰绳。周围的马欢蹦乱跳,神气活现。马是那么多,而且全都在飞奔疾驰,溜蹄马不禁勃然大怒,急得它全身颤动起来。

最后,所有的马头挨着头在起跑线上排成一行,裁判纵马在队列的正面从这一头跑到那一头,然后举起一条白毛巾。大家屏住气息,兴奋激昂,严阵以待。手上的毛巾挥了一下,群马立即冲了出去。古利萨雷精神大振,也跟随着猛冲前去。急骤的马蹄,像千百个鼓槌,擂得大地咚咚作响,扬起了滚滚烟尘。在骑手们的呐喊声和吆喝声中,群马都舒展开四肢,疯狂地疾驰起来。只有古利萨雷,因为不会跃步大跑,还是用它那溜蹄马的步式跑着。这是它的弱点,也是它的力量所在。

开始的时候,所有的马都挤在一起,但几分钟后渐渐拉了开来。古

---

① 伊斯兰教用语。系阿拉伯语音译,源自希伯来语,译为"祈主准我所求"。

利萨雷对此毫无觉察。它只看到一些跑得飞快的马已经赶过了它,跑到前面的大路上去了。马蹄下飞迸出来的发热的碎石子和一块块干泥巴纷纷打到脸上。四周,群马在飞腾,骑手在呐喊,皮鞭在呼啸。升起了团团烟尘,越聚越多,像朵朵云彩在地面上空飞扬。空气中散发着浓浓的汗味、靴油味和马群践踏后的艾蒿的气味。

就这样差不多跑了一半的路程。溜蹄马的前面还有十几匹马在飞奔,那种快速,是它望尘莫及的。在它身旁渐渐安静下来:不少马落在后头了,但是,还有马在前面遥遥领先,而缰绳又老是不让它自由奔腾,这使得溜蹄马狂暴异常。由于恼怒,也由于疾风,它的两眼发黑,道路飞一般地在脚下消失,太阳像个徐徐下落的火球,迎面滚动。热汗湿透了全身,溜蹄马出的汗越多,便越感到轻松自如。

终于,那些跑马感到有些累了,渐渐放慢了速度,而溜蹄马才刚刚来劲。"驾!古利萨雷,驾!"它听到主人的声音,于是太阳在它面前滚动得更快了。在它眼前,闪过一张张被赶上又被甩在后面的、气得扭歪了的骑手的脸,一根根在空中飞舞的马鞭,一个个龇牙咧嘴、气喘吁吁的马头。刹那间,马勒和缰绳失去了控制,古利萨雷不再感到鞍子和骑手的存在——它周身燃烧着一团像腾云驾雾的烈火。

在它前面始终有两匹飞马并驾齐驱,一匹马青灰色,另一匹火红色。两匹马各不相让,风驰电掣般地跑着,身后不断响着骑手们的叫喊声和马鞭的呼啸声。这是两匹强劲有力的跑马。古利萨雷久久地追赶着它们,只是到了一段上坡路时才终于超了过去。它飞身跃上一个小山包,仿佛窜上一个高高的浪峰,瞬息间它轻似鸿毛,凌空飞腾。它感到喘不过气来,阳光明晃晃得更加刺眼,于是它飞一般地冲下坡去,但很快就听到身后追赶的马蹄声。那青灰马和火红马并不服输,它们从两边同时追了上来,紧紧挨着它,再也不落后一步了。

就这样,三匹马飞速前进,头挨着头,变成了一个整体的运动。古利萨雷仿佛觉得，它们此刻根本不是在飞跑，而是处在某种奇异的、失去知觉、失去音响、停滞不动的境况之中。甚至可以看清楚身旁两匹马的眼神，它们紧张得拉长了的脸，紧紧咬住的嚼铁、笼头和缰绳。青灰马目光凶悍、固执；而火红马激动异常，它的目光犹豫不定地朝两旁转溜。正是它头一个开始落后了。先是它略带愧色的迷惘的眼神消失了，随后它的脸、它的一对胀鼓鼓的鼻孔隐没了，最后连马也不见了。而青灰马也渐渐落后了，它紧紧追赶着，显得更加痛苦，为时更长。它仿佛在狂奔中正渐渐死去，它的眼睛由于无能为力，由于恼恨，渐渐发直。它还是落后了，尽管始终不愿认输。

当劲敌被甩在后头，仿佛呼吸也感到轻快些了。而在前面，已经现出了银光闪闪的河湾，绿茵如毯的草地，从那里隐约传来了人群的吼叫声。那些最最卖劲的啦啦队员们原来早已在路旁等着了。他们骑在马上，大声喊叫着"加油！加油！赶上！赶上！"在路旁飞跑。这时刻溜蹄马突然感到一阵虚弱。还有一段距离。后头怎么样，是否还有马在追赶——这一点，古利萨雷已经一无所知了。它感到再也跑不动了，它没有一点儿气力了。

但是在前面，人声鼎沸，人头浮动，那些骑马的、不骑马的人们已经挥动着袖子迎面奔跑过来，喊叫声越来越近，越来越响了。忽然间，溜蹄马清清楚楚听到人们在叫："古利萨雷！古利萨雷！古利萨雷！……"于是古利萨雷像吸进空气那样，把这些叫喊声、赞许声和欢呼声都吸进了体内。它精神为之一振，带着这股新的力量，向前猛冲过去。嗨，人哪，人哪，什么样的奇迹是人所不能创造的啊！……

在经久不息的喧哗声中，欢呼声中，古利萨雷跑过了闹哄哄的欢迎者的夹道，然后它放慢步子，在牧场上兜着圈子。

且慢，这还没有完。此刻，无论是古利萨雷，还是它的主人，都身不由己了。当溜蹄马稍稍缓过气来，安静下来，人群从四面八方蜂拥而来,把胜利者团团围住。于是,重又响起了一片欢呼声:"古利萨雷!古利萨雷!古利萨雷!"与此同时,也响起了它主人的名字:"塔纳巴伊!塔纳巴伊!塔纳巴伊!"

人们还为溜蹄马准备了出色的接待场面。威风凛凛的、腾云驾雾似的古利萨雷被带上一处高台。它,昂首挺立,双目炯炯发光。溜蹄马在一片赞美声中如痴如醉,它时而扬鬃舞尾,时而侧身迈步,那架势,仿佛要腾空而起,再一次纵情驰骋。它知道,此刻它英姿勃勃,矫健剽悍,而且声名赫赫。

塔纳巴伊骑在马上,以胜利者的姿态,举起五指伸开的双手,绕着人群,各处转悠。于是从人群的这头到那头,重又响起异口同声的祝福声:"阿敏!"又是几百双手举到额头,随后手心贴着脸面,像一股股山涧水似的落下来。

这当儿,在数不清的人群中间,溜蹄马忽然看到了那个熟悉的女人。当她的手掩面而下时,古利萨雷一下子就认出她来,虽说这回她头上系的不是那块小小的黑头巾,而是一块白披巾。她站在人群前头,那样容光焕发,那样喜气洋洋,一双眼睛,如同阳光下急流中的石子闪闪发亮,一眨不眨地瞅着他们。古利萨雷习惯地朝她的方向探过身子,想在她身旁待上一会儿,好让主人跟她交谈几句,好让她用那双美妙的手——如同那匹额际有颗星星的小红马的嘴唇那样柔软的敏感的手,蹭蹭它的鬃毛,搂搂它的脖子。可是不知为什么,塔纳巴伊却拉了一下缰绳,转向别处。溜蹄马又探过身来,朝她走去。简直不明白主人的心思。难道主人没有看到,这里站着那个女人,他,主人,不是该跟她聊上几句的吗?……

第二天,五月二号,同样是古利萨雷的节日。这一天中午,草原上举行一种别开生面的足球赛——叼羊比赛。队员人人骑着马,不过争夺的不是足球，而是一只无头的死羊。山羊的毛又长又结实，所以骑手们很容易从马上抓住羊腿或者羊皮。

草原上重又响起祝福声。大地重又响起擂鼓般的轰隆声。一大帮热心的啦啦队员骑在马上狂呼乱叫，围着那些参加抢羊比赛的骑手们奔来跑去。而古利萨雷再次成了这一天的主角。这一回，由于它名声在外，一上场就成了争夺中的劲敌。但是，塔纳巴伊体惜它的精力，准备待到比赛结束时，到"阿拉曼"时，才让它使出全部劲来。因为到那时将宣布自由争夺开始——谁灵活，快速，谁就可以把山羊拖回自己的村里。大伙儿都盼着这"阿拉曼"，因为这是整个大会的压轴戏，另外，任何一个骑手都有权参加，谁不想碰碰自己的运气呢。

五月的太阳，这时已沉落到远方的哈萨克斯坦那边去了。那太阳，像个大蛋黄似的，圆鼓鼓的，混沌沌的，甚至不用眯缝起眼睛，就可以直直地看着它。

黄昏以前，吉尔吉斯人和哈萨克人一直飞跑不息。骑手们在马上探身向下，抢起死羊来。他们穷追猛赶，你争我夺，一会儿乱哄哄地扭成一团，一会儿呐喊着，朝原野上四散奔去。

直到草原上跳动着长长的五光十色的影子，老人们最后决定"阿拉曼"开始。死羊被扔进场内。"阿拉曼！……"

骑手们从四面八方冲向死羊，挤成一堆，谁都想从地上抢起死羊。但是太挤了，要捡起羊来却不那么简单。马都气得龇牙咧嘴，像发了疯似的乱转着，嘶鸣着。古利萨雷在这场争夺战中一筹莫展。它多想立即飞到开阔的草原之上，但塔纳巴伊却怎么也抢不着山羊。骤然，响起一声刺耳的尖叫："截住，哈萨克人抢着了！"只见从骑者的圈子里，冲出一个哈萨克小伙子，骑着一匹野性勃发的红鬃马，身上的一件军便服已经撕破了。他猛冲开去，一手搂紧死羊，并用脚镫夹住。

"截住！截住红鬃马！"大伙儿喊叫着，穷追猛赶起来，"快，塔纳巴伊，眼下只有你能追上他了！"

马镫下挂着晃荡的山羊，哈萨克人纵马朝太阳落山的方向疾驰。仿佛是，再过片刻，他就会飞进这个烧得通红的太阳，化作一股红色的烟雾。

古利萨雷真不明白为什么主人老勒住缰绳。但是塔纳巴伊心里清楚，必须让这位哈萨克的神骑手既要甩开后面追逐的人群，又要远离赶来帮忙的哈萨克老乡们。一旦他们的飞骑团团围住红鬃马，那么再费多大的劲，也都无法夺下这头已经失了手的山羊了。只有单独跟他角斗，可能还有成功的希望。

塔纳巴伊看准时机，让溜蹄马全速飞奔。古利萨雷的整个身子贴着地面，那大地似乎要撞上落日了。于是，后面的马蹄声和呐喊声一下子落后了，远去了，而跟红鬃马的距离越来越缩短了。那马，因为载着重物，所以赶上它并不怎么困难。塔纳巴伊拨过溜蹄马，转到红鬃马的右侧。因为死羊由骑手的腿夹着，正挂在马的右侧。瞧，两匹马已经并驾齐驱了。塔纳巴伊从马鞍上弯下身来，想拽住羊腿，把羊夺过来。但是哈萨克人敏捷地把战利品从右侧一下扔到左侧。两匹马继续朝太阳的方向飞奔。此刻，塔纳巴伊得稍稍放慢速度，以便从左侧靠上去。很难驾驭溜蹄马，让它离开红鬃马，但最后还是巧妙地绕了过去。可是这个穿着破上衣的哈萨克人又把死羊扔回到原来的一侧。

"好小子！"塔纳巴伊火辣辣地大叫一声。

两匹马继续朝太阳的方向飞驰。

再不冒险就不行了。于是塔纳巴伊把溜蹄马紧紧地贴近红鬃马，自己扑过去趴到对方的鞍鞒上。那人想挣脱开去，但是塔纳巴伊死活不放。溜蹄马的速度和灵巧使他差不多躺在红鬃马的脖子上了。他从右侧行动很是得劲，他腾出双手，够着了死羊，使劲拽将过来。一下子，他就把山羊夺过一半了。

"抓紧了，哈萨克老弟！"塔纳巴伊喊了一声。

"胡扯！老乡，我不放！"那人回答。

于是开始了一场飞马上的争夺。两人扭成一团，犹如两只雄鹰撕食一只猎获物；他们声嘶力竭地喊叫着，像猛兽似的咆哮着，怒吼着，互相恫吓着；他们的手掐在一起，指甲里都渗出鲜血来了。扭成一团的骑手把两匹马紧紧连在一起，它们并蹄狂奔起来，像是急急地去追赶那如血的残阳。

感谢我们的祖先，给我们的骑手们留下如此剽悍的竞赛！

此刻，死羊落在他们中间。他们在两匹飞骑中间悬空拽着它。好戏快要收场了。双方已经不再出声，只是咬紧牙关，使出全身力气，死命拽着山羊，都想抢过来，夹到自己的腿下，然后挣脱出来，飞速跑开。哈萨克人年轻力壮，他的一双大手，十分有劲。另外，比起塔纳巴伊来，他到底要年轻得多。但是经验，这是无价之宝。塔纳巴伊出其不意，从马镫中抽出右脚，顶住红鬃马的腰部。他把山羊使劲往身边一拽，同时用脚猛蹬对手的马，于是那人的手慢慢松开了。

"坐稳了！"得胜者又及时警告了对方。

这一蹬，塔纳巴伊差点儿没有飞下鞍来，但他还是稳住了。欢呼声脱口而出。他让溜蹄马来个急转弯，猛跑开去，把决斗中夺来的当之无愧的战利品紧紧夹在马镫下面，而迎面已经有一大帮狂呼乱叫的骑手们飞奔过来。

"古利萨雷！古利萨雷抢着了！"

一大群哈萨克人冲上来重新争夺。

"哎！截住塔纳巴伊，逮住他！"

此刻最要紧的是避开再次争夺，让本村人赶紧把他围在中间，掩护起来。

塔纳巴伊又一次掉转马头，甩开哈萨克人，跑向另一方去。

"谢谢你，古利萨雷！谢谢你，好样的！"他心里默默地感谢着溜蹄马。因为古利萨雷就着身子的细微的倾斜，忽东忽西地飞奔着，每回都躲开了后面的追逐。

差不多贴近地面，溜蹄马又来了个急转弯，从一处很难拐的地方冲了出来，径直向前飞奔而去。这当儿，塔纳巴伊的本村人飞驰过来，在他的两侧摆开，又堵住了他的后路，紧紧地围成一团，一起飞逃开去。可是，追赶的人马又截住了去路，又得掉转方向，又得飞跑开去。一群群你追我赶的骑手们，恰似一群飞雁忽然间扑腾着翅膀急速而下，在广阔的草原上飞驰着。四野里扬起团团尘埃，回响着阵阵喊叫声。有的连人带马摔倒了，有的从别人的头上一跃而过，有的一瘸一拐地去追赶自己的马匹——但是无一例外，个个兴高采烈，精神抖擞。比赛中谁也不用承担责任。本来嘛，冒险与勇敢，原本是一对孪生兄弟……

落山的太阳只露出个边缘，天快断黑了。但是，"阿拉曼"在颇有凉意的苍茫暮色中继续进行，飞奔的马蹄把大地擂得打战。此刻，已经没有人再喊叫了，已经没有人再追赶了。但是，沉溺于狂奔疾驰的骑手们，仍然在继续驰骋。散成一线的飞骑，伴随着万马奔腾的节奏和乐声，像一排乌黑的波浪，从一个山包冲上另一个山包，滚滚向前。是否此情此景才使得骑手们个个全神贯注，默默无语呢？是否此情此景才产生了哈萨克的冬不拉①和吉尔吉斯的科穆兹②那低沉呜咽的琴声呢？……

已经快到河边了。河面在一片黑乎乎的灌木丛后面闪着幽暗的银光。离河已经不远了。过了河，进了村，比赛就结束了。塔纳巴伊和他四周的骑手还是紧紧地挨在一起飞奔。古利萨雷被围在中间跑着，如同护航舰簇拥下的主力舰一般。

---

① 哈萨克民间弦乐器，形状像半个西瓜加上长柄，有四根弦。
② 吉尔吉斯的一种民间弹拨乐器。

但是古利萨雷已经累了，已经累极了：这一天过得太艰难了。溜蹄马已经精疲力竭，它身旁的两个神骑手紧紧抓住它的马勒，不让它倒下。其他的人在后边，在两侧掩护着塔纳巴伊，而塔纳巴伊已经趴到横在马鞍前的山羊身上了。他的头东歪西倒地，他好不容易才支撑住，没有从马鞍上掉下来。此刻，如果没有旁边护卫的骑手，无论是他本人，还是他的溜蹄马，都已寸步难行了。可能，在从前，人们带着捕获物逃走时的情景就是这样；可能，人们去抢救被俘的受伤的英雄时就是这样……

瞧，河到了。瞧，那牧场，那宽宽的砾石浅滩，在夜色中已经隐约可见了。

骑手们飞马冲进水里。河水像开了锅，立即变混浊了。黑乎乎的水花四下飞溅，马蹄声震耳欲聋，骑手们忙把溜蹄马拉上岸来。结束啦！胜利啦！

有人从塔纳巴伊的马鞍上拖下死羊，跑进村子。

哈萨克人停在河对岸。

"谢谢你们参加了赛马！"吉尔吉斯人向他们喊道。

"祝各位身体健康！咱们秋后再见！"他们回着话，随后掉转马头，回去了。

天已经完全黑了。塔纳巴伊正在别人家做客，而溜蹄马同别的马一起拴在院子里的马桩上。古利萨雷从来没有像今天这样疲惫不堪，也许只有驯马的第一天有那么点儿劲头。不过与今天相比，那就算不了一回事了。这时候，屋子里正七嘴八舌地议论着它呢。

"来，塔纳巴伊，咱们为古利萨雷干一杯。要没有它，咱们今天可赢不了。"

"是啊，那匹红鬃马壮实得像头狮子。小伙子也挺有劲，将来准是他们的神骑手。"

"这没错。直到现在我都忘不了,古利萨雷为了不让人截住,像根草似的贴着地面飞跑。瞧那情景,叫人连大气都不敢出。"

"那还用说。要在从前,勇士们骑上它,敢单骑入阵,袭击敌人。那不是普通的马,那是神话中的踩风驹。"

"塔纳巴伊,你打算什么时候放它去找母马呢?"

"眼下它就跟在母马的屁股后头转了。还早了点儿。到明年开春,正是时候。今年秋天,我得好好放放它,养得它膘肥体壮……"

喝得醉醺醺的人们坐了很久很久,回想着白天"阿拉曼"的详情细节,历数着溜蹄马的种种长处。而古利萨雷站在院子里,因为汗出得太多而唇干舌燥,不得不咬着嚼环。它非得饿到天明。但此刻倒不是饥饿在折磨着它。它只觉得肩背酸疼万分,腿好像不是自己的了,蹄子烧得火辣辣的,而脑海里却一个劲地响着赛马时的嗡嗡声。它仿佛听到骑手们还在呐喊,仿佛觉得群马还在后头追赶。它不时打着寒噤,虽然打着呼噜,却一直警惕地竖起两只耳朵。真想到草地上躺上一会儿,或者到牧场上跟马群一起散散心,游荡一番。可是主人却被人留住了。

不久,塔纳巴伊摇摇晃晃地从黑暗中走了出来。他身上发出一股强烈的辛辣的气味。这在他是少有的情况。一年之后,溜蹄马不得不跟另一个人打上交道,此人可是一天到晚发出这种气味。它恨死了那个人,恨死了那种讨厌的气味了。

塔纳巴伊走到溜蹄马跟前,拍拍它的脖子,把手伸进鞍垫下摸了摸,说:

"凉了一点儿了吧?累了吧?我也是他妈的累死了。你别斜着眼睛瞧人,我是喝了点儿酒,那是为了祝贺你,是节日啊。再说,喝得也不多。我的事,我心里有数。这点,你可注意。就是在战场上,我也知道分寸。得了,古利萨雷,你别斜着眼睛瞧人。咱们马上就回马群那里去，好好歇上一歇……"

主人紧了紧马肚带，跟屋子里出来的人又交谈了几句。大家翻身上马，各自回家去了。

塔纳巴伊在沉睡的山村街道上策马独行。四野里寂静无声。窗户都黑了。隐隐约约传来田野上拖拉机的隆隆声。一轮明月已经高高地悬在群山之巅，各处的花园里盛开的苹果树沐浴在洁白的月色之中。什么地方有只夜莺在婉转歌唱。不知什么原因，夜莺孤零零地独自啼叫，歌声在整个村子上空回荡。它歌唱着，又细心聆听着自己的歌喉。歌声戛然而止，过不多久，夜莺重又开始啼鸣。

塔纳巴伊勒住了溜蹄马。

"真美！"他大声叹道，"多静哪！只有夜莺在啼叫。你懂吗，古利萨雷，啊？你急着想回马群，而我……"

他过了打铁铺。从那里本该走村子最外头的一条街折到河边，再从那里回到放牧马群的驻地。但是，主人不知为什么掉转马头，朝另一个方向走去。他来到中间的一条街，走到街尽头，在住着那个女人的院子前面停了下来。跑出来一只小狗——就是那只跟小姑娘寸步不离的小狗。小狗叫了一声，就摇起尾巴来，不响了。主人在马鞍上默不作声，他在想着自己的心事。后来他叹了口气，犹豫不决地扯了扯缰绳。

溜蹄马便朝前走去。塔纳巴伊拐了个弯，下了坡，朝河的方向走去。等上了大路，就催赶起马来。古利萨雷早就想尽快回到牧场去了。马驮着他，沿着一片草地跑着。到河跟前了，马蹄嗒嗒，敲击着河岸。河水冰凉彻骨，哗哗作响。到了浅滩中央，主人突然间拉紧缰绳，猛地勒转马头。古利萨雷晃了一下脑袋，表示主人搞错了方向。他们没有必要再返回去。这么一来，还得走多久？但是主人没有理它，反给了它一鞭子。古利萨雷可不喜欢挨打，它气呼呼地咬着嚼环，很不乐意地服从了命令，朝后转过身来，驮着他重又走过草地，走上大路，又回到了那个院子跟前。

在院子前,主人又局促不安起来。他把马笼头忽儿往这边拉,忽儿往那边扯,叫你都弄不清楚,他到底要干什么。就这样,主人和它站在院子外头。其实,大门是没有的。所谓门,就是一个歪歪斜斜的门框子。小狗又跑出来,又叫了一声,又摇起尾巴来,不响了。屋里静悄悄的,黑乎乎的。

塔纳巴伊跳下马,牵着溜蹄马进了院子。他走到窗子跟前,用一个手指敲了敲玻璃窗。

"谁在外头?"里面传出了人声。

"是我,贝贝桑,你开开门。你听见了吗?是我!"

屋里点起了灯,于是窗子里透出昏暗的亮光。

"你干什么?都这么晚了,从哪儿来?"贝贝桑出现在门口。她穿着一身白衣裙,敞着领子,黑黑的浓发披在肩上。从她身上散发出一股温暖的气息,还有某种奇妙的花香。

"你别见怪,"塔纳巴伊小声说道,"赛马赛得太迟了。我累了,马也乏得要命了。马得好好歇上一歇,可牧场太远了点儿,这你也知道。"

贝贝桑默不作声。

她的一双眼睛忽然闪亮了一下,随后又熄灭了,如同月光下急流里的石子。溜蹄马盼着她走过来搂搂它的脖子,但是她没有这样做。

"真冷,"贝贝桑抽缩了一下肩膀,"噢,你站着干什么?进来吧,既然是这样的话。咳,你呀,亏你想得出来。"她轻轻地笑了,"瞧你在马上那副局促不安的为难劲,叫人心里也不好受呀!瞧你像个孩子似的!"

"我马上就来。先把马给拴上。"

"拴在那边土墙的角落里。"

主人的手从来没有抖得这么厉害过。他慌里慌张地摘下马嚼子,费了不少工夫折腾着马肚带：松了一边的带子，另一边的却给忘了。

他跟她一起进了屋，不久，窗里的灯光熄灭了。

站在别人家的院子里过夜，这对溜蹄马来说，实在很不习惯。

月色正浓。古利萨雷举目朝院墙上头张望，它看到夜幕中高耸的群山，沉浸在一片乳白色的、蓝幽幽的月光之中。它警觉地转动着耳朵，细心谛听着动静。灌渠里的水，淙淙作响。远方的田野里传来拖拉机的隆隆声，不知谁家的花园里，还是那只孤独的夜莺在啼啭。

从邻居家的苹果树上纷纷落下的白色花瓣，悄无声息地落在马头上，马鬃上。

天色微微有点儿亮了。溜蹄马倒换着蹄子站着，把身子的重量时而支在这条腿上，时而挪到那条腿上。它站着，耐心地等着主人的到来。它当然不知道，往后它还得在这个院子里站上好多次，度过短暂的黑夜，一直等到天明。

天蒙蒙亮时，塔纳巴伊走出屋来，一双暖乎乎的手给古利萨雷套上了笼头。这时刻，连他的手也散发出那股奇妙的花香来。

贝贝桑走出来送塔纳巴伊。她依偎在他的胸前，而他便长时间地吻着她。

"胡子扎人，"她小声低语，"赶紧走吧，瞧，都天亮了。"她转过身，准备进屋去。

"贝贝桑，你上这儿来！"塔纳巴伊叫她，"听着，你得搂搂它，跟它也亲热亲热。"他朝溜蹄马点头示意，"往后，你可不能委屈了我们两个！"

"啊，我都忘了，"她笑盈盈地说，"瞧，一身苹果花。"她一边喃喃地说着些亲切的话语，一边用那双奇妙的手抚摩着它。那手是那样柔软，那样敏感，如同那匹额际有颗星星的小红马的嘴唇一样。

过了河，主人哼起歌子来。随着他的歌声，走起来特别舒坦。真想快快跑回牧场，跑到马群中间。

在这些五月的夜晚，塔纳巴伊交上了好运。正好轮到他夜里值班。这样，溜蹄马就开始了某种夜间的生活方式。白天，它吃草、休息；到了夜里，主人先把马群赶到谷地，之后骑上它又朝那个院子急急跑去。一大清早，天还黑乎乎的，他像偷马贼那样，抄着那些无人觉察的草原小径，又急急奔回留在谷地的马群身旁。主人先把四散的马群赶到一起，点了匹数，这才安下心来。溜蹄马感到着实为难。主人急急忙忙两头来回跑着，天黑黑的，又没有路，每天夜里这么奔跑，可不轻松。可是主人却偏偏喜欢这么干。

古利萨雷盼的却是另一回事。要按它的心意，它最好一刻也不离开马群。它慢慢地思情了。原先它同那匹领群的公马和睦相处，可是后来，因为它们同时追逐一匹母马，它们之间的冲突就一天天频繁起来。溜蹄马不时伸长脖子，翘起尾巴，在马群面前弄姿作态。它响亮而婉转地嘶叫着，变得烦躁不安，时不时咬着母马的大腿。而那些母马，显然是喜欢它这么干的。它们都依恋着它，这引起了头马的醋意。溜蹄马大大地消瘦了，因为那匹公马又老又凶，是干架的能手。可是溜蹄马情愿烦躁不安，情愿躲着领群的公马，也比整夜站在别人家院子里强。在这里，它常常愁苦地思念着那些母马。它长时间地倒换着腿，踢着蹄子，只是到后来才慢慢安定下来。谁知道这样的夜间奔跑要持续多久，要不是发生了那桩事故的话……

一天夜里，溜蹄马照例站在院子里思念着马群。它在等着主人。慢慢地，它开始打起盹来了。马笼头上的缰绳高高地系在房檐下的一根木梁上。这样一来，它就无法躺下了：只要它的头一耷拉，嚼环就会掐进两边的嘴角。可它还是止不住地瞌睡：空气中十分沉闷，乌云布满了天空。

正当古利萨雷蒙蒙眬眬昏昏欲睡的时候，忽然之间，它听到树枝剧烈地摇晃，树叶哗哗作响，仿佛无数人突然袭来，在肆无忌惮地砍林伐木似的。狂风扫过院子，把只空奶桶吹倒了，滚得咚咚直响。绳子上的衣服掀起来，刮跑了。小狗哀哀尖叫，急得东奔西窜，不知何处藏身才好。溜蹄马气呼呼地打了个响鼻，竖起耳朵，屏住气息，一动不动地站着。它抬起头来，朝院墙上空张望。它聚精会神地凝视着可疑的越来越黑的夜空，盯着草原的方向张望——某种阴森可怕的隆隆声正从那边滚滚而来。转眼之间，夜空像伐倒的林子一样噼啪乱响，雷声轰鸣，闪电把乌云撕成条条碎片。暴雨倾盆而下。溜蹄马像挨了重重的一鞭，扯着拴住的缰绳猛冲开去，绝望地嘶叫了一声，表达了对马群的担心。在它内心深处，激起了保护同类的本能。这种本能召唤它前往救援。于是它像发了疯似的，拼命扯着笼头，咬着嚼环，拽着鬃绳，竭力想摆脱掉把它死死地困在这里的种种束缚。它急得团团转，用蹄子刨着土，不停地嘶叫着，希望能听到马群的回应。但是只有暴风雨在呼啸，在怒吼。唉！要是此刻能够挣脱开这根拴着的缰绳，该有多好！……

主人穿了一件贴身的白衬衫冲出屋来，在他身后，是那个女人，也穿着一件白衣服。一眨眼的工夫，他们在暴雨下立即变成黑乎乎的了。在他们水淋淋的脸上，在他们惊恐万分的眼神里，掠过了蓝色的闪光，同时，在漆黑的夜空中闪现了一下房子的一角和被风吹得砰砰作响的大门。

"站住！站住！"塔纳巴伊冲着马吼叫起来，想给它解开绳子。但是那马已经认不出他来了。溜蹄马像头猛兽似的扑向主人，用蹄子猛踢着院墙，拼命想挣开绳子冲出去。塔纳巴伊紧贴着墙根，悄悄走到它跟前，朝它猛扑过去，双手抱住马头，把身子挂在笼头上。

"快解开绳子！"他向女人喊了一声。

她刚刚松开缰绳，溜蹄马已腾空直立起来，把塔纳巴伊拖着满院转。

"给鞭子，快！"

贝贝桑扑过去取鞭子。

"站住！站住！我打死你！"塔纳巴伊大声叫着，朝马头上狠狠地猛抽一鞭。他必须立刻上马，他必须立刻出现在马群之中。那里怎么样了？风暴把马群都卷到哪里去了？

溜蹄马同样想回到马群中去，听从大祸临头时它强烈本能的召唤，毫不耽搁，立即向那出事的地方飞去。正因为如此，它才昂首长嘶，才腾空直立；正因为如此，它才想冲出樊笼。而雨，倾盆而下，雷电交加，那霹雳惊雷，把惶惶不安的夜空震得发颤。

"抓紧了！"塔纳巴伊对贝贝桑命令道。趁她抓住马笼头的片刻，他纵身上马。他还没有来得及坐下，只是抓住了一把鬃毛，而古利萨雷已飞出院子，把那个女人撞倒在水洼里，还拖了一小段路。

古利萨雷已经不再听命于马勒、鞭子和主人的吆喝了。它自个儿穿过狂风怒吼的黑夜，顶着像鞭子一样的暴雨飞跑，只凭着它的嗅觉猜度着道路。它驮着此刻已无能为力的主人，冒着哗哗的雨水，伴着隆隆的雷电，越过汹涌的急流，穿过荆棘丛林，跃过沟壑深涧，它身不由己地向前飞跑，飞跑。在这之前，无论是赛马，还是"阿拉曼"，古利萨雷都没有像在这个暴风骤雨的黑夜里那样狂奔疾驰过。

塔纳巴伊都记不清了，这匹恶魔似的溜蹄马怎么驮着他，又把他带到了什么地方。他只觉得雨像熊熊的火舌，灼伤着他的脸和身子。脑子里只有一个念头在打鼓："马群怎样了？马都在什么地方？主保佑，千万别冲到下游地带的铁轨上去呀。会翻车的！保佑我，主啊！保佑我，祖宗的英灵！马群呀，你们在哪儿？别失蹄，古利萨雷！千万别失蹄！到草原上去，到草原上去，找马群去！"

而草原上，雷电交加，白色的火蛇顿时把黑夜照得透亮。而后，黑暗重又合上，雷电又在发狂。暴雨猛抽着疾风……

忽而电光刷刷,忽而一片漆黑;忽而电光刷刷,忽而一片漆黑……

溜蹄马不时腾空直立,张开嘴巴,厉声嘶鸣。它在呼叫,在召唤,在寻找,在等待。"你们在哪儿?你们在哪儿?答应一声呀!"回答它的是惊天的炸雷。于是它又继续飞奔,继续寻找,又一次穿进暴风骤雨……

忽而电光刷刷,忽而一片漆黑;忽而电光刷刷,忽而一片漆黑……

暴风雨直到第二天清晨才平息下来。乌云渐渐散去,但在东边的天际,雷声未息——还在轰隆轰隆长时间地响着。惨遭蹂躏的大地处处冒着青烟。

几个牧人在四围跑来跑去,搜寻着失散的马匹。

而塔纳巴伊的妻子正在找他。说得确切些,她没有找他,她只是在等着他。当天夜里,她同几个邻居一起,跨上马就赶来帮忙了。马群找到了,把它们轰进了一处深沟。而塔纳巴伊却不见人影。都以为他迷路了。可她心里明白,他是不会迷路的。后来当邻居的小伙子高兴地嚷起来:"瞧他,扎伊达尔婶子,他回来了!"并跑去迎他时,扎伊达尔都没有挪动一下步子。她在马上默默地看着这个浪子回头的丈夫。

塔纳巴伊一声不响,脸色吓人,只穿着一件水淋淋的衬衫,光着头,骑着在一夜之间消瘦了很多的古利萨雷回来了。溜蹄马的右腿微微有点儿跛。

"我们找遍您啦!"迎上来的小伙子高高兴兴地对他说,"扎伊达尔婶子都快急死啦!……"

哎,毛孩子,毛孩子……

"迷了路了。"塔纳巴伊含混地嘟哝了一声。

他和妻子就这样见面了。彼此没有说一句话。等那小伙子去峭壁下赶马群时,妻子这才悄悄说道:

"你怎么啦,连衣服都来不及穿。还好,总算还有条裤子,还有双靴子。不害臊吗？你可不是小伙子了。孩子都快成人了，而你……"

塔纳巴伊一声不响。他能说些什么呢？

这当儿，小伙子把马群赶来了。所有的马和马驹子都安然无恙。

"咱们回家吧，阿尔蒂克。"扎伊达尔叫过小伙子，"今天咱们两人的事儿就忙不完了。毡包都让风吹散架了。回去收拾去吧。"

她又压低嗓子，对塔纳巴伊说：

"你在这里先待一会儿。我给你送点儿吃的来，送几件衣服来。这副样子，怎么能见人呀？"

"我在底下等着。"塔纳巴伊点头说。

他们走了。塔纳巴伊把马群赶去放牧，赶了很长的时间。太阳出来了，天气暖和起来。草原上处处冒着热气，万物重又苏醒过来。到处散发着雨水的潮气和嫩草的清香。

马群不慌不忙地在山坡上，在洼地里懒懒散散地踱着，来到了一处小山包。塔纳巴伊举目眺望，仿佛眼前出现了另一个世界：远远的天际，抹着轻烟似的一片白云，天空一望无际，晴朗开阔，而在远处的草原上，一列火车在吐着白烟。

塔纳巴伊跳下马来，在草地上走着。"嗖"的一声，近旁一只云雀惊蹿而起，飞到空中，叽叽啾啾地叫起来。塔纳巴伊耷拉着脑袋，迈着步，忽然间扑倒在地。

古利萨雷从未见过主人这副样子。他，趴在地上躺着，肩膀在剧烈地抽搐。他失声痛哭：他羞愧，他悲伤。他心里明白，他失去了一生中最后的幸福。而云雀还是一个劲儿地啾啾叫着……

第二天，所有的畜群都动身上山了。直到来年开春，他们才能回到这个地方。他们沿着村子近处的河流和河滩地放牧。走过一群群的羊、牛、马。骆驼和马驮着什物走着，女人和孩子骑在马上走着，长毛蓬松的狗跑着。四野里一片嘈杂声：人的吆喝声，马的嘶鸣声，羊的咩咩声……

塔纳巴伊赶着马群，过了一片很大的牧场，然后上了一个小山包——就是那个不久前赛马时人们在这里狂呼乱叫的地方。他竭力不朝村子那边张望。当古利萨雷蓦地转身朝村头那个院子的方向走去的时候，它却挨了一鞭子。就这样，他们没有拐到那个女人家里——她的那双奇妙的手那样柔软，那样敏感，如同那匹额际有颗星星的小红马的嘴唇一样……

马群欢蹦乱跳地跑着。

真想主人能哼起歌来，但他却没有吭声。村子落在后头了。再见吧，村子！前面是绵绵的群山在等着。再见吧，草原，来年开春再见！前面是绵绵的群山在等着。

六

临近午夜了。再往前，古利萨雷就走不动了。它一瘸一拐总算勉勉强强拖到了这里的峡谷，一路上走走停停，差不多歇了几十次。但要穿过这片峡谷，它实在无能为力了。老人塔纳巴伊也明白，对这匹马，他无权要求更多的东西了。古利萨雷痛苦地哼哼着，像人那样哼哼着。当它要躺下的时候，塔纳巴伊也就不再阻拦了。

古利萨雷躺在冰冷的地上，不停地呻吟，它的头来回晃动。它感到很冷，冷得浑身直打哆嗦。塔纳巴伊脱下身上的皮袄，盖在马身上。

"怎么样，你不好受了吧？不行了吧？瞧你都冻僵了，古利萨雷。你可从来没有这样过。"

塔纳巴伊嘟嘟哝哝唠叨了一阵，但是溜蹄马已经什么声音也听不见了。它的心仿佛跳到脑袋里去了。忽而憋住了，心跳中断了，忽而又喘过气来，那样震耳欲聋：怦怦怦，怦怦怦……就像马群为躲开追捕的人而狼狈逃窜似的。

一轮明月从山后升起,高高地悬挂在雾蒙蒙的天空。一颗流星无声无息地飞坠而下,随后熄灭了……

"你在这里躺一会儿,我去弄点儿枯树枝来。"老人说道。

他在近处来来回回走了好久,搜罗着去年的枯枝杂草。手上扎了许多刺,才弄到一抱柴火。他朝山谷底下走去,手里拿着一把刀以防万一。幸好在那里发现了几丛柽柳。他喜出望外:这下可以升起一堆真正的篝火了。

古利萨雷一向害怕近旁的火,可现在它不怕了。它突然闻到一股烟味,这才感到身子慢慢暖和过来。塔纳巴伊默默地坐在麻袋上,把树枝掺和着茅草往篝火上添,一边烤着手,一边看着火。有时站起身来,摆弄好盖在马身上的皮袄,之后,重又在火边坐下。

古利萨雷暖和过来了,不再打战了。但是眼睛里还是一片昏暗,心里憋得难受,还是喘不过气来。篝火忽而落下去,经风一吹,忽而又跳起来。坐在对面的老人——和它相处很久很久的主人,忽而不见了,忽而又出现在它的面前。昏昏沉沉的溜蹄马似乎觉得,仿佛它和主人还在那个暴风雨的黑夜里在草原上飞奔,它厉声嘶叫着,腾空直立,在寻找马群,可周围却没有马群。那白晃晃的火蛇忽而闪亮,忽而又熄灭了。

忽而电光刷刷,忽而一片漆黑;忽而电光刷刷,忽而一片漆黑……

七

冬天过去了,暂时过去了。它让牧民们感到,世上的日子并不是那么难过了。天气暖和起来,牲口就要长膘。奶啦,肉啦,吃不完。到了节日,又要举行赛马了。再就是,那种习以为常的生活——接羔,剪毛,照料羊羔子、牛犊子、马驹子,四处游牧放牲口。另外,每个人还有他的一摊子私事：生老病死，悲欢离合，为孩子们学得好而高兴，听到他们在寄宿学校的不快的消息而苦恼——说什么，还不如在村里学得好呢……这样的事还少吗，谁家的操心事不是一大堆?！暂且把冬天的那些愁苦先撂下吧。什么饥饿啦，瘟疫啦，冰冻啦，还有那破破烂烂的毡房，冰窖似的牲口棚——让这一切统统留在报表和总结里，且待来年再说吧。等冬天突然到来——到时候再骑上白毛骆驼四处奔跑，管它是山沟沟，还是草原，先把牧人找来，然后再对他发一通脾气。尽管这一切可以暂时忘怀，但是塔纳巴伊却记得清清楚楚。虽说是二十世纪了，可冬天却一如往常……

那时候，年年都是如此。一群群瘦得皮包骨的羊、马、牛下山来了，在草原上四处游荡。春天到了，总算把冬天熬过来了。

这年春天，古利萨雷领了一群母马。塔纳巴伊现在很少骑它，挺心疼它。再说，交配的季节快到了，也不兴这样干了。

看来，古利萨雷是匹出色的头马。它细心照料着那些毛茸茸的金马驹子，简直像它们的父亲一样。只要哪匹母马没有照看周到，它立即跑过来，不让小驹子摔倒了，或者离开了马群。另外，古利萨雷还有一个长处：它不喜欢无缘无故惊动马群。一旦出现什么情况，它立刻把马群赶得远远的。

这年冬天，集体农庄有些变化。上头派来了一名新的主席。乔罗交代完工作，住进区医院去了——他的心脏病犯得很厉害。塔纳巴伊一直打算去看看他的朋友，可哪儿脱得开身呢！牧人，就像拖了一大堆子女的母亲，成年累月操劳不息，特别到了冬天和春天。牲口可不是机器，可以电钮一按，自己跑开的。就这样，塔纳巴伊竟没有去成区医院：没有顶替他的人。他的老婆算是他的帮手——总得挣点儿工资养家糊口。虽说一个劳动日值不了几个钱，但是两个人劳动，总比一个人挣得多些。

可扎伊达尔那阵子怀里还有奶娃娃,她如何替得了他呢?白天黑夜,都是他一个人放马。塔纳巴伊一直张罗着:准备同邻居商量换个工,这时候有消息说乔罗出院了,已经回村了。于是他和老婆决定,等下了山,两人再去看望他。可是当他们刚刚来到谷地,刚刚找了一块地方安了毡包,就发生了一桩事情,想起这事,塔纳巴伊至今无法平静……

溜蹄马的名声,真是祸福难测。名声越大,头头脑脑的人物眼红的就越多。

有一天,塔纳巴伊大清早就把马群赶出去放牧了,过后,才回来吃早饭。他怀里抱着小闺女坐着,喝着茶,和老婆拉扯着家务事。该去寄宿学校一趟看看儿子,顺便去车站附近的市场,到旧货摊上给老婆孩子买几件衣服。

"要这样的话,扎伊达尔,我还得把溜蹄马给套上。"塔纳巴伊端起茶碗,喝了几口,说,"要不然,就赶不回来了。我这是骑最后一趟,往后就绝不碰它了。"

"行了,你自己看着办吧。"她同意了。

外面传来一阵马蹄声:有人上他们这儿来了。

"瞧瞧去,谁来了?"他对老婆说。

妻子出去了。回来时说,是"养马场主任伊勃拉伊姆"来了,另外,还有一个什么人。

塔纳巴伊不快地站起身来,抱着女儿走出包去。虽说他不大喜欢这个养马场主任伊勃拉伊姆,不过,客人嘛,还得欢迎。至于说为什么不喜欢,塔纳巴伊自己也说不清楚。这个伊勃拉伊姆,人好像还随和,但跟旁人不同,总有那么点儿溜奸耍滑。最主要的是,他啥事也不干,就知道三天两头来回统计他那些牲口的头数。养马场根本谈不上什么正正经经的繁殖良种的工作,只是让每个牧马人各管各的一摊子事,主任从不过问。在党员会上，塔纳巴伊不止一次提起过这种情况，大家都没有二话，连伊勃拉伊姆本人也同意，甚至对批评意见还表示感谢。可情况却依然如故。亏得乔罗亲自挑选的马倌都是些办事认真的老实人。

伊勃拉伊姆翻身下马，彬彬有礼地把双手一摊。

"您好，掌柜的！"——他把所有的马倌都叫掌柜的。

"你好！"塔纳巴伊敷敷衍衍地搭着腔，握了握来人的手。

"日子过得不赖吧？家里人都好吧？马群怎么样？塔纳克，您本人怎么样？"伊勃拉伊姆一口气倒出了一连串倒背如流的问候，同时把肥颤颤的腮帮子一咧，做出一张司空见惯的笑脸来。

"都凑合。"

"谢天谢地。您的事，我是从来也不操心的。"

"到包里坐。"

扎伊达尔为客人们铺了一块新毡，毡上还放了一块特制的羊皮坐垫——这些，伊勃拉伊姆都注意到了。

"您好，扎伊达尔嫂子。您身体怎么样？对你家掌柜的侍候得不错吧？"

"你们好！请上这边来坐。"

大家坐下了。

"给我们来碗马奶酒。"塔纳巴伊对老婆吩咐道。

大家喝着马奶酒，说东道西地闲聊起来。

"当前最最牢靠的，还算是畜牧业——虽说到了夏天才有奶有肉。"伊勃拉伊姆大发议论，"瞧大田里或是别的作业队，可真是啥也没有。所以说，现在要抓住牲口不放。我说得对吧，扎伊达尔嫂子？"

扎伊达尔点了点头，而塔纳巴伊却一声没吭。这情况，他清楚，再说，这些话伊勃拉伊姆也不知叨叨过多少遍了。这位养马场主任，总是不放过任何机会宣扬一番，说什么畜牧业这一行如何如何吃香。塔纳巴伊真想顶他一下：好什么呀，要是人人都抓住有奶有肉的美差不放的话，那别的人会怎么样？到何年何月才能结束这种无报酬的劳动呢？难道战前是这种景况的吗？那时候到了秋天，家家户户都往回拉两三车粮食。可如今呢？男女老少都随身带个空袋子，好在外头捡点儿什么东西回来。自己种庄稼，可自己吃不着粮食！这好在哪儿呢？成天穷开会，瞎指挥，靠这个能撑多久！还不是为了这些事，乔罗把心都操碎了！现在，他除了对别人说几句宽心话外，连个劳动报酬都付不出。可是，要把这些憋在心里的话跟伊勃拉伊姆谈谈，那肯定是白费劲。再说，塔纳巴伊此刻也不想谈下去。最好立即把客人送走，套上溜蹄马，办完事好早点儿赶回来。他们干什么来了？当然也不便打听。

"我怎么不认得你呢，大兄弟？"塔纳巴伊对伊勃拉伊姆的同伴——一个年纪轻轻的，不爱多言语的小伙子说，"你是不是故去的阿巴拉克的儿子？"

"没错，塔纳克，我就是。"

"哦，日子过得真快！你这是瞧瞧马群来了？挺感兴趣的？"

"噢，不，我们……"

"他是跟我一块儿来的，"伊勃拉伊姆连忙打断他的话，"我们是办公事来的。这个，待会儿再说。你们的马奶酒，扎伊达尔嫂子，好极啦！味道特浓。来，再来一碗！"

大家重又闲聊起来。塔纳巴伊觉得不对味儿，可怎么也猜不透，伊勃拉伊姆这回找他有何贵干。末了，伊勃拉伊姆从口袋里掏出一张纸来。

"塔纳克，我们找您办件公事。瞧，这是公函。请看一下。"

塔纳巴伊不出声地、一字一顿地读着。读着读着，他简直都不相信自己的眼睛了。纸上龙飞凤舞似的写着几个大字：

马倌巴卡索夫：

将溜蹄马古利萨雷送交马厩，供坐骑用。此令。

农庄主席（潦草的签名）

1950 年 3 月 5 日

这个突如其来的事情，出乎塔纳巴伊的意料，他默默地把那纸折成四叠，塞进军便服上面的口袋里，垂下眼睛，坐了很长的工夫。胸口在隐隐作痛。本来，这事也说不上什么突然。他养马，就是为了日后把马交给别人使用——套车或者坐骑。这些年来，他给各个生产队送的马还少吗?！但是要交出古利萨雷——这个他办不到！于是他急急地转着脑子，想办法怎样才能保住古利萨雷。该好好地动动脑筋，得让自己冷静下来，而伊勃拉伊姆开始有点儿不安了。

"瞧，就为这么件小事找您来了，塔纳克。"他小心翼翼地做了说明。

"好，伊勃拉伊姆，"塔纳巴伊心平气和地看了他一眼，"这事跑不到哪儿去。来，咱们再喝上几碗，再聊一聊。"

"好吧。当然啦，您是个通情达理的人，塔纳克。"

"通情达理！我可不上你花言巧语的当！"塔纳巴伊恼火起来，心里嘀咕道。

于是又开始闲聊起来。此刻，已经不必忙着赶路了。

就这样，塔纳巴伊第一次同新来的农庄主席发生了冲突。说得确切些，不是同他本人，而是同他那潦草得无法辨认的签名发生了冲突。至于农庄主席本人，塔纳巴伊还没有照过面呢：他来上任接替乔罗时，塔纳巴伊正在山里过冬。都说农庄主席挺厉害，一副大干部的架势。头一次会上，就来了个下马威，说什么：谁要是吊儿郎当，必定严加处分；谁要是完不成起码的劳动日，就请他吃官司。他还说，农庄的种种不幸就在于规模太小，现在得合并、扩大，不久的将来，情况必然要改观。说什么，正是为了这个目的，上级才派他到这里来，所以他的主要任务，就是要按照农业和畜牧业先进技术的各项规定，来进行经营和管理。为此，人人都得参加一个农业小组或者畜牧小组进行学习。

真也如此，不久就组织好了学习——到处张贴起宣传画，也有人来讲课。至于说，不少牧民上课时打瞌睡，那就是他们自己的事了……

"塔纳克，我们该动身了。"伊勃拉伊姆带着挑衅的神色瞧了瞧塔纳巴伊，开始抻起翻下的皮靴筒，抖一抖、掸一掸自己的狐皮帽。

"是这样，主任，你告诉农庄主席：古利萨雷我绝不交出来。它现在是我这群马的头马，它得给母马配种。"

"哎哟哟，塔纳克，我们可以用五匹公马换它一匹，保证你的每一匹母马都不怀空胎。难道这也成问题吗？"伊勃拉伊姆感到很是吃惊。他本来挺满意，心想事情进行得很顺利，可冷不防……唉！要是对方不是塔纳巴伊，而是换了旁人，那就根本不用多费口舌。但是，塔纳巴伊就是塔纳巴伊，他连自己的哥哥都不讲情面，这点就得有所考虑。这会儿，还得放软点儿。

"谁稀罕你那五匹公马！"塔纳巴伊擦了擦额上的汗，沉默了片刻，决定单刀直入，"你的主席怎么啦，没有马骑还是怎么的？马棚里的马都死绝啦？干什么非得古利萨雷不成？"

"哟，怎么能这么说呢，塔纳克？农庄主席可是我们的上级领导，对他应当尊重。要知道，他三天两头上区里开会，外面也有不少人来找他。农庄主席，到处抛头露面的，大伙儿都瞅得见，所以说……"

"所以说什么？换了别的马，人家就认不出他这个主席啦？就说抛头露面，那就一定得骑古利萨雷不可？"

"一定不一定，说不上。不过，好像应该如此。拿您来说吧，塔纳克，战时当过兵。难道说您出门坐小汽车，而您的将军却乘大卡车？当然不会的。将军有将军的排场，士兵有士兵的待遇。在理吧？"

"这是两码事。"塔纳巴伊还是不同意，不过已经有点儿迟疑了。为什么是两码事，他没有说明，也无法说明。他感到对古利萨雷的包围圈越来越小了，于是他气冲冲地说："就是不给。要是不中意，就撤了我的职。我回打铁铺去。到了那里，你们总不能把我的铁锤也抢了吧！"

"何必这样呢，塔纳克？我们对您都挺尊敬，挺器重。而您，像个孩子似的。您这样做，难道合适吗？"伊勃拉伊姆有点儿坐不住了：看来，倒了八辈子霉。是他出的主意，是他打的包票，是他自告奋勇来的，可眼下碰上这头犟骡子，把事情闹僵了。

伊勃拉伊姆出了口大气，对扎伊达尔说：

"您评评理，扎伊达尔嫂子，一匹马算得了什么，即便溜蹄马，那又怎么样？马群里有的是马，随便挑哪匹不行。人家来了，又是上级派来的……"

"那你干什么那么卖劲呢？"扎伊达尔问。

伊勃拉伊姆一下子张口结舌了，他把两手一摊，说：

"干什么？纪律嘛。这是给我派的任务，我是个小人物。反正不是为自己。至于我，你让我骑小毛驴，我也不在乎。要不，你问问阿巴拉克的儿子，是不是派他来接溜蹄马的。"

那人默默地点了点头。

"这可不好，"伊勃拉伊姆赶快接下去说，"农庄主席可是上级给我们派来的，他是我们的客人，而我们村子竟连匹像样的马都舍不得给他。大伙儿知道了，会怎么说？吉尔吉斯人哪儿见过这种事的？"

"那也好啊，"塔纳巴伊接过话来，"让全村人都知道好了。我要找乔罗，让他来评评理。"

"您以为乔罗会说不给吗？事先都跟他商量好了。您这么干，只会叫他为难。这好比背后捣鬼。瞧,新任的主席你不买账,倒去找下了台的主席告状。乔罗是个有病的人。干什么去破坏他同农庄主席的关系呢?乔罗还要担任支部书记,他还得跟主席共事。干什么去碍事……"

当话题转到乔罗时,塔纳巴伊不作声了。大家都闭口无言了。扎伊达尔深深地叹了口气。

"给吧,"她对丈夫说,"别让他们耽搁了。"

"这才是理呢,早该如此了。谢谢您,扎伊达尔嫂子!"

难怪伊勃拉伊姆这么千恩万谢哩。这事过后不久,他就从养马场主任一跃而成为主管畜牧业的农庄副主席了……

塔纳巴伊骑在马上,垂下眼睛,虽然没有张望,但一切都历历在目。他看到,古利萨雷给逮住了,给它戴上了一副新的不带嚼环的马笼头——原来的那一副塔纳巴伊说什么也不给。他看到,古利萨雷不愿离开马群,它扯着阿巴拉克的儿子手里的缰绳猛冲开去,而伊勃拉伊姆忽而从这边,忽而从那边,策马赶来,挥着胳膊,用鞭子猛抽古利萨雷。他看到溜蹄马的一双眼睛,它那慌乱的眼神,仿佛在问:干什么这两个陌生人要把它同母马和马驹子分开,同它的主人分开呢?他们要把它弄到哪儿去呢?他看到,当溜蹄马引颈长嘶时,它的张开的嘴里冒出一口口的热气,他看到它的鬃毛、背、屁股,还有背上和两肋的鞭痕,看到它的整个身躯,甚至看到那个长在右前腿腕骨上像栗子大小的肉瘤,看到它走路的姿势,马蹄的脚印,一直到它身上的每一根亮晃晃的淡黄色的毛——古利萨雷的一切,他都看得清清楚楚。于是他咬着嘴唇,默默地忍受着痛苦。等他抬起头时,那两个赶走古利萨雷的人已经消失在小山包后头了。塔纳巴伊大叫一声,便策马追他们去了。

"站住,你不能去!"扎伊达尔从毡房里跑出来。

他跑着跑着,忽然闪出一个可怕的念头:为了那些夜晚,妻子这是在报复溜蹄马。他猛地掉转马头,快马加鞭,又往回赶来。他在毡包旁勒住马,跳了下来。他,脸色煞白,脸都歪扭了,样子十分吓人。他跑到妻子跟前。

"你,为什么?你为什么说:给吧?"他两眼瞪着她,嘟哝着说。

"你消消气,把手放下,"她像往常一样,心平气和地制止住他,"你听我说。难道古利萨雷是你的马?是你私人的马?你有什么东西算是自己的呢?我们的一切都是集体农庄给的。我们靠这个过日子,溜蹄马也是农庄的,而农庄主席就是农庄的当家人:他说得到,做得到。至于那件事,你完全想错了。你要乐意,你现在就可以走。请吧!她比我强,比我漂亮,比我年轻。挺好的一个女人。那阵子,我也可能成为一个寡妇的,可你回来了。我等你等了多久啊!好吧,不提这些了。眼下,你有三个孩子,把他们往哪儿搁?往后你怎么跟他们说?他们又会怎么想?我又该如何向他们解释?你自己掂量掂量吧……"

塔纳巴伊跑到草原上,在马群旁边一直待到傍晚,说什么也不能平静下来。马群变得冷冷清清的了,心变得空空荡荡的了。溜蹄马把他的心一起带走了,把一切都带走了。万物都变了样:太阳不像原来的太阳,天空不像原来的天空,就连他本人,仿佛也不像原来的他了。

他回来时,天已经黑了。他,脸色铁青,一声不响地走进了毡包。两个闺女已经睡下了,炉灶里的火还烧着。妻子给他倒水,让他洗了手,又端来了晚饭。

"不想吃,"塔纳巴伊把饭碗推开,迟疑了片刻,说,"把科穆兹拿来,弹弹那支《骆驼妈妈的哭诉》。"

扎伊达尔取来了科穆兹琴,把一端放到嘴边,一边用手指轻拨细细的钢弦,她对着琴吹了一口气,随后又吸了一口气,于是便响起了游牧人的古老曲调。歌子唱的是一头失去了孩子的骆驼妈妈。它在荒凉的旷野里跑了许许多多天。叫呀,喊呀,寻找自己的小宝贝。骆驼妈妈悲痛万分：黄昏时分，它不能再把它的小宝贝领到悬崖之上，黎明来临，不能再在平原上一起奔跑，它们不能再在一块儿采摘树叶，不能再在流沙上漫步，不能再在春天的田野里徘徊，不能再把它白花花的奶汁喂它的小宝贝了。你在哪儿，黑眼睛的小宝贝？答应一声呀！奶水哗哗流着，从胀鼓鼓的乳房一直流到腿上。你在哪儿？答应一声呀！奶水哗哗流着，从胀鼓鼓的乳房哗哗流着。白花花的奶水啊……

扎伊达尔的科穆兹琴弹得十分出色。想当年，他就是为这个才爱上了她，那阵子她还是个小姑娘哩。

塔纳巴伊垂着头，听着。虽说没有看她，同样也历历在目。她的一双手，因为成年累月的劳动，受热受冻，已经变得粗糙不堪。头发花白了，颈脖上，嘴角，眼旁，落上了皱纹。在这些皱纹后面是逝去了的青春——一个黑黝黝的小姑娘，两条小辫子搭在肩上，而他本人，那年月才是个嫩生生的小伙子，还有他们之间的亲密交往。他明白，此刻她根本不会觉察到他的存在。她正全神贯注地沉浸在她的乐曲之中，她的遐想之中。他看到，此刻她分担了他的不幸和痛苦。她总是把它们深深地埋到自己的心里。

……骆驼妈妈跑了许许多多天，叫呀，喊呀，寻找自己的小宝贝。你在哪儿，黑眼睛的小宝贝？奶水哗哗流着，从胀鼓鼓的乳房一直流到腿上。你在哪儿？答应一声呀！奶水哗哗流着，从胀鼓鼓的乳房哗哗流着。白花花的奶水啊……

两个闺女搂抱着已经睡着了。在毡包外面，是夜色笼罩下的一片黑沉沉的大草原。

这个时候，古利萨雷正在马棚里闹得天翻地覆，不让那些马倌们安生。它这是头一回被关进马棚——这个马类的牢房。

八

一天早上,当塔纳巴伊在马群里发现他的溜蹄马时,就甭提有多高兴了。马鞍下还拖着一截从笼头上扯下来的绳子。

"古利萨雷,古利萨雷,你好哇!"塔纳巴伊策马跑过来。走近一看,只见它备着别人家的笼头,别人家的笨重的马鞍和沉甸甸的马镫。特别叫他生气的是,马鞍上还系着一个蓬松松的软乎乎的鞍垫,好像骑马的人不是个男子汉,而是一个大屁股的胖婆娘。

"呸!"塔纳巴伊气得啐了一口。本想逮住溜蹄马,把它身上那套不伦不类的马具统统扔掉,但是古利萨雷溜跑了。溜蹄马此刻顾不上他,它正在对那些母马大献殷勤。这些天来,它把它们想苦了,所以根本没有发现它原来的主人。

"这么说,你是挣断了缰绳跑回来的,好样的!好吧,你溜达溜达吧,就这样办吧,我来个装聋作哑不知道。"塔纳巴伊想了一下,决定让马群跑一跑舒展舒展筋骨。趁追赶的人还没来,让古利萨雷感到在自己家里有多痛快!

"嗨,嗨,嗨!"塔纳巴伊吆喝着,在马鞍上欠了欠身子,不断挥舞着套马杆,把马群赶将开去。

母马招呼着乳驹子动身了,那些正当妙龄的小母马蹦呀跳呀,跑开了。风儿吹拂着马的鬃毛。发绿的大地在阳光下笑逐颜开。古利萨雷精神大振,它挺直身子,昂着头,跑开了。它冲到马群的头里,把那匹新来的公马赶到后头,自个儿在马群前抖着威风,打着响鼻,扬鬃舞尾,忽而赶到这边,忽而又跑到那边。马群的那股味道——马奶的甜味,乳驹子的香味,还有那随风吹来的艾蒿的苦味,熏得古利萨雷如痴如醉。它什么都不在乎啦：管它背上那不伦不类的马鞍和软乎乎的鞍垫，管它那副一个劲儿磕碰着两肋的沉甸甸的马镫。它把什么事都忘了。它忘了，昨天它到了区里，给拴在一根老粗的马桩上，轰隆而过的卡车吓得它咬紧嚼环，急急往一旁后退。它忘了，后来它又站在一家发散着煤油味的小铺旁的水洼里，它的新主人同他的一伙人蜂拥而出，一个个臭气熏天。新主人上马时如何连连打着饱嗝，鼻子里呼哧呼哧直响。它忘了，这些人在泥泞的道路上如何进行了一场愚蠢的跑马比赛。它驮着新主人如何全速飞奔，而那人像袋面粉似的，在鞍子上颠着晃着，过后，主人猛地勒住嚼环，用皮鞭狠狠抽它的头。

溜蹄马把这一切统统忘掉了：马群的那股味道——马奶的甜味，乳驹子的香味，还有那随风吹来的艾蒿的苦味，熏得古利萨雷如痴如醉……溜蹄马跑呀跑呀，根本没有想到，追捕的人已经随后飞驰而来。

当塔纳巴伊把马群赶回原来的地方时，两个村里来的马倌已经在那里等着了。于是又把古利萨雷从马群里牵回了马厩。

可是没过几天，马又跑回来了。这一回，既没有笼头，也没有马镫。不知怎么的，挣脱了马笼头，夜里从马棚里跑了。塔纳巴伊开头还乐了一阵儿，过后，不作声了。他思忖片刻，便甩开套马索，套住了溜蹄马的脖子。他亲自逮了马，亲自给套上马笼头，亲自牵着它，送往村里去，还请邻近放牧点上的一个年轻牧民在后头赶着。半路上碰上了那两个马倌，他们正前来捉拿逃跑的溜蹄马。塔纳巴伊把古利萨雷交给他们，还埋怨了几句：

"你们在那里是干什么吃的？没有手还是怎么的？连主席的一匹马都看不住！把马拴紧点儿！"

当古利萨雷第三次跑回来时，塔纳巴伊气得非同小可。

"你怎么啦，浑蛋！干什么鬼迷心窍成天往回跑？你这个呆子！"他一边骂着，一边操起套马杆去追溜蹄马。又把马拖着往回送，又把那两个马倌骂了一顿。

但是,古利萨雷一点儿也不想变得聪明起来,逮着机会就往回跑,把两个马倌搞得焦头烂额,把塔纳巴伊搅得心烦意乱。

……有一天,塔纳巴伊很晚才睡着,因为他放马回来已经很迟了。为了以防万一,这回他把马群赶在毡房附近过夜。他心绪不宁,睡得很不踏实。这一天实在太累了。他做了个噩梦。忽而像在打仗,忽而又像在某处参加一场大屠杀,到处血流成河,他的一双手也沾满了黏糊糊的血。在梦里他想:梦见鲜血可是凶多吉少。他想找个地方洗洗手,可是别人把他推来推去的,都讪笑他。人们哈哈大笑,扯着嗓门尖声叫喊。不知是谁开腔了:"塔纳巴伊,你用血洗手吧,用血呀!这儿没有水,塔纳巴伊,这儿到处都是鲜血!哈哈哈,呵呵呵,嘿嘿嘿!……"

"塔纳巴伊,塔纳巴伊!"他的妻子摇着他的肩膀,"快醒醒!"

"啊,怎么啦?"

"你听,马群里出事了:公马干架了。八成古利萨雷又跑回来了。"

"这个该死的畜生!叫人不得安宁!"塔纳巴伊急忙穿好衣服,抓起套马杆,朝那片正在打着架的乱哄哄的洼地跑去。天色已经蒙蒙亮了。

他赶到洼地,一眼便看到了古利萨雷。哟,这是怎么回事呢?溜蹄马跳着,两条前腿钉上了脚镣——一种用铁链子做的绊绳。铁链铿锵作响,溜蹄马东奔西窜,腾空直立,呻吟着,嘶叫着。而那匹头马,这个该死的混蛋,冲着它,又是踢,又是咬,正来了劲。

"嘿,你这恶魔!"塔纳巴伊像阵旋风似的飞上前去,使劲拽着头马,把套马杆都扯断了。头马给轰开了。塔纳巴伊的眼泪夺眶而出。这是怎么搞的啊?是谁想出的这一招,给你钉上了脚镣!那你何苦又挣扎着跑回来呢?我的可怜的呆子哎……

真没想到,古利萨雷带着脚镣走了那么远的路——涉过一条河,经过无数的沟壑和土墩。一路上就这么跳着，但最后还是回到了马群。整整一宿，可能就这样蹦呀跳的，孤零零的，拖着叮当作响的链子，像个逃犯似的。

"哟，好家伙！"塔纳巴伊止不住地摇头叹息。他抚摩着溜蹄马，把脸凑到它的嘴下，而那马，眯缝着眼睛，用嘴唇一个劲儿磨蹭着，呵着痒痒。

"咱们该怎么办呢？古利萨雷，下回可不兴这么干了。你会倒霉的。你这呆子！呆子！你是啥也不懂……"

塔纳巴伊仔细查看了溜蹄马。干架时落下的抓伤已经长好了，可是，四条腿给铁链子磨得厉害。蹄子上的脉管都出血了。脚镣上毡制的包边已经糟烂了，有一处已经脱落。当马在水里一蹦一跳走着的时候，包边全掉了，剩下光秃秃的生了锈的铁链子，把马腿磨得鲜血淋漓。"难怪伊勃拉伊姆到处跟老人们打听脚镣的事。这准是他干的好事！"塔纳巴伊又气又恨地寻思。除了他，还有谁会这么干呢！脚镣，这是一种古老的、用铁链子做的绊绳。每副脚镣，都有一把锁，没有特制的钥匙就打不开。从前往往给骏马戴上脚镣，以防放马的时候被偷马贼赶跑。普通的绊绳是用绳子做的，用刀一割，就不顶用了。要是套上了脚镣，马就跑不远了。可这是陈年八古的事了。眼下，脚镣都成了老古董了。只有个别老人还留着它，当个纪念品。真没想到，竟有人背地里出坏点子：给溜蹄马钉上脚镣，不让它离开村边的牧场跑远了。可古利萨雷还是跑了……

一家人都来帮着给古利萨雷卸脚镣。扎伊达尔托住马笼头，遮住溜蹄马的眼睛，两个女儿在近处玩耍，塔纳巴伊拖来了他的工具箱。他急得汗流浃背，试着用他的百宝钥匙开锁。铁匠的一套本事派上用场了。他气喘吁吁地忙了好一阵儿，把手也剐破了，最后终于找到窍门，把锁打开了。

他使劲把铁镣一扔，扔得远远的。滚他妈的吧！塔纳巴伊又给溜蹄马腿上出血的地方涂上油膏，然后，扎伊达尔把马拴到马桩上。大女儿背着小女儿也回家了。

而塔纳巴伊依旧坐在外头喘着气：他太累了。后来他收拾起工具，走过去，又把脚镣从地上捡了起来。还得交回去，要不，又是他的过错。他把这副生了锈的脚镣翻过来，倒过去，看了又看，对名工巧匠的这个杰作惊叹不已。这玩意儿做得妙极了，真是独出心裁。这是吉尔吉斯老一辈铁匠的杰作。是的，这种手艺现在已经失传了，永远被人遗忘。现在不需要脚镣了。可还有些东西也绝迹了，这才可惜呢。用白银、黄铜、木头、皮子，能做出多么精致的饰物和用具！过去的东西价钱不一定贵，但件件美观大方，而且各不相同，各有特色。眼下，这些东西没有了。现在光一种铝，就能压出各种各样的东西来，什么杯子啦，碗啦，匙啦，挂钩啦，盒子啦……而且不论走到哪儿，东西都是一个模样。未免太单调了！另外，那些做马鞍的巧匠，现在也寥寥可数了。从前做的鞍子有多出色！每个鞍子都有一小段故事：谁做的，什么时候做的，为谁做的，对方又是怎样酬谢你的劳作的。不久的将来，想必所有的人出门都坐小汽车了——据说，现在的欧洲就是那样。人人都坐一种类型的汽车，只能根据车牌号才能区别开来。而祖先的本事，我们都给忘了，古老的手工艺给彻底埋葬了。要知道，每一件劳作都凝聚着艺人的心血和智慧哩……

有时候，塔纳巴伊突然间会碰到这种情况：一谈起民间手艺来，他便憋了一肚子火，但却弄不清楚，手工艺的绝迹到底是谁的过错。要知道，年轻的时候，他本人就是这类老古董的死对头。有一次在共青团会上，他慷慨陈词，扬言要消灭毡包。他也不知从哪儿听来的，说什么毡包是革命前的住处，所以应当消灭。"打倒毡包！旧时的生活我们过够了！"

于是，就开始"清算"起毡包来。家家盖起了新瓦房，把毡包统统给拆了。毡子爱怎么剪就怎么剪，木头支架拿来做篱笆，搭牲口棚，有的甚至当柴烧……

后来终于发现：游牧生活要是离了毡包，简直不可思议。至今塔纳巴伊都感到吃惊，他居然说出这种咒骂毡包的混账话来。其实，对游牧人来说，没有比毡包更好的住处了。他怎么没有看到，毡包是自己祖先的一个绝妙的发明创造，其中每一个细小的部件，都是集中了祖祖辈辈长年累月的经验，都是经过无数次精确的校正的。

现在他住的毡包是老人托尔戈伊留下来的。包上尽是窟窿，毡子都熏黑了。这毡包年头不少了，要说还能凑凑合合用着，那多亏扎伊达尔的好耐性。三天两头修呀补的，才把毡包整治得像个住房的样子。但过不了一两个礼拜，脱了毛的毡块又四分五裂，到处开了天窗：又灌风，又掉雪，又漏雨。于是老婆又得重新修补。这事没完没了。

"到何年何月，咱们才不遭罪呢？"连她也发起牢骚来了，"你瞧瞧，这哪儿是毡，都糟烂了，一抖落，全碎了。你再瞧瞧，这些木头支架都成什么玩意儿了！说出来都叫人寒碜。你哪怕想办法弄几张新毡子来也好。你是不是一家之主？咱们也得过上几天人过的日子……"

开头，塔纳巴伊一再安慰她，答应想办法。一次他回到村里，顺便提及他要做个新毡包时，发现老的手艺人都去世了，而年轻人对此一窍不通。另外，毡包用的毡子，农庄里也没有。

"算了，你就给点儿羊毛，我们自己来编毡子。"塔纳巴伊央求说。

"什么羊毛！"对方回答说，"你怎么啦，从月亮上掉下来的吗？所有的羊毛都按计划上缴了。生产单位哪怕一克都不让留下……"于是对方建议他换个帆布帐篷。

扎伊达尔断然拒绝：

"宁愿住破毡包，也不住帐篷！"

那阵子，许多牧民被迫搬进了帐篷。但这算什么住房？既不能直起身来，也不能随地坐下，连个火都不能笼。夏天热得难受，冬天冻得连狗都待不住。也不让你痛痛快快放点儿东西，也没有炉灶，也无法收拾得漂漂亮亮。来了客人，你都不知道把他们往哪儿让。

"不行，不行！"扎伊达尔一再反对，"随你的便，反正帐篷我不住。那玩意儿单身汉暂时住住还凑合，我们可是拖家带口的，还得给孩子们洗澡什么的，还得教养他们。不行，反正我不搬。"

有一回，塔纳巴伊凑巧碰上乔罗，就把这事跟他说了。

"这到底是怎么回事，主席？"

乔罗愁眉苦脸地摇了摇头：

"这件事，咱们两人当时就应当考虑周到，还有上头我们的领导。这阵子呢，信也写了好几回了，就是不知道上头怎么答复。只说，羊毛是贵重物资，老缺货，还要出口。说什么，留生产单位使用似乎不合适。"

这之后，塔纳巴伊就不作声了。看来，他自己也有一份错。只好暗自嘲笑自己的愚蠢："不合适！哈哈哈！不合适！"

他的脑子里好久好久都没有甩开这个残酷无情的字眼——"不合适"。

就这样，他们还是住在那个补丁摞补丁的旧毡包里。其实，要补好这毡包也不难，只要给点儿普通的羊毛就成了。而农庄里剪下的羊毛，顺便说一句，论吨计算……

塔纳巴伊提着脚镣，朝自家的毡房走去。他感到，这毡包是那样的破破烂烂，不禁满腔愤恨。他恨自己，恨这副把溜蹄马的腿弄得血肉模糊的脚镣，他恨得咬牙切齿。这时候，两个前来捉拿古利萨雷的马倌，正撞在他的火头上。

"拿走！"塔纳巴伊大喝一声，他气得嘴唇直打哆嗦，"把这副脚镣交给主席,对他说:要是再敢给溜蹄马钉上,我就用这副脚镣砸碎他的脑壳!就这么说!……"

这番话他是不该说的。唉,不该说的!他那种火暴的脾气和耿直的性格,是从来也得不到好结果的……

九

万里晴空,阳光灿烂。春姑娘晒得都眯缝起眼睛来了。那嫩绿的新叶,像她的鬈发;那田野上的薄雾轻烟,像她的衣衫。随着她春意的步伐,那青青的小草,破土而出,简直要顶着脚钻出来啦。

在马厩旁边,一群孩子正在玩扔棍子的游戏。有个机灵的小鬼先把一根削尖的小木棍往空中一抛,然后再用木棍使劲一击,木棍就沿着大路飞过去了。再用一根棍子量距离——一,二,三……七……十……十五……那些吹毛求疵的公正人在一旁吵吵嚷嚷地挤着,监视着不让搞鬼。一共是二十二。

"原先是七十八,现在是二十二,"小家伙数着,算着,突然高兴得跳起来,叫道,"一百啰,一百啰!"

"乌拉,一百啰!"大家跟着嚷嚷。

这么说,分毫不差了。不多也不少,刚刚好!现在,玩输了的孩子就得"吹嘟嘟"。赢了的孩子重又回到划定的圈子里,再扔一次尖木棍。扔得越远越好。所有的孩子都一窝蜂拥到木棍落下的地方,然后在那里再扔一次,这样一连扔三次。输了的孩子差点儿哭鼻子了:那么远的距离他都得"吹嘟嘟"!可游戏的规矩是不兴破坏的。"干什么站着呀,吹呀!"那孩子满满地吸了一口气,飞快地跑着,一边急急念道:

阿克巴伊,科克巴伊,

别把小牛犊赶到地里，

你赶呀赶，反正赶不到地里，

得了吧，你就甭赶啦。

嘟嘟嘟……

脑袋都快要炸了，而他还在嘟嘟嘟的。可是他没能跑到划线的圈子。还得返回来，重新开始。这一回，又没有跑到。玩赢了的孩子欢呼雀跃。既然一口气跑不到，那就当毛驴吧！他爬到吹嘟嘟的孩子背上，那孩子就当了毛驴，驮着他。

"驾，向前冲啊！驾，快点儿跑呀！"骑手磕着腿，催赶着毛驴，"孩子们，你们瞧，这是我的古利萨雷！瞧，它跑得跟溜蹄马一模一样……"

这个时候，古利萨雷正在院墙后的马棚里站着。它烦恼不堪。不知为什么今天没有给它备鞍，从清早起，既不喂料，也不给饮水，好像把它忘了。马棚里早就空空的了：驾辕的马早就陆续拉走了，供坐骑用的马也都牵走了。只有它，留在单马栏里……

马倌们正在出粪。孩子们正在墙外闹着玩。此刻要能飞到马群那里，飞到草原上，该有多好！它仿佛看到无边无际的草原，看到马群在那里自由自在地游荡。在马群上空，飞过一群灰雁，拍打着翅膀，在互相呼唤……

古利萨雷动了一下身子，想挣脱开系着的链子。不行，这回用了两根铁链子把它死死地系住了。兴许，马群会听到它的声音的吧？古利萨雷把头伸到顶棚下的窗口，一边在木板上来回倒换着蹄子，一边拖长声音，使劲地嘶叫起来，仿佛问："你——们——在——哪——儿——？……"

"别叫了，恶鬼，吵死了！"马倌跳过来，对它扬了扬铁锹，然后，冲着门外的什么人喊道:"拉出来吗?"

"拉出来!"院里回应着。

于是,两个马倌把溜蹄马拖到院子里。呀,有多亮堂!空气多好!溜蹄马的鼻子轻轻翕动着,呼吸着春天醉人的空气。树叶散发着苦涩的气味,还有一股潮湿的泥土气息。全身的热血在沸腾,最好能立刻飞跑开去。古利萨雷轻轻跳动了一下。

"站住!站住!"立即有好几个声音喝住它。

怎么今天有这么多人围着它?袖子都卷得高高的,一双双手毛烘烘的,都挺有劲。一个穿着灰长袍的人,在一块白布上摆上一件件亮晃晃的金属器具。这些器具在阳光下闪闪发光,刺人的眼睛。另一些人拿着绳子。哦,新主人也在这里!他穿着一条肥大的马裤,劈开两条又粗又短的腿,神气活现地站在那里。跟大家一样,皱着眉头,只是袖子没有卷起。一只手叉着腰,另一只手来回扭着制服上的扣子。昨天,他身上又发出了那股难闻的臭味了。

"喂,站着干什么,开始吧!就开始吗,卓罗库尔·阿尔丹诺维奇?"伊勃拉伊姆请示主席说。对方默默地点了点头。

"来,动手吧!"伊勃拉伊姆手忙脚乱起来,他急急地把自己的狐皮帽子挂到马棚门上的钉子上。帽子掉了下来,正好落在一堆牛粪上。伊勃拉伊姆带着厌恶的神色抖落着帽子,又重新挂上。"您最好稍稍离远点儿,"他说,"保不住马蹄子会踢了您。马可是笨头笨脑的笨家伙,随时随地会给人两下子的。"

古利萨雷一阵抽搐,感到脖子上套上了一根鬃制的套索,毛扎扎的。鬃索在胸前打了个活结,一端扔到上头,落到腰上。他们要干什么?不知怎的又把鬃索扯到后腿的踝骨上,不知怎的又把四条腿都给捆上了。古利萨雷暴怒起来,打着响鼻,斜瞪着眼睛。这是干什么呢?

"快!"伊勃拉伊姆催促着,突然扯着嗓子,尖叫一声,"放倒!"

两双有劲的毛烘烘的手，猛地把鬃索往身边一拽，古利萨雷"啪嗒"一声，立即倒在地上。太阳翻了个筋斗，地震得发颤。这是怎么回事？为什么它侧身躺着？为什么张张脸都奇怪地扯长了？为什么树变高了？为什么它躺得那么难受？不行，这很不对劲。

古利萨雷晃了一下头，整个身子抽动了一下。鬃索，像烧红的铁链似的掐进皮肉，把它的腿拉到肚子底下。古利萨雷猛力一蹿，使劲地、绝望地乱蹬乱踹着唯一没有捆绑的后腿。鬃索绷得紧紧的，发出快要断裂的吱吱声。

"扑上去！压住它！不让它动！"伊勃拉伊姆急得团团转。

好几个人冲上去，用膝盖压住马。

"头，把头朝地上压！捆起来！拽紧！就这样。动作快点儿。拉住这头，拽紧，拽紧，还要拽紧点儿。这下成了。这回把这儿钩住，打个死结！"伊勃拉伊姆一个劲地尖声嚷嚷着。

这下，古利萨雷腿上的鬃索缠得越来越紧了，直到四条腿都捆在一起，打了个粗硬的结子。古利萨雷哼哼着，"咴咴"地叫着，竭力想挣脱开这根捆得死死的鬃索，把那些压在它脖子上、头上的人统统甩开。但是那些人还是跪着，压着它。一阵痉挛通过溜蹄马汗透的全身，四条腿都麻木了。它再也动弹不得了。

"啊哈，总算捆住了！"

"真是好大的劲儿！"

"哪怕它是台拖拉机，这会儿也动不了啰！"

这当儿，他的新主人三下两下跳到躺倒的溜蹄马跟前，在它的头旁蹲下，散发出昨天那样的酒糟味。他带着不加掩饰的仇恨，得意扬扬地奸笑起来，仿佛躺在他面前的不是一匹马，而是他的一个不共戴天的仇人。

大汗淋淋的伊勃拉伊姆，一边用手帕擦着汗，一边在主席身旁也蹲了下来。两人紧紧挨着,抽起烟来,等着下一步的行动。

院子外面,孩子们还在玩着扔棍子的游戏:

> 阿克巴伊,科克巴伊,
> 别把小牛犊赶到地里,
> 你赶呀赶,反正赶不到地里,
> 得了吧,你就甭赶啦。
> 嘟嘟嘟……

太阳依旧那样照着。古利萨雷最后一次看到了无边无际的草原,看到马群在那里自由自在地游荡。在马群上空飞过一群灰色的大雁,拍打着翅膀,在互相呼唤……脸上粘上了一些苍蝇,可又没法轰走。

"就开始吗,卓罗库尔·阿尔丹诺维奇?"伊勃拉伊姆问道。

对方默默地点了点头。伊勃拉伊姆站起身来。

大家又行动起来,用腿、用胸脯压在捆绑着的溜蹄马身上,死命地把它的头压在地上。一双手伸到了马的腹股沟。

野小子们一个个爬到土墙上,像一群麻雀。

"快来看呀,孩子们,快来看,这在干什么!"

"给溜蹄马刷蹄子呢。"

"你真聪明!刷什么蹄子呀,根本不是刷蹄子!"

"哎,你们在那儿干吗?统统从这儿滚开!"伊勃拉伊姆朝他们挥着拳头,"去玩儿去!这儿没你们的事!"

孩子们一个个从土墙上滚下来。

院子里静下来了。

古利萨雷感到有个冰冷的东西一碰、一推,于是它的整个身子缩成一团,而新主人蹲在它的面前,瞧着,等待着什么。刹那间,一阵剧烈的疼痛使它的两眼直冒金星。啊,升起了一股鲜红鲜红的火焰,可马上又变暗了,变成黑黑的了……

事情结束之后,古利萨雷还是五花大绑躺在地上。只剩下一件事,就是把血止住。

"好极了,卓罗库尔·阿尔丹诺维奇,一切都很顺利。"伊勃拉伊姆擦着手说,"往后,它再也不会乱跑了。完了,已经跑够了。至于塔纳巴伊,您别睬他。您啐他一口!他就是那号子人。连自己的哥哥都不讲情面,把他当富农给清算了,送到了西伯利亚。您想想,他对谁还能安好心呀!……"

得意扬扬的伊勃拉伊姆从钉子上取下狐皮帽,抖了一下,顺了顺毛,戴在汗淋淋的头上。

而孩子们还在追着棍子:

阿克巴伊,科克巴伊,
别把小牛犊赶到地里,
你赶呀赶,反正赶不到地里,
得了吧,你就甭赶啦。

嘟嘟嘟……

"啊哈!又没有跑到。把身子弯下来。驾!古利萨雷,向前冲啊!乌拉,这是我的古利萨雷!"

晴空万里,阳光灿烂……

十

夜。深夜。老人老马。在峡谷口上,燃烧着一堆篝火。风吹着,火焰忽起忽落……

溜蹄马感到身下的泥土又冷又硬，它的一侧已经冻僵了。后脑勺紧得像块铁疙瘩，头有气无力地忽上忽下颤动着，那情景，如同它的两条前腿被钉上脚镣，只能一蹦一跳那样，如同它无法挣脱脚镣，无法尽情飞奔那样。它多么渴望能撒开四蹄自由自在地纵情驰骋，让马蹄跑得发烫；多么渴望在大地上空飞翔，好痛痛快快地尽情呼吸；多么渴望立即飞到牧场，好大声嘶叫，呼唤着马群，让母马、儿马都跟它一起在辽阔的长满艾蒿的草原上飞跑。但是铁链子紧紧地束缚着它。它孤零零的，拖着叮当作响的链子，像个逃犯，一步一蹦，一步一跳地走着。视野里空荡荡、黑沉沉、冷清清的。阵阵夜风刮得月儿闪烁。当溜蹄马蹦跳着，抬起头，随后像块巨石那样倒在地上，垂下脑袋时，月亮仿佛在它的眼前升起了。

忽明忽暗，忽明忽暗……眼睛都看累了。

铁链叮当作响，腿上鲜血淋漓。一蹦，一跳，又一蹦，一跳。四野里黑沉沉、空荡荡的。带着这副脚镣走了多久啊！带着这副脚镣，寸步难行啊！

在峡谷口上，燃烧着一堆篝火。溜蹄马感到身下的泥地又冷又硬，它的一侧已经冻僵了……

十一

两星期后，又该转移到新的放牧地点，又该进山了。待上整个夏天，整个秋天和冬天，直到来年开春。搬一次家可真费劲呀！也不知哪儿来的那么多破破烂烂的东西。难怪吉尔吉斯人有句老话：要是你觉得穷，你就不妨搬搬家。

该着手准备搬迁了，有多少杂七杂八的事该做——得去磨坊，上市场，找鞋匠，去寄宿学校看看儿子……塔纳巴伊成天像失魂落魄似的，那些天，在他老婆眼里成了个怪人。一大清早连句话都来不及说，就急匆匆跑去放马了。中午回来吃饭的时候，脸色阴沉，神情激动。时时刻刻像在等着什么意外，总是那样提心吊胆的。

"你怎么啦？"扎伊达尔探问道。

他总是默不作声，只有一次说了：

"前几天我做了个噩梦。"

"你这是跟我打马虎眼吧？"

"不，是真的。老是摆脱不开。"

"活到这一天了！难道不是你，在村里带头不信鬼神的？难道不是你，遭到了那些老太婆的咒骂的？塔纳巴伊，你这是老啦。你呀，成天围着马群转，眼下要搬迁了，你却满不在乎。难道我一个人能照应两个孩子？你最好去看看乔罗。正正派派的人在搬迁前总得探望探望病人的。"

"来得及，"塔纳巴伊挥挥手说，"以后再说。"

"以后什么时候？你是怕回村还是怎么的？咱们明天一起回去，把孩子们也带上。我也该回去一趟才是。"

第二天，他们请邻居的一个小伙子照看着马群，全家骑上马动身了。扎伊达尔带着小女儿，塔纳巴伊带着大女儿，让她们坐在马鞍前面，回村去了。

他们在村子的街上走着，同遇见的熟人一一打着招呼。在打铁铺附近，塔纳巴伊突然勒住了马。

"你等等，"他对妻子说。他下了马，把大女儿提到妻子身后的马背上。

"你怎么啦？上哪儿去？"

"我马上就来，扎伊达尔。你先走吧。告诉乔罗，说我马上就来。

办事处中午关门,有件急事得办。另外,得去趟打铁铺。弄点儿马掌和钉子,到搬迁时用。"

"两个人不一起去,怕不太好。"

"不要紧,没什么的。你先走吧,我马上就来。"

塔纳巴伊既没有上办事处,也没有去打铁铺。他直奔马厩而去。

他急匆匆地,也没叫唤谁,径直走进了马棚。马棚里半明半暗的,他的眼睛好一阵才慢慢习惯。他直感到嘴里发干。马棚里空空的,没有一点儿声音:所有的马都出去了。塔纳巴伊朝四围察看一下,如释重负似的嘘了口气。他从边门走进院子,想看看马倌。可结果,他看到了这些天来一直担惊受怕的事。

"我早知会这样,这些浑蛋!"他捏紧拳头,小声骂道。

古利萨雷站在凉棚下,尾巴上缠着绷带,脖子上系着绳子。在两条撇得很开的后腿中间,夹着一个血肉模糊的、水罐那么大小的鼓包。溜蹄马一动不动地站着,没精打采地把头埋在饲料槽里。塔纳巴伊咬着嘴唇,气得直哼哼,本想走到溜蹄马跟前,但实在没有这个勇气。他心里难受极了。瞧着这空荡荡的马棚,空荡荡的院子,瞧着那孤零零的骟马古利萨雷,他揪心似的难受。他转过身来,一句话没说,慢慢地走开了。事情已无法挽回了。

晚上,当他们回到家里之后,塔纳巴伊才伤心地对妻子说:

"我的梦应验了。"

"怎么啦?"

"刚才做客时不便说。古利萨雷往后不会再跑回来了。你知道他们干什么啦?把马骟了,这些浑蛋!"

"我知道了。所以才拖着你回村一趟。你怕听这个消息,是吧?有什么好怕的?你又不是小孩子!骟马,这不是头一回,也不会是最后一回。自古以来就这样,往后,还是那样。这事谁都明白。"

对此，塔纳巴伊无言以对。只是说：

"不，反正我觉得，我们这个新来的主席不是好人。我心里明白。"

"哟，你算了吧，塔纳巴伊，"扎伊达尔说，"把你的溜蹄马给骗了，一下子连主席也变成坏人了。干什么这样呢？他是新来的人。事情一大摊，困难不老少。乔罗都说了，现在上头正在研究农庄的情况，会给点支援的，说正在制订一些计划。你呀，看问题总不合时宜，咱们在山沟沟里待着，能知道多少呀？……"

吃完晚饭，塔纳巴伊又去放马去了，在那里一直待到深夜。他骂自己，他强使自己把那些事都忘掉。但是，白天马棚里所见的情景怎么也赶不开去。他绕着马群，在草原上兜着圈子，一边思量开了："兴许，真的不能这样看人？当然，这样不好。想必是我老了，放了整整一年的牲口，什么情况都闹不清了。可是，这样的苦日子，要熬到哪年哪月呢？……你要听听他们说的，好像一切都满不错的。得了，就算我错了吧。谢天谢地，我错了倒好说些。可兴许，别人也都这么想呢……"

塔纳巴伊在草原上来回兜着圈子，他满腹疑团，苦苦思索，但又找不到答案。他不禁回想起刚刚建立集体农庄时的情况。那阵子人人都满怀希望，他们也一再向大家保证，以后要过上幸福的日子。接着，就是为这些理想拼死斗争。把旧事物彻底埋葬，把一切都翻个个儿。结果怎样呢？——开头，日子过得真不赖。要不是后来这场该死的战争，还会过得更好些。可现在呢？战争过去了多少年了，农庄的家业就像座破毡包，成天修修补补。今天这儿打了块补丁，明天那儿又露出了个窟窿。什么道理呢？为什么农庄不像从前那样，是自己家的，倒像是别人家的呢？那阵子会上做出的决定就是法律。人人都清楚，这个法律是自己定的，所以非得照办不可。可现在的会议——尽扯些空话。谁也不管你的事。管理农庄的，好像不是庄员群众，而是某个外来人。仿佛只有外来人才更高明，才知道该做什么，怎么干更好，怎样才能把经济搞上去。农庄经营,今天这个样,明天那个样,来回折腾,不见半点儿成效。碰上什么人,都叫人提心吊胆的——随时随地会给你提几个问题:喂,你可是党内的人,农庄成立时嗓门扯得比谁都高,你现在倒给我们解释解释,这是怎么搞的?怎么回答他们呢?哪怕上头召开个会,讲点儿情况也好。哪怕问一问,谁有什么想法,什么担忧也好。可不是这样。区里来的特派员好像跟先前的也不一样。从前,特派员深入群众,平易近人。可现在,一来就钻进办事处,冲着农庄主席直嚷嚷。至于村苏维埃,从来就不理不睬。在支部会上发起言来,颠来倒去就是国际形势,至于农庄情况,好像就无关紧要了。好好干活儿,完成计划,这就完了……

塔纳巴伊还记得,不久前来了那么一位特派员,滔滔不绝地谈什么学习语言的新方法。当塔纳巴伊想跟他谈谈农庄情况时,那人翻了个白眼,说什么,你这个人思想有问题。不予置理。怎么搞成了这个样子的呢?

"等乔罗病好起床了,"塔纳巴伊决定,"我们得好好谈谈心。要是我搞糊涂了,就让他说明白了。可要是没错呢?……那会怎么样?不,不,这不可能。当然是我错了。我算什么人?一个普普通通的牧民,马倌。而上头——都是些大人物,他们高明……"

塔纳巴伊回到毡包,久久不能入睡。他绞尽脑汁,思索着:问题何在?可依旧找不出答案来。

搬迁的事缠住了身,结果也没来得及跟乔罗谈谈这些心事。

牲口又要进山了,在那里要度过整个夏天,整个秋天和冬天,直到来年开春。河边,河滩地上又走过一群群的马、牛、羊。骆驼和马驮着什物。四野里人声嘈杂。女人的头巾和衣裙五光十色,姑娘们唱着离别的歌。

塔纳巴伊赶着马群,经过一片很大的牧场,然后上了村边的小山包。在村子尽头。依旧是那所房子,那个院子——那地方,他曾经骑着他的溜蹄马去过多次。他心头一阵痛楚。如今对他来说,既失去了那个女人,也失去了溜蹄马古利萨雷,一切都成了往事。那时光,如同春天飞过的一群灰雁,但听得空中一阵啼叫,转眼就无影无踪了……

……骆驼妈妈跑了许许多多天,叫呀,喊呀,寻找自己的小宝贝。你在哪儿,黑眼睛的小宝贝?答应一声呀!奶水哗哗流着,从胀鼓鼓的乳房一直流到腿上。你在哪儿?答应一声呀!奶水哗哗流着,从胀鼓鼓的乳房哗哗流着。白花花的奶水呵!……

十二

那年秋天,塔纳巴伊·巴卡索夫的命运突然发生了变化。

他过了山隘,来到山前地带的秋季牧场,准备过几天再把马群赶进山里过冬。

正在这时候,农庄来了个人。

"乔罗派我来的,"那人对塔纳巴伊说,"叫你明天回村,然后再去区里开会。"

第三天,塔纳巴伊来到农庄办事处。乔罗早在他那间党支部的小屋里了。看上去,他的气色比春天时好得多。不过,他发青的嘴唇和消瘦的身子表明他的病始终没有好。他精神勃勃,忙得不可开交,身边围着不少人。塔纳巴伊为他的朋友感到高兴。看来,又挺过来了,又能重新工作了。

只剩下他们两人时,乔罗瞅了一眼塔纳巴伊,摸了摸陷下去的粗糙的面颊,笑眯眯地说:

"塔纳巴伊,你可不见老,还是老样子。咱们多久没见面啦?——打春天起吧?马奶酒加上山里的空气,这可是灵丹妙药!……我可是老了不少,也是上了岁数了……"乔罗沉吟片刻,谈起正事来,"是这么回事,塔纳巴伊。我知道,你准会说:这是得寸进尺。好比无赖,你给他一匙汤,他就会一而再,再而三要个没完没了。又得找你来啦。明天咱们一起去开畜牧业会议。畜牧业现在很糟糕,特别是养羊,又特别是咱们的农庄,一塌糊涂,简直没救。区委号召:把共产党员和共青团员派到落后的地方去——派去放羊去。你帮帮忙!以前让你去放马,你帮了忙,谢谢你啦。这回,你还得帮帮忙。要你接一群母羊,当羊倌去。"

"你的主意,可变得快呀!乔罗。"塔纳巴伊说完不作声了,心想:"放马,我已习惯了。放羊,可有点儿乏味!再说,谁知道这一摊子事会怎么样呢?"

"塔纳巴伊,这事也由不得你啦,"乔罗又说,"没有办法,这是党派的任务。别生气,往后,你再跟我算账,不过,得像老朋友那样讲点儿交情。有什么事,我来负责……"

"那还用说,总有一天我要好好跟你算算账的。你甭高兴!"塔纳巴伊笑起来。他没有想到,过后不久,他真的记恨乔罗了……"至于放羊的事,还得考虑考虑,跟老婆商量商量……"

"好吧,你考虑考虑吧。不过,明天一早,你得拿个主意。明天的大会得发个言。至于扎伊达尔,你可以过后再跟她商量,把情况给她讲清楚。我呢,有机会亲自找她一趟,跟她聊聊。她是个聪明人,会明白事理的。你呀,要离了她,脑袋早不知丢哪儿了呢!"乔罗开了个玩笑,"她在那里过得怎么样?孩子们都好吗?"

于是两人就聊起家常来,谈到了病痛以及这样那样的事情。塔纳巴伊一心想同乔罗做一次长谈。可后来,从山里叫回来的几个放牲口的人进来了。乔罗看了一下表,急着要走。

"这样吧,把你的马牵到马棚去。已经决定了,明天一早大家坐卡车去。你知道，我们分到了一辆汽车。再过些日子，还能弄一辆。日子会好过些的！我马上就得走，让七点准时赶到区委。主席已经在那里了。我想骑上溜蹄马，黄昏前一定能赶到。这马，一点儿也不比汽车跑得慢。"

"怎么，难道古利萨雷归你骑了？"塔纳巴伊吃惊地问，"这么说，主席真给你面子啦……"

"怎么说呢！面子不面子说不上，不过他倒是把马给了我了。你知道，倒霉透了，"乔罗两手一摊，乐呵呵地说，"不知为什么，古利萨雷恨透了这个主席。简直叫人莫名其妙。发着野性，就是不让挨近身边。这么试，那么试，都没用！打死也不行。等我去骑，——马就走得好好的。你把它调练得真行！你知道，有时候心脏病犯了，心疼得厉害，可一骑上溜蹄马，等它跑起来，疼痛一下子就过去了。单为这件事，我这一辈子也得当支部书记：它会给我治病哩！"乔罗笑了。

塔纳巴伊可笑不起来。

"我也是不喜欢他。"他嘟哝了一句。

"谁？"乔罗一边擦着笑出来的眼泪，一边问道。

"主席呗。"

乔罗的神色变得严肃起来。

"到底什么地方叫你不喜欢呢？"

"不清楚。我总觉得，他这个人没有能耐，不仅如此，还心狠手辣。"

"你知道，你这个人难得叫你称心如意。这一辈子你老是责备我，说我心肠太软。而这位，看来你也不喜欢……不过，我也不太了解。我这是刚出来工作，日子不长，暂时还看不准。"

两人都不作声了。塔纳巴伊本想原原本本跟乔罗说说给古利萨雷钉脚镣的事，说说骗马的事，可又觉得，谈这些事此刻既不得体，再说也没有多少说服力。为了打破这种沉默，塔纳巴伊便谈起刚才提及的、叫他高兴的好消息来：

"给了一辆卡车，这太好了。这么说，眼下各个农庄都通汽车了。应该，应该。早就应该如此了。你一定记得战前咱们分到第一辆吨半卡车的情景。还开了一次群众大会哩。怎么着，农庄有了自己的卡车啦！你站在车上还讲话了：'瞧，同志们，这是社会主义的成果！'可后来，卡车开上了前线……"

是的，有过这样的岁月……美妙的岁月，恰似那初升的太阳。何止卡车呢！有一回，从丘伊斯克运河工地回来时，有人还买回了几台留声机——也是破天荒头一回。这下，整个村子听新歌听入了迷！那时候正值夏末季节。一到晚上，人们都拥到有留声机的人家。有时，索性把留声机搬到大街上，大家听呀听的。老是放着那张《系着红头巾的女突击手》的唱片。"哎，系着红头巾的女突击手，你最好给我沏壶香茶！……"对大家来说，这也是社会主义的成果……

"你记得吗，乔罗，开完大会，大伙儿拥上了卡车，——把车挤得满满当当！"塔纳巴伊眉飞色舞地回想起来，"我举着一面红旗，站在驾驶室旁，简直像过节一样高兴。车子兜着风，直开到火车站，从那里沿着铁路又开到了下一站——都开到哈萨克斯坦了。在公园里还喝了啤酒。来去的路上歌声不断。——那时的骑手活下来的很少了，差不多都在战争中牺牲了。是啊……到了夜里，你听啊：我都没有放下手里的红旗。其实，夜里谁又能看得见红旗呢！可我一直没有放下……那是——我的旗子！我一个劲地唱呀唱呀，嗓子都唱哑了，我记得……乔罗，你说为什么我们现在不唱歌了呢？"

"老啦，塔纳巴伊，现在有点儿不合时宜了……"

"我不是指这个——过去我们已经唱够了。可年轻人呢！有一回，我到儿子的寄宿学校去了。他在那里学得怎么样啦？那么小就知道讨好领导了！他说，爹爹，你最好常常给校长捎点儿马奶酒来。这是干什么？学习倒还凑合……我想听听他们唱什么歌。小时候，我曾在亚历山大罗夫卡的叶夫列莫夫家当过雇工，有一回过复活节，他把我带到教堂去了。你瞧现在的孩子们站在台上，个个笔挺，把手贴在裤缝上，面孔铁板，唱起歌来，跟旧时俄罗斯教堂里唱的一样，老是那个调调……我可不喜欢，一般说来，如今有许多事情都把我搞糊涂了，咱们得好好谈谈……我落在生活后头了，不是什么事都清楚的。"

"好吧，塔纳巴伊，下回再找个时间好好聊聊。"乔罗收起公文，放进军用挎包里，"只是你也别过分忧虑了。就说我吧，我就相信，而且坚决相信：不论眼下有多大困难，总有一天我们会兴旺起来的，会过上我们理想的好日子的……"他边走边说，走到门槛跟前，又转过身，记起一件事来，"你听着，塔纳巴伊，有一回我路过你的家，院子都荒了。你也不好好照看照看。你一年到头在山里，家里没人管。战争年代你不在家，扎伊达尔一个人倒还收拾得利利落落，比现在强。你最好看看去，需要些什么？说一声，开春我们来帮你整治整治。我们家的萨曼苏尔暑假回来，看了都耐不住了，拿起镰刀说，我去塔纳克家把院里的杂草割一割。回来说，墙上的灰泥全掉了，玻璃都破了，屋里的麻雀飞来飞去，跟谷仓里一样多。"

"提起房子，你倒是说对了，代我谢谢萨曼苏尔。他在那里学得怎么样？"

"已经上二年级了，照我看，学得不错，你刚才谈起年轻人来，我瞧我那儿子，觉得现在的青年好像不赖。听他讲的那些事情，他们学院的小伙子们都挺能干。当然啦，还得看将来，眼下年轻人有了文化，会考虑自己的前程的……"

乔罗到马棚去了，而塔纳巴伊跨上马，看自家的房子去了。他在院子里转了一圈。虽说夏天乔罗的儿子割过草，可杂草又长高了。草枯了，落满了灰尘，踩上去咯吱咯吱响。房子无人照看，真有点儿问心有愧。别的放牲口的人家里都留有亲戚，要不就请人照看。塔纳巴伊有两个亲姐姐，但都不在本村，他跟哥哥库鲁巴伊又不和。至于扎伊达尔，连一个近亲也没有。这么一来，院子自然就荒芜了。看来，往后还是在外头放牲口，只是不放马，放羊罢了。这事虽说塔纳巴伊还拿不定主意，不过他心里明白：乔罗迟早会说服他，他也无法拒绝，像往常一样，最后还得同意。

一清早，大家坐上汽车，出了村子。车子直奔区中心。崭新的三吨"嘎斯"车，大家都挺中意。"瞧，有多威风，咱们都成了沙皇了！"牧民们开着玩笑说。塔纳巴伊也高兴起来了，因为打战争结束以来，他已经好久好久没乘过汽车了。战时他倒有机会坐着美国制的"斯蒂贝克"卡车，沿着斯洛伐克和奥地利的公路，走过许许多多地方。那种卡车的功率很大，都是六个轮子的。"要是我们也有这样的车就好了，"那时塔纳巴伊想，"特别是从山里运粮食出来，有了这样的卡车，保证哪里也陷不住了。"他相信，等战争结束，我们也会有这种卡车的。只要胜利了，什么东西都会有的！……

在敞篷车上，迎着风说话可挺费劲。大部分时间，大家默不作声，直到塔纳巴伊对年轻人发话道：

"唱起歌来，小伙子们！瞧着我们几个老头儿，有什么意思！唱吧，我们听着。"

年轻人便唱起来。开头唱得不齐，后来就协调了。大家高高兴兴的。"这就好了，"塔纳巴伊想，"这样要好得多。最主要的是，总算把我们召到一起了。可能会做点儿什么指示，谈谈整顿农庄的事。领导嘛，总比我们看得清楚些。我们就看到自己鼻子下的那些事，不会再多了。上头出点儿好主意，再一瞧，呀，我们这儿都照新的办法干起来啦!……"

区中心熙熙攘攘,人声鼎沸。卡车和大车,加上许许多多的马匹,把俱乐部旁边的广场挤得水泄不通。烤羊肉的,卖茶水的,哪儿哪儿都是。热气腾腾的,烟熏火燎的,招徕顾客的叫卖声不绝于耳。

乔罗已经在等着了。

"快下车,咱们走吧。找个座位,马上就开会了。哎,塔纳巴伊,你这是上哪儿去?"

"我马上就来,"塔纳巴伊急急地说,一边挤进一堆马匹中间。他早在车上就看到他的古利萨雷了,现在无论如何得去看看它。打开春起,他就没见过它了。

溜蹄马备着马鞍,夹杂在好些马的中间。它那一身油光滑亮的金灿灿的皮毛,那圆溜溜的结实的臀部,那对黑眼睛,凸鼻子和瘦削的头,都与众不同,十分显眼。

"你好哇,古利萨雷,你好哇!"塔纳巴伊一边挤过去,一边嘟哝着,"喂,你怎么样啊?"

溜蹄马斜着眼睛瞧了一下,认出了原先的主人,它倒换着蹄子,打了个响鼻。

"你呀,古利萨雷,看上去还不错。瞧,胸口还怦怦跳。是不是常跑长路?那阵子,你遭罪了吧?我知道……算了吧,总算遇上了个好主人。你要听话,什么事就好办了。"塔纳巴伊一边唠叨着,一边摸着搭在鞍子上的口袋。马褡子里还剩有不少燕麦,看来,乔罗是不会让它在这里挨饿的。"得了,你待在这里吧,我该走了。"

在俱乐部门口的墙上,挂着一长条鲜红的横幅,上面写着:"共产党员们,前进!""共青团是苏联青年的先锋队!"

人们蜂拥而入,然后进了休息室和观众大厅。在大门口,乔罗和农庄主席阿尔丹诺夫迎上了塔纳巴伊。

"塔纳巴伊,咱们到一边谈谈。"阿尔丹诺夫发话了,"我们已经给你签到了,这是你的笔记本。你得发个言。你是党员,又是我们农庄最出色的马倌。"

"那我该讲些什么呢?"

"你就说,你,作为一个共产党员,决定到落后的地方去工作,当个羊倌,放一群母羊。"

"就这些?"

"哪能就这些!你再谈谈你的指标。你可以说,我向党向人民保证,每二百只母羊接下一百一十只羊羔,并且保证只只成活。另外,保证每只母羊剪下三千克羊毛。"

"要是我连羊群的影儿都没见着,这些话,我怎能说出口呢?"

"行了,你考虑一下,羊群会给你的,"乔罗打着圆场说,"你看中的羊,你都挑了。别着急。另外,你还可以说,准备收两个共青团员当徒弟。"

"谁?"

人们推来搡去的。乔罗看了看名单。

"鲍洛特彼可夫·艾希姆和扎雷科夫·别克塔伊。"

"我可没跟他们谈过,谁知道他们乐意不乐意?"

"你又来你这一套!"主席火了,"你是个怪人!难道非得你跟他们谈不成?谁谈不一样?我们把这两个人指派给你,他们还能上哪儿去!这事早就定了。"

"噢,既然早定了,那还找我谈干什么?"塔纳巴伊拔腿要走。

"等等,"乔罗止住了他,"你都记住啦?"

"记住了,记住了。"塔纳巴伊一边走,一边气冲冲地嘟哝着。

十三

大会到傍晚才结束。区中心冷清下来了。人们各奔东西：有的回山里，有的回牧场，有的回农场，有的回村子。

塔纳巴伊跟一些人上了卡车。车子上了亚历山大罗夫卡的慢坡，然后在高原上疾驰。天已经黑了。晚风习习，颇有凉意。已经是秋天了。塔纳巴伊挤在卡车的一个角落，翻起领子，缩成一团。他思量开了。会，这就算开过了。他本人没有说出半点儿名堂来，只是听了别人的许多发言。看来，要让一切走上轨道，还得付出艰巨的劳动。还是那位戴眼镜的州委书记说得对："谁也没有为我们铺好康庄大道；路，得靠咱们自己来开。"你想想，打三十年代一开始，一直就是这样：忽上忽下，忽高忽低……显然，农庄的经营，颇不简单。瞧，自己都满头花白了，青春年华都耗尽了，什么世面没有见过，什么事情没有干过，蠢话也说了不少，总盼着事情将会好转，可实际上，农庄困难重重，负担累累，数不胜数……

那有什么，工作就是工作。书记说得好：生活，任何时候也不会自个儿朝前跑的——就像战后许多人想的那样。生活，永远得由人用肩膀顶着它朝前推，只要你一息尚存……只是每当生活的车轮旋转，它的棱棱角角就会把你的双肩磨出老茧。老茧又算得了什么！当你意识到，你在劳动，别人在劳动，而由于这些劳动，生活会变得幸福美满——此时此刻，你就会感到心满意足！……他该如何对待放羊这件事呢？扎伊达尔会怎么说？连商店都没来得及去一趟，哪怕给孩子们买几块糖也好，答应过多少回了。说得倒轻巧：每一百只母羊接下一百一十只羊羔，每只母羊剪下三千克羊毛。每只羊羔生下来还不算，还得只只成活。可是雨呀，风呀，冰冻呀，小羊羔子能顶得住吗？羊毛又怎么样？你不妨弄根羊毛来：细细儿的，肉眼都看不见，吹口气，就没了。三千克，上哪儿弄去？唉，三千克敢情是好！我看呀，有些人可能一辈子瞅都没瞅见过，这些东西是怎么来的……

是的，他让乔罗搞糊涂了……乔罗说："发言简短点儿，只谈自己的保证，别的，我劝你什么也不讲。"塔纳巴伊听从了。他走上讲台，感到有点儿胆怯，结果，积在心里的那些话一句也没说。他把几点保证小声地含糊地说了一遍，就下台了。想起来都感到难为情，可乔罗很满意。他干什么变得如此谨小慎微了呢？是因为有病，还是因为他现在不是农庄的第一把手了呢？为什么他非得事先给塔纳巴伊打招呼呢？不，在他身上起了一些变化。可能由于这个缘故，他这个当了一辈子主席的人把农庄也拖垮了，也因此挨了一辈子上级领导的骂，好像学会随机应变了……

"先别忙，老兄，有朝一日，我得面对面跟你算算账的……"塔纳巴伊一边思忖着，一边把老羊皮袄捂得更严实些。真冷！还刮着风。离家还远着哩。家里会有什么事等着他呢？……

乔罗跨上溜蹄马，他没有等同路的人，就独自动身了。胸口有点儿疼，他想赶紧回家。他扬鞭策马，那马，因为歇了一整天，此刻正撒开四蹄，迈着溜蹄马的步式，稳稳地跑将起来。它像开足马力的汽车，在黄昏的大路上，飞驰而过。在它从前的那些习性中，现在只留下一种飞跑的激情。其他的，早在它身上死去了。人们禁绝它的一切欲念，正是为了让它只识得马鞍和道路。飞跑，才是古利萨雷的生命。它全心全意地跑着，不知疲惫地跑着，仿佛在急急地追赶着被人们剥夺了的那个东西。它飞跑着，可又永远也追赶不上。

乔罗迎风疾驰。他感到轻快些了，胸口也不疼了。对大会，总的来说，他感到满意，尤其喜欢州委书记的讲话。这个州委书记，他早就听说过了，这回才头一次见着。不过，乔罗还是感到不大痛快，心里挺别扭的。要知道，他一片好心，完全是为塔纳巴伊着想。这类大会小会，他开过无数次了，简直是此中老手了。他知道，什么场合该讲些什么，不该讲些什么。他也学乖了。可塔纳巴伊，尽管听了他的劝告，却不想了解此中奥妙。开完会，理都没理他，坐上卡车，扭过脸去，生气了。嗨，塔纳巴伊，塔纳巴伊！你这个缺心眼的呆子，你怎么没有接受点儿生活的教训呢？你是啥也不懂，一窍不通！年轻时那个样，现在还是那个样。你恨不得挥起胳膊，把什么都砸个稀里哗啦。现在不是那种时候啦。现在最最要紧的是见什么人说什么话。要说些合乎潮流的话，说得跟大家一个样：既不冒尖，也不结巴，要四平八稳，背得滚瓜烂熟。这么一来，事情就稳妥了。要让你，塔纳巴伊，由着性子乱来，就非得砸锅不行，到头来，还得自己收拾。"你是怎么教育你的党员的？还有什么纪律？你为什么放任不管？"嗨，塔纳巴伊，塔纳巴伊！……

十四

还是那个夜晚，老人老马滞留在路上。在峡谷口上，燃烧着一堆篝火。塔纳巴伊站起身来，已经不知多少次给奄奄一息的古利萨雷捂好盖在身上的皮袄，随后又在它的头跟前坐下。他把整个的一生在脑子里过了一遍。啊！岁月，岁月！岁月，如同飞跑的溜蹄马，转眼之间就无影无踪了……后来，当他接过羊群，当上羊倌时，那一年的暮秋和早春又发生了什么事呢？……

十五

　　山区的十月，秋高气爽，一片金灿灿。只是开头两天，下了点儿雨，升起了雾，有几分凉意了。可后来，一夜之间，雾消云散，天气放晴了。一清早，塔纳巴伊走出毡房，差点儿踉跄而退：那白雪皑皑的山巅仿佛一步而下，跨到他跟前了。山上下了好大的雪！绵绵群山在苍穹之下，显得洁白无瑕，浓淡有致，宛如神灵的杰作。而在雪峰之后，是悠悠的蓝天。在它无边无垠的深处，在它遥远遥远的尽头，现出清澈透亮的茫茫太空。那强烈的光线，那清新的空气，使塔纳巴伊不禁打了个寒战，他突然感到万般愁苦。他又一次想起了她，想起了昔日骑着溜蹄马去找过的那个女人。要是古利萨雷近在身旁，他准会飞身跃马，纵情欢呼，直奔她而去，就像眼下这片白雪……

　　但是他知道，这只是一种理想……那又怎样呢，半辈子都在理想中过来了。可能，正因为有了理想，生活才变得这样甜蜜；可能，正因为有了理想，生活才显得如此宝贵，因为，并不是任何理想都能如愿以偿。他望着群山，望着蓝天，心想未必人人都一样地幸福。人各有命。每个人都有他自己的欢乐，自己的悲伤，就像一座山在同一时间内，有阳光，也有阴影一样。正因为如此，生活才显得充实……"她，也许早已不再等待了。兴许，看到山头的白雪，还会有所思念吧……"

　　人，一天天变老；可心灵，并不想屈服。猝然间，它会振奋起来，要大声疾呼！

　　塔纳巴伊备了马，打开羊栏，冲着毡包喊道：

　　"扎伊达尔，我放羊去了。我回来之前，你先一个人张罗着。"

　　几百只绵羊踏着碎步，争先恐后地往山坡上爬去。无数的羊背、羊头,如潮水一般,滚滚向前。近处,还有几个羊倌也在放牧。山坡上,洼地里,峡谷间——漫山遍野,撒满了羊群。它们在寻找大自然慷慨的恩赐——草。灰白相间的羊群,东一堆西一堆地在暮秋黄色的、褐色的杂草丛中悠然徘徊。

暂时一切都很顺利。拨给塔纳巴伊的羊群很不错:都是些怀着第二三胎的母羊。五百多只绵羊,就是五百多桩操心事。等产完羔,就得增加一倍多。但是,离接羔的繁忙季节暂时还远呢。

放羊比起放马来,当然安生些,可塔纳巴伊还是不能马上习惯过来。放马,才带劲哪!不过,据说养马已经毫无意义。现在有各式各样的汽车,因此,养马就无利可图了。眼下当务之急,是发展养羊业:既有羊毛,又有羊肉,还能制熟羊皮。这种冷冰冰的精打细算,常常叫塔纳巴伊感到窝火,虽说他心里也明白,这种说法是确有道理的。

一群好马,配上一匹管事的头马,有时可以放任不管,甚至可以离开半天,或者更久些,忙别的事去。放羊的时候,就脱不开身了。白天,得寸步不离地跟着;夜里,还得看守。一群羊除羊倌外,本应配几名帮手,可是没有给他派人来。结果是:事情一大堆,忙得团团转,没人换班,无法休息。扎伊达尔算是看夜人。白天,她拖着两个女儿有时替他放一阵羊,晚上背起枪,在羊栏外巡逻。后半夜,还得由塔纳巴伊来看守。而伊勃拉伊姆——他现在升了官,当上了农庄主管畜牧业的头头了——什么事他都是常有理:

"嗨,我上哪儿去给您弄帮手呀,塔纳克?"他装出一副愁眉苦脸的样子说,"您是通情达理的人。年轻人都在学习。而那些没上学的,连听都不愿听放羊的事。都进了城,上了铁路,有几个甚至跑到什么地方下了矿井。怎么办?我是束手无策。您总共才一群羊,您还唉声叹气。可我呢?有关牲口的事全压在我的脖子上。总有一天,我得吃官司去。我悔不该,悔不该接下这份差使。您倒试试跟您那个帮手别克塔伊这号人打打交道看。他说了：你得保证我有收音机，有电影，有报纸，有新毡包，另外，保证每个礼拜流动商店来我这儿一趟；要是不答应——我爱上哪儿就上哪儿，你管不着。您倒是最好找他谈谈，塔纳克！……"

伊勃拉伊姆倒是没有瞎说。爬那么高，他此刻也不怎么得意了。至于别克塔伊，讲的也是实情。塔纳巴伊有时抽空去看看他手下的两个共青团员。鲍洛特彼可夫·艾希姆这小伙子挺随和，虽说不怎么麻利。而别克塔伊，长得少年英俊，人也挺能干，就是他那对乌黑的、斜视的眼睛里总露出一股恶意。见着塔纳巴伊，他总是阴阳怪气的：

"你呀，塔纳克，就甭穷折腾了。你最好在家里逗逗孩子。你不来，我这儿的钦差大臣就满天飞了。"

"你怎么啦，我来了，反倒坏事了不成？"

"坏事倒不坏事。不过，像你这号人，我就是不喜欢。你这是自讨苦吃。就会喊：乌拉！乌拉！人过的日子你不过，也不让我们安生。"

"你呀，小伙子，可不怎么的，"塔纳巴伊压着火气，从牙缝里一字一顿地挤出话来，"你别对我指手画脚的。这事你管不着。自讨苦吃的是我们，不是你。我们心甘情愿，并不后悔。是为了你们，才自讨苦吃。倘若没有人自讨苦吃，我倒要瞧瞧，这会儿你又该怎么叨叨。什么地方有报纸有电影，你连自己姓什么叫什么都会忘了。依我看，你的名字就是两个字：奴才！……"

塔纳巴伊不喜欢这个别克塔伊，虽说内心还是看重他的心直口快。这人没有一点儿骨气。看到年轻人不走正道，塔纳巴伊感到痛心……后来，他们还是分道扬镳了。有一回，他们在城里不期而遇，塔纳巴伊已无话可说，当然，也不愿听他那一套胡言乱语。

那一年，冬天来得特别早……

冬天，跨上它桀骜不驯的白毛骆驼飞驰而到，来折磨牧民们，惩罚他们的健忘。

十月里，秋高气爽，一片金灿灿。进了十一月，转瞬间，冬天蓦然而至。

傍晚，塔纳巴伊把羊群赶进羊栏。一切似乎跟往常一样。可是到了半夜，妻子把他叫醒了：

"快起来，塔纳巴伊！冻死我了，下雪啦。"

她的手冰凉，浑身上下有股湿乎乎的雪的味道。连枪也是湿漉漉的，冷冰冰的。

四野里是一片微微发白的夜色。雪下得很密。母羊在羊栏里急躁不安，不习惯地晃着脑袋，不断地干咳着，抖落着身上的雪。可是雪却下个不停。"你们先别忙，咱们还不到时候哩，"塔纳巴伊掖紧羊皮袄的衣襟，心里想道，"太早了，冬天，你来得太早了。这会怎么样？是好事，还是坏事呢？说不定，到末了你会让点儿步吧？最好在接羔的节骨眼上，你离远点儿——这就是我们牧人的全部希望了。眼下，你爱怎么治，就怎么治吧。你有这个权力，当然，也不必征求旁人的意见……"

冬天刚一来临，便悄悄地，悄悄地在黑暗中奔忙操劳，它要让所有的人清早一起来就大吃一惊，然后奔来跑去，忙个不迭。

群山暂时还是黑魆魆的一片，只是到了夜里才渐渐冷却下来。它们对冬天满不在乎。只有那些牧人，赶着牲口，在急急忙忙地转移。而绵绵群山，却一如往常，傲然挺立。

那个令人难忘的冬天就这样开始了。它有什么意图，暂时还无人知晓。

雪没化，几天之后，又下了一场。这样，一连几场大雪就把牧羊人从秋季牧场上撵走了。一群群的羊四散开去，躲进了深谷，躲进了背风和雪少的地方。牧羊人历来的那套本事又用上了：在别人挥手而过，认为除了雪之外别无他物的地方，居然给羊群找到了牧草，所以说，他们才是牧羊人呢！……有时候，难得来个头头脑脑的，东瞧瞧，西望望，问这问那，许诺了一大堆，说完赶紧溜下山回去了。只有牧羊人独自留下，面对面地跟冬天较量。

塔纳巴伊想无论如何抽空回村一趟，了解一下有关接羔的事——是不是一切都准备妥当了，是不是饲料都储存够了。可哪儿行呢！连喘口气的工夫都没有。扎伊达尔有一回去寄宿学校看了看儿子，也没敢多耽搁，因为她知道，她不在家事情就不好办。塔纳巴伊只好带着两个女儿一起放羊。把小闺女放在身前的马鞍上，给她裹上老羊皮袄，她暖暖和和的，舒舒服服的。可老大呢，因为坐在父亲的后面，都快冻僵了。就连炉灶里的火也跟往常不一样，老是烧不旺。

等第二天母亲一回家，哎哟，那可热闹啦！孩子们扑到妈妈怀里，搂着她的脖子，怎么拉也拉不开。哎，不，父亲，当然啰，终究是父亲；要离了母亲，这个做父亲的也就不称其为父亲了。

日子一天天过去。冬天的脾气喜怒无常：忽而咄咄逼人，忽而稍稍收敛。有两回起了大风雪，后来风停了，雪化了。这种天气把塔纳巴伊搅得心神不宁。要是接羔时碰上暖和的天气，那就太好了。如若不然，那可怎么办呢？

这当儿，母羊的肚子越来越沉了。有些母羊估计要下双羔，或者羊羔特别大，这时候肚子都垂下来了。大肚子母羊步履艰难地，小心翼翼地迈着步子。母羊显然都消瘦了，脊椎骨一个个凸了出来。这有什么稀奇的呢！——胎儿是在娘肚子里长大的，是吸取了母亲的膏血骨髓才发育的，所以，此刻每一根小草都得从雪地里刨出来。依牧羊人的心愿，当然最好能运点儿饲料进山来，最好能早晚给母羊喂点儿饲料。可农庄的粮仓简直是一扫而空。除了种子和一些喂耕马的燕麦外，几乎一无所有。

每天早上，当塔纳巴伊把羊群赶出羊栏时，他总要摸摸母羊的肚子和奶子，留心察看一番。每回心里都估摸着：要是一切顺利，那么，羊羔子的指标还能完成。至于羊毛，看来，根本没门。入冬以来，羊毛长得很糟糕，有些母羊甚至开始掉毛，毛反而少了。还是那句话：要能喂点儿饲料就好了。塔纳巴伊脸色阴沉，一肚子火，可又一筹莫展，只能狠狠地把自己臭骂一顿，不该听了乔罗的话，吹得天花乱坠，还在讲台上大声疾呼，说什么，我，如何如何有能耐，我，向党向祖国保证。没说这些大话就好了！再说，喊什么党，祖国，有什么用！这原本是普普通通的生产任务。可是偏不……假定就如此吧。干什么我们每走一步，不管该与不该，尽放那些空炮呢？……

那又怎样呢，自己也有一份错。没有动动脑筋，跟别人的指挥棒转了。他们倒无所谓，大轰大嗡一番，就没事了。只觉得乔罗太可怜了，他怎么也不遂心，三天两头病。一辈子忙忙碌碌，苦口婆心，劝告呀，安慰呀，结果有什么用？慢慢地，也变得谨小慎微了，字斟句酌了。既然有病，不如退休算了……

冬天不慌不忙，照常行进，时而给牧羊人带来希望，时而叫他们胆战心惊。塔纳巴伊的羊群里，有两只母羊极度衰弱，终于倒毙了。他手下的两个年轻人那里，也都死了几只羊。这本是难免的：一个冬天损失十几只羊，这是常事。关键时刻还在后头，在开春的时候。

天气忽然回暖了些。母羊的奶子一下鼓起来了。你瞧瞧，瘦瘦的身子，拖着个大肚子，奶头都变得绯红绯红的了，奶子不是每天，而是每时每刻都在胀大。那是什么原因呢？真不知从哪儿来的这股劲头！听说，不知谁的羊群里已经生下几只小羊羔了。看来，这是交配时疏忽了的缘故。不过，这已是开头的信号了。再过一两个礼拜，像瓜熟蒂落那样，羊羔子就要纷纷落生了。可得要接好羔。牧羊人紧张的接羔季节快要开始啦！接下每一只羊羔时，羊倌的手就会发抖，会埋怨自己不该接过羊鞭。可是,一旦把羊羔子护理好了,小羊羔能直起腿来,翘起尾巴,不怕冬天了——到了那个时候,牧羊人的心,可要乐开花了。

但愿如此,但愿如此!免得日后无脸见人……

农庄派了一些多半是上了年纪的、没有子女的、能离得开村的妇女来帮忙接羔,给塔纳巴伊也派来了两名帮手。她们随身带来了帐篷、铺盖和零用东西。变得热闹些了。帮手至少得来七八人才行。伊勃拉伊姆担保,一旦羊群转移到接羔点——一片叫"五棵树"的峡谷,帮手一定配齐了。而目前,他说,两个帮手就足够了。

羊群慢慢移动了,下山了,朝山前地带的接羔点赶去。塔纳巴伊让鲍洛特彼可夫·艾希姆帮着两个妇女先到那里安顿下来,他随后赶着羊群前去。一清早,他就打发他们赶着驮载的牲口上了路,自己把羊群拢到一起,不慌不忙,慢慢悠悠地在后面跟着,好让母羊临产时不会太感费劲。——后来,他为了指导两个年轻人,这条去五棵树的路他又走过两趟。

母羊慢慢地移动着——也没有必要忙着赶它们。连狗都感到闷得慌,东跑跑,西闻闻,像在寻找什么似的。

太阳快落山了,但天气还是暖洋洋的。羊群越是往下,就越感到暖和。在向阳的山坡,嫩绿的小草已经破土而出了。

半路上有点儿小小的耽搁:第一只母羊产羔了。本来是不该发生这种事的。塔纳巴伊快快不乐地给新生的小羊羔吹着耳朵和鼻孔。接羔的日期最早也得过一个礼拜。可现在——喏,你接着吧!

说不定路上还会生吧?他仔细察看别的母羊。不,似乎不像。他安下心来,后来甚至快活起来了:两个闺女一定会喜欢他这只小羊羔的。新生儿总是招人喜爱的。这羊羔子真可爱!浑身雪白,就是一双眉毛和四只蹄子是黑黑的。他的羊群里有几只粗毛羊,刚才生小羊的正是其中之一。粗毛羊生下的羊羔,总是结结实实的,长一身细细的、密密的绒毛，不像细毛羊生的羊羔，生下来就光不溜秋的，一丝不挂。

"得了，既然你急得不行，那就瞧瞧这人世间吧！"塔纳巴伊高兴得自言自语起来，"给我们牧羊人带来幸福吧！让生下的羊羔子都跟你一样结结实实的，让落地的羊羔子密密麻麻，都无处下脚，让你们的咩咩声把我的耳朵震聋，让所有的羊羔子只只成活！"他把羊羔子举到头顶，"瞧呀，绵羊的保护神！这是今年头一只羊羔子，你保佑我们吧！"

周围群山肃立，默默无语。

塔纳巴伊把小羊羔揣进怀里，赶着羊群又上路了。羊妈妈在身后紧紧跟着，不安地咩咩叫着。

"走吧，走吧！"塔纳巴伊对那只母羊说，"羊羔子在我这儿，丢不了的！"

小羊羔在皮袄里焐干了，暖和了。

当塔纳巴伊把羊群赶到接羔点时，已经是黄昏了。

所有的人都到齐了。毡包里冒出缕缕炊烟。两个妇女在帐篷旁边忙来忙去。看来，搬迁的事总算对付过去了。没有见着艾希姆。对了，他把驮载用的骆驼牵走了，准备明天转移到另一处去。一切都按计划行事，没有差错。

但塔纳巴伊后来看到的情景，有如晴天霹雳，把他惊倒了。他并无过高的要求，可瞧那接羔用的羊圈——顶棚上的芦苇都糟烂了，散落了，四围墙上尽是窟窿，既没有窗，也没有门，风在里面横冲直撞——不，这种情况，他可没有料到。四周的雪差不多化尽了，可羊圈里，却到处是一堆堆的积雪。

羊栏原先是用石头砌的，现在也成了一片废墟。塔纳巴伊心灰意冷，连女儿怎么欣赏羊羔也无心看了。他把羊羔往她们手里一塞，便出去察看周围的情况了。不论闯到哪儿，到处都是乱糟糟的——这景况，简直是世上少有。可能，打战争以来，这里就无人照看了。每年，羊倌们凑合着接完羔就离开了,把什么东西都扔下,任凭风吹雨打。在草棚的搁板上凄凄惨惨地堆着一抱烂糟糟的干草,几堆散乱的麦秸。在一个角落里,扔着两个口袋,里面有点儿大麦面,另外,还有一匣子盐。所有这些,就是为一群母羊和小羊准备的全部饲料和铺垫物了。还是在那个角落,扔着几盏马灯,玻璃罩已经碎了,还有一只盛煤油的锈铁桶,两把铁锹和几把断了把的草杈。呵!真想泼上煤油,把这堆破烂烧它妈的精光,然后扬长而去,爱上哪儿就上哪儿……

塔纳巴伊来回走着,在去年留下的冻得硬邦邦的粪块和雪堆中间磕磕碰碰地走着。不知说什么才好。已经无话可说。只是像发了疯似的一个劲儿地嘟囔着:"怎么能这样?……怎么能这样?……怎么能这样?……"

后来他冲出羊圈,急急地跑去备马。两只手颤悠悠地上着马鞍。此刻,他要飞马回村,他要把人们一个个从睡梦中叫醒,他要大闹特闹一番。他要揪住这个伊勃拉伊姆的领子,揪住这个农庄主席阿尔丹诺维奇的领子,揪住乔罗的领子:让他们知道他的厉害!既然他们能这样对待他,他们就甭想有好结果!行,要完蛋大家都完蛋!……

"喂,你站住!"扎伊达尔赶上来,拉住了缰绳,"你上哪儿去?不行!你下来,听我说!"

哪行呢!你倒试试能拦住塔纳巴伊。

"你放开!你放开!"他大声吼叫着,一边夺缰绳,抽打着马匹,冲到妻子跟前,"我说,你放开!我要跟他们拼了!跟他们拼了!跟他们拼了!"

"我不放!你要跟人拼了吗?——先跟我拼了吧!"

这当儿,两个女人跑上来帮着扎伊达尔,两个女儿也跑过来,大哭小喊的。

"爹爹!爹爹!你别去!"

塔纳巴伊稍稍冷静了一点儿，但还是一个劲儿地想冲开去。

"别扯着我！难道你没瞅见这儿乱七八糟的情景？难道你不知道母羊马上就要下羔了？赶明儿把那些羊往哪儿放？顶棚在哪儿？饲料在哪儿？一只只羊都得死光！谁来负责？你给放开！"

"你等等，你等等！好吧，就算你回村了，好吧，就算你大吵大闹了一场，这又有什么用呢？要是直到如今他们啥也没有准备，这就是说，他们无能为力了。要是农庄有点儿什么办法，不早就盖了新羊圈了吗！"

"顶棚倒是可以翻修一下，可门呢？窗呢？到处都塌方了。羊圈里尽是雪，羊粪十来年也出不完！你倒瞧瞧，这么点儿烂糟糟的干草能喂几只羊？难道这种干草能喂小羊吗？铺垫用的草上哪儿弄去？让羊羔子在烂泥地里死光，是不是？你的意思是这样吧？你给我走开！"

"算了，塔纳巴伊，你清醒清醒吧！你怎么啦，比谁都有能耐，是不是？别人什么样，咱们也差不离。你还算个男子汉呢！"妻子数落起他来，"你最好动动脑筋，该做些什么，趁现在为时还不晚。至于他们，你就别理算了！既然该咱们负责，咱们就干起来。你瞧，那边去谷地的路上，我发现了一大片野蔷薇，长得密密麻麻，还有刺。说真的，我们可以砍下来，盖到顶棚上去，上头再压上一层羊粪。至于铺垫的东西，咱们可以多割点儿骆驼草。想点儿办法，好歹熬过这段苦日子。只要天气帮忙就行了……"

这时，两个妇女也在一旁劝说。塔纳巴伊跳下马来，冲着几个女人啐了一口，就进毡包去了。他坐在那里，耷拉着脑袋，仿佛大病初愈似的。

毡包里静悄悄的。大家都不作声，都怕开口。扎伊达尔从烧着的干粪块上取下茶炊，放了不少茶叶，把茶煮得浓浓的。又端来了一罐水，让丈夫洗了手。铺了一条干干净净的桌布，摆上了不知从哪儿弄来的糖果,一个盘子里还放着切成一小片一小片的奶酪。还请了那两个女人来喝茶。嗬哟!这些娘儿们真有能耐!端着茶碗,品着茶,絮絮叨叨,唠着家常,像在人家做客似的。塔纳巴伊一句话没说,喝完茶,走了出来。他到羊栏跟前,把倒塌的石头一块块垒起来。事情一大堆。得忙着干起来,好让羊群有地方过夜。接着,几个妇女也都出来了,抱的抱,垒的垒,都干起活儿来。连两个小姑娘也使着劲儿给大人递石头。

"回家去!"父亲对她们说。

他感到十分惭愧。他垂下目光,只顾搬石头。乔罗说得对:要离了扎伊达尔,这个天不怕地不怕的塔纳巴伊早不知把脑袋丢到哪儿了呢!……

十六

第二天,塔纳巴伊帮着他手下的两个羊倌转移到了一个新的放牧地点。随后,整整一个礼拜他忙得不可开交。他都记不清什么时候曾这样拼命干活儿的了。只记得在前线,为了抢修工事,常常几天几夜连轴转。但那时是整个师、团、军一起行动的,可是现在——只有自己、老婆和一个帮手。另一个帮手还在附近放牧一大群羊。

最棘手的活儿算是清羊圈和砍灌木丛了。野蔷薇长得密密麻麻,到处是刺。塔纳巴伊的靴子给剐破了,军大衣给撕烂了。砍下的野蔷薇因为尽是刺,马不能驮,人不能背,只能用绳子捆上,拖走。塔纳巴伊骂起街来了:鬼地方,叫什么"五棵树"!连五个小树桩也找不见。他们使劲弯下腰,汗流浃背,拖着这该死的野蔷薇,清出一条通羊圈的道来。塔纳巴伊真心疼那几个妇女,但是有什么办法呢!连干活儿也不踏实:时间太紧啦。得不时地瞅瞅天——天气会怎么样?要是来场大雪，那么这一切都白费劲了，还得不时让女儿去羊群那里打听着：母羊是不是开始下羔了。

　　清羊圈就更糟糕了。羊粪之多，半年也出不完。要是羊圈不漏，羊粪干干的，实实的，那活儿干起来也痛快：起出的粪层都是厚厚实实一大块一大块的，把它们整整齐齐地垛起来，晒干。烧着的干粪块散发出一股热气，又惬意，又洁净，到了寒冷的冬天，牧民们就靠这些跟金子一样宝贵的干粪块来烤火取暖。但要是羊粪给雨水泡了，给雪埋了，像现在这样，那就没有比这个活儿更叫人难堪的了。简直是累死人的活儿！而时间又不等人。到了晚上，他们点起几盏冒烟的马灯，继续用粪筐背着这些冰冷的、黏糊糊的、沉得像铅块似的脏东西。这么干，已经是第二个昼夜了。

　　在后院，已经堆起了好大一堆羊粪，但羊圈里却像是原封未动似的。他们忙碌着，哪怕能给快出生的羊羔子清出一个角落也好！其实，清个角落也无济于事，因为即便整个这个大羊圈也盛不下所有的母羊和小羊。要知道，每天能产下二三十只小羊呢。"怎么办？"——塔纳巴伊不断地琢磨着这个问题，一边忙着起粪背粪，跑出跑进，没完没了。这样一直干到半夜，又干到天亮。他感到直恶心，两只手都麻木了。马灯不时被风吹灭。好在两个帮手都没有一句怨言，跟塔纳巴伊和扎伊达尔一样，只是埋头干活儿。

　　第一个昼夜就这样过去了。第二天，第三天，天天如此。他们背着粪，堵着墙上和顶棚上的窟窿。一天夜里，当塔纳巴伊背着粪筐正走出羊圈时，忽然听到羊栏里"咩"的一声羊羔叫，接着一只母羊也应声咩咩地叫起来，还踏着蹄子。"开始啦！"塔纳巴伊的心都发紧了。

　　"你听见了没有？"塔纳巴伊转身问他的老婆。

　　他们立刻撂下粪筐，抓起马灯，向羊栏跑去。

　　马灯投下昏暗的灯光，在羊群中搜索着。羊羔子在哪儿呢？呵，那里，在角落里！母羊已经把这个小小的、浑身颤抖的新生儿舔得干干净净的了。扎伊达尔忙抱起小羊羔，用衣襟给捂好。真好，总算及时赶来了，要不，小羊羔准会在羊栏里冻死的。原来，旁边还有一只母羊也生了。这回还是个双胞胎呢。塔纳巴伊赶紧撩起衣服下摆，把这两只小东西裹在里面。还有五六只母羊躺在地上，抽搐着，咩咩地发出嘶哑的叫声。这就是说，开始啦！到早上，这几只母羊也快要生了。塔纳巴伊把那两个妇女叫来，让她们把产过羔的母羊赶到羊圈里那个好歹收拾过的角落里。

塔纳巴伊在墙根下铺上一些干草，把开了奶的小羊羔放在草上，找了个麻袋片给盖上。真冷。他把母羊也弄到这儿来了。塔纳巴伊咬着嘴唇，寻思起来。其实，想又有什么用呢？只能盼望着，但愿这一切会平安无事地过去。有多少事要干，有多少事要操心哪！……要是有足够的干草也好，可就是没有。伊勃拉伊姆对此总有正当的理由。他会说：进山连个路都没有，还运什么干草，你倒来试试看！

唉！一切听其自然吧！塔纳巴伊出去拿来一铁罐稀释的墨水。在一只羊羔背上写上"2"，给双胞胎都写上"3"，然后给母羊也编上同样的号。要不然，赶明儿几百只小羊乱挤乱钻，看你怎么辨认。不远啦，牧羊人接羔的紧张时刻就要开始啦！

这时刻来得急剧，无情。犹如在前沿阵地，已经没有什么东西可以把敌人挡回去，而敌人的坦克却在前进，前进。而你，站在战壕里不能后退，因为已经无路可退。两军对峙，二者必居其一：要么奇迹般地活下来，要么就死去。

清晨，在羊群放牧之前，塔纳巴伊独自站在一个小山头上默默地举目瞭望，仿佛在估摸自己的阵地。他的防线摇摇欲坠，不堪一击，但他必须坚守。他无路可退。在两面陡坡中间，是一片不大的、弯弯曲曲的峡谷，一条浅浅的山涧流经其间。陡坡上面是一片连绵起伏的山冈，其后更高处是雪封的山峦。在白皑皑的山坡之上,光秃秃的悬崖峭壁显出黑魆魆的一片。而在那山梁之上,冰凌封冻,严冬肃立。寒流说来就来。冰雪稍一抖动,就会泻下浓云寒雾,把这小小的峡谷吞没,叫你无处可找。

天空灰蒙蒙的,黑沉沉的。山脚下刮起阵阵阴风,四野里一片荒凉。尽是山,重重叠叠的山。塔纳巴伊惶惶不安起来,心都凉了半截。而在摇摇晃晃的羊圈里,羊羔子却咩咩地叫开了。刚才从羊群里又截下了十几只临产的母羊,留下来准备接羔。

羊群慢腾腾地散开,去寻找少得可怜的牧草。现在,在放牧的地方,也得要人仔细照看。通常母羊临产前没有什么征兆。不一会儿,不知钻到哪丛灌木后面,一下就生下来了。要是照看不到,羊羔子在潮湿的地上着了凉,那就活不成了。

塔纳巴伊在这小山包上伫立良久。最后,他一挥手,朝羊圈大步走去。那儿的活儿成堆,得抓紧时间再多干一些。

后来,伊勃拉伊姆来了,运来了一点儿面粉,这个不要脸的东西居然说,怎么,难道我得给你们运几座宫殿来不成?农庄的羊圈过去什么样,如今还是什么样。要好的,没有。到共产主义——还远着哩!

塔纳巴伊强忍着,才没有扑过去揍他几拳。

"你开什么玩笑?我讲的是正经事,考虑的是正经事。我得负责。"

"照你看,那我就什么也不考虑啦?你负责的不过是一群羊,可我呢,什么事都得负责:对你,对所有的羊倌,对整个畜牧业负责!你以为,我就松快啦?"突然,出乎塔纳巴伊的意料,这个老滑头竟掩面大哭起来,一边眨巴着泪眼,嘟嘟哝哝地说:"早晚我得吃官司!吃官司!哪儿也弄不来东西。连临时来帮个忙的,也找不着,谁都不肯来。你们打死我吧!把我撕成碎片吧!我无能为力了。你们别指望我什么。唉,悔不该,我悔不该接下这个鬼差使!……"

说完这些，他就溜了，撂下塔纳巴伊这个老实人纳闷了好半天。往后，在山里就再也没有见着这个伊勃拉伊姆了。

第一批一百多只羊羔已经接下来了，而峡谷上方艾希姆和别克塔伊放的两群羊却还没有消息。但塔纳巴伊已经感到，灾祸即将临头。不算那个放羊的老大娘，他们这里一共才三个大人，加上六岁的大女儿，忙得够呛：接下羔来，得擦净身子，让母羊喂奶，找东西给捂上防寒，还要出粪，还要找枯树枝垫羊圈。已经可以听到羊羔咩咩待哺的叫声：小羊羔吃不饱，因为母羊已经虚弱不堪，没有奶水可喂了。唉，往后还会有什么糟糕的事情呢？

接羔的日日夜夜把羊倌们忙得晕头转向，羊羔一个个落地，——简直连喘口气、直直腰的时间都没有。

而昨天的天气太吓人了！突然间，寒风凛冽，乌云密布，大颗大颗粗硬的雪粒纷纷而下。一切都沉没在阴霾之中，周围一片天昏地暗……

但不久，乌云散了，天又转暖了。空气里散发着一股潮润的春天的气息。"主保佑，说不定春天真要来了。但愿天气能稳住，可千万别忽冷忽热的——那可再糟糕不过了！"塔纳巴伊一边想着，一边用干草杈叉着水淋淋的母羊胎盘送出圈外。

春天果然来了——但她完全不像塔纳巴伊盼望的那样。夜里，她突然光临，又是雨，又是雾，又是雪。把这些湿淋淋的、冷冰冰的东西一股脑儿倾泻在羊圈上，毡房上，羊栏里以及四周所有的地方。她让冻结的泥地上鼓胀起一道道水流，一片片水洼。她钻进烂糟糟的顶棚，冲坏了围墙，淹进羊圈，让圈里的牲口冻得浑身打战。她强使羊群惊慌而起。小羊羔在水里挤成一团。母羊大声嚎叫，站着就生下小羊。就这样，春天用彻骨的冷水给刚一落地的新生儿来了一次洗礼。

人们穿着雨衣，提着马灯，忙作一团。塔纳巴伊跑来跑去。他的两只靴子像一对被人追赶的小兽，他在水洼里，在粪水中来回奔跑。他的雨衣下摆，像鸟儿受伤的翅膀，啪啪作响。他扯着嘶哑的嗓子忽而对自己，忽而对旁人大声叫着：

"快！拿根铁棍来！铁锹！把羊粪往这儿倒！把水堵住！"

得把灌进羊圈的水引开去。塔纳巴伊不断地挖着冻土，开着排水沟。

"用灯照着！往这边照！你瞅什么？"

傍晚时升起了大雾。雨雪交加，纷纷而下。这一切都难以阻挡。

塔纳巴伊跑回毡包，点着了灯。这里一样也到处漏雨。但比起羊圈来，要好得多。孩子们睡了，身上的被子淋湿了。塔纳巴伊把孩子连被子一起抱着，挪到毡包的一角，尽可能多腾出些地方来。他找来一大块毡，蒙在被子上防雨。随后跑出毡包，对着羊圈里的几个妇女大声喊道：

"把羊羔子抱到毡包里来！"同时自己也往那里跑去。

但是一个小小的毡包又能盛下多少只羊呢？几十只吧，不能再多了。那其余的羊往哪儿放呢？唉！能救多少就算多少吧……

天已经亮了。但大雨倾盆，没完没了。稍稍停了片刻，过后，又是一会儿雨，一会儿雪，一会儿雨，一会儿雪……

包里，小羊羔挤得满满的，尖声叫着，一刻也不停，又臊又臭。房里的东西早已归成一堆，用块雨布盖着。夫妇二人搬到帐篷里去住了。孩子们冻得直哭。

牧民的倒霉日子到来了。塔纳巴伊诅咒自己的命运。真想把这世上所有的人都痛骂一顿。他不吃不睡，在这些从头到脚湿淋淋的母羊中间，在这些快要冻僵的小羊中间奔来跑去，耗尽了最后的一点儿力气。而死神正斜着眼睛窥视着这憋闷的羊圈里的牲口。死神轻而易举便可光顾这里：穿过薄薄的顶棚，穿过没玻璃的窗子，穿过空荡荡的门洞——爱往哪儿闯，就往哪儿闯。死神突然光临，紧盯着这些小羊羔和奄奄一息的母羊。羊倌不时拽起几只发青的死羊羔，把它们扔到羊圈外面。

而在外面，在羊栏里，大肚子母羊在雨雪下站着。羊群挨着浇，冻得浑身发抖，上牙磕着下牙，格格作响。羊毛湿淋淋的，一绺一绺耷拉着……

羊群已经不想动窝了。本来嘛，在下着雨雪的大冷天出去放牧又能怎么样呢？放羊的老大娘头上蒙着块麻袋片，赶着羊群。但羊都往后跑，仿佛羊栏才是它们的天堂似的。大娘都急哭了，把羊群拢到一起，再往外赶，而羊却还是一个劲儿往回跑。塔纳巴伊怒不可遏地跑了出来。真想用棍子抽这些蠢货！但不行，这些都是大肚子母羊啊。末了，他只好把人都叫来了，几个人一起，才好不容易把羊群赶出去放牧了。

自从这场灾难开始以来，塔纳巴伊已经不再计算时间，不再计算在他眼前死去的仔畜。双胞胎越来越多，有时还一胎三羔。可所有这些财富都完蛋了，一切辛苦操劳都白搭了。羊羔子刚刚来到人间，当天就在泥泞和粪水中冻死了。而那些侥幸活下来的小羊羔都咳着，嘶哑地叫着。羊羔子瞎跑乱窜，弄得浑身上下都是稀泥粪汤。失去了小羊的母羊大声哀叫着，来回跑着，乱闯着，踩着那些躺在地上全身抽搐的临产的母羊。这一切是那么异乎寻常，那么惨不忍睹！呵！塔纳巴伊多么巴望母羊能慢一点儿生呀！真想冲着这群愚蠢的母羊吼道："停一停！别生了！停一停！……"

但这些母羊像事先约好了似的，接二连三，接二连三，接二连三地生个没完没了！……

于是，塔纳巴伊的胸中燃起一股无名的怒火，气得他两眼发黑，闪着仇恨的凶光。他恨这里发生的一切：恨这个糟糕透顶的羊圈，恨这些母羊，恨他自己，恨他过的这种日子，恨那些把他搞得焦头烂额、走投无路的种种缘由。

想着想着，他忽然感到茫然起来了。这些想法简直把他弄糊涂了。于是他竭力想把它们排遣开去，但这些念头却并不退让，反而变得刻骨铭心："这都是为了什么？谁让这么干的？既然不能保护羊群，干吗要繁殖它们？这都是谁的过错？谁？回答呀：究竟是谁？——是你，还有和你一样的那些牛皮大王。说什么，我们保证要赶上去，要提高生产，要超额完成任务。说得真漂亮！好吧，现在把你那些死羊羔都提起来吧，拿出来吧。把那只在水洼里倒毙的母羊拖走吧。让大伙儿瞧瞧，你是什么样的英雄！……"

特别到了夜里，当扑哧扑哧走在没膝的泥泞和粪水里的时候，塔纳巴伊一想到自己的委屈和痛苦就难受得喘不过气来。唉！这些接羔的不眠之夜！脚下是一摊摊发酵冒泡的牲口粪，头上还滴答滴答掉着黄泥汤。风扫过羊圈就像扫过旷野一般，不时把马灯吹灭。这时，塔纳巴伊便只得摸索着，磕磕碰碰地走。他怕压着新生的羊羔，便手脚并用地爬着。他找到了灯，点上了，借着灯光，他看到自己一双黑黑的、沾满了羊粪和血污的浮肿的手。

他已经好久没有照过镜子了。也不知道头发已经斑白，一下子苍老了好多。不知道现在人家管他叫老汉了。他没有心思顾上这些，也顾不了自己，连吃饭洗脸都没有工夫。他不给自己，也不给旁人片刻的安宁。现在塔纳巴伊料到事情会彻底完蛋，便叫那个年轻妇女骑上马，对她说：

"快跑，去找乔罗。对他说，让他立刻来一趟。他要是不来，你就传我的话：往后就甭想跟我照面！"

傍晚时分，那妇女回来了。她翻身下马，脸色发青，浑身湿透，说：

"他病了,塔纳克。他躺在床上起不来。他说,过一两天,哪怕没气了,也要赶来一趟。"

"但愿他病得还剩口气!"塔纳巴伊骂道。

扎伊达尔本想阻止他,但又不敢。哪能这么说话呢!

到了第三天,天才放晴。乌云好不容易散了,浓雾笼罩群山。风也停了。但是已经晚了。待产的母羊经过这些天已经瘦得皮包骨了,叫人看了都难受。你瞧,细细儿的腿上支着瘦骨嶙峋的身子,还凸着一个大肚子。这哪像喂奶的母羊呵!再说那些已经生了的母羊和活着的小羊羔又有多少能熬到夏天,吃上青草,恢复元气呢?迟早会病死的。即便不死,也不好了:既长不了毛,也长不了膘。

天刚放晴,又来了一场新的灾难:地又冻上了,到处结了冰。晌午时才暖和了些。塔纳巴伊高兴起来:兴许,还有得救的希望。于是铁锹、草杈、粪筐又都用上了。得往羊圈里开个通道,哪怕窄窄的一小条也好,否则简直无法插脚。但这个活儿也无法多干一会儿。还得喂那些没了娘的羊羔,把它们抱到死了小羊的母羊跟前。那些母羊不肯喂。小羊羔到处乱窜,要奶吃。那凉丝丝的小嘴逮着人的手指头便吸吮起来。把它们轰开了,一会儿又来舔你肮脏的衣服下摆。想吃奶呵!羊羔子哀哀叫着,成群地跟在你后面跑着。

真想痛哭一场,真想能长出三头六臂!对这几个妇女和一个小姑娘还能要求些什么呢?能顶下活儿来,就不错了。一连好几天了,她们身上的衣服都没有干过。塔纳巴伊一声不吭,只有一回,他实在忍不住了。那个放羊的老大娘想帮帮塔纳巴伊的忙,中午时就把羊群赶回羊栏了。塔纳巴伊跑出来看看,怎么回事。一看,急得他全身一阵火辣辣的:那些羊在互相撕食着身上的毛。这就是说,饥饿正威胁着羊群。他奔过来,冲到那女人跟前,吼道:

"你怎么啦?老东西!你没瞅见吗?怎么不吭声?快给我滚!赶羊

去！别叫羊停下来！别叫羊撕毛吃！把羊轰走，一会儿也不准停下来，要不我要你的命！"

此外，还有更伤脑筋的事：那只母羊开始拒绝给它双生的小羊喂奶。母羊用角抵，用蹄子踢，不让小羊挨近身边。而小羊乱钻着，摔倒了，哀哀叫着。这种情况表明，动物自卫这一无情法则在起作用：母羊本能地拒绝喂奶以争取自己活下来，因为母羊的体力消耗殆尽，确实已无力哺乳仔畜。这种情况如同传染病一般。只要有一只母羊开了头，其余的羊就跟着干。塔纳巴伊着了慌。他和女儿一起把这只饿得发了野性的母羊和小羊赶到外面，赶到羊栏跟前，开始强迫母羊喂奶。起先塔纳巴伊捉住母羊，让女儿抱着羊羔。但母羊乱转乱踢，挣扎着。小姑娘毫无办法。

"爹爹，羊羔子吃不着。"

"能吃着。就你是笨蛋！"

"不行，你瞧，羊羔子摔倒了。"小姑娘差点儿哭了。

"喏，你来捉住母羊，我来喂！"

但是小小的年纪能有多少气力呢！塔纳巴伊刚把小羊接过手来塞到母羊身下，小羊刚要吸奶，而母羊一下子挣脱开了，把小姑娘摔倒在地上，跑了。塔纳巴伊忍无可忍，"啪"一声，给了女儿一个耳光。他从未打过孩子，可这回失手了。小姑娘抽抽搭搭地哭起来。父亲走开了，狠狠地啐了一口，走开了。

塔纳巴伊转了一圈，又回来了。真不知如何对女儿赔个不是，而小姑娘却自己跑来了，说：

"爹爹，母羊喂羊羔子了。我跟妈妈一起让小羊吃上奶了。现在母羊不轰小羊了。"

"那可太好了，好闺女，你真行！"

一下子，心里轻快些了。也未必那么糟糕。也许剩下的羊群还能保住。瞧,天气已经好转了。也许真正的春天突然到来,牧民的倒霉日子就要过去了。塔纳巴伊重又拼命干起活儿来。干,干,干——只有干,才能有救。

一天,计工员骑马来了。总算来了个人。小伙子问这问那没个完。塔纳巴伊本想让他见鬼去,他能负什么责呢……

"这之前,你上哪儿去啦?"

"上哪儿?到各处羊群转呗!就我一个人,顾不过来啊。"

"别人那里怎么样?"

"好不了多少。这三天倒了大批的羊。"

"羊倌们都怎么说?"

"说什么,都骂娘。有几个都懒得开腔。别克塔伊这小子把我轰走了,不让进院。他恶煞神似的,你就甭想近他的身。"

"是呀,我也不得空闲去他那儿瞧瞧。噢,等脱开身了,一定去一趟。那你呢,干什么来啦?"

"我?统计来啦。"

"能给我们点儿什么支援呢?"

"有。乔罗说要来。车队已经出发了。运来了干草和麦秸。把喂马的草料都给运来了。乔罗说,要死,不如让马死了。不过,听说车子在什么地方陷住了。瞧,什么鬼路!"

"路怎么啦?早先想什么去啦?我们这里呀,一辈子都是那个样。现在才来大车,帮得了多少忙?哼,我还得跟他们算账呢!"塔纳巴伊威胁着说,"别问了,自个儿瞧去吧,数个数,记下就完了。我现在什么都不在乎!"他突然不说下去了,去羊圈接羔了。今天又有十五六只母羊下了羊羔。

塔纳巴伊来回走动着,接着羊羔。一看,计工员塞给他一张纸,说:

"这是死了多少只羊的记录,你签个字吧。"

塔纳巴伊连瞅都没瞅一眼就签了字。末了,使劲一画,连铅笔芯都断了。

"再见,塔纳克。说不定要给谁捎个话吧?请吩咐吧。"

"我没话可说,"不过,后来还是叫住小伙子,说,"你到别克塔伊那里去一趟。告诉他,明天上午我无论如何抽空找他去。"

塔纳巴伊算是白操这份心了。别克塔伊比他抢先了一步。别克塔伊自个儿来了,而且竟是如此……

当天晚上,又刮起风,下起雪来。雪虽不大,但到早上,地上已是白茫茫的一片了。羊栏里的羊群整宿站着,身上也是一层薄薄的雪。羊群现在无法躺下,都挤成一堆,一动不动地呆呆站着。饲料不足,为时太久了;春天跟冬天的搏斗,也拖得太长了。

羊圈里冷飕飕的。雪花穿过顶棚上的窟窿在昏暗的灯光下飞舞,徐徐下落,掉在快要冻僵的母羊和小羊身上。塔纳巴伊一直在羊群里奔忙,履行着自己的职责,如同激战后战场上的收尸队那样。他已经习惯了这些难堪的思想,愤慨变成了无言的狂怒。这种狂怒,哽噎在胸,无法平息。他来回走着,靴子在粪水里啪嗒作响。他干着活儿,在这更深夜静的时刻,不时回想起已往的岁月……

那时候,他还是个小羊倌,跟他哥哥库鲁巴伊一起在一个亲戚家放羊。一年过去了,挣得的几个工钱只够付饭钱。主人把他们骗了,理都不理他们。就这样,哥儿俩蹬着烂毡靴,挎着小背包,两手空空地离开了东家。临走时,塔纳巴伊威胁着对东家说:"这一辈子我可记着你!"而库鲁巴伊明白,东家不吃这一套威胁。最好是自己也成为东家,添上牲口,置下田产。"我要当上东家,决不欺负帮工。"那时候,库鲁巴伊常常这么说。那一年,哥儿俩就分手了。库鲁巴伊找了另一家牧主,而塔纳巴伊上了亚历山大罗夫卡,给一个俄罗斯移民叶夫列莫夫当雇工。这个东家不算很富：只有一对犍牛，两匹马，还有些耕地。主要种庄稼。常常把小麦运到小镇阿乌利埃－阿塔的磨坊去碾压。东家本人也一样从清早干到天黑。塔纳巴伊在他家主要是照料牲口。叶夫列莫夫为人严厉，但不能说不公道，讲好的工资照付不误。那时的吉尔吉斯贫苦人常常受亲朋邻里的盘剥，所以宁愿给俄罗斯人当雇工。塔纳巴伊学会了说俄语，常常到小镇阿乌利埃－阿塔去拉脚，见过一些世面。后来赶上了革命。发生了翻天覆地的变化。塔纳巴伊的好日子到来了。

塔纳巴伊回到了自己的小山村。新的生活开始了。那么令人神往，那么奔腾欢畅，简直叫人晕头转向。一下子，土地、自由、权利，什么都有啦！塔纳巴伊被选进了贫委会。在那些年月里，跟乔罗成了推心置腹的好朋友。乔罗能读能写，那时候教青年学字母，教他们一个音节一个音节地拼读。塔纳巴伊真需要文化：无论如何，是个贫委会委员呀！后来他跟乔罗一起，入了团，又入了党。一切进行得顺顺当当，穷哥们儿扬眉吐气了。等集体化一开始，塔纳巴伊真是一个心眼扑在这桩大事上了。是呀，不是他，又是谁能为农民的新生活而奋斗，为把土地、牲口、劳动、理想这一切都变成公共的财富而拼命呢！打倒富农！严峻的急风暴雨的时刻到来了。白天，他马不停蹄；夜里，他大会小会不断。富农的名单定出来了。牧主、阿訇和其他各式各样的财主，像地里的杂草一样，统统提出来了。是呀，地里要长新苗，就得清除莠草。没收富农财产的名单里也有库鲁巴伊。那阵子，当塔纳巴伊热心奔波、开会熬夜的时候，他的哥哥跟一个寡妇成了亲，家业兴旺起来。他家有不少牲口：一群绵羊，一头母牛，两匹马，一匹下奶的母马和一匹小马驹子，还有犁耙等不少农具。收割季节还雇上几个短工。不能说他是个财主，但也不是穷户。他活儿干得扎扎实实，日子过得富富裕裕。

在村苏维埃的会议上，当讨论到库鲁巴伊时，乔罗说：

"同志们，咱们考虑一下：是没收他的财产，还是不没收？像库鲁巴伊这样一些人，对集体农庄还是有用的。要知道，他本人也是穷苦人出身，也没有搞过什么敌对的宣传。"

大家各说各的。有的赞成，有的反对。最后轮到塔纳巴伊表态了。他无精打采地坐在那里，像只老鸦。虽说是同父异母的兄弟，但还是兄弟呀。现在得向自己的哥哥发难了。平时哥儿俩和睦相处，虽说不常见面，各人忙各人的事情。要是说：不动他算了，那别人会怎么样呢？——谁没有个亲朋好友的。要是说：你们看着办——那人们准会想，好，自己乘机溜了。大家等着，看他怎么说。在众目睽睽之下，他的心便越发变得冷酷无情起来。

"你啊，乔罗，老是这样！"他抬高嗓门，大声说道，"报上老说那些书呆子——那些知识分子。你可也是个知识分子！你老是犹豫不定，胆小怕事，总怕出错。有什么好犹豫的？既然名单里有，这就是说，是富农呗！别讲情面！为了苏维埃政权，哪怕是我的亲生老子，我也不怜惜。他是我的哥哥，这点你们不必为难。不用你们去，我亲自去没收他的财产！"

第三天，库鲁巴伊先来找他了。塔纳巴伊对他冷冰冰的，连手也不伸。

"凭什么把我划成富农？难道咱们俩不是一块儿当雇工的？难道咱们俩不是一起被财主赶出家门的？"

"扯这些现在没用。你自己就是个财主了。"

"我算什么财主？都是靠劳动挣来的。你们把东西都拿走，我也不心疼。只是干什么把我往富农里撵？塔纳巴伊，你得敬畏主！"

"不管怎么说，你是敌对阶级。所以我们就得把你除掉，才好建设集体农庄。你挡着我们的路，我们就得把你从路上甩开……"

这便是他们的最后一次谈话。已经二十年了,他们两人至今从未说过一句话。当库鲁巴伊被遣送到西伯利亚时,村子里议论纷纷,呵,有多少流言蜚语!

说什么闲话的都有。有人甚至说,当库鲁巴伊在两名骑警押送下离开村子时,他耷拉着脑袋,目不旁视,跟谁也没有搭理。可是一出村子,当穿过一片麦地时,他却猛扑在一片青苗上——那是集体农庄的第一块冬麦地。说他连根拔起一把把青苗,又踩又揉,活像一头掉进陷阱的困兽。据说,骑警好不容易才制服了他,然后押着他走了。都说库鲁巴伊离去时一路上痛哭流涕,不断地咒骂着塔纳巴伊。

塔纳巴伊对此并不怎么相信。"敌人造的谣,想这么来把我搞臭。哪有的事,难道我就屈服不成了?"他这样自我安慰说。

开镰前,有一次塔纳巴伊去地里各处看看。呵,真是赏心悦目!这一年的庄稼长得好极了,麦穗沉甸甸的,真招人喜爱。正巧他碰上那块麦地——就是库鲁巴伊离村时绝望地挣扎、发疯地糟蹋青苗的那片麦地。四周的麦子像堵矮墙,而这片地,却像公牛在这里干过架似的,全都给踩了,毁了。地也干裂了,到处长满了滨藜。塔纳巴伊看到这一切,便勒住了马。

"嘿!你这个恶棍!"他小声愤愤骂道,"居然祸害集体农庄的庄稼,这么说,你就是富农。不是富农是什么?!……"

塔纳巴伊骑在马上,停留多时。他默默无语,脸色阴沉沉的,一双眼睛流露出痛苦的神情。后来,他猛地勒转马头,头也不回,径自离去了。在这以后很长一段时间内,他总是绕道而行,避开这块倒霉的地方,直到收割完庄稼,那片地经过牲口的践踏,和周围的地变得一样时为止。

那个时候,很少有人为塔纳巴伊辩护。多数人只是指责他:"主保佑,可千万不要有个这样的兄弟。哪怕孤单一人,也强些。"也有人当面不客气地刺他。是啊，说句实在话，那时人们跟他疏远了。虽说不是公开反对，但表决贫委会候选人时，很多人不投他的票。就这样慢慢地他退出了积极分子的圈子。但塔纳巴伊总是为自己辩解，认为那时富农杀人放火，破坏集体农庄；而最重要的是，农庄已经巩固起来了，经营一年比一年出色。一种崭新的生活开始了。不，在开初的那个阶段，有些做法是难免的。

塔纳巴伊想起了过去的一切，想起了全部细枝末节。仿佛他的整个生命都留在集体农庄欣欣向荣的那个美妙异常的年代了。他还记起那时流行的一首歌子《系着红头巾的女突击手》，记起农庄的第一辆吨半卡车，记起那时他举着红旗站在驾驶室旁一夜奔驰的情景。

此刻塔纳巴伊在羊圈里来回奔忙，干着自己的苦差事，脑子里纠缠着痛苦的思虑。怎么会搞到今天这种一团糟的地步呢？也许，过去错了，不该走那条路？不，这不可能，绝对不可能！路还是对的。那又是什么原因呢？是不是迷失了方向，犯错误了？那从什么时候起，又怎么会弄到这种地步的呢？瞧现在的竞赛！指标一上报就算完了，至于怎么干，情况怎么样，那就谁也不管了。从前还有个红榜——表扬栏，黑榜——批评栏。每天吵吵嚷嚷，争论不休：谁上红榜，谁进黑榜——那时人们可重视哪。可这阵子都说那种做法过时了，没用了。换了什么呢？尽是说大话，放空炮。实际上，啥也不落实。怎么能这么干呢？这一切又都是谁的过错呢？

塔纳巴伊不断地思索着这些毫无头绪的问题，慢慢地都感到厌烦了。一种漠不关心、近乎麻木不仁的感觉控制了他。活儿多得应接不暇。头也疼起来了。真想能睡上一觉。他看到，那个年轻妇女靠着墙，两只红肿的眼睛困得都睁不开了。她竭力挣扎着，不让睡着，可身子却慢慢地往下沉，最后坐到地上，头耷拉在膝盖上，睡着了。塔纳巴伊没有把她叫醒。自己也靠着墙，身子也慢慢往下沉。他控制不住自己，只感到肩上重重的压力,使他歪歪斜斜地往下倒去……

蓦地,什么地方轰隆一阵响,随着一声撕裂人心的尖叫,塔纳巴伊惊醒了。吃惊的母羊急急往一边倒退,踩着他的脚。塔纳巴伊猛跳起来,不明白发生了什么事。天已经破晓了。

"塔纳巴伊,塔纳巴伊,快来帮帮忙!"他的老婆在叫他。

两个妇女赶忙向她那里跑去,塔纳巴伊跟在她们后面。一看——扎伊达尔给压在一根塌下的梁木下面了。梁木的一端从雨水冲塌的墙头上掉了下来,房梁经不住屋顶的重压,"轰"的一声倒塌了。这一下,瞌睡早跑得无影无踪了。

"扎伊达尔!"塔纳巴伊大叫一声,急忙用肩膀支起梁木,使劲朝上一顶。

扎伊达尔爬出来了,疼得直哼哼。两个女人哭天骂地地到处给她按摩。塔纳巴伊推开她们,慌里慌张地把发抖的手伸进妻子的绒衣下面抚摩着,问道:

"你怎么啦?啊?"

"哎哟,腰,我的腰!"

"砸伤了没有?快!"他即刻脱下外衣,给扎伊达尔裹上,几个人一起把她抬出羊圈。

进了帐篷,仔细查看了身体。外表看,好像没什么,可内伤很厉害,连动一下都不行。

扎伊达尔哭诉着:

"现在可怎么办呢?碰上这种时刻,而我——你们又该怎么办呢?"

"呵,我的天!"塔纳巴伊暗自思量,"算是万幸,她还活着。而她却……滚他妈的这鬼差使!只要你好好的就行了,我可怜的人……"

他用手抚摩着她的头。

"你说些什么呀,扎伊达尔!放心吧!只要你能起床就行了,其他的都是小事，我们对付得了……"

直到此刻，他们才镇静下来，于是争先恐后地劝她，安慰她。扎伊达尔听着，好像觉得疼痛也减轻了。她噙着泪花，笑了。

"算了吧，这事既然发生了，你们也就别埋三怨四了。我不会躺很久的。出不了两三天，我就下床。不信，你们瞧吧……"

两个女人为她铺好了被褥，生了盆火。塔纳巴伊又返回羊圈，老感到心有余悸似的。

天已经大亮了。四野里一片新下的雪。在羊圈里，塔纳巴伊找到了一只被梁木压死的母羊——这只羊刚才他们没有发现。羊羔子的小嘴还一个劲儿地在死羊的奶头上乱嘬。塔纳巴伊既感到后怕，又感到庆幸：他的妻子总算活着。他抱起孤单单的羊羔，给它找了另一只母羊。随后，他找了根柱子支起大梁，捡了根木头顶住墙，一边干着，一边想着得赶紧去看看妻子怎么样了。

他走到外面，看到不远的地方有一群羊在雪地上艰难地慢慢移动。有个外来的羊倌正把羊群朝他这里赶来。哪儿来的羊群？为什么往这里赶？两群羊会混在一起的，难道能这么干吗？塔纳巴伊赶紧去警告这个来路不明的羊倌，告诉他，他已经把羊群赶到别人的地界来了。

走近一看，赶羊的原来是别克塔伊。

"哎，别克塔伊，你怎么啦？"

对方并不搭腔。他默默地把羊群赶过来，用羊鞭子抽打着羊背。"他怎么能抽大肚子母羊呢？！"塔纳巴伊愤愤地想。

"你从哪儿来？上哪儿去？你好啊！"

"从来的地方来。上哪儿去，你自个儿明白。"别克塔伊朝他走来，腰间紧紧束着一根绳子，两只手套掖在胸前的坎肩里面。

他把羊鞭操在背后，在离塔纳巴伊几步远的地方站住了。但是没有打招呼。他恶狠狠地啐了一口,又恶狠狠地跺着地上的雪。他猛地抬起头来,一张脸黑黑的,长满了胡子,那胡子仿佛是人为地贴在这张年轻漂亮的脸上似的。他皱着眉头,两只滴溜溜转的眼睛仇视地、挑衅地瞪着塔纳巴伊。他又啐了一口,微微颤抖的手抓着鞭子,朝羊群一挥。

"把羊收下。点数不点数,由你。一共三百八十五只。"

"怎么啦?"

"我走了。"

"什么叫'我走了',上哪儿去?"

"随便什么地方。"

"这跟我有什么相干?"

"相干——你是我的师傅。"

"什么?你等等,等等,你上哪儿去?你打算上哪儿去?"直到此刻,塔纳巴伊才明白,他带的这个羊倌打的是什么主意。突然,一股热血直往上涌,他感到窒息、燥热。"怎么能这样?"他不知所措地小声嘟哝着。

"就这样!我受够了!腻味了!这种日子我受够了!"

"你想想,你说些什么话?你的羊群眼下就要接羔了,怎么能这样干呢?"

"能。既然别人能这样对待我们,那我们也能这么干。再见了!"别克塔伊把羊鞭在头顶上甩了一圈,趁势一扔,便走了。

塔纳巴伊呆若木鸡,愣住了。已经无话可说。而对方却头也不回,大步流星地走了。

"你好好想想,别克塔伊!"塔纳巴伊跑着追他,"不能这样干。你自己想想,你这是干什么呀?你听着!"

"别老缠着!"别克塔伊猛地转过身来,"你自己想想吧!而我,我想活！想跟别人一样过日子！我哪点儿也不比别人差。我也能在城里找个工作，挣份工资。干什么我非得在这儿跟羊群一块儿等死？没有饲料，没有羊圈，头顶上连块毡布也没有！你得了吧，你自个儿去撞得粉身碎骨，在粪水里淹死吧！你倒瞧瞧你自己，还有个人样吗？不用多久，你就得在这儿蹬腿了。而你还嫌不够，还号召什么，还想把别人跟你捆在一起。别妄想了！我可受够啦！"说完，他迈着大步走了，用力踩着那洁白的未经触动的雪地，在他身后立刻现出了一行发黑的、渗出水来的脚印……

"别克塔伊，你听我说！"塔纳巴伊追上他，"我把情况都给你讲明白。"

"跟别人讲去吧，找傻子讲去吧！"

"站住，别克塔伊！我们再谈谈。"

那人扬长而去，什么也不想听。

"你小心吃官司！"

"吃官司也比这儿强！"别克塔伊反唇相讥，再也没有转过身来。

"你是逃兵！"

那人大步而去。

"这号人在前线就得枪毙！"

那人大步而去。

"我说，你站住！"塔纳巴伊追上去抓住他的袖子。

那人甩开手，继续朝前走去。

"我不让你走，你没有这个权利！"塔纳巴伊扭住他的肩膀。但是忽然间塔纳巴伊感到积雪的群山在眼前摇晃，在一阵烟雾中变得模糊起来：别克塔伊出其不意地猛击他的下颚，使他摔倒在地。

当塔纳巴伊抬起他昏眩的头时，别克塔伊已经消失在小山包后面了。

在他身后的雪地上,留下一行孤零零的发黑的脚印。

"完了,这小伙子完了。"塔纳巴伊呻吟着,两手撑着地爬起来。他站在那里,两手满是泥和雪。

他定了定神,把别克塔伊的羊群拢到一起,然后垂头丧气地往回赶去。

十七

两名骑者出了村子,策马向山里驰去。一人骑大黄马,一人骑枣红马。两匹马的尾部都用绳子紧紧缠住——看来,要赶的路远着哩。马蹄过处,泥呀雪呀,噼噼啪啪四下飞溅。

古利萨雷紧绷缰绳,健步向前飞驰。主人在家养病的日子里,溜蹄马养精蓄锐,都歇得腻烦了。可是这会儿,骑在它背上的,却不是它的主人,而是一个陌生人。此人穿一件皮革大衣,外面还披着一件敞开的胶皮雨衣。从他衣服上,散发着一股油漆和胶皮的气味。乔罗骑在另一匹马上,正并辔同行。每当区里来人的时候,乔罗总是让出他的溜蹄马——这已成了惯例。其实,对古利萨雷来说,谁骑都一样,自从它离开了马群,离开了原来的主人,已经有许许多多人骑过它了。各种各样的人都有:有的人心地善良,有的人心毒手狠;有的人会骑,有的人不会骑。也碰到过一些蛮干的家伙。哦,他们骑起马来,可糟糕透了!狠命地抽着马,忽然间猛勒缰绳,让马扬起前蹄,直立起来,然后又抽着马,又死死地勒紧缰绳。连自己都不清楚,到底想搞什么名堂,只不过是以此显示一下,他骑的是溜蹄马罢了。对这一切,古利萨雷已经习以为常了。它只希望不要老圈在马棚里待着发闷就是了。在它身上,同从前一样,只留下一种飞跑的激情。至于谁骑在它背上,对它来说,已经无所谓了。可是,对骑者来说,让他骑什么马,却不能无动于衷。如果让他骑浅黄色的溜蹄马，这意味着对他的尊敬和畏惧。这是因为古利萨雷既剽悍，又英俊，骑上它，有一种安适可靠之感。

这一回骑在溜蹄马上的，是区里派到农庄的特派员——区监察委员谢基兹巴耶夫。农庄支部书记此刻陪同他，当然，这也是一种敬意。支书一声不响，说不定，还有点儿提心吊胆吧？因为绵羊的接羔工作情况不妙，简直糟糕透顶！也好，让他默不作声吧，让他有所惧怕吧。免得扯些废话来纠缠不清。下级对上级就得有所畏惧。否则，成何体统！也有一些上级，对自己的下属随随便便，结果总是在下级那里碰钉子——好比旧衣服上的尘土，轻轻一掸，就给抖搂掉了。权力——这可是件大事，责任不轻，不是任何人都能担当得起的。

谢基兹巴耶夫一路上这样思量开了，他的身子随着溜蹄马有节奏的步伐，在马鞍上一颠一颠地晃悠着。很难说此刻他心情不佳，虽说他多次来牧区检查工作，但他心里明白，很少会遇到令人不高兴的事。冬天跟春天混战一场，各不相让，在这场厮杀中，最最遭殃的是羊群，羊羔子大批死去，瘦弱不堪的母羊大批倒毙，一点儿办法也没有。年年如此，人人清楚。不过，既然派他当特派员，那么说，他就得找个什么人来承担责任。另外，在他灵魂深处的阴暗角落里，他更清楚，如今全区死了大批仔畜，对他来说，甚至有利可图。因为，归根到底，不是他，一个监察员，区党委的一名普通委员，能对畜牧业的情况负责的。第一书记，才该承担责任！这个书记是新调来的，到区里的时间不长，这回叫他自作自受去吧。而他，谢基兹巴耶夫，将拭目以待。让上头也好好考虑考虑，派一个外来的书记是否失策。对此谢基兹巴耶夫一肚子怨气。他都当了八辈子的监察委员了，而且好像不止一次表明自己颇有才干。这次居然不予提拔，这事，他怎么也想不通。嘿，算了吧！他有自己的一伙朋友，一旦时机到来，会支持他的。是时候了,他也该提升提升,做做党的工作了,监察委员的交椅已经坐腻了……噢,溜蹄马太棒了!简直像艘快艇,跑得又快又稳。什么泥呀,雪呀,它都若无其事。瞧,支书的马已经浑身湿透了,而溜蹄马,才刚刚有点儿汗津津……

乔罗也是心事重重。看上去,他满脸病容:瘦削的脸,蜡黄黄的,两个眼窝深深地陷了下去。多少年来,他一直犯着心脏病。岁数越大,情况越糟。他心情沉重。是的,塔纳巴伊是对的。农庄主席就会咋咋呼呼,结果一事无成。大部分时间在区里待着,老在那里折腾着什么事情。本应该把问题摆到党员会上议一议,可是区里老让等一等。等什么呢?据说,好像阿尔丹诺夫本人也想离职。可能就是这个原因吧?走了更好。他,乔罗,也该退职了。他能顶什么用呢?成年病病歪歪的。萨曼苏尔放假回来,也总劝他别干了。不干倒是可以的,可是良心呢?萨曼苏尔这小伙子不赖,现在许多事情上,都比他父亲精明。谈起农业上的事,说得头头是道的。他们学的都是先进的科学。说不定,将来的农业,真会像他们的教授讲的那样出色。不过要等到那一天,恐怕早去见主了。他怎么也摆脱不开自己的苦恼。是呀,自己是瞒不了自己的,自己是骗不了自己的。再说,别人会怎么议论呢?许下了无数的诺言,鼓起了多少人的希望,结果让农庄背上了偿不完的债务,而此刻——自己倒去享清福去了!眼下,他忧心忡忡,将来,他也不得安宁,不如坚持到底算了。会来人帮忙的,总不能老这样下去。但愿快点儿来人,而且派个管事的,可不要像这位那样。这位还扬言,说什么对这种混乱局面,要追究法律责任。行啊,追究就追究吧!不过,事情靠惩处是弄不好的。瞧他骑在马上那副愁眉苦脸的样子,仿佛山里尽是些捣乱分子,唯独他才是为农庄奋战的英雄似的……其实,农庄的一切,他都嗤之以鼻,此刻不过装模作样罢了。不过,谁倒是敢哼一声呀。

十八

崇山峻岭笼罩在一片灰沉沉的云雾之中。被太阳遗弃的群山，像一个个满腹委屈的巨人，阴森森地耸立在云端。春天很不景气。到处湿漉漉的，雾漾漾的。

塔纳巴伊在他的羊圈里忙来忙去，受尽折磨。圈里又冷，又闷。一下子往往有好几只母羊同时产羔，而羊羔子却无处可放。哪怕扯破喉咙，呼天喊地，也无济于事。人的喊叫声，羊的咩咩声，拥来挤去，乱成一团。羊羔子嗷嗷待哺，都要吃、要喝，一批批死去。再说妻子伤了腰还躺在床上。她急着要起床，可连腰都直不起来。唉！只能听天由命了。已经山穷水尽，毫无办法了。

脑子里老是甩不开这个别克塔伊。对他的无可奈何和怨恨把塔纳巴伊气得鼓鼓的。倒不是因为别克塔伊跑了——进城也是他的一条道；也不是因为他撇下了羊群，像布谷鸟那样，把自己的蛋下到别的鸟窝里就不管了——迟早会派人来接他的羊群的。他生气，是因为他竟无言以对，没能叫这个别克塔伊也识点儿羞耻，别那么逍遥自在的。浑小子！拖鼻涕的娃娃！而他，塔纳巴伊，一辈子为农庄操劳的老共产党员，居然找不出话来理直气壮地回答他。这个不成材的东西，居然把羊鞭子一甩，跑了！难道塔纳巴伊想到过会发生这种事的吗？难道他想到过竟有人这样来嘲笑他的信守不渝的事业的吗？

"算了！"他几次打断自己的思路，但是过不多久，重又想起那些事来。

瞧，又有一只母羊产羔了，又是一胎双羔，两只羊羔子真叫喜人！只是把它们往哪儿放呢？母羊的乳房是瘪的，羊奶又从何而来呢？这就是说,这两只羊羔也是要饿死的!唉,真是糟糕,糟糕!而那边,好几只羊羔已经躺在地上冻僵了。塔纳巴伊收拾起死羊,正准备出去扔掉,这时小女儿上气不接下气地跑了进来。

"爹爹,有两个当官的上我们这儿来了。"

"来就来吧,"塔纳巴伊嘟哝着,"你回去,照看你妈妈去!"

塔纳巴伊走出羊圈,看到有两个人正策马前来。"啊!古利萨雷!"他高兴起来了,又触动了他那根往事的心弦。"多久没见面啦!瞧,跑得跟从前一样快!"有一个是乔罗。而另外那个穿着皮大衣、骑着溜蹄马的人,他却不认识。准是区里来的什么人。

"嘿,总算驾到了!"他想着,不免幸灾乐祸起来。这下可以发发牢骚诉诉苦了。可是,不,他根本不想哼哼!让他们扪心自问去吧,让他们难为情去吧!难道能这么干的吗?!把别人扔下,死活不管,此刻倒有脸见人……

塔纳巴伊并没有恭候迎驾,他走到羊圈旁边,把死羊扔成一堆,不慌不忙地又走了回来。

那二位已经进了院子。马大口喘着气。乔罗现出一副可怜巴巴、问心有愧的神色。他明白,他得为他的朋友承担责任。而骑在溜蹄马上的那位,已经怒不可遏,凶相毕露,连个招呼也不打,一下子就大发雷霆了。

"成何体统!到处一塌糊涂!瞧,搞的什么名堂!"他气冲冲地对乔罗嚷道。之后,转过身来,冲着塔纳巴伊:"你这是怎么啦?同志!"他的头朝塔纳巴伊刚才扔死羊的地方一扬,"一个羊倌,还是共产党员,就眼睁睁地看着羊羔大批死去?"

"这些羊,大概不知道我是共产党员。"塔纳巴伊挖苦道。刹那间,他的心都碎了,一下子感到那么空虚、冷漠、痛苦。

"你说什么?"谢基兹巴耶夫刷的一下脸红了,不作声了,"社会主义竞赛你参加了吗？义务你承担了吗？"他如获至宝，找到话了，一边威胁地拉扯着溜蹄马的头。

"承担了。"

"那是怎么说的？"

"不记得了。"

"所以啊，你的羊羔才死得个精光！"谢基兹巴耶夫用鞭把又朝刚才那个方向指了指，他蹬着马镫，抬了抬身，因为有机会可以教训教训这个天不怕地不怕的羊倌而颇为自得。但是他先冲着乔罗训斥开了："您瞧什么呀？这些人连自己的任务都记不得。完不成计划，毁了牲口！您在这里是干什么的呀？您是怎么教育您的党员的？他这个党员怎么样？哎，我这是问您话呢！"

乔罗耷拉着脑袋，默不作声，只是来回捻着手里的马缰绳。

"就这个样！"塔纳巴伊镇静地代他回答。

"哎哟，还那个样！我看，你——是破坏分子！你破坏集体农庄的财产！你是人民的敌人！你该上班房里蹲着，而不该留在党里！你这是对社会主义竞赛的嘲弄！"

"啊嗬，我该上班房里蹲着，班房里蹲着！"塔纳巴伊照样平静地重复着他的话。他的嘴唇直打哆嗦，由于屈辱，由于伤心，由于忍无可忍，他心如刀绞，不禁爆发出一阵狂笑。"好极了！"他竭力咬住打战的嘴唇，冷眼瞪着谢基兹巴耶夫，"你还有什么要说的？"

"你干什么这样说话呢，塔纳巴伊？"乔罗忙出来圆场，"干什么呢？把情况摆清楚就是了。"

"噢，原来这样！这么说，也得把情况跟你摆清楚不成？乔罗，你这是干什么来的？"塔纳巴伊大声嚷道，"我问你，你干什么来的？是来告诉我，我的羊羔子死光了？这个，我自己清楚！是来告诉我，我该蹲班房去？这个，我也清楚！是来告诉我，我是个大傻瓜，这一辈子为集体农庄搞得焦头烂额？这个，我更清楚！……"

"塔纳巴伊，塔纳巴伊，你冷静点儿！"脸色煞白的乔罗忙从马上跳下来。

"滚蛋！"塔纳巴伊一把把他推开，"什么任务，去他妈的！什么鬼日子，去他妈的！你给我滚！我该蹲班房去！你干什么领来了这个穿皮大衣的新牧主？让他来侮辱我吗？让他来送我去蹲班房吗？好吧，来吧，浑蛋，把我送班房去吧！"塔纳巴伊东奔西窜，想抓个什么东西，顺手操起墙根下的一把干草杈子，便朝谢基兹巴耶夫猛扑过去，"滚你妈的蛋，混账东西！你给我滚！"他已经茫无头绪了，只顾得挥舞着手里的草杈。

慌了神的谢基兹巴耶夫不知所措地拽着溜蹄马，忽而往这边拉，忽而往那边扯。草杈不断地朝傻了眼的古利萨雷头上打去。有时铁杈子落在地上，哐当作响，有时劈头盖脸地打在马头上。塔纳巴伊怒不可遏。他都弄不明白，为什么古利萨雷的头老是那么哆哆嗦嗦地晃来晃去，为什么它的血红的嘴老是撕扯着马嚼子，为什么它圆瞪瞪的眼睛那么慌乱，那么吓人地在他眼前闪动。

"你躲开，古利萨雷！让我逮住这个穿皮大衣的大牧主！"塔纳巴伊大声吼叫着，杈子一下接一下打在这毫无过错的溜蹄马头上。

那个年轻妇女赶来了，死死拽住塔纳巴伊的两只胳膊，想夺下杈子。但是他猛一推，把她摔倒在地上。这当儿，乔罗已经跳上了马。

"往回跑！快跑！会出人命的！"乔罗奔到谢基兹巴耶夫跟前，用身子为他挡着塔纳巴伊。

塔纳巴伊挥着草杈，朝他赶来。这时，两个骑者加鞭催马，冲出了院子。狗汪汪叫着，追赶着马匹，咬着马镫子，扯着马尾巴。

而塔纳巴伊在后面跌跌撞撞地追着，一边跑一边捡起土块，不断朝他们使劲扔去，嘴里不停地吼叫着：

"我该蹲班房去,蹲班房去!滚蛋!你们都给我滚蛋!噢,我该蹲班房去!蹲班房去!"

随后他回来了,嘴里还是一个劲儿地嘟哝着,气喘吁吁地叨叨着:"我该蹲班房去!蹲班房去!"那只狗,因为拿出了看家的本领,此刻神气活现地在他身旁跑着。它在等着主人的赞赏,可是主人根本没有理它。迎面,脸色刷白、惊恐万分的扎伊达尔拄着拐棍一瘸一拐地走来了。

"你闯了什么祸啦?你闯了什么祸啦?"

"我悔不该。"

"什么悔不该?当然悔不该呀!"

"我悔不该打了溜蹄马。"

"啊!你疯啦?你知道不知道,你闯下了什么祸啦?"

"知道。我是破坏分子,我是人民的敌人。"他上气不接下气地说着。之后,他不作声了,双手捂着脸,弯下身子,放声恸哭起来。

"你冷静一点儿,冷静一点儿!"妻子央求着,一边说,一边眼泪也扑簌簌地往下掉。而塔纳巴伊,摇晃着身子,抽抽噎噎,止不住地哭呀哭呀,扎伊达尔还从来没有见他这样伤心过……

十九

在这桩非常事件之后的第三天,区党委召开了一次会议。

塔纳巴伊·巴卡索夫坐在接待室里,等候召他进办公室。此刻,里面正在讨论他的问题。这些天来,他反反复复考虑了很久,但还是无法确定,他是否有罪。他知道,他犯了严重的过失:扬手想打政府的代表。但是如果问题仅仅如此,那么事情就会简单得多。对自己的轻举妄动,他准备接受任何处分。其实,那阵子,他不过是一时怒火烧心,忍无可忍，发泄了一通对农庄的担心，咒骂了一顿自己那些操心和忧虑的事罢了。现在谁还信任他呢？谁还能理解他呢？"说不定，有人会谅解的吧？"他重又燃起了希望。"我要把前前后后的情况好好说说——说说今年这个冬天，说说羊圈和毡房，说说少得可怜的饲料，说说那些不眠之夜，再说说别克塔伊……让大家了解情况。难道能这么干吗？"于是，对已经发生的事，他不再懊恼了。"就让他们处分我吧，"他寻思，"这一来，也许别人的日子就会好过些。也许，这事过后，会来瞧瞧我们这些羊倌，瞅瞅我们过的日子，了解了解我们的苦处。"但转瞬之间，当他回想起全部经过，他的心不禁重又变得冷酷无情起来。他的两只手在膝盖中间捏紧拳头。他固执地一再重复着："不，我没有罪，没有罪！"而后，又陷入疑虑……

就在这个接待室里，不知什么原因，伊勃拉伊姆也坐在这里。"这位干什么来啦？像只白兀鹫，飞来吃死尸了吧？"塔纳巴伊生气地转过身去。而那位，一言不发，长吁短叹的，不时打量着羊倌耷拉着的脑袋。

"他们磨蹭些什么呢？"塔纳巴伊如坐针毡，心里暗想，"有什么好考虑的，整就整吧！"门后办公室里，好像全到齐了。最后一个进去的，是几分钟前赶来的乔罗。塔纳巴伊根据粘在皮靴统上的马毛——溜蹄马的浅黄色的毛，就知道是他。"看来，拼命赶路，古利萨雷汗透了。"他想着，但依然没有抬起头来。于是，那双带着马汗、马毛的靴子，在塔纳巴伊的身旁犹豫不决地原地踏了几步，接着便消失在门后了。

过了好久，女秘书才从办公室里走出来，说：

"请您进去，巴卡索夫同志。"

塔纳巴伊哆嗦了一下，站起身来，心怦怦直跳，耳际阵阵轰鸣，他惘然若失地走进办公室，眼前一片模糊，他几乎看不清里面坐着的那些人的脸。

"请坐。"区委第一书记卡什卡塔耶夫指着长桌末端的一把椅子,对塔纳巴伊说。

塔纳巴伊坐下来,把一双笨重的手搁在膝头,等着眼前的昏暗过去。随后,他瞧了一眼桌子两旁的人。在第一书记的右侧,坐着谢基兹巴耶夫,一副傲慢的架势。塔纳巴伊出于对此人的反感,精神为之一振,眼前的一片模糊立即消失了。桌子后面,一张张脸轮廓分明,清清楚楚。其中最黑的,近乎暗红色的,是谢基兹巴耶夫的脸,而最最苍白、没有一丝血色的,是乔罗的脸。他也坐在桌子末端,紧挨着塔纳巴伊。他的一双瘦骨嶙峋的手在绿绒桌布上神经质地颤抖着。农庄主席阿尔丹诺夫坐在乔罗的正对面,大声地擤着鼻子,皱着眉头,不时左顾右盼。他并不掩饰他对眼下这件事的态度。其他一些人,看来在观望,等待。终于,第一书记放下卷夹里的材料。

"现在讨论一下有关共产党员巴卡索夫的问题。"他声色俱厉地说。

"是呀,这种人居然也配称共产党员!"不知是谁冷笑一声,挖苦道。

"好狠呀!"塔纳巴伊暗自思量,"甭想他们会讲情面。干什么我要乞求他们的宽恕呢?难道我犯了罪不成?"

当然,他并不了解,在解决他的问题上,正碰上两股钩心斗角的力量,双方都按照各自的意图来利用这一不幸的事件。其中一方,以谢基兹巴耶夫为首。他们想以此来试探一下,看看新书记到底有多大的抗衡力,看看能否在第一个回合中就加以左右。另一方,以卡什卡塔耶夫本人为首。他早已觉察到,谢基兹巴耶夫正眼睁睁地盯着他的职位。经过反复考虑,他决定把事情处理得既不失自己的威信,又不同这伙危险分子搞坏关系。

区委书记开始读谢基兹巴耶夫的报告。报告详细列举了白石集体农庄牧民塔纳巴伊·巴卡索夫构成犯罪的全部言行。其中没有一条是塔纳巴伊能够否认的。另外，报告的语调，指控他的措辞，都使他感到绝望。他出了一身冷汗，感到在这张骇人听闻的状子面前彻底地无能为力。谢基兹巴耶夫的控告比他本人更为可怕。操起草杈来捅它几下是不行的。于是，塔纳巴伊原先打算表白一番的希望，顷刻之间破灭了，连他自己也觉得毫无意义："那些话不过是一个羊倌对他那些司空见惯的苦处发出的可怜的怨诉罢了。他怎么发傻了呢？在这张可怕的状子面前，他的辩白有何价值？他这是想跟谁较量呢？"

"巴卡索夫同志，区委委员谢基兹巴耶夫报告里所列举的情况，您承认属实吗？"卡什卡塔耶夫读完报告问。

"是的。"塔纳巴伊闷声答道。

大家默不作声。仿佛所有的人都被这个报告震住了。阿尔丹诺夫扬扬得意地用挑衅的目光打量着在座的人们，仿佛说：瞧，这事够热闹的了吧！

"各位委员同志，请允许我就问题的实质，做一些说明。"谢基兹巴耶夫断然说，"我想一开头就奉劝某些同志，不要把共产党员巴卡索夫的所作所为，简单地看作是流氓行为。如果仅是这样，那么，请相信，我就不会向区委提出我的报告了——因为对付流氓分子，我们另有一套处置的办法。另外，当然啦，问题不在于我本人受到多大的侮辱。我代表的是区党委，在当时的场合下，也可以这么说，我代表的是整个党，因此，我不能容忍任何人来嘲弄党的威信。而最最主要的是，整个事件说明了，我们对党员、对党外群众的政治教育工作十分薄弱，说明了区党委的思想工作存在着严重的缺点。对巴卡索夫这样一类共产党员的思想方式，我们大家都是负有责任的。另外，我们还必须弄清楚，像他这样的党员，是否绝无仅有，还是他有他的一帮同伙？他说的穿皮大衣的新牧主，这算什么话？——先不谈这皮大衣。不过，照巴卡索夫看来，我这个苏维埃人，党的特派员，是新牧主，是老爷，是人民的刽子手！原来如此！你们懂得这话的意思，懂得这语的弦外之音吗？我认为，无须解释……现在，再谈谈事情的另一面。由于白石农庄的畜牧业搞得一塌糊涂，我心情沉重。所以，我在回答巴卡索夫的那些岂有此理的话时，说他忘了自己参加社会主义劳动竞赛的保证，把他叫作破坏分子，人民的敌人，也说过他不该留在党内，而应该去蹲班房。我承认，这是侮辱了他，本来也打算向他道歉。不过，现在我倒确信：情况正是如此。我不想收回我的话。相反，我可以断言：巴卡索夫就是一个具有敌对情绪的危险分子……"

呵！什么样的感受塔纳巴伊没有体验过呢？战争从头到尾经历过来了，但做梦也没有想到过，他的心，竟能像此刻那样痛苦地呼号。伴随着耳际不息的轰鸣，他的心忽而跌落下去，忽而猛蹿上来，七上八下，忐忑不安。但是枪口却冲着它猛烈射击。"我的天，"他的脑子嗡地一声像炸了，"过去的一切都算白搭了？我的生活，我的工作还有什么意义呢？落到了如此地步——都成了人民的敌人了！而我，却时时刻刻为那个羊圈，为那些光不溜秋的小羊羔，为那个不务正业的别克塔伊操心受苦。这一切有谁稀罕呢?！……"

"本人再一次提请各位注意我报告里的几点结论，"谢基兹巴耶夫斩钉截铁地接下去说，"巴卡索夫仇视我们的制度，仇视集体农庄，仇视社会主义竞赛，他唾弃所有这一切，他仇视我们整个的生活。这些话，他都是当着农庄书记萨雅可夫的面公开说出的。他的行动已经构成刑事犯罪——对履行公职的政府代表行凶未遂。我希望诸位正确理解我的意思，我请求区委同意追究巴卡索夫的法律责任，要求会后立即将他拘留，他的犯罪要素完全符合刑法第五十八款。至于巴卡索夫留在党内的问题，我认为，那根本无从谈起！……"

谢基兹巴耶夫心里明白，他的这些要价未免高了些，但他指望，如果区委认为没有必要追究巴卡索夫的法律责任，那么，至少开除他出党一事，总是有保证的了。这一要求，卡什卡塔耶夫是不能不予以支持的。这样一来，他，谢基兹巴耶夫的阵脚就稳住了。

"巴卡索夫同志，关于您的过错，您有什么要说的？"卡什卡塔耶夫问道，他已经气愤起来了。

"没什么。不都说了嘛，"塔纳巴伊回答说，"看来，我一直就是破坏分子，是人民的敌人。既然如此，何必还来问我的想法呢？你们自己裁决吧，你们高明……"

"您认为自己是个正直的共产党员吗？"

"这一点，现在无法证明。"

"您承认自己有罪吗？"

"不。"

"您怎么啦，认为自己比谁都聪明吗？"

"不，正相反，比谁都傻。"

"请允许我说几句，"一个胸前戴着共青团团徽的年轻小伙子从座位上站起来说。在座的人当中，他年纪最轻，挺文弱，窄窄的脸，看上去多少像个孩子。

直到此刻，塔纳巴伊才注意到他。"你开炮吧！小伙子，别讲情面！"他心里嘀咕，"想当年我也是那个样，铁面无私……"

像霹雳的闪光照亮了远空的乌云，他看到了路旁库鲁巴伊糟蹋青苗的那块麦地。那情景，刹那间清清楚楚呈现在他的想象之中，使他看得十分真切。他不由得打了个寒噤，心里发出一声喑哑的哀号。

卡什卡塔耶夫的声音使他清醒过来：

"说吧，克利姆彼可夫……"

"我不赞成巴卡索夫同志的行为。我认为，他应当受到党内适当的处分。但是，我也不同意谢基兹巴耶夫同志的意见。"克利姆彼可夫一再压抑着激动得颤抖的声音，"不仅如此，我还认为，谢基兹巴耶夫本人的问题也应当讨论……"

"真新鲜!"有人打断他的话,"是不是在你们共青团里兴这号规矩?"

"规矩哪儿都一样,"克利姆彼可夫涨红了脸,显得更加激动。他不禁讷讷起来,斟酌着用词,克制住自己的拘谨。突然间,他像豁出去了,尖刻地、愤愤地说开了:"你有什么权力侮辱一个集体农庄的庄员,一个牧民,一名共产党员?您试试把我叫作人民的敌人!……您刚才解释说,由于农庄的畜牧业搞得一塌糊涂因而心情沉重,那么,您认为,一个羊倌的心情反比您更轻松?您到他那里,关心他的生活,关心他的工作了吗?您问问他的羊羔子为什么大批死去了吗?——没有。根据您这份报告,您还没下马就把他训斥了一通。谁不清楚,农庄的接羔工作有多糟糕!我常常下去,在我的那些放牧口的共青团员面前,我感到十分惭愧,感到很不自在:我们对他们要求这个,要求那个,可实际的帮助却少得可怜。请您去瞧瞧,农庄的羊圈怎么样,饲料又有多少?我本人就是牧民的儿子。我知道眼瞅着羊羔子大批死去是什么滋味。学院里教的是一码事,可实际上,到处是老一套。瞧着这一切,心疼呵!……"

"克利姆彼可夫同志,"谢基兹巴耶夫打断了他的话,"请不必唤起我们的怜悯心。感情——这是个模棱两可的概念。需要的是事实,事实,而不是感情用事!"

"对不起!不过,我们现在不是在审讯刑事犯,而是讨论一个党内同志的问题。"克利姆彼可夫继续说下去,"此刻要决定一个共产党员的命运。因此,让我们好好考虑一下,是什么原因导致巴卡索夫采取这种行动。他的行为当然是应当受到谴责的,但是为什么像巴卡索夫那样一名农庄最出色的羊倌竟落到如此地步呢?这种事又是怎样产生的呢?"

"请坐下，"卡什卡塔耶夫不满地说，"您让我们离开了问题的实质，克利姆彼可夫同志。在座各位，照我看来，完全清楚共产党员巴卡索夫犯了极其严重的过失。这成何体统？哪儿见过这样的事？我们绝不允许任何人操起铁杈子就来捅我们的特派员，我们绝不允许任何人破坏我们工作人员的威信！您最好还是考虑考虑，克利姆彼可夫同志，怎么把您那一摊子共青团的事情搞好，而不要在这里无的放矢地嚷嚷什么良心，什么感情。感情是感情，事情是事情。巴卡索夫敢于这么胡作非为，这倒确实该引起我们的警惕。当然啦，他不应该留在党内。萨雅可夫同志，"他转向乔罗问道，"您是农庄的支部书记，对事件的全部经过，您能做证吗？"

"是的，是这样。"脸色煞白的乔罗慢腾腾地站起来，"不过，我想说明一下……"

"说明什么？"

"首先，我想请求，有关巴卡索夫的问题，最好由我们农庄党支部来讨论。"

"这不必了。把区委的决议通知一下支部党员就行了。还有呢？"

"我想解释一下……"

"还解释什么，萨雅可夫同志？巴卡索夫的反党行为都明摆着，没有什么好解释的。至于您，也应当承担责任。由于您在教育党员工作上的失职，我们也要给您一个处分。为什么您要劝阻谢基兹巴耶夫同志，叫他不要把问题提到区委来？想隐瞒吗？岂有此理！坐下！"

争论开始了。国营拖拉机站站长和区报主编支持克利姆彼可夫的意见。有一阵子，他们为塔纳巴伊所做的辩护甚至相当成功。但是塔纳巴伊本人由于心灰意冷，精神恍惚，已经谁的话也听不见了。他不断地扪心自问："我的那些辛苦操劳算白搭了？看来这里谁也不关心我们山里的羊群和马群。我真是个大傻瓜！为了集体农庄，为了这些母羊和羊羔子,我苦了一辈子。而现在,这些都一笔勾销了。如今我是个危险分子。哼!见你们的鬼去吧!你们爱怎么治,就怎么治吧!——如果这样一来,情况有所好转,我也没有怨言。你们掐着脖子把我攥出去吧!我现在什么都完了,你们训斥吧,不必客气……"

农庄主席阿尔丹诺夫发言了。瞧他那副神情和架势,塔纳巴伊知道他在骂人,但是骂谁,他不清楚。他只听见"脚镣""溜蹄马古利萨雷"这几个字眼。

"……你们不会想到吧?"阿尔丹诺夫愤愤地说,"仅仅因为我们出于无奈,给溜蹄马戴上了脚镣,他就公开威胁要砸碎我的脑壳。卡什卡塔耶夫同志,各位区委委员同志,我,作为农庄主席,请求让我们甩掉这个巴卡索夫。确实,他该蹲班房去。他仇恨所有的领导同志。卡什卡塔耶夫同志,门外有几个旁证,他们能证明巴卡索夫对我的恫吓。是否可以请他们进来?"

"不用了,没有必要。"卡什卡塔耶夫厌恶地皱了皱眉头,"这就够了。请坐下。"

接着进行表决。

"有人提议:开除巴卡索夫同志出党。谁赞成?"

"等一等,卡什卡塔耶夫同志,"克利姆彼可夫霍地站起来,"各位委员同志,我们这样做是不是会犯极大的错误?我提一个建议:给巴卡索夫以严重警告,并且记入他的档案。同时,鉴于谢基兹巴耶夫侮辱了共产党员巴卡索夫的人格,鉴于他作为区特派员的令人不能容忍的工作方法,建议给区委委员谢基兹巴耶夫以警告处分。"

"蛊惑人心!"谢基兹巴耶夫大声叫道。

"请安静,同志们!"卡什卡塔耶夫说,"你们这是在开区委会,不是在家里瞎嚷嚷,请各位遵守纪律。"现在,一切得由他这个区委第一书记定夺了。于是他为了迎合谢基兹巴耶夫的心意,把事情又扭了回来,"关于追究巴卡索夫的刑事责任一事,我认为没有必要,"他说,"但要留在党内,当然也不行。在这方面,谢基兹巴耶夫是完全正确的。现在表决:谁赞成开除巴卡索夫?"

区委委员一共七人。三人举手赞成,三人反对。只等卡什卡塔耶夫本人表态了。他迟疑片刻,然后举起手来,表示"赞成"。对此,塔纳巴伊毫无觉察。直到他听到卡什卡塔耶夫对女秘书发话时,才明白自己的命运已成定局。卡什卡塔耶夫说:

"请做记录。区委会决议:开除塔纳巴伊·巴卡索夫出党。"

"这下完了!"塔纳巴伊面无人色,喃喃自语。

"我还是坚持:建议给谢基兹巴耶夫以处分。"克利姆彼可夫也不示弱。

这一建议本来可以避而不谈,不加表决。但卡什卡塔耶夫还是决定提上议程。其中自有他的奥妙之处。

"谁赞成克利姆彼可夫同志的建议?请举手!"

又是三票对三票。又是卡什卡塔耶夫举手投了第四票,救了谢基兹巴耶夫,使他免于处分。"不知他是否明白,是否领情?谁知道他……这个奸诈小人,老滑头!"

人们挪动椅子,好像准备散会了。塔纳巴伊以为这就完了,他站了起来,谁也不看一眼,默默地径直朝门口走去。

"巴卡索夫,你上哪儿?"卡什卡塔耶夫叫住了他,"把你的党证留下。"

"留下?"直到此刻,塔纳巴伊才明白了发生的一切。

"对。请放在桌上。你现在已经不是党员了,没有资格留着党证……"

塔纳巴伊伸手去掏党证。室内鸦雀无声。他忙乱了一阵。党证藏在最里面,在绒衣下面一件上衣里面的一个小皮夹里。这个小皮夹是扎伊达尔亲手缝制的,塔纳巴伊用一根细长的皮带横搭在肩上。他好不容易把小夹子掏出来取出党证,把这个贴在胸口的暖烘烘的、略微带点儿汗味的小本本,放到卡什卡塔耶夫跟前冷冰冰的、光溜溜的桌子上。他打了个寒战,感到全身一阵冰凉。他照样谁都不看一眼,匆匆把皮夹塞进上衣里面,打算离去。

"巴卡索夫同志,"在他身后响起了克利姆彼可夫的同情的声音,"您不想说些什么吗?您刚才可是什么话也没说。也许您挺为难吧?我们希望,党的大门对您还是敞开的,希望您迟早再回到党里来。请您谈谈,您现在有些什么想法?"

塔纳巴伊转过身来。在这个不相识的、但又竭力想减轻他痛苦的年轻人面前,他感到心情沉重,局促不安。

"我有什么好说的?"他凄然答道,"反正不能把这里所有的人都说服了。我只想说一点:我是无罪的,即便我动了手,即便我说了些不好听的话。这件事,我无法对您说清楚。就这些,没了。"

接着是一阵难堪的沉默。

"哼,这么说,你对党还怀恨在心呢?"卡什卡塔耶夫愤愤说道,"你要知道,同志,是党给你指明了正确的道路,是党救了你,让你免于法律的制裁。可你,竟不知足,还一肚子怨气呢!这么看来,你确实不配共产党员的称号。党的大门对你这种人,未必是开着的!"

塔纳巴伊神色泰然地离开了区委会,甚至过于平静了。他心情糟透了。天气暖洋洋的,夕阳西下,快近黄昏了。人们有的步行,有的骑马,各奔东西。孩子们在俱乐部旁边的广场上嬉笑追逐。瞧着这情景,塔纳巴伊感到心烦意乱,想起自己的事,更是懊丧万分。趁现在他还没有发生什么意外,赶紧离开这里,赶紧进山回家去。

在拴马桩旁边,他的马跟古利萨雷并排站在一起。古利萨雷还是那样高大、英俊、强壮,当塔纳巴伊走到跟前的时候,它来回倒换着前蹄，一对乌黑的眼睛平静地、信赖地看着他。塔纳巴伊用草杈打它的事，溜蹄马早就忘了。所以说，它才是牲口呢。

"忘了吧，古利萨雷，别生我的气。"塔纳巴伊对溜蹄马小声耳语，"我太不幸了，太不幸了。"他突然抱住马头，哽咽起来，只是怕旁人见笑，才强忍着没有放声大哭。

他跨上自己的马，回家去了。

过了亚历山大罗夫卡这段慢坡，乔罗赶上了他。塔纳巴伊一听到身后古利萨雷熟悉的马蹄声，他委屈地把嘴一撇，脸都铁青了。他没有回过头来。深深的屈辱撕裂着他的心，蒙住了他的眼睛。对他来说，眼下的乔罗完全不是过去的乔罗了。瞧，今天这种场合——卡什卡塔耶夫稍稍抬高了一点儿嗓门，乔罗就像个循规蹈矩的小学生那样，乖乖儿地坐下了。往后又能怎么样呢？人们信任他，可他却不敢说实话。他这是随机应变，保护自己。是谁教了他这一套呢？就算塔纳巴伊是个落后分子，是个粗人，而他乔罗，却知书达理，一直担任着领导工作。难道乔罗真的看不出那些谢基兹巴耶夫们和卡什卡塔耶夫们讲的完全不是那么回事吗？！他们说起来头头是道，漂亮得很，实际上是胡说八道，空话连篇。能骗得了谁呢？这是干什么呢？

当乔罗策马赶来，勒住了急躁的溜蹄马，跟他并辔同行时，塔纳巴伊依旧没有扭过脸来。

"塔纳巴伊，我看咱们一块儿回去吧，"乔罗气喘吁吁地说，"刚才我到处找你，可你已经先走了……"

"你要干什么？"塔纳巴伊仍然没有瞅他一眼，顶了他一句，"你走你的道吧。"

"咱俩谈一谈。塔纳巴伊，你别不理我。咱俩谈一谈，像老朋友那样，像共产党员那样，……"乔罗说道。可是说到一半，话就咽下去了。

"我，对你来说，已经既不是朋友，更不是党员了。不过，你也早已不是党员了。你,不过是挂着共产党员的招牌……"

"你这是当真的?"乔罗有气无力地问道。

"当然是当真的。我还没有学会随机应变。什么地点,说什么话,怎么说——这一套,我也没有那本事。好吧,再见了。你走你的阳关道,我走我的独木桥。"塔纳巴伊拨转马头,离开大道,头也不回,始终没有看他朋友一眼,穿过田野,径直往山里跑去了。

他没有看到:乔罗"唰"地一下,面如土色,他伸出一只手,想拦住他。紧接着,他全身一阵抽搐,双手抓住胸口,倒在溜蹄马的脖子上,大口大口地喘着气。

"糟了,"乔罗小声说,由于一阵难以忍受的心绞痛,他的身子蜷缩成一团,"唉,我不行了!"他的声音嘶哑了,脸色发青,喘着粗气,"快回家去,古利萨雷,快回家去。"

溜蹄马驮着他穿过漆黑荒凉的草原,朝村子飞跑。主人声音里那种可怕的东西,把马吓坏了。古利萨雷竖起耳朵,惊恐地打着响鼻,狂奔疾驰起来。而马背上的人痛苦万分,缩成一团,用双手,用嘴哆哆嗦嗦地揪住马鬃。缰绳从飞驰的古利萨雷的脖子上掉了下来,不断抖动着。

二十

深夜,当塔纳巴伊还在进山的路上的时候,一匹坐骑在村子的街道上奔跑,引起了一阵惶惶不安的狗叫声。

"哎,谁在家呢?起来!"来人呼喊着房子的主人,"去开支部会去,在办事处。"

"怎么啦?什么事这么急?"

"不清楚,"来人答道,"乔罗让叫的。他要大家快点儿去。"

这时候，乔罗本人正坐在办事处。他用肩膀顶着桌子，蜷缩着身子，不断喘着粗气。他的一只手伸进衬衣里面，紧紧地捂着胸口。他咬紧牙关，还是疼得直哼哼，发绿的脸上满是冷汗。一双陷下去的眼睛，活像两个黑窟窿。他不时昏迷过去。他仿佛觉得，溜蹄马正驮着他在漆黑的草原上飞奔，他想叫住塔纳巴伊，而对方，在分手时却劈头盖脸地把他痛骂了一顿，头也不回地跑了。那些话，像烧红的火炭，灼伤着他的心……

支部书记先在马棚的干草堆上躺了片刻，随后由两个饲养员架着，把他送到办事处。饲养员本想把他送回家去，但他执意不肯。他打发人去叫党员来开会，此刻，正等着他们的到来。

值夜的女人点亮了灯，让乔罗独自留在屋里，自己便到前室收拾炉子去。她不时看看虚掩的大门，叹着气，摇着头。

乔罗在等着来人，而时间在嘀嗒嘀嗒悄悄过去。留给他生命的最后时光，就这样痛苦地、沉重地、一秒一秒地过去。这种时间的价值，只有此时此刻，在他度过了漫长的一生之后，才有所领悟。他感到虚度了年华，转眼之间，那无情的岁月已经在辛苦操劳中飞一般地过去了。在他的一生中，并不是一切都顺顺当当，也不是万事都称心如意。他勤奋工作过，拼死斗争过，但在有些事上，为了绕过矛盾，为了不那么生硬粗暴，他也退让过。到头来，还是免不了碰钉子。他竭力想回避、不想与之冲突的那股势力，最后还是把他压倒了。现在他已经山穷水尽，无路可退了。唉！要是他能早一点儿醒悟过来，要是他能早一点儿迫使自己正视现实……

而时间在嘀嗒嘀嗒悄悄过去，那声音显得那么响亮，那么凄切。这些人怎么还不来呢？得等多久呵？！

"快，快，"乔罗怀着惊恐的心情想道，"但愿来得及把一切都告诉他们！"他发出一声喑哑的绝望的叫声想延缓即将逝去的生命。他坚持着,准备做最后一次战斗。"我要把所有的话全说了:事情的经过,区委会,以及怎么把塔纳巴伊开除出党的。让他们知道,我是不同意区委的决议的。让他们知道,我是不同意把塔纳巴伊开除出党的。还要谈谈我对阿尔丹诺夫的看法。让他们在我之后,也听听他的意见。让党员们自己拿个主意。我还要谈谈自己的为人,谈谈我们的农庄,谈谈有些人……但愿来得及,但愿他们快点儿来,快点儿!……"

头一个跑来的,是给他送药来的妻子。她吓坏了,数落着,大声哭起来:

"你这是疯啦?这些个会,你怎么还没有开够?跟我回家去!你瞧瞧你这副模样。我的主啊,你哪怕也考虑考虑自己吧!"

乔罗不想听她的。他挥挥手,就着水吃了药,牙齿磕着杯子,水洒满了前胸。

"不要紧,我已经好点儿了,"他说,竭力让呼吸平稳些,"你到那边等着,待会儿领我回去。不用担心,去吧。"

街上传来脚步声,这时乔罗在桌旁直了直身子,强忍着胸口的疼痛,鼓起全身的精力,准备履行他最后的职责。

"发生什么事啦?你怎么啦,乔罗?"大伙儿问他。

"没什么。等大家来齐了,我有话要说。"他回答道。

而时间正嘀嗒嘀嗒悄悄过去,那声音显得那么响亮,那么凄切。

等党员都到齐了,支部书记乔罗·萨雅可夫在桌旁站起来,从头上摘下帽子,宣布党支部会开始……

二十一

塔纳巴伊深夜才回到家。扎伊达尔提着马灯出来迎他。她期待着,一双眼睛留神地察看着。她瞧一眼,心里就明白了:她的丈夫遭到了不幸。塔纳巴伊默默地卸下马勒,又卸下马鞍。她给他照着亮,而他,对她默默无言。"他要是在区里喝上几盅,兴许反会松快些。"她心里默想,而他,还是不作声。这种沉默太令人难堪了。于是,她想说些让他高兴的事,喏,运来了一些饲料、麦秸、大麦面,再说,天气也转暖了,小羊羔已经赶到牧场,能啃上小草了。

"别克塔伊的羊群给接走了:新派来了一个羊倌。"她开言道。

"见他妈的鬼去!什么别克塔伊,羊群,你那羊倌,通通见鬼去!"

"你累了吧?"

"累什么?从党里给撵出来了!"

"嘘,你轻点儿,那两个女人会听见的。"

"干什么轻点儿?我有什么好隐瞒的?像条癞皮狗那样给撵出来了。就那么回事。我这是自作自受,你也是自作自受。对我们来说,这还轻了。哎,干什么站着不动呀?有什么好瞅的?"

"进去歇歇吧。"

"这,我知道。"

塔纳巴伊走进羊圈,查看了一下母羊。随后又去羊栏,在那里摸黑走了一阵,又回到羊圈来。他心神不定,坐立不安,不想吃饭,也不想说话。他笨重地倒在墙角的一堆干草上,一动不动地躺在那里。生活、操劳、各种各样的担惊受怕,此刻全都失去了意义。已经别无他求了。不想再活着,不想再费脑筋,不想再看到周围的一切。

他翻来覆去,难以入睡。他想忘掉一切,但又无法摆脱开种种思虑。他又想起:别克塔伊怎么跑了,在他身后的雪地上留下一行发黑的脚印,而他却无言以对;谢基兹巴耶夫骑在溜蹄马上怎么大声呵斥,把他骂得狗血喷头,怎么威胁着要把他送去坐牢;他怎样出席了区委会议,一下子变成了破坏分子和人民的敌人——至此,他的一切,他的整个生命也就完结了。于是,他重又产生一种强烈的愿望:想操起草杈,大喊大叫，冲进这茫茫黑夜，对着这整个世界，声嘶力竭地怒吼一番，然后跳进某个山沟，落得个粉身碎骨！

他昏昏欲睡。他想，与其这样活着，不如死去为好。对，对，不如死了算了！

等他醒过来，头还是昏沉沉的。有几分钟的时间，他都想不起来，他这是在什么地方，发生了什么事情。在他身旁，母羊干咳着，小羊咩咩叫着。这么说，他这是在羊圈里。外面，天已经蒙蒙亮了。为什么他又醒来了呢？为什么呢？要是能一睡不醒，那该多好！只有绝路一条了，应该了此一生了……

……塔纳巴伊来到小河边，用双手捧水喝。那水清凉彻骨，还带着薄薄一层咯吱作响的冰碴子。水哗哗地从微微颤抖的十指间流下来，溅得全身都是。他捧起水来，喝着。他缓过气来，终于清醒过来了。直到此刻，他才意识到自杀的念头是多么荒唐，自己残害自己的念头是多么愚蠢！人，只有一次生命，怎么能自己去毁了它呢！难道为了那些谢基兹巴耶夫们，值得这么干吗？不，塔纳巴伊还要活下去，他还要翻山越岭呢！

回家后，他悄悄藏起了猎枪和子弹夹。整个这一天他又拼命地干起活儿来。他真想对妻子、女儿和两个女人更加亲热些，但又尽量克制住自己，免得她们想得过多。而她们，却像没事一样，照旧各干各的活儿。这一切叫塔纳巴伊深为感动，他不声不响，只顾埋头干活儿。他还去牧场帮着把羊群赶回家来。

傍晚时分，天气又变坏了。周围的群山烟雾缭绕，天上乌云密布，看上去不是要下雨，就是会下雪。又得想办法保护好仔畜，不让羊羔受冻。又得继续清理羊圈，铺上干草，免得羊羔大批死去。塔纳巴伊脸色阴郁，心情沉重，但他竭力忘记发生的事情，竭力振作起精神来。

天快断黑的时候，一匹坐骑进了院子。扎伊达尔迎上去，两人谈着什么事情。塔纳巴伊这时正在羊圈里忙着。

"你出来一会儿,"妻子叫道,"有人找你。"听她的喊声,他就预感到事情不妙。

塔纳巴伊走出去,跟来人打了招呼。那人是邻区的一个牧民。

"原来是你,艾特巴伊!快下马。从哪儿来?"

"从村里来,办了点儿事。他们让我来告诉你一声,乔罗病危了。要你赶紧回去一趟。"

"又是这个乔罗!"稍稍平息的委屈之情猛地又爆发了。真不想见他。

"我怎么啦,是大夫吗?他常年有病。没有他,我这里已经忙得够呛了。瞧,又要变天了!"

"得了,塔纳克,去不去是你的事,你自己看着办。至于我,算传到话了。再见吧,我该走了,眼看就天黑了。"

艾特巴伊上了马,走了几步,又勒住马。

"塔纳克,你还是考虑考虑。他的病不轻。都把儿子从学校里叫回来了,已经派人去车站接去了。"

"谢谢你捎了信。可我是不会去的。"

"他会去的,"扎伊达尔都感到难为情了,"您放心,他会去的。"

塔纳巴伊一声不响。等艾特巴伊走出院子,他恶狠狠地冲着老婆说:

"你甭老是代我说话!我自己做得了主。说不去,就是不去!"

"你想想,你说些什么话呀,塔纳巴伊?"

"我没什么好想的。够了!过去想得太多了,所以才从党里给撵出来了。我眼下成了孤家寡人了。要是我病倒了,不用谁来看我。要死,也一个人死去!"他气呼呼地一挥手,去羊圈了。

不过,他心里还是不得安宁。他接下羊羔,把它们安顿到角落里,

他呵斥着咩咩叫的母羊,把它们轰开。他一边干着,一边骂街,嘴里嘀嘀咕咕的:

"要是早点儿离职,就不会这样遭罪了。一辈子病病歪歪,唉声叹气,捂着胸口,可就是不下马。也算是我的一个顶头上司!经过那桩事后,我瞅都不想瞅你。你有气没气,我管不着,我可是一肚子委屈。这事,谁也管不着……"

夜,降临了。稀稀落落的雪花,纷纷扬扬。周围一片静悄悄,仿佛都能听到雪花落地的沙沙声。

塔纳巴伊没有到毡房,免得跟妻子啰唆。而她,也没有来找他。"得了,你歇一会儿吧,"他想,"你甭想强迫我去。现在什么事都与我无关。我同乔罗成了陌路人了。他走他的阳关道,我走我的独木桥。从前是朋友,可现在不是了。如若我是他的朋友,他那阵子干什么去了?不,现在什么事我都无所谓……"

扎伊达尔最后还是来了。给他送来了雨衣、新靴子、宽腰带、套袖和出门戴的帽子。

"穿上吧。"她说。

"你白操这份心,我哪儿也不去。"

"别磨蹭了。会出事的,往后你会后悔一辈子的。"

"我不会后悔,他也不会出事的。歇一阵子,就会好的。又不是头一遭。"

"塔纳巴伊,我从来也没有跟你央求过什么事,可眼下,我要求求你。让我来分担你的委屈,你的痛苦吧。去吧,别那么不近人情。"

"不,"塔纳巴伊固执地摇摇头,"我不去。我现在什么都无所谓。你讲究什么礼节,什么人情。别人会怎么说呢?而我,现在什么都不想知道。"

"你再好好考虑考虑,塔纳巴伊。我去看看火去,别让炭火烧着了毡子。"

她把衣服留下,走了。但他却一动不动地坐在角落里。他改不了自己的脾气,无法忘记他对乔罗说过的那些话。可现在得说:"您好呀!我来看您来了,身体怎么样啊?要帮点儿什么忙吗?"不,这个他办不到。这不是他的性格。

扎伊达尔又回来了。

"你怎么还没有穿好衣服?"

"别讨厌了!说过了,我不去……"

"你起来!"她火冒三丈地大喝一声。而他,像士兵听到命令,霍地站了起来——这一点,连自己都感到茫然。她朝他跨了一步,在昏暗的灯光下,用她那痛苦的、愤怒的目光盯着他:"既然你不是个男子汉,不是人,既然你只是个没主见的婆娘——那我就代你去一趟,你就留下,在家哭鼻子吧!我这就走。你马上去套马去!"

他听从她的吩咐,套马去了。外面正飘着小雪。沉沉的夜色,犹如深湾里的回流,在山间悄悄地、缓缓地、像旋转木马似的打着盘旋。群山已经分辨不清——天太黑了。"唉,又是个报应!这样的黑夜,她一个人怎么走呀?"他摸黑套着马鞍,想道,"又劝不住她。不,她不会不去的。哪怕打死她,她也不会不去的。要是迷了路呢?唉,让她埋怨我吧……"

塔纳巴伊备好了马,感到羞愧万分:"我不是人,是畜生。都气疯了。把她赶出去,做样子给别人看:瞧,我多么不幸,我多么痛苦!还折磨老婆。有她什么事?干什么折磨她呢?我不得好下场。我是个不中用的人。简直是畜生。"

塔纳巴伊犹豫起来。可要收回自己的话也不容易。他走了回来,垂下眼睛,一副愁眉苦脸的样子。

"马套好了吗?"

"套好了。"

"好，那你动身吧。"扎伊达尔把雨衣递给他。

塔纳巴伊一声不响地穿起衣服来，心里还是高兴她主动和解了。但为了找个台阶，他还是犟嘴道：

"要不，等天亮了再走？"

"不行，你得马上动身。要不就迟了。"

夜色像平静的回流，在山间盘旋。大片大片轻柔的雪花，漫天飞舞，徐徐下落。这已是最后一场春雪了。在这黑漆漆的崇山峻岭之间，塔纳巴伊策马独行，听从他不想理会的友人的呼唤。雪花落在他的头上，肩上，胡子上，手上。他一动不动地坐在马上，也不去抖落那身上的雪。他觉得，这样更便于回忆往事。他想起乔罗，想起两人多年来的交往：先是乔罗教他学文化，后来一起入团入党。他还记起两人一块儿在运河工地上劳动，是乔罗第一个给他送来一张报道他的事迹、登着他的相片的报纸，第一个向他表示祝贺，跟他握手。

塔纳巴伊的心舒坦了些，疙瘩解开了。他忽然惶惶不安起来："他怎么样了？兴许真的病危了？要不，干什么去叫他儿子回来呢？他是有话要说，还是要商量什么事情？……"

天蒙蒙亮了。雪花不停地飞舞。塔纳巴伊快马加鞭，让马飞奔起来。快到了，那边山冈下的平川地里就是村子了。乔罗怎么样了？快！快！

突然，在这清晨的寂静中，从村子那边隐隐约约传来人的哭喊声。有人尖叫一声，中断了，又沉寂了。塔纳巴伊勒住马头，侧过耳朵，顺风听着。不，什么声音也没有。这可能是幻觉吧。

塔纳巴伊的马跑上山冈。山脚下，他看到一片积雪的菜园，无数空旷的花园和纵横交错的山村街道。因为是清晨，路上还没有行人。到处都没有人。可是在一家院子里却挤着黑压压的一堆人，在树旁，系着一些卸了鞍的马匹。这是乔罗家的院子。为什么那里聚了那么多人呢?发生什么事了呢?莫非……

塔纳巴伊蹬着马镫,微微抬起身子,他一阵哆嗦,张口结舌,倒吸了一口冷得彻骨的寒气。随即他驰马下山,奔上大路。"不可能!怎么会这样呢?不可能!"他悲痛难忍,仿佛那里发生的事情是他的过错似的。乔罗,他唯一的朋友,请他在临终前最后会上一会,而他,却不理不睬,固执己见,念念不忘自己的委屈。做出这种事来,他算个什么人了呢?他的老婆怎么没当面啐他一口呢?世界上还有什么比一个人临死前的最后请求更合乎情理的呢?

在塔纳巴伊眼前,又现出了草原上的那条大道,路上乔罗骑着溜蹄马正追赶着他。那时候,他是怎么回答他的呢?这种行为难道能原谅吗?

塔纳巴伊恍恍惚惚地走在积雪的街道上,他蜷缩着身子,为自己的过错深深感到悔恨。突然,他看到前面有一大群骑马前来的人。他们默默无言,正走近乔罗家的院子。刹那,他们异口同声地哀号起来,身子在马鞍上来回晃动:

"噢吧伊,巴乌勒马伊!噢吧伊,巴乌勒姆!"①

"哈萨克人都来了。"塔纳巴伊恍然大悟:已经无可指望了。四邻的哈萨克人赶过河来悼念乔罗,悼念他们的亲兄弟、邻居,悼念这个全区闻名的、他们所亲近的人。"谢谢你们,老哥们儿,"塔纳巴伊心里念叨,"代表我们的父老兄弟谢谢你们。无论是不幸、灾难,还是婚礼、赛马,我们总是同欢乐,共患难。痛哭吧,现在跟我们一起痛哭吧!"

于是他跟在他们后面,对着这黎明时的山村,声嘶力竭地痛哭起来:

"乔罗!乔罗!乔罗!"

---

① 吉尔吉斯人悼念亡人的哀号。

马快步跑着,他在马背上东倒西歪的,为他离开人世的朋友号啕大哭。

来到了院子,这边古利萨雷身披丧服,站在房子跟前。雪花落在它身上,随即又化了。溜蹄马失去了主人。往后,它得备着空鞍子了。

塔纳巴伊扑到溜蹄马的脖子上,抬起身来,重又扑倒下去。在他近旁,如在迷雾中一般,是一张张模糊不清的脸和一片哭声。有人说话,他也听不清了:

"快扶塔纳巴伊下马。领他到乔罗的儿子那里去。"

几双手向他伸来,帮他下马,搀扶着他穿过人群。

"宽恕我吧,乔罗,宽恕我!"塔纳巴伊呜呜哭着。

院子里,乔罗的儿子,大学生萨曼苏尔,正面对着房子站着。他泪流满面地向塔纳巴伊转过身来。两人抱头痛哭。

"你失去了父亲,我失去了好朋友!宽恕我,乔罗,宽恕我!"塔纳巴伊抽抽搭搭,放声大哭。

后来人们把他们拉开了。这时候,塔纳巴伊在近旁的妇女中间看到了她——贝贝桑。她正望着他,眼泪汪汪地望着他。塔纳巴伊哭得更伤心了。

他痛哭不止:为他失去的一切痛哭——为乔罗,为他对乔罗的过错,为那些无法收回的路上骂他的话;他为她痛哭,此刻她近在身旁,却远若路人,为那爱情,为那个雷电交加的夜晚,为她的孤苦伶仃,为她失去的年华而痛哭;他为他的溜蹄马——披着丧服的古利萨雷痛哭;他为自己的屈辱和痛苦,为这哭不完的一切而恸声大哭。

"宽恕我吧,乔罗,宽恕我!"他一个劲地喃喃自语。这些话他仿佛也是在请求她的谅解。

他多么希望,贝贝桑能走过来安慰他一番,希望她能擦干他的泪水。但是,她没有走过来。她站在那里,已经泣不成声了。

倒是别人安慰他了：

"算了，塔纳巴伊。眼泪也无济于事了。你宽宽心吧！"

这些话，反叫他更加伤心，更加痛苦了。

二十二

下午安葬了乔罗。昏沉沉的太阳微微透过凝滞而惨淡的云层。空中不停地飘舞着柔和的、湿润的雪花。在白茫茫的田野里，送葬的行列像条黑黝黝的、无声无息的河流，延伸开去。这河水，仿佛突然而来，又像是第一次开辟自己的航道。最前头是一辆放下车帮的卡车，上面载着用白毡裹得严严实实的已故的乔罗。旁边坐着他的妻子、孩子和亲戚。其他的人都骑着马跟在后面。乔罗的儿子萨曼苏尔和塔纳巴伊两人跟随在灵车后面步行。塔纳巴伊一手还牵着他亡友的溜蹄马——备着空鞍子的古利萨雷。

出了寨门，平坦的大路上铺满了一层松软的白雪。送葬的人马走过去，现出一条宽宽的、黑黑的、留下无数马蹄印子的路面。它仿佛标记了乔罗一生最后的历程。道路通到山冈上的墓地。至此，乔罗的人生道路就结束了，永远地结束了。

塔纳巴伊牵着溜蹄马，心里默默地对它念叨："唉！古利萨雷，咱们俩失去了我们的乔罗了。他不在了，去世了……那阵子，你怎么没有喝住我，没有制止我呢？对了，老天没长眼，你不会说话。我虽说是人，其实，比你这匹马还不如。把朋友扔在路上，连瞅都没瞅一眼，更别说回心转意了。是我害死了乔罗，是我的那些话把他气死了……"

在去墓地的路上，塔纳巴伊一直在祈求乔罗的宽恕。到了墓地，他和萨曼苏尔一起下到墓穴，把乔罗的尸体放进大地的怀抱。这时候，他还是默默地向乔罗哀求：

"乔罗，宽恕我吧。永别了！你听得见吗？乔罗，宽恕我吧！……"

开头，人们往墓穴里一把一把扔着土块，接着从四面八方用铁锹往里面铲土。墓穴填满了，最后在山冈上耸起了一个鲜土的坟堆。

宽恕吧，乔罗！……

安葬了乔罗之后，萨曼苏尔把塔纳巴伊叫到一边：

"塔纳克，我有事找你，咱们俩谈一谈。"

于是他们穿过院子，离开众人，离开了烟熏火燎的茶炊和篝火。他们穿过后院，进了花园。两人沿着一条水渠走着，在菜地后面的一棵伐倒的树旁停下来。他们坐到树上。两人默默无言，心事重重。"哦，日子过得真快！"塔纳巴伊思量开了，"我记得萨曼苏尔还是个毛孩子，瞧，现在多大个儿了。悲痛一下使他变成大人了。这阵子他该接替乔罗了，现在他跟我平起平坐了。本来，也理应如此。儿子总要接替老子。儿子总要传宗接代，继承事业。主保佑，但愿他能像他父亲一样地做人。但愿他青出于蓝，比我们更聪明，更能干。但愿他能为自己，为大家创造幸福。所以说，我们才是父辈呢，所以说，我们才生儿育女，指望他们能超过我们呢——这才是顶顶要紧的。"

"萨曼苏尔，你是家里的老大，"塔纳巴伊像老人似的捋着胡子，对他说，"你现在接替乔罗了，我会听从你的吩咐，一如过去听从你父亲一样。"

"塔纳克，我要把父亲的嘱咐告诉您。"萨曼苏尔说。

塔纳巴伊一阵战栗。从萨曼苏尔的言谈之中，他分明听到了乔罗的声音和语调。他第一次发现，萨曼苏尔长得真像他的父亲，简直跟他记忆中年轻时候的乔罗一模一样。难怪人家说，一个人只要活在了解他的人的心里，他是不会死去的。

"你说吧，孩子。"

"我回家的时候,父亲还活着,塔纳克。我是昨天夜里他临终前一小时赶到的。他在咽气以前一直都是清醒的。他一直在等着您,塔纳克。老是问:'塔纳巴伊在哪儿?还没来吗?我们都安慰他,说您正在路上,马上就到了。看得出来,他有话要跟您说,可是没有等着。"

"是呀,萨曼苏尔,是呀。我们本来应该会上一面的。非常需要。这一辈子我都不能原谅自己。全是我的过错。是我没能及时赶来。"

"所以他要我转告他的话。他说,儿子,你告诉我的塔纳克,我请求他的原谅,对他说,叫他心里别老惦记着那些伤心事,让他亲自把我的党证送到区委去。他说,一定要塔纳巴伊亲手把我的党证交回去。他嘱咐,千万别忘了,一定要转达到。后来就不省人事了。受尽了折磨。临终的时候,还是望呀望呀,好像在等着谁。最后他呜呜地哭了,说的话也就听不清了。"

塔纳巴伊什么话也没说。他来回捻着胡子,已经泣不成声了。乔罗去世了。随着他的去世,塔纳巴伊的一部分生命仿佛也被带走了。

"萨曼苏尔,谢谢你的这些话,也谢谢你的父亲。"塔纳巴伊终于冷静下来,小声说道,"只是有一件事我很为难。你知道我被开除出党了吗?"

"知道。"

"像我这样一个出了党的人,怎么好把乔罗的党证送到区委去呢?我怕没有这个资格。"

"我也不清楚,塔纳克。您自己拿个主意吧。我呢,该执行父亲的遗嘱。我还是请求您照他临终时希望的那样去做吧。"

"我倒是乐意这么干。只是我太不幸了。萨曼苏尔,要是你自己送去,不是更好吗?"

"不,不一定好。父亲知道,他为什么要这样做。既然他信任您,为什么我反倒不信任您呢?您可以向区委说明,说这是我父亲乔罗·萨雅可夫的嘱托。"

一大清早,天还黑乎乎的,塔纳巴伊便离开了村子。古利萨雷,这匹出色的溜蹄马古利萨雷,无论是遇上喜事,还是遭到不幸,都一样地忠实可靠。古利萨雷纵身飞奔,马蹄嘚嘚,把路面车辙里的冻土击得四下飞溅。这一回它载着塔纳巴伊去完成他已故的战友、共产党员乔罗·萨雅可夫的特殊使命。

在远方,在那隐约可见的地平线上,渐渐地透出一抹晨曦。而后,太阳喷薄而出,驱散了灰色的迷雾,放出万道霞光……

溜蹄马迎着朝霞,向着天边那颗尚未隐去的启明星飞跑。在这空旷无人的大路上,古利萨雷以溜蹄马特有的步式,独自飞奔,发出阵阵清脆的马蹄声。塔纳巴伊已经好久没有机会骑这马了。古利萨雷一如既往,跑得又快又稳。风嗖嗖地卷起马鬃,吹拂着骑者的脸。古利萨雷依然那样英姿勃勃,那样矫健剽悍。

一路上,塔纳巴伊左思右想,揣摩不透为什么乔罗临终前非要他塔纳巴伊,一个出了党的人,把党证送到区委去。他是怎么想的?是考验他吗?或者,他想以此说明,他不同意把塔纳巴伊开除出党吗?现在,这些疑团永远也解不开了,永远也不得而知了。他再也不会加以说明了。是的,有一些话,就比如这个"再也不会",是叫人毛骨悚然的。接下去,就永远也不会言语了……

万千思绪又涌上心头。那种想忘掉一切,结束一切的念头又活跃起来。不,实际上,并不是什么都完了。他身上,他面前,还有乔罗的最后的意志呢。他要把乔罗的党证送去,他要讲讲乔罗的一生,讲讲乔罗在大家的心目中,在他的心目中,是个什么样的人。也要讲讲自己,因为乔罗和他,如同一个巴掌上的指头,是分不开的。

得让那些人了解了解,他们年轻的时候都是些什么样的人,他们经历过什么样的岁月。也许,他们最终会明白,无论在乔罗生前,还是在他死后，把塔纳巴伊同他截然分开是不公道的。但愿能听听他的申诉，但愿让他把自己的意见全部说出来！

塔纳巴伊想象着，他怎样走进区委书记的办公室，怎样把乔罗的党证放到他的桌子上，怎样把心里的话都对他说了。他要承认自己的过错，请求得到谅解，但愿能让他重新回到党里，否则，离开了党，他的生活太难堪了，离开了党，他活着简直毫无意义了。

但是，如果对他说：他，一个被开除出党的人，有什么资格把别人的党证送来呢？"你根本不配碰一个共产党员的党证，根本不配完成这样的使命！这事不该由你，而应该由别人来办。"——可这是乔罗本人的遗嘱呀！这是他在临终前，当着众人的面，这么嘱咐的呀！这事，乔罗的儿子可以做证。"那又怎么呢，一个临死的人，都昏迷不醒了，什么胡言乱语不会说呀？"——如果这样，那他该如何回答呢？

古利萨雷在上了冻的大路上马蹄嘚嘚地飞跑，已经过了草原，到了亚历山大罗夫卡的缓坡了。溜蹄马驮着塔纳巴伊飞一般地奔驰。不知不觉，已经到达目的地了。

当塔纳巴伊来到区中心的时候，各个办事处才刚刚开始上班。他在哪儿也没有耽搁，赶着汗津津的溜蹄马直奔区委。他把马拴在马桩上，拍打一下身上的尘土，揣着一颗怦怦乱跳的心，神色激动地朝里面走去。会对他怎么说呢？会怎样接待他呢？走廊里空无一人：不少人还没有来得及从山村里赶来呢。塔纳巴伊走进了卡什卡塔耶夫的接待室。

"您好！"他对女秘书说。

"您好！"

"卡什卡塔耶夫在办公室吗？"

"在。"

"我有点儿事找他。我是白石集体农庄的牧民。我姓巴卡索夫。"

他说道。

"怎么啦?我认识您。"她微微一笑。

"那就请您告诉他:我们的支书乔罗·萨雅可夫去世了。临终时他要我把他的党证送到区委。我,这就来了。"

"好的。请稍等一下。"

女秘书进了卡什卡塔耶夫的办公室。等的时间虽说不长,可塔纳巴伊却痛苦不堪,坐立不安了。

"卡什卡塔耶夫同志很忙,"她一边说,一边把身后的门紧紧关上,"他让您把萨雅可夫的党证交到登录处。登录处在那边,沿走廊往右拐。"

"登录处……沿走廊往右拐……这是什么意思?"——塔纳巴伊莫名其妙。随即,他一下子明白过来了,一下子也就泄气了。怎么能这样呢?难道这一切就如此简单吗?而他却想……

"我要找他谈一谈。请您再进去跟他说一下,我有重要的话要说。"

女秘书犹豫不决地又走进办公室。回来后说:

"他忙极了,"接着,她十分同情地加了一句,"跟您的谈话已经算完了。"随后,又压低嗓子,悄悄说,"他不会接见您的。您还是走吧。"

塔纳巴伊顺着走廊往右拐去。有块牌子写着"登录处"。门上有个小窗口。他敲了一下,窗子打开了。

"您有什么事?"

"送来一份党证:我们的支书乔罗·萨雅可夫去世了,是白石集体农庄的。"

登录处工作人员耐心地等着塔纳巴伊从上衣里面挂着的小皮夹里掏出党证。就在这个皮夹里,不久前还藏着自己的党证,这回却放着乔罗的党证了。他把小本本交到窗口,心里默默念道:"永别了,乔罗!"

他看到,那女同志在一张表格上记上了党证的号码、乔罗的姓名、父称和入党年月——这些就是对乔罗的最后的记忆了。最后,她让他签字。

"完了吗?"塔纳巴伊问道。

"完了。"

"再见。"

"再见。"小窗"砰"一声关上了。

塔纳巴伊走到外面。他解开溜蹄马的缰绳。

"完了,古利萨雷,"他对马说,"这下全完了!"

不知困乏的溜蹄马载着他往回驰去。辽阔的春天的草原,在清脆的马蹄声中,卷着风,迎面飞来。只有在溜蹄马的飞奔中,塔纳巴伊心头的痛楚才渐渐平息下来。

当天晚上,塔纳巴伊便回到了山里。

妻子默默地迎上去。她抓住衔铁旁的缰绳,搀扶着丈夫,帮他下了马。塔纳巴伊朝她转过身来,双手抱住她,头倒在她的肩上。她流着眼泪,也抱住了他。

"我们把乔罗安葬了。他已经去世了。扎伊达尔,我的朋友已经去世了。"塔纳巴伊说着,又一次放声痛哭起来。

后来,他默默无言地坐在毡房外的一块石头上。他只想一个人待着,望着一轮明月悄悄升起,照耀着峰峦叠起的白雪皑皑的群山。毡包里妻子已安顿孩子们睡了。听得见炉灶里的火噼啪作响。随后响起了科穆兹琴的扣人心弦的旋律。那琴声——似狂风怒吼,又如旷野之中,有人在奔跑,在呜呜哭泣,哀哀呻吟,而周围一片死寂,只有那孤独的人在诉说着心头的哀怨和忧伤。仿佛他跑呀跑呀,在这寂静的旷野之中,不知何处可以安下这个悲痛的身躯,不知怎样才能找到自己的慰藉。天地茫茫,杳无回音。他泪流满面,独自倾听自己的心声。塔纳巴伊知道,这是他的妻子在为他弹奏《猎人之歌》……

……很久很久以前,有一位老人。他有个儿子,是个年轻勇敢的猎手。父亲把猎人的一套高超本领都教给了他的儿子,于是,儿子便超过了父亲。

儿子百发百中。没有一头野兽能逃过他的准确而致命的子弹。他把山山岭岭的野兽都打光了。大肚子的母羊,他不怜惜;小小的仔畜,他也不手软。他见着灰山羊就打——灰山羊可是羊的祖先哩。只剩下一只母羊和一只公羊了。母羊向年轻的猎手苦苦哀求,让他可怜可怜公羊,不要射死它,让它们能传宗接代,子孙繁衍。但是猎人充耳不闻,"砰"一枪又把这只硕大的灰公羊打死了,公羊一跤摔下峭壁。母羊哀哀哭诉着,转过身子,对猎人说:"你朝我的胸口开枪吧,我绝不动一动。你要是打不中我——往后你就别想再开枪了!"年轻的猎手听完这只发了疯的母羊的话,不禁哈哈大笑。他瞄准了。"砰"一声枪响了。但灰山羊没有倒下,子弹只碰伤它的一条前腿。猎人慌张起来:这种情况可从未发生过。"得了,"灰山羊对他说,"现在你想办法来捉住我吧!"年轻的猎人又是一阵狂笑:"行,你快跑吧。要是我追上你,你可别想让我开恩。老不死的,我要把你这个可恶的牛皮大王一刀刀给宰了!"

灰山羊瘸着一条腿跑开了,猎人在后面追着。多少个白天,多少个黑夜,在山岩,在峭壁,在雪地,在石滩,猎人和山羊就那么一直跑着,追着。不,灰山羊是绝不会屈服的。猎人早已扔了自己的枪,身上的衣服也都撕破了。猎人不知不觉被灰山羊引上一处高不可攀的绝壁——那地方,上不能上,下不能下,爬不能爬,跳不能跳,简直就动弹不得。灰山羊把他扔在那里,咒骂着他:"你一辈子也别想离开这里;谁也救不了你。让你的父亲来哭你吧——就像我哭我死去的孩子,哭我那绝灭的家族那样;让你的父亲在这荒山野岭里哀号吧——就像我这老灰羊,羊类的祖先,哀号那样。我诅咒你,卡拉古尔,我诅咒你……"灰山羊哭着跑开了——从这块岩石跳到那块岩石,从这座山蹿到那座山。

剩下年轻的猎人,站在高得令人昏眩的峭壁上。他面壁而立,脚下只有一小块窄窄的凸出的山岩。他都害怕回过头来:上下左右,他都无法挪动一步。上不见青天,下不见大地。

这时候,他的父亲在到处找他。他爬遍了山山岭岭。当他在一处小道上找到儿子扔下的猎枪时,他明白:他的儿子遭到了不幸。他跑遍了陡峭的峡谷,找遍了阴森的沟壑。"卡拉古尔,你在哪儿?卡拉古尔,你答应一声呀!"回答他的是怪石嶙峋的群山发出的轰隆隆的空谷回音:"……你在哪儿?卡拉古尔,你答应一声呀!……"

"我在这里,父亲!"蓦地他听到远处传来的声音。父亲抬头一看,他看到了自己的儿子,好比一只小雏鸦落在高不可攀的悬崖绝壁上。他正面壁而立,连身子都转不过来。

"你怎么落到那里去了,我的不幸的儿子?"父亲吓坏了。

"别问了,父亲,"那人回答道,"我这是罪有应得。是灰山羊把我引到这里的。它还恶狠狠地咒骂我。我在这里已经站了好几天了。见不着阳光,见不着青天,见不着大地。就是——父亲——你的脸,我也见不着。可怜可怜我吧,父亲。开枪把我打死吧,免了我的痛苦吧,我求求你!把我打死吧,把我埋了吧!"

父亲能有什么办法呢?他痛哭流涕,急得团团转。而儿子却一再苦苦哀求:"快点儿把我打死,你开枪吧,父亲!你可怜可怜我吧,开枪吧!"直到黄昏,父亲都下不了决心。太阳快落山的时候,他瞄准了,开枪了。他把猎枪朝岩石上狠劲一摔,砸个粉碎。他扑到儿子的尸体上,唱起诀别的歌:

是我杀害了你,我的儿子卡拉古尔,
只落得我孤苦伶仃,我的儿子卡拉古尔,

命运惩罚了我，我的儿子卡拉古尔，
　　命运报复了我，我的儿子卡拉古尔。
　　为什么我教给了你，我的儿子卡拉古尔，
　　那猎人的本领，我的儿子卡拉古尔；
　　为什么你杀光了，我的儿子卡拉古尔，
　　所有的飞禽走兽，我的儿子卡拉古尔；
　　为什么你消灭了，我的儿子卡拉古尔，
　　有生命、能繁殖的众生，我的儿子卡拉古尔。
　　只落得我孤苦伶仃，我的儿子卡拉古尔，
　　没有人同情我的眼泪，我的儿子卡拉古尔，
　　只有我悲痛欲绝，我的儿子卡拉古尔，
　　是我杀害了你，我的儿子卡拉古尔，
　　是我亲手杀害了你，我的儿子卡拉古尔。
　　……

　　……塔纳巴伊坐在毡房旁边，聆听着这支吉尔吉斯古老的哀歌，眺望着一轮明月正慢慢爬上幽暗森严的群山之巅。月亮悬挂在直插云霄的雪峰之上，照耀着重重叠叠的山岩峭壁。他一次又一次向亡友祈求宽恕。

　　而扎伊达尔，在毡房里弹着科穆兹琴，悼念着伟大的猎手卡拉古尔：

　　是我杀害了你，我的儿子卡拉古尔，
　　只落得我孤苦伶仃，我的儿子卡拉古尔。
　　……

二十三

天快亮了。老人塔纳巴伊坐在篝火边,坐在奄奄一息的溜蹄马的头旁。他又回想起后来发生的事。

那些天里,他曾骑马去过州里一趟——这件事谁都不知道。那是他做的最后一次努力。他想去见见州委书记——就是那位曾在区里大会上做过报告的州委书记,对他谈谈自己的不幸遭遇。他相信,这个人是了解他的,会帮助他的。乔罗尽说这个书记的好话,别人也都夸他。可是这位州委书记已经调到别的州里工作,这个情况,他只是到了州委后才知道的。

"您难道没听说过吗?"

"没有。"

"这样吧,如果您有重要的事情,我可以向新任的书记报告,他可能会接见您的。"接待室的女同志向他建议。

"不了,谢谢。"塔纳巴伊谢绝了,"我想见见他,有点儿私事找他。是的,我了解他,他也了解我。新书记,我就不打搅了。对不起,再见吧。"他走出接待室,心里确信,他对那位书记十分了解,而书记对自己,对牧民塔纳巴伊·巴卡索夫,肯定也会了解的。为什么不是这样呢?他们会互相了解,互相尊重的,这一点,他深信不疑,所以才说了上面这些话。

塔纳巴伊来到街上,朝汽车站走去。在一个出售啤酒的售货棚旁边,两个工人正往车上装空酒桶。一人站在车上,另一人滚着酒桶,往上送。滚桶的人偶一回头,看到了一旁走过的塔纳巴伊,他愣住了,脸色都变了。这是别克塔伊。他压住滚动的酒桶,两只小小的滴溜溜转的眼睛留神地、充满敌意地瞅着塔纳巴伊，仿佛在等着，看他会怎么说。

"喂，你在那里干什么，睡着了还是怎么的？"站在车上的人生气地喝道。

酒桶直往下滚，而别克塔伊，顶着桶，稍稍弯着腰，还是目不转睛地盯着塔纳巴伊。但是塔纳巴伊没有理他。"原来你在这里。在这里。好极了。没什么可说的。总算找了个啤酒铺的差使了。"塔纳巴伊一边想着，一边继续朝前走去。"这小伙子毁了吗？"他思索着，不禁放慢了脚步，"本来，也可以很有出息的。也许该跟他谈一谈？"他可怜起别克塔伊来，本想走回去，原谅他过去所做的事，只要对方能回心转意就行。但是塔纳巴伊没有这样做。他明白，要是对方知道了他已经被开除出党，那就什么也谈不成了。塔纳巴伊不想给这个尖酸刻薄的小伙子留下什么把柄来挖苦自己，嘲弄他的命运，讥笑他信守不渝的事业。就这样，他走开了。他搭上了一辆顺路的汽车出了城，一路上老想着这个别克塔伊。那人顶着滚动的啤酒桶，稍稍弯着腰站着，正留神地、期待地盯着他——那副样子，深深地印在他的脑海中了。

后来在审讯别克塔伊时，塔纳巴伊在法庭上只提到他扔下羊群这件事。其他的，塔纳巴伊什么也没说。他多么希望别克塔伊能最终明白过来是他错了，希望他有所悔悟。可是，看来那人毫无悔改之意。

"等蹲满了日子，你还是来找我。咱们好好谈谈，看下一步怎么办。"塔纳巴伊对别克塔伊说。而对方却一声没吭，甚至连眼皮都没抬一抬。就这样，塔纳巴伊离开了他。在他被开除出党以后，他对自己失去了信心，总感到矮人三分似的。不知怎么搞的，变得缩手缩脚起来了。这一辈子，他从来没有想到过，竟会变成这副模样。谁也没有责难他，但他总是躲着人，尽量少言语，更多的时候，只是保持沉默，一言不发。

二十四

溜蹄马古利萨雷一动不动地躺在篝火旁，头枕在地上。生命正悄悄地离它而去。它的喉咙嘶哑了，呼哧呼哧喘着粗气，瞳孔扩大了，眼睛失神了，直勾勾地瞪着篝火，四条腿变得像棍子一样僵硬了。

塔纳巴伊跟他的溜蹄马告别，对它说着诀别的话："你是一匹伟大的马，古利萨雷。你是我的朋友，古利萨雷。你带走了我最美好的岁月，古利萨雷。我会永远记住你的，古利萨雷。就在此刻，在你跟前，我回想起你的一生，因为你快要离开人世，我的出色的骏马古利萨雷。有朝一日，咱们还会在那个世界上见面的。但是我不会在那里听到你的马蹄声了，因为那里没有路，那里没有土地，那里没有青草，那里没有生命。但是，只要我还活着，你就不会死去，因为我会时时刻刻念叨你，古利萨雷。你清脆的马蹄声，对我来说，永远是一支心爱的歌……"

塔纳巴伊思潮起伏，感伤万分。岁月，如同飞跑的溜蹄马，转眼之间便无影无踪了。不知不觉，他们很快都变老了。也许，塔纳巴伊还不算太老。但是一个人的老与不老，往往不取决于他的岁数；有些人显得老态龙钟，仅仅是因为他已经意识到：他老了，他的年华已经过去了，往后只能了此余生了……

此刻，就在他的溜蹄马离开人世的夜晚，塔纳巴伊重又全神贯注地、仔仔细细地回顾了一生的往事。他深感遗憾的是，他衰老得太早了，遗憾的是，他没有下决心当时就听从那人的劝告。那人看来没有把他忘掉，是他亲自找到他，来到他身旁的。

这事发生在他被开除出党的七年之后。那时候，塔纳巴伊在萨雷戈乌峡谷一带担任农庄的护林员。他和妻子扎伊达尔住在那里的岗棚里。两个女儿出去学习了，后来先后出嫁了。儿子在技校毕业后派到区里工作，也已经成家了。

有一年夏天，塔纳巴伊在一条小河边割草。已经到了割草的季节，万里晴空，天气炎热得很。峡谷里静悄悄的。只有草螽在吱吱叫着。塔纳巴伊穿一条肥大的老式白布裤子，衬衣没有束腰，散在裤子外面。他挥动着咯吱作响的大镰刀，很有节奏地一割，一拉，堆起一垛垛的草来。他满心痛快地干着活儿，都没有注意到一辆"嘎斯"牌小汽车在不远的地方停了下来。车里走出两个人，朝他走来了。

"您好，塔纳克，谢天谢地。"他听到旁边有人说话，便扭头一看，是伊勃拉伊姆。这家伙还是那样机灵，胖鼓鼓的脸，挺着个大肚子。"可把您找到了，塔纳克，"伊勃拉伊姆满脸堆笑说道，"区委书记亲自光临，来看望您了。"

"嘿，老狐狸！"塔纳巴伊想起他，不由得表示佩服，"哪个朝代，他都走运。瞧，那副献殷勤的劲头！简直是少有的好人哪。就是会拍马屁，讨好别人！"

"您好。"塔纳巴伊握了握他的手。

"您不认得我了吧，老爷子？"同伊勃拉伊姆一起来的同志紧紧地握住塔纳巴伊的手，亲亲热热地问道。

塔纳巴伊迟疑了一下，没有立即答话。"我在哪儿见过他呢？"他思忖着。站在他面前的这个人，好像很面熟，但又好像不曾相识。那人年轻力壮，肤色黝黑，目光显得坦率而信任，穿一件灰色帆布上衣，戴一顶草帽。"城里来的什么人？"塔纳巴伊心想。

"这位同志……"伊勃拉伊姆想提醒一下。

"别忙，别忙，我自己来说，"塔纳巴伊打断了他的话，不出声地笑着说，"认出来了，我的孩子。怎能认不出呢？！你好！看到你，真叫人高兴。"

他是克利姆彼可夫,就是那个在区委讨论开除塔纳巴伊出党时,那样勇敢地为他辩护的团委书记。

"好了,既然您认出来了,那让我们聊一聊吧,塔纳克。咱们沿河边走走。您呢,"克利姆彼可夫转身对伊勃拉伊姆说,"劳驾拿起镰刀,割一会儿草。"

那人手忙脚乱,赶紧脱下上衣。

"那当然啦,那太好了,克利姆彼可夫同志!"

塔纳巴伊和克利姆彼可夫穿过草地,来到河边,在一块石头上坐下。

"您大概猜着了,塔纳克,我为什么事情来找您。"克利姆彼可夫说起来,"我来看看您。您还是那样硬朗,还能割草,这么说,身体还挺好的。这,我很高兴。"

"你说吧,我的孩子。我也为你高兴。"

"是这样,塔纳克,我来,是为了给你解解疙瘩。现在,您自己也清楚,发生了多大的变化。许多事情都上了轨道。这些,您知道得不比我少。"

"我知道。事实总归是事实。拿我们农庄的那些事,我还能评说评说。情况好像好转了。简直都难以置信了。前不久,我去了一趟'五棵树'——那地方,有一年我在那里接过羔,吃足了苦头。现在,才叫喜人哪!盖起了崭新的羊圈。多好的羊圈,屋顶全用石板瓦砌的,能存得下五百多只羊。给羊倌们也盖了新房。旁边还有草棚,马棚。跟过去大不一样了。别的放牧点上也都一样。村子里也在大兴土木。每次回去,街上都盖起了一栋栋新房。但愿往后也这样兴旺下去。"

"这些,都是我们该做的事,塔纳克。但远没有做好,往后一定会更好的。我找您,想谈谈那个问题。请您回到党内来吧!我们把您的那件事情重新审查过了，区委也讨论过了。常言说得好：尽管迟了，总比不干好。"

塔纳巴伊不作声了。他激动万分。他是又高兴，又难过。想起以往的一切，他心里的冤屈太深了！他不想再回忆往事，不想旧事重提了。

"谢谢你的宽心话，"塔纳巴伊对区委书记表示感谢，"谢谢你还没有忘记我这个老头儿，"他想了一会儿，直率地说，"我已经老了。我对党还有什么用呢？我还能为党做些什么呢？我不中用了。我的好光景已经过去了。你不要见怪。你让我再考虑考虑。"

塔纳巴伊很久都拿不定主意，老是拖呀拖呀——明天去吧，后天去吧，而时间却飞快地过去了。现在要办点儿什么事，出趟门，也不是那么容易的了。

有一回，总算收拾停当，备好马，动身了。但走到半路，又折回来了。为什么呢？他自己也明白：那是出于他的愚蠢。他一个人自言自语："我发傻了。都变成孩子了。"这一切，他心里明白，可就是管不了自己。

他看到草原上一匹跑马扬起的尘土。一下子，他认出了他的古利萨雷。现在，他很少有机会看到这匹马了。溜蹄马穿过夏天干燥的草原，随身扬起一团团滚动的白色烟尘。塔纳巴伊从远处望着望着，不禁无限感伤。从前，溜蹄马扬起的尘土从来也赶不上它自己。它，像只黑色的迅猛的大鹏飞蹿而去，身后留下一条长长的滚滚烟尘。而现在，尘土常常追上溜蹄马，像云雾似的把它团团围住。它向前冲去，但是不多一会儿，又消失在自己扬起的浓烟密雾中。不行了，它现在已无法摆脱开烟尘了。看来，太老了，没劲了，不中用了。"你的情况不妙，古利萨雷！"塔纳巴伊十分痛心地想道。

他都能想象出：马在尘土中喘着粗气，费力地跑着，骑手发火了，使劲用鞭子抽它。于是他似乎看到溜蹄马惶惶四顾的眼睛,体会到它如何拼死拼活想冲出团团烟尘而又无能为力的心情。尽管骑马的人不会听到塔纳巴伊的声音——距离还相当远——塔纳巴伊还是大声喝道:"住手,不许打马!"同时,他纵马飞驰而去,想截住那人的去路。

但他很快又勒住缰绳,没有追赶过去。要是那人能理解他的心情,那还好。要是不理解呢?要是对方冲着他嚷嚷:"关你什么事?你那么发号施令的,算老几?我爱怎么赶就怎么赶,你管不着。滚开,老浑蛋!"

这时,溜蹄马依旧那么吃劲地、迈着零乱的步子朝前跑去,忽而消失在尘埃中,忽而又冲了出来。塔纳巴伊久久地目送它渐渐离去。随后,他掉转马头,往回驰去。"咱们都跑完自己的路程了,古利萨雷,"他说,"咱们都老了,现在谁还需要我们这样的老家伙呢?我此刻也跑不动了,古利萨雷。咱们俩只好等着末日来临了……"

又过了一年,当塔纳巴伊再次看到溜蹄马时,它已经驾了辕,拉上大车了。他又一次感到心灰意冷。昔日的溜蹄马,如今已经衰老不堪,只落得套上快要散架的颈轭,拖着破旧的四轮大车——瞧那情景,真叫人伤心透顶!塔纳巴伊忙转过身来,不忍目睹下去。

这之后,塔纳巴伊又见到一次古利萨雷。一个七岁光景的小家伙,穿条小裤衩,穿件破汗衫,骑着它在街上转悠。小淘气欢天喜地,得意扬扬地骑在马背上,不时用光光的脚后跟磕着马肚子,仿佛说:瞧,我都能骑马了!看得出来,这小家伙是头一回上马,所以给他挑了一匹最最温顺、最最听话的老马。昔日的溜蹄马古利萨雷,竟落到了如此地步!

"老爷爷,您瞧我!"小淘气向塔纳巴伊夸口道,"我是恰巴耶夫①,

---

① 瓦西里·伊凡诺维奇·恰巴耶夫(1881—1919),苏联国内战争中的英雄,红军的天才指挥员。

我马上要冲过河去！"

"太好了，冲过河去吧，我瞅着！"塔纳巴伊鼓励他说。

小家伙勇敢地拉着缰绳，骑马过河了。但是当马爬上河岸时，他没有坐稳，扑通一声，掉到河里去了。

"妈——妈！"他吓得大声嚷嚷起来。

塔纳巴伊把他从水中拉出来，抱着他朝马走去。古利萨雷温顺地站在小道上，一会儿提起这条腿，一会儿提起那条腿，倒换着蹄子歇着。"腿都酸痛了，这么说，完全不中用了。"塔纳巴伊心里明白了。他把孩子抱到衰老不堪的古利萨雷背上。

"骑好了，别又摔了！"

古利萨雷慢腾腾地在路上迈着艰难的步子。

后来，古利萨雷又回到塔纳巴伊手里。经过老人精心饲养，马似乎又恢复了点儿元气。这是他最后一回把马套上大车，去亚历山大罗夫卡一趟。而此刻，马在半路上快要死了。

塔纳巴伊因为儿媳妇生了第二个孩子，去了儿子家一趟。给他们送去了一些羊肉，一麻袋土豆，不少粮食和老伴儿烤的各式各样的糕饼。过后，他才明白，为什么扎伊达尔推说有病，不想去儿子家。虽说她没跟任何人明讲过，但看得出来，她不喜欢儿媳妇。儿子本来就是个没有主见、优柔寡断的人，碰上老婆又那么厉害，那么霸道。儿媳妇成天坐在家里，发号施令，为所欲为，指使丈夫东奔西跑。世上就有一些人，对他们来说，欺负别人、侮辱别人，算不了一回事，只要自己得意，滥施淫威就行了。

这一回，也是如此。原来，儿子的职务本该提升了。可后来，不知何故提升了别人，把他拉下来了。于是儿媳妇劈头盖脸冲着毫无过错的老头子来了：

"既然你一辈子放羊放马的，那又何苦入党呢？到头来，还不是给人家攒出来了！为了这桩倒霉事，现在你的儿子就不得重用了。他这辈子也甭想升官了。你们倒好，在山沟沟里待着，都老头儿老太婆了，你们还指望些什么？可我们，就得在这儿因为你们受罪了！"

这样意味的话，还有无数……

塔纳巴伊闷闷不乐，真后悔来此一趟。为了缓和一下气氛，他迟疑地说：

"要是这样，兴许，我还是请求回到党内的好。"

"是呀，党可需要你哩！他们都在眼巴巴地盼着你哩！缺了个老家伙，那怎么行呢！"她嗤之以鼻地回敬道。

如若她不是自己的儿媳妇，不是他亲生儿子的老婆，而是别的什么人，难道塔纳巴伊能容忍她这种肆无忌惮的态度吗？可是对自家人，不管是好是赖，是没办法的。老人一声没吭，不想顶她，也不想对她明说：她的丈夫之所以没有提升，不是他父亲的过错，而是他本人不中用，加上找了个老婆那么厉害——好人躲她都躲不及。难怪老话说："娶个贤惠的女人，不成材的丈夫会变得有点儿出息，平平常常的丈夫就会出人头地，本来不错的丈夫就会名扬四海。"塔纳巴伊也不想当着儿媳妇的面让儿子出丑。就让他们以为这是他的过错吧。

为了这件事，塔纳巴伊赶紧一走了事。他感到，待在他们家里太憋气了，太难堪了。

"臭娘儿们！"此刻他坐在篝火旁骂着儿媳妇，"哪儿见过像你这路货的？对别人，都不识羞耻，不安好心，没有半点儿敬意。就惦记着自己鼻子底下那么点儿鸡毛蒜皮，老按着自己的心思指手画脚的。可事情不会如你的意：我还有用，将来也有用……"

二十五

黎明到来了。耸立在大地上空的千峰万岭苏醒了,周围的草原显得那么开阔、爽朗。在峡谷口上,篝火熄灭了,只剩下一堆隐隐有点儿微火的褐色灰烬。旁边站着一位年过花甲的老人,披着一件老羊皮袄。现在已经无须把皮袄盖在溜蹄马身上了。古利萨雷已经到了另一个世界,到了天上的马群那里去了……塔纳巴伊瞧着倒下的马,惊奇不止:它怎么啦?古利萨雷侧身躺在地上,头抽搐地向后仰着,上面可以清清楚楚看到深深陷下去的凹印——那是套上马笼头留下的痕迹。它的四条腿直挺挺地伸着,那蹄子早已开裂,马掌早已磨破了。往后,它再也不能在地上走动了,再也不会在大路上留下它的脚印了。现在该回家了。塔纳巴伊最后一次向马弯下身去,把它冰冷的眼皮合上,取过马笼头,然后,不再回顾,径直离去了。

他穿过草原,进了山口。他走着,重又陷入沉思。他想到,他已经老了,他的日子也快完了。他不想像一只离群的孤雁那样,孤孤单单地死去。他想在翱翔中死去,让那些一窝生的、一路飞的同伴们,能在它的头上高叫着,盘旋着,跟它依依惜别。

"我要给萨曼苏尔去封信,"塔纳巴伊决定,"我要写上:你还记得溜蹄马古利萨雷吗?该记得的。那时候,我骑着它曾经把你父亲的党证送到区里去。是你亲自让我去的。喏,昨天夜里,我从亚历山大罗夫卡回来的路上,我的出色的溜蹄马倒下了。整整一宿,我坐在马身旁,把我的一生从头到尾想了一遍。保不住哪天我也会像溜蹄马古利萨雷那样,走着走着就倒下了。你应该帮助我重新回到党内,我的孩子萨曼苏尔。我活着的日子不长了。我向往我过去那种生活,我想成为过去那样的人。直到如今,我才懂得,你的父亲乔罗留话要我把他的党证送到区委去,他的这个遗嘱不是没有用意的。你是他的儿子,你也了解我这个老人塔纳巴伊·巴卡索夫……"

塔纳巴伊在草原上走着,肩上搭着马笼头。他泪流满面,眼泪扑簌簌地落到胡子上,他也不去擦。那是为溜蹄马古利萨雷洒下的热泪。老人含着泪水,望着新的一天的黎明,望着山巅上空一只孤零零的灰雁。灰雁正急急地飞着,追赶着前面的雁群。

"飞吧!飞吧!"塔纳巴伊喃喃自语,"趁翅膀还硬的时候,追上自己的同伴吧!"随后,他叹了口气,说,"永别了,古利萨雷!"

他走着,耳边回响着古老的旋律:

……骆驼妈妈跑了许许多多天。叫呀,喊呀,寻找自己的小宝贝。你在哪儿,黑眼睛的小宝贝?答应一声呀!奶水哗哗流着,从胀鼓鼓的乳房一直流到腿上。你在哪儿?答应一声呀!奶水哗哗流着,从胀鼓鼓的乳房里哗哗流着。白花花的奶水呵……

(译自苏联《小说月报》1966年第24期,根据莫斯科青年近卫军出版社1982年版《成吉思·艾特玛托夫》三卷集第一卷校订)

在巴达姆塔尔河上

> *巴达姆塔尔河水在暴涨,*
>
> *夜里过河时你可要小心,*
>
> *要找处浅滩。*
>
> *如若你不能前来相会,*
>
> *我将等待,将伤心落泪。*
>
> ——塔拉斯谷地少女情歌

一

瓢泼的大雨,说下就下。刹那间形成的无数道混浊的水流,顺着山坡不可阻挡地往下倾泻,冲刷着裂开的沟壑,连根拔起老松树,把大大小小的石头冲进深不可测的峡谷。最后,所有这些具有破坏力的急流全都注入了巴达姆塔尔河。

猛涨的黑魆魆的河水找不到出路,在山间的峡谷里翻腾咆哮。天色已经暗淡,但还是可以看清,河水如何掀起黑色的巨浪,不断地冲击着河岸。汹涌奔来的浪涛撞击着山岩,随即被击得粉碎,于是呻吟着急急退去。

不多一会儿,水和石头重又争斗起来,水声轰隆作响,灌满整个峡谷。

急流滚滚而下。遇到河中的石梁，后浪推着前浪，一齐向上冲去，仿佛眼瞅着就要扯下那辆吊在河流上空钢索上的缆车。风刮得缆车来回晃动，发出一阵阵可怜的吱嘎声。

黑黢黢的巉岩峭壁，阴森森地悬在狂暴的河水上空，看来，它们对这一切无动于衷，冷漠得很。

院子里，在一幢不大的房子跟前，有条狗在猎猎而吠。"汪汪汪！汪汪汪！"它蹲在一扇昏暗的窗子下，叫得那么沉闷、凄凉，都让人背上发凉。风把狗叫声送进峡谷深处。

阿西娅怎么也睡不着。这种时候她感到特别害怕。瞧：电光在窗上闪亮，就像有人在擦着火柴；雨水敲打着窗子，外面一片漆黑，隔着黑乎乎的玻璃就像有披头散发的鬼怪朝里面张望。她甚至觉得，那些鬼怪正在敲着窗子。阿西娅吓得把翻开的书压在胸口，战战兢兢地闭上眼睛。她屏住气息侧耳细听。

隔着一堵薄墙，住着别克捷米尔一家。从墙那边传来断断续续的说话声，咳嗽声。这是别克捷米尔的父亲——艾瑟巴伊老人。他患有风湿病，今天他周身的骨头显然比往常痛得更厉害了。他已经好几次大声斥骂那狗：

"滚开，巴伊库伦，从这儿滚开！你倒是闭上你的嘴巴呀！该死的畜生！汪汪汪，汪汪汪，叫你给自己招来灾祸吧！"

随后艾瑟巴伊走近阿西娅的房门，咳了几声，气恼地说：

"你没睡着吗，阿西娅？灯还亮着！你最好歇着吧，姑娘！别的时候也能看书的。是不是你害怕了，啊？"

"哪能呢？大爷！请不用担心！您躺下睡吧，盖暖和一点儿！"

"糟糕的是睡不着呀！什么鬼天气！再说那狗——但愿有根骨头卡住它的喉咙——叫得人心惶惶，不吉利……"

随后传来儿媳妇生气的答话：

"唉,我的主啊,您老人家就安安生生睡去吧!会把孩子吵醒的!您老念叨那狗干什么?……它叫一阵子就不叫了!……"

可是耳朵有点儿背的艾瑟巴伊还是没有安静下来。他把被褥重新铺了一下,躺下时又大声唠叨起来:

"但愿主保佑别遭灾!眼瞅着就要出事了!……瞧咱们的巴达姆达尔那么气势汹汹……弄不好会扯下大索上的缆车……过后你找去吧……哎哟,主惩罚我,腰都要断了,哎哟哟,我的腰!……"

黎明时分,当山头上空刚露出一抹晨曦,别克捷米尔就备好马,朝峭壁林立的峡谷奔去了。他急匆匆地想早点儿赶到那里,察看一下他在野兽出没的小径上安下的几个捕兽夹子会不会被夜里发的大水冲走了。

雨已经停了,但沉重的乌云,像一张张吸足了水分的毡子,依然低垂在大地上空。山巅上、山梁上的雪一夜之间明显地下沉了,颜色也由白变成了水青色。由于终年不化的积雪,峡谷里刮着一股令人厌恶的刺骨的风。贴在地面的杂草和灌木渐渐挺起腰来,抖搂着身上的水珠。

小路很滑,别克捷米尔只好让马大步地走着。他放松了缰绳,想起心事来。马突然停住了,而且不听主人的催赶,就是站在原地不动。"怎么回事,马为什么警觉起来了?"别克捷米尔这么想着,便四下里张望起来……路边几步远的地方,躺着一个人。这意想不到的情况把别克捷米尔吓呆了。那人脸冲下躺在陡坡下的碎石堆上。上衣刮破了,露出的肩膀和头上全是血。

"活着呢,还是死了呢?"别克捷米尔没有下马,小心地让马走到跟前,"这人是谁呢?"

巴达姆塔尔这地方没有人居住,方圆几十千米都没有村子。当然,有时也有人进山打猎,不过他们全都是熟人,而且必定先在水文站上落脚,跟他,跟别克捷米尔讨教一下打猎的事。再说这人也不像猎手:城里人的发型，衣服上有油污，手上戴着表。

别克捷米尔细细察看了一阵。显然，这人是整夜躺在雨地里的。他的半边身子埋在从陡坡上冲下的烂泥里。他看上去还完全是个年轻小伙子。根据他胳膊肘部位衣袖破烂的样子来判断，他曾拼命挣扎过，想爬上陡坡。现在他躺着的姿势也是这样：仿佛正从陡坡下向上爬，右手向前伸着，手指蜷曲着插进碎石堆里。他从什么地方来的？从哪个方向来的？现在很难确定了，因为大雨早已把所有的足迹冲洗掉了。

突然那人动起来，还轻轻呻吟了一声。"哦，还活着！"别克捷米尔喜出望外，急忙跳下马来，抓住他的袖子：

"哎，同志！你听着，同志！……"

那人没有回答。别克捷米尔使劲扳过他的身子，让他平躺着，又解开他的衬衫领子，把手放进胸口。心脏还在跳动。别克捷米尔翻查了他的几个口袋，除了一张共青团证外，没有发现别的东西。团证的几页湿纸贴在一起，墨迹变模糊了。他好不容易才看清两处地方："……阿利耶夫·努尔别克……1930……"

"这可奇了！"别克捷米尔摇着头说。随后他让马趴下，把努尔别克稳妥地放在马鞍上。

二

"青霉素快用完了，怎么办？"——这是努尔别克听到的第一句话，听得很不清楚，像是远方传来的声音。但他不知道说话的人是谁，又是对谁说的。努尔别克竭力想睁开眼睛，但他做不到：周身没有一丝儿力气。于是他觉得仿佛重又陷进了漆黑的深渊中。

后来努尔别克感到有人给他嘴里灌水。凉水顺着下巴流到胸口。努尔别克睁开了眼睛。这一回，他完全听清楚了那个向他弯着腰的人说的话：

"您瞧，艾瑟巴伊大爷，他睁开眼了！"

努尔别克听那声音，推断出说话的人要不是姑娘，便是一个年轻媳妇。但她的脸他还是看不真：眼前一片模糊，什么也瞧不见，恍如在迷雾中一般。"这大概是梦。"努尔别克这样想道。不过这时候又有一个人说起话来，根据一切来判断，他是一位老人。

"好了，姑娘，他活过来了！"老人舒了一口气，"你做了一件好事，阿西娅！也数他命大，再加上用了药！……"

他们两人又低语了一阵，随后走出去了。"让他歇着吧！"老人说着，小心地关上房门。

眼前的一片模糊渐渐消去，于是努尔别克惊异地看到了一间刷得雪白、收拾得干干净净的小房间。他不明白自己怎么会躺在这地方，但他明白房间的主人是一位有文化的人。书架上整整齐齐摆着几排书，桌上有一叠写满字的纸张。屋角立着一个高柜，里面的一些器具努尔别克都不怎么熟悉。墙上还挂着一副登山运动员用的防护眼镜。当他小心翼翼地朝窗子方向扭过头去的时候，他看到床头小柜上有一面镜子和一张很大的集体相。相片上可以看清一行小字："地理系"。从窗子里往外瞧，可以看到群山的顶峰和一抹蓝天。在近处，仿佛就在身边，河水在哗哗地奔流，永不停息地奔流。

"真不明白！"努尔别克喃喃自语。他定睛瞧着镜子。只见一个面色苍白、拉长着脸、毛发蓬乱、头上缠着绷带的人躺在一张行军床上，从镜子里望着他。

"啊！"努尔别克叫了一声，疼痛和恐惧使他的脸都扭曲了。仿佛他看到了一个他深恶痛绝、不屑一顾的仇人。努尔别克呻吟起来，双手捂着脸，扭过头来。当房门打开时，他吓了一跳，又把手从脸上拿开。一个姑娘走进房来。她穿一身滑雪服，脚上的皮鞋是山区人常穿的那种，鞋底很厚，一大束头发扎在一起，拢在脑后。

"您好点儿了吗？"她随便问道。那姑娘面带微笑，把一把茶壶放在桌上。努尔别克满脸涨得通红：身边站着一个姑娘，他却躺在床上，多不自在呀。他竭力想坐起来。"您怎么啦？躺着吧，别起来！……"

努尔别克想要回答，但却不能。肋骨下痛得像针扎一般，突如其来的一阵剧烈的咳嗽憋得他喘不过气来。努尔别克蜷曲着身子，抓住胸膛，气喘吁吁。姑娘吓得在房间里直打转，不知如何是好。最后她只得把手塞到努尔别克的头下。当咳嗽不再折磨他的时候，她才轻快地舒了一口气，用毛巾擦着病人的额头。

"您得了很厉害的肺炎。您得好好保养身子。从昨天起，您就躺着一直昏迷不醒。您在发高烧。瞧，今天还有三十九度呢。躺着吧……就像在自己家里一样……眼下我暂时搬到广播站去住了……"

努尔别克在那阵咳嗽之后还没有回过神来，总之他不知道该怎么回答，该对那姑娘说些什么，他只是惘然若失地、困窘地望着她。不知为什么，这位男孩子打扮的姑娘对他来说变得越来越熟悉、越来越亲切了，就仿佛他和她早就相识了。这是一位普普通通的肤色黝黑的吉尔吉斯姑娘。她那略为宽大的脸庞以及那轮廓分明的美丽额头，久经风吹日晒，显得黑里透红。她那丰满而又紧实的嘴唇永远微微张开，仿佛眼瞅着就要对你微笑了。这给人一种童稚的善良和天真的印象。只是她的眼睛是严肃的，沉思的。一双不大但结实有力的手，像母亲的手那样，帮他整理好床铺，把努尔别克的脚裹得暖暖和和的。

"床小了一点儿，要不要把枕头弄高点儿？"

"不用了，不必费心了……您，哦，对不起，姑娘，请告诉我，我这是在什么地方？"

姑娘吃惊地抬起眼睛。

"这里是水文站！"

"水文站?"

"是的。您听说过巴达姆塔尔河吗?您是别克捷米尔大叔给找着的。您认识他吗?"

"不,不记得了……"

"他是我们水文站的技术员。"

"这里有人居住吗?"

"有人。不过我们人很少,就别克捷米尔一家和我……"

"您也在这儿工作吗?"

"是的,也是搞水文工作的……"

"谢谢您的好心,姑娘,不过……"努尔别克话没说完,便结巴起来。后来他问道:"请问,该怎么称呼您?"

"阿西娅。您叫努尔别克,是吧?您到巴达姆塔尔来必定是因为什么重要的事吧?"

努尔别克什么也没有回答。他翻过身,把被子蒙住了头,但即刻又扯开被头,皱着眉头瞧着姑娘说:

"我是罪犯。"

阿西娅轻轻放下茶壶。

"您是罪犯?怎么,怎么回事?这么说,您是逃出来的,现在要在山里躲起来?"

"是的,姑娘!你们一定以为救了一个人……是这样,随便哪个人要是处在我的地位,一定会认为应当终生对你们感激不尽……可是我呢,如果我失踪了,如果我的尸骨现在叫河水冲走了——对这样的命运,我倒会非常满意的。"

阿西娅觉得很可怕,但她还是找到力量,劝病人安静下来。

"您说什么呀!您镇静一下!您可不能激动。不要起来!"

"您别走,姑娘!我恳求您听我把话说完!"看来努尔别克最怕的是阿西娅就要走开，不听他说话，"您再待一会儿，阿西娅，我来告诉您，什么也不隐瞒……"

三

早春的一天，努尔别克走出工厂大门，解下脖子上的毛围巾，把它塞进口袋，深深地开怀吸了一口气，舒展开宽大的肩膀。他那愉悦的目光投向所能看到的一切：街道、厂房、蓝天、公园……

努尔别克是个身材高大的英俊小伙子。现在他站着，下巴稍稍抬起，显得坚毅的嘴唇紧紧闭着，高傲的目光观看着周围的街景——这副神态在过往行人中间分外显眼。

今天，努尔别克特别感到了春天的临近。空气湿润而凝滞，虽说天空密布着棉絮般的暗灰色云层，连阳光都透不过来。柏油马路上的积雪开始融化，深水洼里的水淙淙地流进沟渠。报春的第一名使者是杏树，它的枝条探出院墙，伸到街上，那些胀鼓鼓的花蕾散发出一股清香。

努尔别克跳上一辆无轨电车。他的脑子里萦绕着春天的希望。即将到来的日子在努尔别克的一生中不仅关系重大而且令人神往。他即将以机械师的身份奔赴遥远的高山国营农场，这个农场的任务是开垦荒地。他是去那里的先头部队之一。在他的鉴定书上有党小组组长的评语，说他技术熟练，是个精明能干的机械师，因此党组织完全相信，他不会辜负工厂的信任……

共青团地方组织的介绍信也拿到了，这几天就要在俱乐部举行欢送大会：将会有许多亲切的话语，美好的祝愿，音乐、舞会、欢笑，紧紧的握手，而后……而后……努尔别克很难表达他内心的全部感受……总之，前面将是新的生活，新的工作，新的朋友！……

努尔别克将成为一名光荣的垦荒者。在那里,在山区,在许多世纪以来未经人手触摸过的土地上,庄稼将要抽穗,道路将四通八达,那里的人民将会说:"瞧,这是我们的村子,我们的学校,我们的车间!……"难道这不是巨大的幸福吗?努尔别克一想到这里,他的手就注满了力量,他跃跃欲试,决心立即动手大干一场。

四

山区的春天姗姗来迟。除了耕地,国营农场的事情多得数不清。得装运机器和燃料,得配备一个机修站,得盖住房、食堂和澡堂……可不,要在一处不适于居住的新地方安家,样样事情都是重要的,都是急需的。做完这一桩,一看,第二桩、第三桩事也得立即动手……不过机务人员认为,最要紧的活儿,当然啦,只能是耕地和播种……

人们发现,要想在这片荒芜的野山沟里让生活沸腾起来,可不那么简单、那么容易。但困难摧毁不了努尔别克的精神。他一如往常,还是那样性急、热情、坚决,此外,努尔别克的性格里还增添了一些新的特征:他变得更为严厉,容易动火,而且想方设法地要达到自己的目的:一切都得照他说的办。他什么事都想自己动手,如果他手下的人有谁完不成任务,他可不会轻饶他:"嘿,你这个人算什么!"他动不动就大喊大叫,"这么一桩小事,你却一窍不通!……谁把你这号人派到这里来的?……好了,好了,你走开吧,我自己来!"

努尔别克不论拿起什么活儿,进展得都很快,工作也总能圆满结束。似乎离了努尔别克,什么事都搞不成了。你不论什么时候去看他,他总忙活着:束紧腰带,干净利索,精神抖擞。他亲自搭起一个个帐篷,亲自开推土机清除雪崩时倒下的一堆堆积雪,还在机修站上安装机器……

只有在阴雨连绵的日子,努尔别克才迫不得已躺在帐篷里休息。这种时候,他突然感到几分忧伤,心里就思忖开了。努尔别克不明白,为什么他至今很难跟人接近,为什么他没有一个好朋友,没有一个可以随时随地无话不谈的知心朋友。在工作上,人们都服从他,从来不顶撞,而且好像还很尊敬他,可是等一天的活儿干完,甚至没有一个人跟他说一句话……遇到这种时刻,他便从箱子里取出一张相片,叹着气,在煤油灯昏暗的灯光下久久地注视着她。

相片上的阿娜古丽十分漂亮。相片还散发出一股她心爱的香水味。

阿娜古丽在部里当秘书。也许是因为她走惯了柔软的地毯和小路,也许这是一种与生俱来的优雅风度——她的步态美极了:那样轻盈,不出一点儿响声……

当他告诉她已经决定前去垦荒并且拿出介绍信时,她可没有像努尔别克想象的那样扑到他怀里搂着他的脖子。

"你仔细考虑了吗?"阿娜古丽蹙着眉头问道。

"考虑了,怎么?"

"哦,没什么……"她迟疑了一下,又添了一句:"这么看来,你只是嘴上爱我……"阿娜古丽浓密的睫毛,这么一来她的眼睛因浓密的睫毛让泪水打湿了显得更水灵了。努尔别克惘然若失,他没有料到会这样。

"好了,干吗这么说,阿伊娜斯①?你不要以为我去了国营农场就会忘了你!我盼望着咱们俩将来一块儿在那里生活……"

当然啦,阿娜古丽压根儿就没有想过要立即跟他到那里去。再说努尔别克也不能对她提出这种建议。首先他得自己安顿下来,弄一套住房,然后才谈得上结婚。

告别时,阿娜古丽送给努尔别克一张相片。

---

① 阿娜古丽的爱称。

"你去吧,努尔别克,"她委屈地噘着小嘴说,"我就知道,一旦你想出什么主意,别人就休想说服你!不过如果你不喜欢那地方,就别苦了自己,你回来吧,我等着……也不要考虑厂里会怎么议论你,这无关紧要……工作哪儿都能找到。对了,我有个舅舅在你去的那个区里工作,这是他的地址,拿着以防万一。你别不好意思,有事就去找他。他一定会帮忙的……"

不过阿娜古丽给的地址不确切。她的舅舅原来在邻区工作,那地方还在南边的一个山口外。这是努尔别克后来询问了当地居民之后才搞清的。

国营农场在大家眼前日新月异地变化着,房子盖得差不多了,于是努尔别克越来越焦急地盼望着那一天,到时候他同阿娜古丽两人的命运将永远连在一起了。

五

山区的春天姗姗来迟,让人盼了又盼;但一旦来临,就春意融融,去也匆匆了。

在山下,在一处处谷地里,新苗破土而出,绿成一片,幼小的树林亭亭玉立,新发的嫩叶开始投下影子。这当儿,春姑娘就交班了,自个儿提起那绿油油的、缀上各色小花的拖地长裙,急急向群山奔去。

在山区,春天自有它的规律,自有它独特的魅力。

从清早起,山巅还飘着雪花;可是午饭过后,太阳露出脸来,那积雪便微微颤动,在飘浮,在蒸腾;山山岭岭开遍了一种一日败的小花;而到了傍晚,土地却已经晒干了。夜间,一条条山涧和小溪都结了冰。可是第二天,你站在山巅放眼望去,嚄,简直让人喘不过气来:山间春天的空气是何等纯净,景色真是目不暇接呀!天空是清澈的,湛蓝的，没有一丝乌云。绿色的土地让露珠洗得水灵灵的，像初试新装的少女在羞答答地微笑……如果你想呼喊，那么你的声音会久久地在重山叠嶂上空回响，因为在一尘不染的空气中声音会飞得很远很远……不论什么样的雪、雾、雨、风，都不能阻挡春天的脚步。春天像一片绿色的野火，从一座山坡蔓延到另一座山坡，从一处高峰伸展到另一处高峰，越爬越高，越爬越高，一直烧到终年不化的冰雪之巅。

各处的人都想早点儿搞好春播，山里人就更是这样——这地方只要稍有耽误，庄稼就不能成熟，暮秋夜间的寒霜会毁了农作物……

……傍晚时分，努尔别克才来到国营农场最远的一个地段——"穷山沟"。他还没有跳下摩托车，就看到在一处斜坡上停着一台拖拉机。努尔别克恼怒地啐了一口唾沫，关上摩托车的油门，朝拖拉机跑去。他气喘吁吁的，还在老远的地方就生气地大声喊叫：

"哎！你干吗站着！又把拖拉机弄坏了？"

年轻的拖拉机手茹玛什赶紧把烟卷踩灭。

"拖拉机可没有毛病！"他像在辩白，"就是这地方太危险了。"

"什么？"努尔别克冲到他跟前，差点儿要给他几拳，"你的神智还清楚吗？"

"哎，机械师同志，您得明白……"

"你倒是说清楚！拖拉机停了多少时间了？回答呀！"

"有个把钟头了……"

努尔别克的拳头在空中抡了一下：

"谁批准的？谁？哪个傻瓜？"

"都说拖拉机会翻下去的。开起来有危险！"

"翻到哪儿去？你瞎扯些什么？"

生产队长来了。努尔别克用愤怒的目光把特罗菲莫夫从头到脚打量了一番，气得他连头都抖起来。

"从来没有料到你们会这样!拖拉机停工的事,你们得向党委负责!……"

长得又高又壮的特罗菲莫夫出于习惯,郑重其事地摸摸硬得像鬃似的小胡子,点点头,仿佛表示他完全同意:

"拖拉机我们是被迫停开的,机械师同志,"他说,声音缓慢而低沉,"我们等着,以为您或者农艺师会来,好商量一下……这儿的地势不允许开动机器,坡度很大……您瞧瞧,斜坡太陡了……拖拉机会摔下去,把人砸死的!请您注意一下,机器停在什么样的陡坡上!"

努尔别克蹲下身子,眯起一只眼睛,估摸着陡坡的倾斜度,之后他不以为然地把手一挥:

"小心得过分了!这又不是轮式拖拉机。履带拖拉机能爬更陡的坡,从来也没见翻过车!"

"我在山区工作,谢天谢地,都快二十个年头了,努尔别克·阿利耶维奇。什么事都见过!而您是新来的人。请相信我,这地方不能作业,危险!"

这话未免出格了!这么说来,他努尔别克倒是外行啦?这时又加上茹玛什在一旁连连称是:

"队长说得对。太可怕了!"

"要是觉得可怕,最好待在家里,待在毡包里!"努尔别克从牙缝里回答道,"开荒不需要胆小鬼!请您说说,特罗菲莫夫同志,党派我们到这里来是干什么的?要是我们害怕把拖拉机开到这样的小山上,那我们怎么能完成任务呢?"

"不对,机械师同志,"特罗菲莫夫反驳说,"现在干什么都得动动脑子,不能自个儿往陷阱里跳。这可是严肃的事!"

"请问您的建议是……抄手坐着吗?"

"为什么这样说话,机械师同志?我们什么时候抄手坐着啦?既然这地方翻耕有困难，我们转移到别处就是了。"

"谢谢您的好主意！这么一来，我们要做的就不是耕地，倒是来回搬迁了？您想过没有，眼下的每一分钟多么宝贵？有这转移到别处的工夫，我们就可以耕出几十公顷的地来。再说我还要提醒您，开垦荒地是有计划、有指标、有线路的。我们没有权利自作主张，胡来一气！"

"为什么这样说话，机械师同志？计划是可以改动的，我再一次提醒您。您可以问问这里的随便什么人！"特罗菲莫夫用手指指聚在旁边的拖拉机手们。他们中谁也没有吭声，但从他们严肃而带有敌意的脸色看来，可以猜出他们并不赞同机械师的意见。

"每个人的生命都是宝贵的，"特罗菲莫夫说，仿佛表达了拖拉机手们的共同心声，"在这样的陡坡上开不得玩笑，机械师同志！"

"不对！您这是把大家培养成胆小鬼！我是农场的机械师，我知道什么地方能开什么样的机器。我敢肯定，在这个斜坡上可以耕地，不会有任何危险。算了，别再废话了！您是共产党员，特罗菲莫夫同志，对困难，只能斗争，而不是逃避！人们看着您呢！"

特罗菲莫夫的脸刷的一下涨得通红。

"困难么，我这一辈子见得比你要多，年轻人！"他火冒三丈，朝努尔别克紧逼过去，极力克制住自己的愤怒。随后队长猛地转身走了。

其他人也跟着特罗菲莫夫走了。只留下努尔别克一人。这超出了他的自制力，内心起了一股深深的委屈情绪。努尔别克拔腿就跑，追上特罗菲莫夫，一把抓住他的袖子：

"我命令你们，立即开动拖拉机！"

特罗菲莫夫默默地把努尔别克从头到脚打量了一番，又默默地甩开他的手，继续走自己的路。

……早已过了午夜。白云落到高高的山上，落到悬崖陡壁之间准备过夜了。它们互相牵扯着，挤在一块，现在它们静静地躺着，一动不动了。四周一片寂静。在山下老远老远的地方隐约可以听到拖拉机的马达声。生产队的人都入睡了。只有努尔别克难以合眼。一种痛苦的、难堪的委屈情绪刺痛了他的心。他翻来覆去睡不着，躺着偷偷地叹气，嘴里还嘟哝着什么。是的，特罗菲莫夫今天侮辱了他，当着大家的面侮辱了他！"不，这种事不能容忍！无论如何得证明我是正确的，只有这样才能恢复我的威信！"

努尔别克小心翼翼地爬起来，不出声地走出帐篷。回头瞧瞧——一个人也没有。他像个小偷似的弯着腰跑到一边，消失在一处悬崖下的阴影里。

几分钟之后，陡坡上的拖拉机旁闪了两下手电筒的红光。突然，一阵机关枪似的"嗒嗒嗒……"划破了寂静的夜空——这是拖拉机发动起来了。过了一瞬间，仿佛突然醒悟到吼声太响了，拖拉机放慢了转速，响声不大了，低沉了。

前灯亮了起来，这时拖拉机开动了。努尔别克压下操纵杆，紧张地注视着前方。拖拉机顺着斜坡开去。

"没错，机器是受人支配的；只要善于操纵它，人的手指向哪儿，机器就得往哪儿开！而只有勇敢、坚决、顽强的人才能做到这点。瞧，这就是明显的例子：别人不敢一试的地方，我努尔别克就敢开拖拉机！"

"不，拖拉机不会翻车的！全是胡扯！你们该脸红才是！"努尔别克激动得声音发颤，大声说道。

拖拉机确实在斜坡上行进。"他们怕什么呢？"努尔别克想，"说真的，坐得是不太舒服，身子老得朝一边扭，不过这是小事一桩，不值一提！"

前面出现一个隆起的土包。拖拉机的散热器稍稍向上抬起，仿佛眼瞅着车子就要翻倒了，但努尔别克立即开大了车速，车子猛一冲，跳过了这个危险的地方。他把拖拉机开到陡坡边上，然后拐过弯来。现在努尔别克已经确信自己胜利了。

"我要向你们证明我是谁!"他突然感到一阵幸灾乐祸的快感,大声叫道,"天亮时我要把这片陡坡都耕好,如果必要的话,把所有这些山坡连同山头都开出来!到明天你就会信服,特罗菲莫夫,我们两人到底谁正确!"

努尔别克已经耕了两圈。他感到自己有一股使不完的劲头,他仿佛觉得他和拖拉机已经融为一体,变成一架强大的钢铁之躯。

前面又出现一个土包。

"没什么!"努尔别克安慰自己。

拖拉机吼叫着吃力地向上爬去,突然,车身猛地倾斜起来。

"没什么!"努尔别克给自己打气……

他的双手握住操纵杆,车速已开到第三挡……拖拉机发疯似的吼叫着,不断向上冲去,结果车身倾斜得更厉害了。应当让车子来个急转弯,否则就要翻车了!努尔别克的身子向后倒,使劲把右边的操纵杆往身边拽:拖拉机猛地拐了弯,履带掀起大片泥土,但是车子无法爬上这样陡的土包,拖拉机停住了,没有声音了,把散热器掀到了空中。热血猛地冲进努尔别克的脑袋:"怎么办?把车速再开大点儿!哎呀,马达不响了!怎么办?"

但是已经晚了。紧接着,熄了火的拖拉机就往后退,把身后的铧犁掀起来,发出哐哐当当的响声。当车子开始翻倒时,努尔别克跳出了驾驶室。接下去,事情就进展神速而且很简单了。拖拉机在陡坡上滚下去,加上失常的惯性,速度越来越快,越来越快。拖拉机一路猛冲猛撞,最后一头扎进陡坡脚下的山石堆里。

"啊——!"努尔别克大叫一声,但却没有听到自己的声音。钢铁撞击石头迸出无数火花,岩石和机器的碎片带着啸声四下乱飞,大地沉痛地"哎哟"了一声,夜幕立即重又合上,陡坡下依然一片昏暗。

努尔别克看到跑来的人们——他们光着脚只穿着内衣裤,手里拿着提灯。他的身子晃了一下,脚下的地仿佛在下沉,慢慢移动开去。人们已经很近了,传来惊慌不安的呼喊。

"我为什么跳出车来呢?"努尔别克怀着恐怖的心情喃喃自语,"还不如跟拖拉机一块儿摔死的好!"

他急得团团转,不知往哪儿躲,随后慌里慌张拔腿就跑。

努尔别克害怕回头张望。他缩着脖子,双手抱着头,绊了一跤,咕咚一声栽倒在地上。但他立即又跳起来,重又像兔子似的急速跑去。

"快!快跑!他们追上来了……你听,他们喊着呢:'抓住他,抓住罪犯!抓住,抓住!'……"

努尔别克奋力奔跑,拼命奔跑,甚至看不清前面的东西。可是那两条该死的腿,倒像灌进了铅,很难从地上拔起来,又像藤蔓似的拖拖拉拉,连空气也不够用,五脏六腑都像在起火。努尔别克一下扯开了衬衫领子。

* * *

从清早起,天空就有两只山鹰。它们久久地在高空盘旋,只偶尔不乐意地抖动一下翅膀。看起来,它们像在空中飘浮,自由自在地,随心所欲地,只有身子微微摆动,矫健的翅膀平平舒展着。

在这无边无际的深邃的自然界里,只有这两只山鹰是统治者。作为主宰,它们举止稳重,动作特别迟缓。地下的一切:高峰、山脊、白雪、河流,通通纳入它们伸展的翅膀下!地上发生的一切,直至最细微的动静,它们都能看见。

瞧,峡谷底部出现了一个木偶大小的活物。

"……人!瞧,这是人!"一只鹰叫起来。"瞧见了,这是人!"另一只鹰简短地回答。

出现了一个人，但那两只山鹰继续不急不忙地安然飞翔。这个人一点儿也没有使它们惊慌。难道他能毁了它们的窝？不，这个人连自己的影子都怕，他要不是逃犯，就是一个倒霉的迷路人。这从他那迟疑的不稳的脚步，从他那迷惘而惊恐的眼睛就可以看出，他时不时打战、发呆，东张西望。难道这样的人能爬上无法攀登的峭壁去掏它们的窝，去跟山鹰搏斗？难道这个人有力量，有不达目的决不罢休的意志？难道他能敢作敢为，能斗争？不，谁敢把手伸进山鹰的窝，他首先得自己成为一只无畏的鹰！再说，胜利只有在公开的拼搏中才能夺得。山鹰喜爱面对面搏击。当敌人爬近窝边，它们会向他大喝一声："站住！你回来！"随后会传来愤怒的声音："做好准备！"于是鹰从高空像落石一般猛扑下来！鹰啸叫着，劈开空气，用爪子猛击来人的胸脯，把敌人推进深渊。这之后，山鹰会久久地在鸟窝上空盘旋，久久地鸣叫，时而欢快，而时愤怒，时而带几分惋惜……

而这个人并不想望着这样的搏击，那就让他走自己的路吧。

将近中午时分，那人才走到一处很大的山口。一只鹰看到他走远了，很快就要消失不见了，便鸣叫起来："人走了！……"另一只鹰简短地回答："他走了。"

六

努尔别克爬上山梁时已经累得筋疲力尽了。他在深雪地里行走，这地方可能人的足迹从未到过。山口吹着阵阵寒风。很快已经一昼夜了，可是他却没有吃过一点儿东西。得赶紧下山，说不定在那边的山谷里会遇上牧人的帐篷。从山口望去，远远的山景尽收眼底。在下面，在一处深谷里，流着一条大河。但是努尔别克没有发现有人居住的任何迹象。他浑身无力地瘫坐在一块石头上,双手捂住脸。"在这些荒凉的深山里哪儿有人呢?"努尔别克想,"要有的话,也就是像我这样的大傻瓜!"他的头垂得更低,眼睛紧闭着……

遇上一阵大风,火要么烧得更旺,要么就会熄灭。往日的努尔别克不见了。此刻的努尔别克只是一个逃犯,一心只巴望着弄到一块面包,找到一处僻静地方,可以升起一堆火暖暖身子。

"……什么时候才能走到阿娜古丽的舅舅工作的区里呢?"努尔别克想,"听人说,过了这个山口还得走两天。我跟他借点儿路费,回城去,向阿娜古丽起誓:完了,往后再也不提垦荒的事了!"

努尔别克站起来,朝河的方向慢慢走去。从山口高处往下看,路好像不难走,什么东西都看得一清二楚。可是过了一段时间,努尔别克发现来到了一处怪石嶙峋的地方,除了山岩,周围什么东西也没有。努尔别克恐慌起来。他几乎在奔跑,竭力想快点儿跑出这个危险的峡谷。天色很快黑下来,好像夜来临了。努尔别克抬起头,他瞧见阴沉的乌云低低地落到头上。他走得更快了。响起了一声惊雷,瓢泼的大雨,打得山石啪啪响。随后刮起刺骨的寒风,紧接着密密麻麻的雹子往地上倾泻下来。最后下起了倾盆大雨。乌云密布,把天都遮住了,云层里由于水分过多,沉重地低垂下来。天色已经完全黑了。努尔别克不知道该往哪儿藏身。他东奔西窜,寻找着合适的地方。而闪电,仿佛起了好奇心,想知道他躲在哪里,会出什么事,直插他身边的山岩,刹那间把地面和乌云照得通亮。雷声隆隆,像巨人发着"哈哈哈"的笑声飞滚而去。

努尔别克完全不知所措了。他不知道往哪儿走,该怎么办。一块巨石从山顶落下,带着轰鸣从他头上飞过,紧接着,又有几块石头急遽直下,把路上的一切障碍扫除干净。努尔别克往后退了一步,不料身子猛地朝下飞去……

七

几天之后，努尔别克第一次来到院里。但是摔伤的腿还是很痛。努尔别克一瘸一拐地走着，而且咳嗽也没有全好。

把他抬回的那些人仿佛商定好了，从来也不向努尔别克提起那桩倒霉事。至少他至今没有听见有人当着他的面谈起过。不错，倒是阿西娅一开头就直言不讳地对他说出自己的看法：

"我要是处在您的地位，绝不这样干！人要是害怕承担责任……"阿西娅欲言又止，带着怜悯的神情瞧了一眼努尔别克，又深深地叹了口气，"您把事情都老老实实讲了，我可怎么也不相信您会做出这种事来！……"

努尔别克稍稍打起了一点儿精神。"阿西娅理解我，"他想，"这么说来，我不是那种坏人。她信任我。那么别人也会信任我吗？"可是过了一会儿，他又起了另一些念头："为什么他们不向上报告，不把我供出去呢？还是他们要等我能起床了再说？我是罪犯，难道不对吗？是的，我是个没有出息的人！我没有什么值得别人可怜的，我理应受到惩处！……"而每当他想起阿娜古丽时，他的想法又是另一样了："不，我要赶紧离开这里。我讨厌这种生活。我要回到阿娜古丽身边，我和她将要过宁静而幸福的生活。"

到了夜里，每当他辗转反侧不能入睡时，努尔别克想象着他如何向人们解释：为什么那次他的马达熄火了。很明显，普通的拖拉机不适于高山区作业。为了适应山区工作他还想出了几条改进拖拉机的措施……不过，现在想这些干什么……难道他还敢回去，他还有脸见人吗？

每天清早，阿西娅和水文技术员别克捷米尔一道坐进索道上的缆车，转动起固定在两侧的绞盘，很快就沿着钢索渡过河去。随后，他们沿着河岸步行，爬上巴达姆塔尔积雪的源头。阿西娅就在那里进行观测。努尔别克每回都把他们送到渡口，然后才往回走。差不多整天的时间他都同艾瑟巴伊一起度过。这位老人跟他的儿子别克捷米尔不同，他好与人交往，喜欢唠叨。他年近七十，可从早到晚闲不住，总在走动中，总在忙着什么家务活儿。这位又高又瘦，像杆子似的老人颧骨高大，有一双同年轻人一样的眼睛。看来，这双眼睛向来是带着赞赏的神情看着世界，并且从中搜寻着什么新鲜而有趣的东西。

今天艾瑟巴伊一把抓住他的手，带着神秘的意味说："咱们走啊，我让你瞧样东西！"他把努尔别克领到一个山冈前，在向阳那一面的山脚下栽着一些幼小的苹果树，一共有十五六棵。在一棵小树上已经开出了一朵粉色小花。

"这可是第一朵苹果花！"艾瑟巴伊小声说，"这些果苗全是阿西娅从城里运来的。那阵子我挺纳闷，我说：'姑娘，你干吗把这东西弄来呢？难道这些弱苗苗经得起这里的风寒？你怎么啦，阿西娅，果苗在这里长不大的！'她就问：'大爷，您打哪儿知道的？您为什么说果苗长不大呢？得经过试验，进行研究……'哎呀，当时我都感到惭愧……可现在，你瞧吧，两年过去了……开出了第一朵花……阿西娅还不知道哩。她看到了，准会高兴得跳起来……可不，这是桩大事……等到巴达姆塔尔两岸住上了人，他们就会有果园了！……"

一天清早，当太阳刚刚从山那边探出头来，当阳光驱散河上的薄雾时，努尔别克跟往常那样，走出来送阿西娅去渡口。他已经注意到，每当阿西娅走近巴达姆塔尔河边时，不知为什么她总是很激动。她会突然全神贯注起来，那么好看地仰起头，把他撂下后便径直朝河边跑去。阿西娅有一块心爱的石头，这石头的一半立在水中。她飞快跑上去，站在石头的紧边上。姑娘贪婪地倾听着河水的奔腾声，把脸转向初升的太阳。她通常指点着巴达姆塔尔的狂暴的急流，大声叫喊。但是叫什么却听不清：她的声音被轰隆作响的浪涛声淹没了。有时也能听见只言片语："哎——努尔别克！……你瞧……巴达姆塔尔……"

"你说什么呢？我听不清，阿西娅！"

姑娘咻咻笑着，拍着巴掌。

可是今天阿西娅却没有朝那块岩石跑去。

"你想必挺烦闷吧，努尔别克？"她说着站住了，凝神看着他的眼睛，"那本书你已经读完了吗？等你完全恢复了健康，你跟我们一起去山顶吧，我要让你看看我的试验。在那里你会看到许许多多有趣的东西。"阿西娅迟疑片刻，又说："今天我一定把赫尔岑的《往事与随想》找出来。你一定要把它读完，这是我最心爱的书。我喜欢这样的人——战士，目标始终如一，性格坚强！"

"好的，阿西娅。"

阿西娅还想说点儿什么，但他们已经走到了河边。努尔别克帮她爬进缆车。

"我们很快就回来！"姑娘叫道。当他们到达河对岸时，阿西娅还朝努尔别克挥挥手，仿佛说："你回去吧！别站在那里，会咳嗽的！"随后，虽然已经走远了，她还好几次停下来，朝他挥着手。

努尔别克站在渡口，目送着他们离去，直到两人的身影消失在拐弯处。后来，他不是回去，而是沿着石坡下到河边，找了一块紧挨着水的石头坐下。

巴达姆塔尔河像往常那样，咆哮着，呻吟着。

浪花冲上浅滩，时不时奔到努尔别克的脚前，仿佛在说："你走开！别靠近！"努尔别克不把脚收回。生气的浪花只好离去，把混浊的泡沫留在他的靴子上，而后重又返回。努尔别克淡淡地笑了。

巴达姆塔尔河来自几条山脉的交会处。那里终年冰雪覆盖,这些冰雪就成了河的源头。如果有人学会了掌握融雪的全过程,那就意味着他也能把握住巴达姆塔尔河的水情。到目前为止这还是一个问题,但是谁敢于解决这个问题,谁必定是个真正勇敢无畏的人。

努尔别克站起身来,心情激动地在潮湿的浅滩上迈着大步,定睛注视着巴达姆塔尔河中的急流处。

每当阿西娅谈起这件事时,她就变得判若两人。她那双安静的沉思的眼睛会放出光来,可以感到她的内心充满了一种强烈的喜悦之情。

"你只要想象一下,努尔别克!有朝一日,我们的庄员就用不着眼巴巴望着火辣辣的天空,提心吊胆地去求雨了。人要是能叫源头听自己的摆布,田地要多少水,它就能给多少水!"

当话题谈到巴达姆塔尔河的前景时,老人艾瑟巴伊面带虔敬的神色抓住自己的衬衫领子:

"噢伊,托博![①]"他边说边晃脑袋,"眼下的年轻人前途无量!你只要想一想:他们现在干的事,正好是跟老天争个高低!咱们的阿西娅,主保佑,准能达到自己的目的。虽说常言道,世间没有圣人,可她,照我看来,就类似人们心目中的圣人……管雪管水——那可不是闹着玩的!就让人家笑去吧,可我信得过像阿西娅这样的年轻人。谁替百姓出力,谁准能达到自己的目的……百姓会帮他的。"

努尔别克站在索道渡口附近,心里想道:"阿西娅快点儿回来才好!时间过得这么慢!"想到这里,他不禁吓坏了。他发现自己已经不止一次在思念着她。"为什么呢?"努尔别克问自己,"难道我爱上了阿西娅?说哪儿去啦,你发疯了,这是不可能的!我想她的时候,心情非常平静,这不过是我的想象罢了!爱情可不是这样的。我很尊敬她,把

---

① 吉尔吉斯语,赞叹声。

她看成自己的亲妹妹，看成朋友，可是我们之间不应当有爱情……是的，是的！别胡思乱想了，忘了吧，别想她！……"

然而只要有一小块石头，就足以引起一场山崩。不管有多少次他命令自己不再去想阿西娅，可是这样做毫无效果。相反，他的思绪一再回到她身上。他不知所措了。

努尔别克心里不胜惶恐："我去找艾瑟巴伊，跟他聊聊，说不定会过去的！"他这样决定。不过，他今天同老人的谈话很不顺利。

"你今天怎么啦，是不是丢了什么东西？"老人吃惊地问，把一段削光的木头放到一边，目不转睛地瞧着激动不安的努尔别克。

"不！"努尔别克含糊地嘟哝了一声，便走进了房间。他拿起赫尔岑的书，读了不到两页，又把书合上，对着窗子望着远山。"说真的，我好像是丢了什么东西！"他大声说，"丢了什么呢？——真有意思，得好好想想！"突然他又脱口而出："阿西娅到底什么时候回来呢？……够了！"努尔别克抡起拳头，一下捶在桌子上。"你没有权利妨碍她的工作和生活！别胡思乱想了，不准打扰她。"

努尔别克跑出家门，又走回河边。他又坐到那块浅滩边的石头上，双手紧抱着头。

"当你拨弄舌头说出'我爱你！'时，"努尔别克心想，"阿西娅却住在这无人知晓的荒山里，她要为人民干出一番伟大的不可估量的事业！可你呢，你算什么人？还有，当然啦，阿西娅永远也不会爱上我！她要找的是另一种人，值得尊敬的人！"

浪花又冲上来，拍击着努尔别克的靴子，仿佛说："你走开，从这里走开！"

八

夜。峡谷里黑漆漆的。群山上空那一簇簇群星,好像蒙上了一层灰烬的火炭。而在山下,不知疲倦的巴达姆塔尔河依然在吼叫奔腾。

努尔别克走出院门,一阵从山顶顺着峡谷刮来的风吹落了他的帽子。他捡起帽子,低低地拉到额上,快步朝山口走去。他在那里站住了,默默地停了片刻,又回头瞧瞧,轻轻低语:

"再见了,阿西娅!我悄悄走了,你别生气。这样更好些。"

努尔别克爬进了缆车。

在同艾瑟巴伊的交谈中他了解到,只要到了河对岸,顺着水流的方向走,然后拐进一处峡谷,翻过一座山口,再走两天两夜,就可以走到公路上了。那里有汽车直通城市。

努尔别克坐进缆车,坐好了就开始转动绞盘。小滑轮吱嘎作响,缆车启动了。要叫车子前进原来不那么容易:这缆车得靠两个人转动。努尔别克很快就感到累了。他喘着气,从缆车外沿朝下看,嚯,吓得他赶快眯起眼睛,紧紧抓住缆车的把手不放。下面的情景简直不可想象。那里黑魆魆一片,只有那些蓬头散发、吐着白沫的急浪发出贪婪的吼叫,在陡壁下奔腾。仿佛是,河水跟黑夜在抗争,它们奋力拼搏,互相扑打,谁也不能制服谁。努尔别克决计不再往下看,他鼓起双倍的劲头转动着绞盘。这下已经过了一半的索道了。那边的河岸越来越显得清晰了。努尔别克不让自己休息,虽说他已经累坏了。再加把劲,就……有什么东西吱嘎响起,咔嚓一声,绞盘卡住了,缆车立即停住了。努尔别克稍稍抬起身子,摸着小轮子,看它们是否从索道上滑落下来,不过一切都正常。努尔别克打开手电照了照,察看了一下缆车,无力地坐到座位上。

"怎么办?"他叹着气说。

原来缠钢索的鼓轮的轴折断了。由于老在一边转动,这种故障是很容易发生的。只要有工具,要修好也不难。可是上哪儿去弄工具呢?缆车几乎卡在发狂的河中央。怎么办?这么坐着,在空中晃晃悠悠,可能要一直坐到天亮,而一清早……一清早阿西娅和别克捷米尔就会来到这地方。这可是奇耻大辱!宁可去死,也比丢人现眼要强。无论如何得爬到河对岸,然后赶紧溜走。

努尔别克决定留下缆车,双手抓住上面一根架空的索道,挪到河对面。是的,是的,只要上面的索道和下面的索道不高出他的身个儿,他就可以挪步了,要不然他就会悬空吊在上面一根索道上,脚下踩不着东西。豁出去了:反正要死也只有命一条!……

努尔别克站起身来,双手抓住索道,一迈腿就跨出了缆车。

耳畔水声轰鸣,但他却能清晰地听到自己心脏的剧烈跳动。幸好两条索道之间的空当儿正合适。只要能挺住,只要别摔下去就行!剩下的距离不多了:只有三四米了!虽说钢丝勒着的手掌磨出血来,像烧着似的发烫,但不要紧,千万别着慌,小心翼翼地挪动吧!

好了,到岸了。努尔别克一跳,跌倒在地上。

"过来了!过来了!"他高兴得欢呼起来,他吸着泥土的气息,感动得小声低语:"大地,大地!现在我想上哪儿就能上哪儿了!……"

努尔别克站起来,迈开大步走了。他只停了片刻,为的是再瞧瞧那渡口。他立即呆住了,想起刚才可怕的情景不禁倒抽了一口气。仿佛是什么事也没有发生,只有黑乎乎的缆车孤零零地悬在空中,发出可怜的吱嘎声,在河面上空晃动。

"怎么能这样呢?"努尔别克喃喃低语,说完便一阵风似朝前冲去,眼睛紧张地注视着黑暗的夜空,"怎么会这样,把缆车弄坏了就跑了?他们救了我的命,养好了我的伤,可我恩将仇报,反倒闯下祸,逃跑了!"

努尔别克坐到地上,双手抱着头,闭上眼睛。他想象着明天会怎样……

……一清早,水文站的同志会来到渡口,会看到缆车悬在河当中。看来夜里有人用车了,开了一半,人跑了。但这可能是谁呢?站上的人都在。哦,对了,努尔别克在哪儿呢?……明白了!……于是,他们想利用岸边的卷扬机把缆车牵引过来。但是缆车在原地不动,因为能运行的索道被折断的鼓轮死死卡住了。他们会绝望的,渡口的缆车不能使用了!谁干的这种事!努尔别克这个卑鄙无耻的小人!

"我从来没有料到他会这样做!"阿西娅会咬着嘴唇小声说。

"唉,这个狗娘养的孬种,让主叫你遭灾,瞧你闯的什么祸!"艾瑟巴伊会叹着气骂。

"我要打死这条到处乱窜的野狗!"别克捷米尔会捡起地上的石头冲上去喊。

后来呢,往后又会怎么样呢?阿西娅从来没有中断过自己的工作。但她能有什么办法呢?只有一条出路。找到工具,攀着索道挪到缆车里。不过这话说起来容易,未必有谁能攀在索道上挪那么长的距离,因为从对面的河岸到缆车至少有三十米,如果摔下去,那只有死路一条:巴达姆塔尔河中的礁石转瞬之间就会把人碰得粉碎,再说,他们中有谁敢这样去冒险呢?阿西娅!不论在什么样的困难面前她都不会举步不前,她一分钟也不允许耽误工作!……

"不,我不能把她推向死亡!"努尔别克站起来,又拼命朝渡口跑去。他还不能确切地提出,该采取什么办法修好缆车,但他已经感到,他不能跑开。

努尔别克跑到木板台跟前,他喘着粗气,把发烫的额头贴在金属立架上。脑子里只有一种念头在打鼓："怎么办？怎样才能修好缆车？怎么办？没有人会回答，没有人会呼应！巴达姆塔尔，你这不可阻挡的河，你哪怕能说出一个字呢！不，你听不见，你是聋子，只会发狂地吼叫！……怎么办？但我是人，我的名字——叫人①！……我就得说到做到，我就得找出办法来！"

"有了！"努尔别克扬声叫道，"有了！……"

是的，努尔别克有办法了！他要立即攀着索道过河去。在河那边他见过一个工具箱。只要取一件有用的工具，把它系在背上，再攀着索道回到缆车里，把缆车修好，再把它送回河对岸。这之后，他就不再去碰它，他不如胡乱走去，也许在河的下游可以找到一处浅滩……唉，这就不重要了，他无关紧要，关键是如何把设想的事办好，关键是不要妨碍阿西娅的有意义的工作！

"我决不退缩！"努尔别克坚决地说，但随后的话就不大有信心了，"只是我不知道我的力气够不够，我能不能经得住这种紧张？……从这儿到缆车有六七米，我已经挪过来了，现在再挪过去，但从缆车到那边有三十来米索道！这段距离太长了！……太长了！不过那有什么，我已经下定决心了，阿西娅！"

努尔别克爬上立架，抓住上面的索道，下面的那根他用一只脚摸索到了。右脚迈出了第一步。战斗开始了！

他迈出了第一步，在他听来，脚下的河水汹涌奔腾，像是战鼓齐鸣，又像是集市的广场上为踩钢丝的人伴奏的卡尔那②和唢呐发出的声音。

努尔别克还是在小时候见过这种到处流浪的踩钢丝的人。差不多和白杨树一般高，一个乌兹别克人高高地在一个个仰着脖子的观众的

---

① 原文为大写字母起头。
② 乌兹别克的一种铜管乐器，有长逾两米的长管，类似我国的喇叭。

头顶上空踩着钢丝。每一刹那他都可能摔死或者致残,于是他,这个无所畏惧的人,便向天呼喊,大声叫着自己的保护神:"雅阿,比里姆,雅阿,安拉!……"

"阿妈,"年幼的努尔别克吓坏了,急忙躲到母亲的衣裙后面,"走吧,阿妈,咱们离开这里!"这种场面他甚至都不敢看上一眼。

而此刻,努尔别克自己也成了踩钢丝的人。他也在高空中,踩着不比钢丝粗的索道行走。

总算到了缆车那里,努尔别克浑身无力地翻过车帮。路已经过了一小半了。可是为了这小小的胜利,不得不付出多大的代价啊!被索道的钢丝磨破、刺伤的手掌渗出血来,肺似乎要冲出胸膛,条条肋骨紧张着,就像被赶伤了的跑马那样。而眼前的路还很长,比起刚才的还要难上百倍,苦上百倍。

"回去吧,可怜的人,现在还不迟,要不就完蛋了!"内心有一个声音说。

"不,我要坚持到底!"努尔别克大声回答。

他站起来,撕下上衣的衬里,用它把手缠好。于是战斗又开始了。

从迈出的第一步起,战鼓重又齐鸣,卡尔那重又疯狂地吹奏起来。

这一回努尔别克很快就感到没劲了。他害怕了,而且忘了不该朝下看,无意中瞧了瞧脚下。湍急的河水好像停住了片刻,头发晕了,周围的一切——群山,夜色,河水,全都开始旋转起来,飘飘荡荡,给卷进了巨大的旋涡,连同他本人也一齐裹进里面。但努尔别克还是挺住了,他抬起了头。可是风仿佛在暗中窥伺着他,出其不意地猛扑过来,顶撞着他的胸脯,想把努尔别克推个仰面朝天。一只脚从索道上滑落下来。只是出于极度的紧张,他才得以把那条腿踩到原来的地方。背上热汗淋淋。努尔别克眯起眼睛,希望头晕就会过去,但当他睁开眼时,他几乎什么东西都看不见了——周围的一切照样在旋转,嗓子发堵，他感到恶心。他进入了一种晕晕乎乎的状态。他仿佛觉得，他被带进了一个幻觉和怪影的奇妙世界。在这个新的天地里，他似乎重新开始了一种生活。以往发生的事和眼前发生的事交织在一起，一桩接一桩从他眼前掠过。然而在意识的深处始终有一个顽强的念头，那就是：不能停留，要前进，前进，否则就只有死亡。于是他迈着腿，尽管很慢，尽管深一脚浅一脚，但还是前进着。

　　脸上的汗水流进嘴里，带着咸味。缠在手上的破布早已撕烂。手掌肿胀了，十个指头发木，身子发沉，老往下垂。"要是我掉进河里怎么办？"努尔别克想，"反正我这个人不中用了，值不了几个钱！可是渡口会怎么样？谁能把它修好？这么说，阿西娅明天就去不成巴达姆塔尔的源头了？这么说，她为人民做的事就要中断了？"

　　努尔别克挺起胸膛，又迈了几步。

　　"阿西娅，"他在心里对姑娘说，"你别生气，别感到委屈，我，当然啦，配不上你，我是罪人，一个没心肝的逃犯，可是我爱你！请相信我，说实话，我真的爱你！是的！我承认，在这之前我甚至对自己都隐瞒了这一点！……"

　　来到河中央，努尔别克已经不能再往前迈了。手没一点劲儿，失去了知觉，腿开始发软。再加上下面那根索道不知为什么变得松弛了。索道本来是固定的，可是现在，在人的重压下显然松动了。他感到脚下的支撑物逐渐往下沉，他猛地抖动一下，吸了一大口气，这突然引起了一阵剧烈的咳嗽，咳得他身子直晃。努尔别克喘着粗气，胸口一阵奇痛，迫使他弓起背来。流着血的手越来越没劲，而脚下的索道却越来越往下沉。努尔别克晃动起来，身子来回摇摆。

　　"阿扎尔，阿扎尔！①"巴达姆塔尔河扬扬得意地掀起巨浪，急流大起大落，在等待着自己的猎物。努尔别克的手指渐渐松开了。

---

① 吉尔吉斯语，死。

"阿扎尔！阿扎尔！"巴达姆塔尔河急躁地怒吼。

"水，一小口水！"努尔别克渴得周身冒火，祈求着。

"弯下身子，到河里来舀水呀！水多得很，够你解渴的，弯下身子！"仿佛有谁在他的耳边窃窃低语。

努尔别克用尽最后一点儿力气抓住索道。这时候他听到了手表的嘀嗒声。这几乎是不可能的，但确实是这样。在震耳欲聋的河水的轰鸣声中，可以清楚地听到有节奏的准确而响亮的声音："嘀嗒，嘀嗒，嘀嗒！"生命在随着这每一秒钟流逝！人的生命！在这短促的一瞬间，努尔别克仿佛领悟到了生命的真谛……

他以坚毅的意志力昂起头来，庄严地冲着整个峡谷呼喊：

"我要活着！"

……当努尔别克好不容易挪到岸边时，他一下倒在地上，约莫有个把钟头他仰面躺在地上，像死人一样一动不动。不知他能不能带着工具再返回去，但这已没有必要了。卡住的索道畅通了。借助岸边的卷扬机，努尔别克把缆车弄回到原来的地方。黎明前他就修理完了。

努尔别克下到河边，水灌进了靴子，这时候他才痛痛快快饮起水来。

他大口大口饮着水，而且轻轻地，像孩子那样笑了。今天，他生平第一次完全品尝到了真正的斗争与胜利的甜美。这一次他完成了一桩功勋：不只是为了自己，为了荣誉，为了显示自己的蛮勇，而是为了一个伟大的理想，为了阿西娅，因为她为了实现自己崇高的目标，正在努力奋斗。

"是的，我是幸福的！"努尔别克说，"明天早上，当阿西娅去巴达姆塔尔的源头时，路通了，渡口修好了！……"

努尔别克怀着欢快的心情在潮湿的浅滩上奔跑。他回到屋里，拿起铅笔，在纸上奋笔疾书：

阿西娅，我回到我来的地方去了。也许，我们再也不能重逢，但我将终生把你珍藏在我的心中：你是这样美好，一贯这样美好。别生气，别笑话我，阿西娅，你是我的……再见了，请多多保重……对了，差点儿忘了说：赫尔岑的书我没来得及读完，对不起，我把书带走了，而这是你最心爱的书，一本讲述人、讲述战士的书……我和你的偶然相逢是我一生中最困难也是最幸福的日子。谢谢你，阿西娅，谢谢这一切……你教会了我许多东西……请把我当成一个朋友，他会比世界上的任何人更希望你能战胜巴达姆塔尔河……我相信，阿西娅，巴达姆塔尔河定将被制服……

九

一清早艾瑟巴伊就起床了，他穿过院子，把马牵到河边饮水处，他想给马洗个澡，用桶给它冲冲水。山后升起了太阳。艾瑟巴伊朝那边望了一眼，立即警惕地把一只手搭在眉毛上。河水溅到他脸上，他一抖动，水桶掉了。艾瑟巴伊跑到阿西娅的房前，使劲敲着玻璃窗：

"阿西娅，快点儿起来，他走了！"

阿西娅莫名其妙地跑进院里：

"出什么事了，大爷？"

"你瞧呀，姑娘，跑那边去了！"艾瑟巴伊带着得意的神情说，用手指着渐渐远去的人。那人正向山口走去。"是努尔别克。"艾瑟巴伊解释道。

"努尔别克！努尔别克！"阿西娅放声大叫。仿佛是她本想跑去追，但她一动不动地站住了——那样欢快，幸福，激动，那神态就像她每天清晨跳上那块悬岩欣赏着巴达姆塔尔河的美景一般。"我就知道会这样的!"她喃喃自语。

努尔别克消失在一处山岩背后。阿西娅为他感到高兴,但同时又有一股令人难堪的愁绪涌上心头。她转过身,不让人看到她的泪水,问道:

"大爷,从这儿到国营农场远吗?"

"相当远,得翻过一个山口。不过,再远也总是可以走到的。"

1956 年

(译自《艾特玛托夫文集》第三卷,
青年近卫军出版社,莫斯科,1984 年)

候鸟在哭泣

……不知什么缘故，猎狗就喜欢骑手们成群结队地策马飞出山村，奔上大路。在一片忙乱中，这些狗必定紧追不舍，之后，不论你怎么驱赶、威胁、恐吓，反正它们绝不落后，总是固执地在路边小跑着：这是些奇怪的动物；它们就是喜欢田野，喜欢无拘无束，喜欢热闹，还喜欢人多的地方，它们盼的就是这些——之所以这样，大概就因为它们是猎狗吧……

艾列曼不得不跑去追他的狗，一直追到湖边。当他帮哥哥杜尔曼套住才两岁的小公牛时（杜尔曼要牵着这头牛随同妇女和老人一起去参加葬礼，为的是把牛宰了供丧宴用），猎狗乌恰尔趁机混进了人群，而且已经摆出了一副煞有介事的神气：东找找，西嗅嗅，绕着每一丛灌木欢跳，还不时汪汪叫几声，催促人们快点儿朝前赶路。不论艾列曼怎样叫唤，怎样招引，这一切全无用处。不懂事的狗哪能想到，这不是去打猎，这是一队悲痛的送葬的行列，他们正动身去另一个山村哀悼阿尔玛什的妹妹，一个十七岁突然亡故的姑娘。狗哪能想到，在这些骑着母马、阉牛的人们中间，已经没有一个跨着骏马的年轻骑手了。狗又怎能知道，伊塞克湖滨的所有男子、所有好马和全体吉尔吉斯人，只要能拿起武器的，这一天早已在重山之外的他乡了。那地方离这儿有三天的路程，在塔尔楚伊谷地，他们在那里正迎战大帮来犯的准噶尔人[①]。已经是第五天了，可是从塔尔楚伊那边没有传来任何消息。真是笨头笨

---

① 十五至十八世纪中叶游牧于天山、阿尔泰山一带的蒙古族部落。

脑的狗——在这种时刻，谁还有心思去打猎呢：眼下谁也不清楚，整个民族的命运将会怎么样。

不过，说实在的，人间的一切痛苦与狗又有什么相干？什么战争啦，分离啦，死亡啦，恐怖啦——总之，世人的种种忧虑与狗又有什么相干？狗只知道追逐野兽——追狐狸，追兔子；而这时候骑在马上的人，一个个也都成了桀骜不驯、不知疲倦的追逐者，同狗没什么两样……

乌恰尔急得不行，时不时尖声吠叫。它忽而跑到头里，短促地叫几声，用全副神态、眼睛和跳跃恳求人们紧跟它快快赶路，忽而又围着人群兜圈子，但就是不落到艾列曼的手中。这条黑毛猎狗多么想叫那些马跟着它飞奔；叫人们踩着马镫，欠起身子，大声欢叫；让生活在飞奔中，在喧闹中，在迎面而来的强劲的呼啸的疾风中沸腾起来！乌恰尔时刻在呼唤这些……

可是不！这些人，这些默不作声、愁容满面的老大爷和老婆婆，出于同族人的责任感，簇拥着悲痛欲绝的谢尼尔巴伊家的儿媳妇阿尔玛什，谁也没注意到乌恰尔这条黑毛猎狗。他们顾不上它。在这种惶惶不安的危急时刻，他们不得已前去参加葬礼，这样做，主要不是为了阿尔玛什——她算什么人，不过是半年前才娶进谢尼尔巴伊家来的年轻小媳妇。他们这样做，是出于对她的丈夫科伊丘曼的尊敬：此刻他正在塔尔楚伊的交战中厮杀，而更主要的，是出于对谢尼尔巴伊本人的敬重，因为他是一名制作毡包的能工巧匠，是一个人数不多的贫穷的巴若伊家族的骄傲。老人谢尼尔巴伊因为心脏病发作，躺在他那个做木工活的毡包里已经三天三夜了——他这病是老病了。当亲家送来消息，说他们家儿媳妇的同胞妹妹，十七岁的乌尔坎在大白天里突然倒下咽了气时，老人谢尼尔巴伊遵照亲家之间向来的规矩和义务，本打算立时动身前去吊丧。他已经戴上帽子，院里的马已经备鞍，他的两个未成年的儿子杜尔曼和艾列曼搀着他,要扶他上马。可是他刚迈出毡包的门槛,突然一手捂住心口,他已经无法把脚伸进马镫了。他呻吟一声,一把揪住马鬃,身子摇晃着,勉勉强强才站住了脚。

这时候,像往常一样,事情就得由克托尔格大娘来定夺了。必要时她办事很果断。她同两个儿子一起,立即把丈夫送进他干活的毡包里,给他脱去衣服,很快就安顿他躺下。她对毡包匠谢尼尔巴伊说:

"乌斯塔①,你若不能去亲家那里参加葬礼,天神会宽恕你的。把这事交给我去办吧。除你之外,我就是这个家的长辈了。再说,论岁数,我也该是咱们这个巴若伊家族中最年长的母亲了。亲家们不会见怪的,要是由我带领巴若伊人去哭丧的话。再说,这阵子谁还顾得上这个!眼下只有天神知道,塔尔楚伊那边怎么样了,我们的孩子们在那里怎么样了:要么打了胜仗,要么丢了脑袋。目前音信全无,你自己也看到了,人人都提心吊胆的。你为自己的健康祈祷吧,你想想那些参加大血战的人吧!你要保重,你是巴若伊人的一族之长,而对我来说,你,我的孩子们的父亲,是最伟大的人。你就容我去完成这次吊丧的差事吧。你呢,别去了,躺着吧。艾列曼会留在你的身边,其余的,我们通通都去……"

这就是母亲的话。接下去,脸色苍白、额头冒着冷汗的毡包师傅谢尼尔巴伊在枕头上小声吩咐:

"你说得对,妻子。我若去不了,那你就代劳吧。叫上所有的巴若伊人,不要让咱们的阿尔玛什在娘家人面前显得孤单。在老远的地方就放声大哭,好叫四邻的人很远就可以听到咱们巴若伊人的哭号。要放声大哭,好让你们的哭声来弥补一下我们的遗憾:他们的女婿科伊丘曼因战事,他们的亲家,我,因病不能前去。让人家这么说:尽管战祸临头,但只要我们大家都是人,就不会忘记为死者祈祷和安葬的

---

① 吉尔吉斯语,师傅。

礼仪……"

就这样,妇女们带着孩子们,老大爷们和老婆婆们——巴若伊这个人数不多的家族的成员都去参加葬礼了。因为担心同卫拉特①人的交战结局,在那些日子里,没有一个人不是出声地或者默默地念叨:那里发生什么事了,塔尔楚伊谷地怎么样了?为什么没有一点儿消息?为什么谁也不了解情况?此刻他们前去送葬,只是为了恪守维护家族荣誉的习俗。他们怀着惶惶不安的心情,一个个脸色阴沉地出发了。

艾列曼跑得大汗淋漓,好不容易才追上乌恰尔。他甩出束腰的皮带套住了它的脖子,不然,那狗又会跟着人群跑远的。不过即使套上了皮带,乌恰尔也不老实,它朝前直蹿,想脱身溜掉。然而这一回无论如何也不能放开它:猎狗进了外村,会跟当地的狗咬架的。这是肯定的。

艾列曼拽住乌恰尔脖子上的皮带,站住了。他不知道在这种场合该怎么行事——对前去送葬的人该说些什么:总不能祝他们一路平安吧。他困窘地站着,这时他的母亲拉紧缰绳,在马鞍上向他转过身来。

"哎,你赶紧回家吧,别站在这儿了,"她愁眉苦脸地说,"照看你的父亲,听见了没有?一步也不要离开他,听见了没有?"

艾列曼点了点头,默默表示同意。没错,当然啦,他会照她的吩咐去办的。他望着母亲,望着她那日见衰老、现出褐色皱纹、神色专注的脸——这么忧心忡忡的样子,他还从来没有见过呢。艾列曼听着她的嘱咐,面对着母亲,心里想开了:"既然发生了这种事,你就去吧。别为我们操心——我已经不是小孩子了。我会照你的吩咐去办的:一步也不离开父亲。但愿我们的科伊丘曼踩着马镫平安归来,而不要给横搭在马鞍上。但愿所有的骑手都跨着骏马平安归来,而不要被驮回来。

---

① 卫拉特,十五至十八世纪西部蒙古各部落的总称。卫拉特分为四部:杜尔伯特、准噶尔、土尔扈特、和硕特。十八世纪初,准噶尔部兼并其余三部并骚扰、征服四邻。

至于我的父亲,你就放心好了。妈妈,我会照你的吩咐去办的。"

克托尔格大娘拉住缰绳,只停了片刻。她望着站在小路上牵着黑毛猎狗的儿子(也是她家最小的儿子),刹那间,她感到心头一阵剧烈而狂乱的痛楚:日后他会怎么样,瞧他现在还完全是个小孩子;她的大儿子科伊丘曼在那边怎么样了,是活着还是叫卫拉特人的长矛捅死了?明天什么样的命运在等待着他们,他们这些年轻人将会怎么样,人民将会怎么样?

为了不泄露出这些可怕的心思,她低声说:

"好儿子,跑回村去吧,我把你和你父亲托付给腾格里天神了。"她刚要离去,又勒住了马。"回家以后,先给父亲熬那草药。"

"知道了,我一回去就熬。"艾列曼向她保证说。

但是母亲开始详详细细向他交代汤药该怎么熬:先用开水把草药烫一下,注意,水一定要滚开,然后把草药煮软,最后等汤药稍稍凉一点儿,立即让父亲喝了,要让他喝得出汗,因为出透了汗,心里就松快了……

"你听进我的话了吗?明白了吗?"母亲追问道。

等她确信儿子全都明白了,这才松开缰绳,让马跟上那些沿着湖岸慢慢离去的同伴们。但她回过头来,举目四望,又止步了。她翻身下了马。

"艾列曼,上这儿来,"她叫着儿子,"拿着缰绳,我想对湖神祝祷一番。咱们走吧。"

她边说边把脸转向湖面,不紧不慢地、神色庄重地朝水边走去。她走过一片洁净的微微发红的岸边沙地——那是由大风掀起的哗哗急浪冲刷而成的。母亲的头上缠着一个很大的白得像雪似的丘尔邦①。头缠得又紧又严实,只露出一张脸和下巴上几条白晃晃的皱纹。她看上

---

① 吉尔吉斯人的一种缠头。

去还很俊美，虽说已渐渐见老，虽说缠头下掉出的两绺儿鬓发已经灰白。但她的身躯还很丰满，甚至可以说体态轻盈而矫健。要知道在儿媳妇阿尔玛什过门以前，全部家务都由她一人操持，而家里却有四个男人——丈夫和三个儿子，谁不知道，繁杂的家务劳动靠这些男子汉能有什么指望。

母亲在沙地上迈着步，那样全神贯注，显然已经摆脱了日常的操劳和平时的思绪。她朝湖边走去，内心充满了崇高的意向，神色显得十分激动。她的目光投向碧波荡漾的湖面，投向雪青色的苍穹，投向那耸立在茫茫天际的清澈透亮的雪峰，投向雪峰上空那恍若幻境般的浮云。这便是人的目光所及、人的心灵所能领略的空间世界，人居住在这个世界上，人依赖它才得以生存。这是一个强大的世界，一个像造物主那样把一切都奉献出来的世界，它便是造物主在尘世的化身。

母亲在一片细沙砾上停步了，她几乎就站在那条拍岸而来、泛着白色泡沫的水浪线边缘。艾列曼一手牵马一手拉狗，随着母亲也来到了这里。母亲双膝跪下，儿子也跟着她跪下，母亲轻轻祝祷起来，声音不大也不小。

"啊，伊塞克湖，你是大地的眼睛，你时刻仰望着苍天。我面向你，永不枯竭、从不封冻的伊塞克湖，让我的求告直达命运的主宰——天神腾格里，因为他从天上俯视着你的深邃。

"啊，腾格里，在这危急的时刻，请赐予我们力量，让我们能挡住卫拉特人的进犯。请保存我们这个有着六个支系的吉尔吉斯民族——我们住在你的山里，靠你的恩赐我们才得以生存：我们在牧场和草地放养牲口。不要让卫拉特人的马蹄践踏我们的家园。请你主持正义，让我们在这场公开的激战中获得胜利。唉，在那里，在山那边的塔尔楚伊谷地，情况怎么样了呢？那边出了什么事？既没有消息，也没有来自战场的急使——我们提心吊胆，把眼睛都望穿了。那里怎么样了？明天什么样的命运在等待着我们？请你保佑，腾格里，请保佑那些前去作战的人。让我们能看到他们跨着骏马归来，而不要让我们去迎接由骆驼驮回来的他们的尸体。

"请听我的祈祷，腾格里，我是三个孩子的母亲……"

艾列曼跪在猎狗乌恰尔和黄鬃母马的中间，一手拉着皮带，一手拉着缰绳。他望着湖面那暗色的脊背——那是被一股巨大的水流打弯的地方，那水流好像活人的背，在呼吸，在徐徐颤动，一起一伏。此刻的湖是平静的，只有湖面上泛起一层细密而皎洁的涟漪。在这冬去春来的时刻，伊塞克湖畔空旷而荒凉：河滩上的树没有叶子，草又黄又干，哪儿也不见冒着炊烟的山村，不见策马飞驰的骑手，不见流动的商队和放牧的畜群。

然而留在伊塞克湖过冬的候鸟，嗅到了春天的气息，感到了不久将飞向新的地方，它们已经密密麻麻地在湖面上空打着圈子。而那些已经成群结队的鸟儿，早已鼓动翅膀，顺着山脚，斜插而上，急速飞去。在这春意融融的空气中，到处都可以听到从老远老远的地方传来的鸟儿的欢叫声。

在近处，几乎就在身旁，一群灰羽红爪的大雁鸣叫着箭一般飞去。它们喧闹着，戏耍着，大声嘎嘎叫着，低低地从头上飞过，你甚至都能听到鸟儿拍击翅膀的声音。孩子眼亮，他又发现了湖面上空另外几群飞禽。不过那是大雁，是野鸭，是天鹅，还是周身发红的长腿火烈鸟？他就答不上来了。在很远很高的天空，那些鸟儿成群地在飞翔。只有它们嘈杂的叫声时而清晰传来，时而隐约可闻。"看来，不是今天就是明天，它们就要飞走了。"他这样断定。

而母亲一直都在祈祷，那样热烈，那样虔诚，她要把郁积在胸中的话一股脑儿地向天神腾格里倾吐。她祈求命运之神能对她的丈夫，对出色的手艺人、毡包师傅谢尼尔巴伊大发慈悲，因为病魔已经在他头上积聚起乌云：他今天甚至不能跨上马背了。

"腾格里，请你保佑我们的父亲，保佑他这个样样在行的手艺人。要知道，在我们这个地方，没有一家从烟囱里冒烟的毡包不是他亲手制作的。他这一辈子造起了多少住房！因为不论年轻人还是年老体弱的人，不论是财主还是穷汉，不论是放羊的，还是挤奶的，谁都需要有个安身的地方。"

她还祈求天神赐福给她，让她能抱上小孙孙，她还祈求，还祈求……是啊，一个人的操心事还能少吗……

而那伟大的蓝湛湛的伊塞克湖，就像一只眼睛，在巉岩林立的雪山中间仰望着天空。它在阴暗的湖底推动着潜流，于是那活的躯体就微微隆起——那是因为陡然消长的缓缓而来的波浪鼓起了富有弹性的肌肉。湖仿佛在伸懒腰，在养精蓄锐，以便夜间掀起大风恶浪。可是眼下，在这明净的湖水上空，在这沐浴着春晖的辽阔的湖面上空，那些成群的候鸟依然在高处飞翔，依然在大声聒噪，因为它们已经预感到聚合的征兆，并且很快就要重新飞向远方了。

而母亲还在祈祷，那样虔诚，那样热烈：

"我作为一个母亲，以白花花的乳汁祈求你，腾格里，请听听我的话语！我们来到这里，来到你在地上的眼睛——这神圣的伊塞克湖边，为的是向你祈求，伟大的造物主、天神腾格里。这是我，旁边是我的儿子艾列曼，我的最小的儿子。往后我已经再也不能怀胎，无论是好样儿的还是孬种，我再也不能生养了。我只是祈求你，让我这个小儿子能有他父亲谢尼尔巴伊那样的好手艺，他现在就对父亲的行当入迷了……他，我这个小儿子艾列曼，还想像他的哥哥科伊丘曼那样，成为一名《玛纳斯》① 的说唱人。请不要拒绝他，首先是，最最重要的是，请赋予他这部古老的史诗所拥有的力量，让那史诗像树扎下根那样，在他心里

---

① 吉尔吉斯的民间史诗，颂扬勇士玛纳斯和他的儿孙反抗外族侵略的故事。

也扎下根,让他保存好这部世代相传、为儿孙们留下教益的史诗,请赋予他力量和坚强的精神,让他能记住打从有了吉尔吉斯人起我们祖先的遗训……

"我是三个孩子的母亲,腾格里,请听我的祈祷,请听我的祈祷。跟我们一块儿向你祈祷的,还有不会说话,但同人相依为命的畜生——我们的猎狗乌恰尔,什么样的野兽它都能追上,现在它站在我儿子的右边;还有这匹长鬃黄马,它还从来没有骗过,现在它站儿子的左边……"

虽说母亲祈祷的声音不大,很轻,但艾列曼觉得,仿佛她的那些话正四散开去,传到远方,于是整个广阔的湖面上空响彻着那热烈的、令人回肠荡气的呼喊。他还觉得,她的那些话仿佛在周围的群山中引起了惶惶不安的、深表同情的反响:"请听我说,腾格里,听我说,听我说……"

当母亲骑上马,急忙去追赶那一群沿着湖岸渐渐远去的同伴时,艾列曼一手拉着猎狗乌恰尔的皮带,在原地又站了很长时间。他还是个小孩子,暂且不会知道,在他今后的一生中,不只是一次两次,而是许许多多次将回想起这一天,回想起母亲在湖畔祈祷的那一刻。他不会知道,每当他回想起这一情景时,他将又高兴又伤心,激动得泪流满面,他将感谢命运之神,因为母亲曾祈求天神腾格里赋予他演唱《玛纳斯》的杰出才能,正因为这样,他在民间享有盛誉——名声赫赫、如雷贯耳的《玛纳斯》说唱人艾列曼。他不会知道,他的青年时代正遇上卫拉特人横行不法的荒乱岁月,所以人们都想听一听《玛纳斯》,以便在荒凉的山谷里暗暗积聚力量。他不会知道,每当他吟唱起《玛纳斯》的开头篇章,他的思绪便会回到母亲在湖畔祈祷时的情景,而他的母亲因为隐藏起作为史诗说唱人的儿子早被卫拉特人杀害了,所以《玛纳斯》序篇的隐秘含意成了他的一种慰藉,使他获取了一种伟大精神,并且感受到了这部祖先创造的、讴歌人民不朽业绩的民间史诗的全部美和深邃。他暂且也不会知道，正是他，命中注定要使那些吓得胆战心惊的人们重温起《玛纳斯》的篇章：

"啊，吉尔吉斯人，请听听玛纳斯的故事，他是我们中间最伟大的人。

"从那时起直到现在，白天像沙子一样流失，数不清的黑夜一去不复返，岁月飞逝，许许多多世纪过去，就像穿过大漠的骆驼商队，不留半点儿踪迹……从那时起，有多少生灵来到这个世上，人数之多犹如地上的石头，或许比石头还多。他们中间有伟大的人，也有无名的人；有善良的人，也有邪恶的人；有像山一样的大力士，也有像老虎一样的勇士；有无所不知、无所不晓的智者，也有样样在行的能工巧匠。还有不少人口众多的民族，其中有些民族早已灭亡，如今只留下他们的名字。

"昨天有过的东西，今天不复存在。在这个世上，来的来，去的去，变化无常。在这个世上，只有星星是永恒的，它们随同永恒的月亮运行不息；只有永恒的太阳永远从东方升起，只有黑胸脯的大地永远在它原来的地方。而在地球上，只有人的记忆比人的生命活得更长，而人生的旅程是短暂的——好比两道眉毛间的距离。只有思想是长存的，它将一脉相承；只有语言是久远的，它将代代相传……

"从那时起直到现在，大地的面貌发生过许多次变化。从前没有山的地方，如今冈峦起伏。从前有山的地方，如今荒原延伸。从前是沟谷的地方，如今坑洼不见，土地平整得像块面团。从前是河流的地方，如今两岸相合，只留一条接缝。与此同时，雨水冲刷地层，形成了新的沟壑和深渊。从前，打从开天辟地以来原本是浪涛喧哗的蓝色大海，如今变成了一片死寂的大漠……城市兴建起来，城市又化为废墟……在旧墙根儿上，又垒起了新墙……

"从那时起直到现在，语言生出语言，思想生出思想，歌曲同歌曲交融，往事变成了古老的传说。就这样，我们至今传颂着玛纳斯和他的儿子谢密特的故事，他们是吉尔吉斯民族的中流砥柱，是抵御一切敌人的坚强堡垒。

"在这部传说中，我们要让我们的父辈和祖先的声音重新回响。在这部传说中，我们会听到鸟群在空中飞翔，虽说它们早已死绝；会听到马蹄的铿锵，虽说它们早已沉寂；会听到在决战中厮杀的勇士们的呐喊，还有那对阵亡者的哭号以及胜利者的欢呼。在这部传说中，往日的生活又将重现在生者眼前，为生者增光，为生者增光……

"就这样，讴歌豪杰玛纳斯和他勇敢的儿子谢密特的传说开始了——它为生者增光，为生者增光……"

但他还是个小孩子，暂且不会知道，是神的恩典使他在准噶尔人的奴役下，在那些灾难深重的日子里，成了人民的喉舌。他不会知道，他的头颅在敌人看来抵得上一千匹骏马的价值。他不会知道，由于奸细的告密，他将要受尽折磨，叫人挖出眼睛，惨死在烈日炎炎的哈萨克草原上。而且就在他流尽鲜血、渴得要命、快要死去的最后瞬间，他将重新回想起这一天，这一刻，回想起向伊塞克湖顶礼膜拜的母亲，还有那些聚到一处、准备起飞远行的鸟儿。他也不会知道，在他看到这些栩栩如生的景象之后，他会喊着"妈妈"死去。

这一切今后都在等待着他——有荣誉，有斗争，有死亡……

而此刻，他站在伊塞克湖岸上，站在他母亲祈祷过的地方，一手紧紧拉住猎狗乌恰尔的皮带，不让它出其不意地挣脱开，去追赶那群早已从视野中消失不见的人马。后来他回过神来，想起了生病的父亲，便着忙起来。

"走，乌恰尔，走呀！"他厉声发出命令，快步朝坐落在湖边山坳中的村子走去。当他离开伊塞克湖的时候，他依然听到身后那些飞禽不安的鸣叫声……

当天夜里，天快亮的时候，就在小儿子艾列曼的眼前，谢尼尔巴伊这位制作毡包的能工巧匠去到另一个世界了。父亲说出的最后一句话，由于他声音发哑，气喘吁吁，加上舌头已经不听使唤，几乎听不清是什么意思。但是孩子朝他弯下了腰，尽管浑身打战，泪眼迷离，火堆的光又摇曳不定，但他紧盯着父亲正在发硬的嘴唇的动作，还是明白了他想说什么。他只听清两处地方：

"怎么样？……塔尔楚伊……"

于是孩子明白了这话的意思，咬着嘴唇呜呜哭起来。后来他号啕大哭，还大声说着话，止不住地号哭：

"不，父亲，没有什么消息！我不能骗你！什么也不清楚。家里只有我一个人。你听见了吗？我害怕。你不要死，父亲，不要死。母亲很快就回来了，母亲很快就回来了……"

儿子的话是否送进了垂死者的意识——这就不得而知了。父亲就在这一瞬间睁着眼死去了。就在出事儿的片刻，就在死神的阴影闪电般地把父亲的脸变得陌生而可怕的片刻，吓坏了的孩子跳出了毡包，而且身不由己地在绝望与恐惧中撒腿就跑。他漫无方向地跑着，又哭又喊，而在他身后，飞奔着那条吓得夹紧尾巴的猎狗乌恰尔。艾列曼只是在跑到浊浪滚滚的湖岸时，才清醒过来。他惊呆地收住了脚。伊塞克湖在这天夜里发怒了，湖面上波涛汹涌，连浅滩上都是一片翻滚的激浪。但是另一种声音——一片嘈杂的嘎嘎声从上空传到艾列曼的耳中。他抬起头，看到在即将破晓的灰蒙蒙的天际有一大群鸟儿，黑压压一片，那是他从未见过的。它们在伊塞克湖上空绕着大圈子飞行，它们不断爬高，好越过前面的山脊。瞧，它们已经飞完了最后一圈，队伍拉长得像条河流。它们越飞越高，越飞越高，朝着勃姆峡谷的方向飞去，之后，它们将飞过山口，朝塔尔楚伊那边飞去。孩子明白了，鸟儿要飞得很远，飞得很久，它们途中要经过塔尔楚伊谷地，再过去，便是无人知晓的天涯海角了。于是他克制住自己的悲伤，用尽力气大声喊叫：

"我们的父亲死了！请告诉我的哥哥科伊丘曼：我们的父亲死了！父亲死了，死了，死了……"

我们在群山上空飞了很久。在山口，一股强劲的顶头风驱赶着一团团上下翻滚、浓得像黑页岩似的乌云。先是瓢泼的大雨，后来是鞭子似的暴雪，我们湿透的羽毛开始结冰，飞起来就觉得沉重了。我们的队伍掉转头来，随后的鸟群也跟着我们往回飞。于是我们重又鸣叫着在湖面上空盘旋。在这里，我们打着圈子，不断爬高，然后我们又起程了。这一次我们在群山和乌云上空高高飞行。清早当太阳升起，当晨曦追上我们的时候，我们已经飞过了山口。这时我们看到，下面的塔尔楚伊张着大口，那谷地好宽好长呀。啊，富饶的塔尔楚伊谷地，你通向广袤的大草原，整个谷地从这一头到那一端都沐浴在朝晖中，地上已经绿草丛生，树上的芽蕾那样饱满，好像母马怀驹后的大肚子。

在谷地中间，流过一条弯弯曲曲、泛着银色的楚伊河，我们的路线是沿着它的河床飞。我们用思念的鸣叫从天上向谷地问好，然后沿着河流渐渐下降，想在靠近陆地的水面降落，因为在顺流而下的前方有一片宽阔的芦苇荡，那里便是我们鸟群在漫长而不变的飞行路线上第一处落脚的地方。我们应当在这里休息一下，找点儿东西吃，然后再起程。但是命运之神不乐意为我们提供这处往来的栖息之地。

扑扇着翅膀和尾部，我们放慢了速度，一群群的鸟儿逐渐飞近那片朝夕思念的芦苇荡。这时在下面，突然出现了人类恶战的场面。那是一幅恐怖的惨景。不计其数的人，成千上万的人，骑马的和徒步的，在这里，在我们的河湾上纠集在一起厮杀。野蛮的呐喊，嘈杂的人声和怒吼，冲天的欢呼，刺耳的尖叫，痛苦的呻吟，战马的嘶鸣和喷鼻声——所有这些声音充斥着周围广阔的空间。在同样广阔的地面上，人们在血战中互相残杀。有时他们成群结队，发出恫吓的呐喊，斜端着长矛，飞马迎战敌人。有时他们正面冲突，把对方撞倒在地上，让战马的铁蹄活活把人踩死。有时他们重又四散跑开，有时又你追我赶。有些人在芦苇里打成一团，用匕首和马刀直捅对方的喉咙，挑穿对方的肚子。到处是堆积成山的人马尸体，许多死者躺在水里，躺在宽阔的河湾里，堵住了水流。于是水里泛起红色的泡沫，有时夹带着黑色的血块，水向两边流去，经过马蹄的践踏，最后变成了泥血——搅成一片的污浊物。

我们的鸟群震惊了，耽搁了，空中响起了一片嘎嘎声。队伍已经溃不成军，黑压压的一片受惊的鸟儿在天上团团飞转。很长时间我们不能清醒过来，很长时间我们在这些互相残杀的不幸的人们上空飞来飞去，我们花了很长时间才集合起我们的队伍，很长时间我们都无法平静下来。就这样，我们无法在这片芦苇荡落脚；就这样，我们不得不离开这片该诅咒的地方，继续朝前飞行……

请原谅吧，候鸟！请原谅已经发生和将要发生的一切。我无法解释，而你们也无法理解，为什么人类的生活竟这样来安排，为什么大地上有这么多被杀的人和杀人的人……请原谅，看在天神的份儿上，请原谅，你们这些天上的鸟儿，酷爱在一尘不染的碧空里自由飞翔的鸟儿……激战之后，白兀鹫在那里大张筵席，它们把嗉子撑得都要破了，连翅膀都动弹不了。激战之后，豺狼在那里大张筵席，它们吃饱了动物的尸体，下巴肥大，只能在地上爬行。飞吧，候鸟，朝远处飞吧，离开这些恐怖的地方。

自古以来自然界就是这样：每一次，只要时候一到，不迟也不早，候鸟就要起飞远行。它们一定会起飞，沿着只有它们才熟悉的路线飞行，沿着相继成习的始终不变的路线飞行，飞到极远的地方，飞到极远的地方，飞到极远的地方。穿过雷电与风暴，日日夜夜，不知疲倦地鼓动着翅膀，甚至在睡梦中飞行，在睡梦中飞行，在睡梦中飞行。这就是它们生命的真谛，这就是它们不可逆转的自然规律。一队队羽毛丰满的鸟儿飞向北方，飞向大河，飞向便于营巢的老地方去孵养小雏儿，而每逢暮秋，它们又带领着长大了的幼鸟飞向南方。就这样，来来去去没有穷尽……

眼下我们已经飞了许多昼夜，许多昼夜。在这个高度，在这个非人间的高度只有凛冽的风在呼号，像没有尽头的河流。那河流，便是无边无际的宇宙中悄悄流逝着的时间①，不知流向何方，不知流向何方，不知流向何方。

我们的颈子像箭，而身躯像心，紧张的、不知疲倦的心。还要飞很长时间——振翅吧，振翅吧……

我们扶摇而上，飞得越来越高，越来越高……高得群山变成了平地，而后完全不见了形迹。大地渐渐远去，渐渐远去，失去了轮廓：哪里是亚洲，哪里是欧洲？哪里是大洋，哪里又是陆地？周围一片死寂——在茫茫太空中，只有我们的地球在轻轻摇晃，缓缓飘浮；像一头草原上迷路的小骆驼，在寻找自己的母亲。可是它，小骆驼的母亲在什么地方？地球的母亲又在何方？地球的母亲又在何方？没有回答！只有风在呼号，广漠的高空的风在呼号。只有拳头大小的地球，拳头大小的地球在缓缓飘浮，轻轻摇晃，缓缓飘浮，轻轻摇晃，好比孤零零的婴儿的前囟——多么脆弱的地球，多么脆弱的地球！难道地球上容得下那么多善，又有那么多恶行需要宽容？难道地球上容得下那么多善，又有那么多恶行需要宽容？不，不应该宽容，不应该宽容，我向你们祈求，创造万物的烟，创造万物的思想，创造万物的命运

---

① 原文为大写。

之神!

我不过是这群飞鸟中的一只自由的鸟儿。我跟鹤群一起飞行,我就是鹤。我跟鹤群一起飞行,黑夜望着星星,白天在田野和群山上空飞行。我一直在思索:

> 我边飞边哭泣,
> 边飞边哭泣,
> 边飞边哭泣,
> 恳求世人和天神,
> 对地球不要轻举妄动,
> 啊,人们,请手下留情!……
> "鹤的眼泪算得了什么?
> 还不快从脸上抹去!"
> 但我还是,还是,还是,
> 求神保佑你们,啊,人们,
> 不要酿成灭绝人性的灾祸:
> 不要煽起扑不灭的战火,
> 不要厮杀得血流成河,
> 求神保佑你们,啊,人们,
> 不要犯那遗恨千古的罪过,
> 求神保佑你们,啊,人们,
> 不要酿成灭绝人性的灾祸。
> ……

鸟群在远方消失不见了,已经无法看清翅膀的扑扇。它们已经像天边的一个黑点,随后黑点也隐去了……

但是春天还会来的,那时高空又将响起鹤唳声……

1972 年

(译自《艾特玛托夫文集》第三卷,
青年近卫军出版社,莫斯科,1984 年)

旋　风[1]

---

[1] 本篇为成·艾特玛托夫与巴·萨德科夫合著。

三名骑者奔驰在一望无际的绿色草原上。这几个稚气未脱的大孩子，驱赶着不知疲倦的骏马，把哨兵的军事行动当成游戏，从中得到莫大的快乐。

火红的夕阳照着他们的后脑。暑气渐消，令人愉快的凉爽的夜晚正要临近。

在前哨后面一千米到一千五百米的地方，行进着部落的主力队伍。这些草原上的人们都骑着稳重的、举步不急不慢的马匹。为首的，叫统领，他没有别的名字。他骑一匹温驯的大黄马，身子矮粗结实，脚蹬靴子，一条深蓝色灯笼裤晒得褪了色，上衣已经破旧，一个肩头蒙着一块粗糙的熟羊皮。长途跋涉使他困顿。有时他微微打盹，但当他睁开那双乌黑的大眼睛时，从中射出机智、无畏的光。

在骑手们后面稍远的地方，是行进中的车队——架在大木轮上的双轮大车和修了又修的四轮车。有些车上插着弯成弓形的杆子，蒙着兽皮，类似带篷的货车。另一些车上，有的支起小块的活动帐篷，有的搭个窝棚。车里的生活照常进行：女人们编着草席，在石臼里舂豆子，揉面，晃悠着怀里的婴儿……

车队后面很远的地平线上，在一轮巨大的落日昏黄的光照下，出现了几群绵羊。羊群一队接一队，在疲倦的牧人带领下缓缓移动。

响起一支曲调——极其单调，吱吱轧轧，仿佛野人正用弓子在水牛筋上撕拉。这声音在呼唤，在催促：向前，向前，幸福在于运动；你若停留，你若泄气——你立时就毁灭！

随着这支曲调，银幕上缓缓移过类似古代东方音节文字的字行：

这则故事是我父亲的曾祖父讲给他听的。在代代相传的叙说中，有关这个谜一般的部落的故事，增添了许多有趣的可疑的细节。但我还是把它写出来，一如我听来的那样。

在那被遗忘的年头，在四月九日那一天，一支游牧部落出现在准噶尔高原的东部……

三名哨兵玩得来了劲儿，飞一般蹿上一个山冈，但瞬间都勒住了马头。他们方才还争论着，看谁跑得最快，然而面对眼前的情景，任何玩乐都应抛到脑后了。

他们惊异地、迷惘地观望着地平线上的景象。在远处，呈现出一片雾蒙蒙的蓝色轮廓。原以为是大块乌云，此刻才看清，原来是一座座陡峭险恶的高山。

这几个大孩子似乎还从未见过如此奇妙的自然壮观。在草原上生，在草原上长，习惯于草原上一望无际的开阔和鸟笼似的篷车，现在他们目瞪口呆地注视着那巉岩林立的陡坡和蜿蜒曲折的峡谷。

其中最机灵最精壮的一名骑者叫朗克。他瞧瞧右侧，又瞧瞧左侧。不过山岭绵延，没有尽头，仿佛故意招引这支人马落入这个没有出口的陷阱。

另一名骑者叫吉尔。此人任何时候都拉长着脸，一副傲慢的神气，灰白的眉毛几乎盖住了目空一切的小眼睛。他猛然掉转马头，朝车队方向奔去。

但统领已经感到，眼前的情况非同寻常。他狠刺大黄马，也跃上那个山冈，而且几乎跟那些年轻人一样，立时惊呆住了。然而慌张很快过去。紧接着，他开始发布命令——从左侧前进并寻找宿营地点。他那锐利如鹰的目光立即捕捉到：在右侧，连接草原的是一片干枯的沼泽地和盐土地；而左侧，一条湍急的水流从山间奔腾而下，两岸土地坚实，绿树成荫。统领的目光里流露出慌张不安——这与他的本性是格格不入的。

夜幕降临。部落安顿下来歇宿。这种习以为常蛮有把握的劳动，不需任何命令和催促。人人都知道他该干些什么。不大工夫儿，就像从地里冒出来似的，出现了许多破旧的帐幕，用兽皮缝制的奇形怪状的帐篷和遮棚。很少有人说话，更没有怨言。一切早有定规，仿佛永生永世都是如此。

几个男人跑到第一辆篷车旁，使足了劲从里面卸下一个沉重的木椁。专用帐幕早已准备好了，这就是所谓的白帐。帐幕宽大而美观，绝无寒碜之感。木椁被抬往那里。随后从篷车里跳下四个相当年轻的姑娘，个个面带愁容，急匆匆跟在后面，边走边恳求抬木椁的人小心点儿，动作放轻点儿。

木椁被安置在帐幕里，同时送来了点燃的火把。木椁的上部，在熟睡者放头的部位，蒙上了玻璃光泽的云母片。云母片后面露出一张老年人悲伤的蜡黄的脸。老人的长相像古代斯堪的纳维亚的海盗，卷曲的长长白发垂在胸前。他并不给人以死者的印象，虽说他的眼睛闭着，呼吸轻微，鼻嘴纹丝不动。

最后所有的住所都安置好了，加固得可以抵御任何坏天气。在护火人的帐篷前排了一小队人。他们手捧瓦罐站着。瓦罐里收有干草、干树根，或是干牛粪。护火种的人叫玛弗罗特，他拿着火把走出帐篷，给所有的瓦罐点火。女人们点着火后立即跑回各自的帐篷。

统领查看着一切是否安置妥当。当他路过一顶破烂的小帐篷时，一个细瘦的长鼻子男人撩开幔子探出头来。

"统领，"他说，"我想要个儿子。"

"嫌冷清啦？"统领淡淡一笑。

"统领,我想要个儿子!"那人固执地重复道。

"好吧,再等一等。我记住了你的请求了。"

统领继续朝前走去,依然是一副当家人操心的神色。他没有给任何人指点什么,但在他的目光下,谁都想干得更利索些,更灵巧些。

护火人的帐篷像个用兽皮盖成的大窝棚。统领在帐篷外倒换着脚,仔细察看一下是否有人跟在后面。滞留片刻后,他弯腰进了这处住所。

玛弗罗特正在喝茶解闷——茶是用一种草茎煮得很浓的汤汁。他双手捧起一只有了年头的缺口茶碗,端到下巴旁。火堆的光照出了暗处的一条半睡半醒的老眼镜蛇——蛇的尾巴缠在横木上,身子向下挂着。半张的蛇嘴微微摆动,正好挨着护火人的耳朵。仿佛眼镜蛇也在享受着茶的清香。玛弗罗特并不奇怪客人的到来。

"请坐,统领,"他说,"我正等着你哩。情况不妙,是吧?"

"为什么?一切正常。"

不过他很难装像。

"山,这地方哪儿来的山?"玛弗罗特仿佛在自言自语,"如果我们没有走错,这地方不该有山。"

"通不过的山是没有的。"统领含糊其词地说。

他也在草席上坐下,端起一只碗。

"这么高的山,这阵子想必有雪,有冰……"

"撒一下骰子。"统领半似请求、半似命令。

玛弗罗特弯下腰,伸手取过一只小木杯。由于这个大动作,眼镜蛇晃动起来,咝咝叫了几声,弓起了脖子。他呵斥那蛇:

"嘘,别出声!"

眼镜蛇停住不动了,只微微摆动着小脑袋,它的目光一直盯着统领。

玛弗罗特挪开茶壶,飞快地把骰子撒在空出的地方。他皱起眉头,把骰子收进小杯，摇晃几下，又撒出来。他摇着头来第三次——结果也一样。

"时机不妙，"玛弗罗特说，"天神不作声。"

"再来一次试试。"

"不行了。可不能惹他老人家厌烦。"他的眼角似乎挂着嘲笑，"那么长老怎么说？"

统领放下碗，他滴水未沾。站起来后，他闷声说：

"你也知道，长老不会很快醒来。"

等统领走后，玛弗罗特不再赔笑了。他把一根小草扔在木炭上，帐篷内立即升起一股清新的香气。他暗自窃笑，机械地抚摩着眼镜蛇。忽然他嘴角的冷笑凝固了，脸扭曲了，变成了一副受委屈的怪相。

在不远处的露天地里，立即摆开了行军铁铺。朗克帮着一个金发男人给一匹骏马换马掌。这马健壮而倔强——吉尔和两名年轻哨兵在另一侧架住那马。

统领走过来时，他们刚要完工。

"哎哟哟！"金发人伸直腰说，"这往后，就不会跑到半路掉了马掌了。"

吉尔把马牵回马群。那马因为三条腿被绊住，只能大步蹦跳着，还不断打着响鼻。吉尔凑近马的耳朵，小声嘟囔着，让马安静下来。

从不远处的一顶帐篷里，传来一声疯狂的喊叫。

"这是我的老婆，"金发人解释，"到时候了。"他在原地倒换着脚，突然，仿佛下定了决心，开始急急求告：

"统领……要是天神容那娃娃活着，你让他活下去吗？"

统领皱起眉头看了看他，但目光里显然带着同情。

"你自己知道，这种事是不可能发生的。"

"可是假如发生呢，统领！我老婆说，她感觉出他活着。假如天神容他落生了呢……"

"好吧,我答应了。"

金发人咕咚一声双膝跪下,探身想去吻他的手掌。

统领一挥手急忙躲开。他搂着朗克的肩膀,把他引向一旁,两人朝开阔的草原走去。

"他是我们的弟兄,不能说他的坏话,"统领仿佛在自言自语,"不过他太天真。无论是火神还是天神,都帮不了他的忙。我们这个部落不该有亲骨血的后代。"

篝火落在后面。他们走得越远,南国之夜黑漆漆的天幕上,那星星便越发明亮。

"难道你的双脚不渴求广阔的空间和奔驰?难道你不希望如鸟儿般自由?难道你不幻想亲自去获取猎物?"

"是,是,是!"朗克虔诚地重复着。

他十分崇拜这人。眼下统领对他如此亲密无间,使他感动得快要流下幸福的泪水。

统领理解他的心情。

"对你,我向来是信得过的,"统领说,"你年轻,一旦我出了什么事……我想把部落托付给你。"

"啊,统领!"朗克扬声叫道,"快别这么说!我们的路还远着呢。"

统领叹了一口气,回到不安的思虑:

"这么办,你挑一匹精力足的马。你是我最出色的一名侦探,明天向我报告,那边,"他朝山的方向仰头示意,"什么在等着我们。"

"探路吗?"朗克乐意地点点头。

他还不了解情势的严重性。

"摸清全部情况,"统领强调说,"任何一件小事都不要放过——通通向我报告。而且只向我一人报告。明白了吗?"

"明白了,统领!现在就出发吗?"

统领从宽皮带里抽出一把老式手枪。

"带上。这里面还有三颗子弹。不过,你最好悄悄摸进去。"

正在放哨的吉尔忌妒地目送朗克远去,后者在夜色中扬鞭疾驰,去执行统领的特殊使命。

黎明前,天空乌云密布,天色灰暗而阴沉。谁也不知道什么时候下令开拔,因此女人们急忙带上拉网跑到河边。拉网是用柔韧的干柳条编结成的。

一个手脚短小的长背老人在河岸上支起大铁锅,拢起了火。

那个向统领要过儿子的长鼻子男人,捉着一条刚捕来的鱼,正在开膛剖肚。

苏鲁特,那个年纪最轻的哨兵,在锅旁折着枯枝添火。这活儿不费劲,此刻他机械地哼唱着一支草原曲调的片段——只有曲,没有词,可能他本人也不怎么领会。他时而用极好听的童高音唱,时而用与他的娃娃脸不相称的男低音唱。

"命中注定,世上万物都造福于人,"老人嘟哝着,把一条弄干净的鱼下到滚开的锅里。"没什么罪过。就拿野兽来说吧,逮着了猎物,就有了吃的。新的一天,又有新的猎物……"

长鼻子男人剖完鱼,把内脏扔给一只鹞吃,那大鸟的一条腿系在棵矮树上。他不听老人的唠叨。

长老的两名侍女来到河边,想抓紧时间洗个澡。她俩举止孤傲。在苇丛后一棵枝叶繁茂的大树下找了一个隐蔽的角落,两人几次钻进水里……

一个拉网的女人,常常放下活儿,望着远处——那边有条山涧直泻而下,注入一条大河,一股股奔腾的急流立时卷进了旋涡。那些旋涡似乎有一种魔力,制服住了观望着的女人。

苏鲁特在搜寻枯枝,忽然他出现在正沐浴的侍女近旁。河湾的水面上落英缤纷。姑娘们的脖子和头发上沾着花瓣,清清的河水冲着胸腹。姑娘们怡然自得。

苏鲁特继续哼着那支曲调,他故意提高嗓音,算是同她们打个招呼。

姑娘们并不慌张。她俩拨开落花,撩水冲洗一下,无动于衷地上了岸,去取自己的衣服。

蓦地传来一声响亮而痛苦的呼叫。

刚才着了魔似的注视着急流的女人,这时扔下网,扑进浅水里,披头散发地朝瀑布方向奔去。她跌跌撞撞,满脸通红,动作变得狂热而急躁。

老人惊呆住了,手里拿着一条开了膛的鱼。

长鼻子男人轰开吃饱了的鹞,急忙跑去追赶跳水的女人。

但是同她一道捕鱼的妇女,先一步赶到她身旁,拉拉扯扯把她撞倒了。她跳起来,开始拼命抵抗、挣扎。她号啕大哭,捶胸顿足,谁也不看。后来她忽然瘫软了,跌落在别人的臂膀里。

长鼻子男人踩着浅水跑到她跟前,手足无措地站住了。

在发狂的女人的眼睛里,他看到的只是厌恶和怨恨。

"她怎么啦?"长老的一个侍女问。

"这又不是头一回。"另一个冷冷地回答。

苏鲁特坐在她俩的去路上。他找到一个奇形怪状的树根——看上去像个缺角的牛头。他把这吓人的东西直往姑娘们面前送:

"呜呜呜!……"

她俩只是轻蔑地冷冷一笑,从他的两侧绕了过去。看模样,她们像一对孪生姐妹。

"长老那边怎么样啦?"苏鲁特跟在她们后面大声问。

"正在醒来。很快就会醒过来的。"两人异口同声地说,甚至连头都不回。

老人回到火旁锅边。长鼻子男人上了岸,拿起一只装满熟鱼的篮子,朝宿营地走去。

普鲁什领着一群孩子,沿着河岸溜达。他还年轻,不到三十,但他得过一种病,把右手弄残了:胳膊弯曲着,干瘦的——他能干什么活呢。他喜欢讲故事,讲神奇的传说,就这样充当了类似教师的角色。现在他正用左手指点着各种东西,要孩子们说出它们的名字,把东西区别开来。

"这是什么?"

"岩石!"

"石头!"

"岩石!"

"岩石!"

"卡姆卡。"其中一个四岁的小姑娘轻声说。

"你说什么,萨伊娜?"

"卡姆卡。"小姑娘又重复一遍。

其余的孩子哈哈大笑。

"萨伊娜,小姑娘,你要知道,我们这里不兴说别人家的话,对吧?"他用左手抱起小姑娘,把脸颊贴在她的额头上,"对吧,亲爱的?你知道这规矩吧?我们只能说我们部落的话,对不对,嗯?"

"对的!"小姑娘点点头。

"这就对了。这叫什么来着?"

"卡姆……"小姑娘猛地想起来,赶忙改口道,"岩石,石头。"

"对,大石头。也可以说:小岩石。"他那张肺痨病人似的瘦削的脸上露出了满意的神色。"谁来说,这是什么?咱们让萨伊娜先说。"

他弯腰扯了一根小草。

"泽拉!"小姑娘高兴地叫道。

"教师"的脸拉长了,不高兴了。

"草!"

"草!"

"草!草!草!"孩子们取笑她,乐得直嚷嚷。

"萨伊娜,怎么叫?"

"草。"小姑娘轻声说。

产妇的呻吟越来越频繁,越来越声嘶力竭。

她的帐篷前围着好些同族人,有的出于好奇,有的为她担心。

她的丈夫,那个金发铁匠,撩起幔子拿出两根长杆和一只装满麻絮的篮子。他对谁也不言语,把杆子扛在肩上,提着篮子,朝放牲口的地方走去。

几个男人在稍后处跟随着他,几个女人急忙跑进帐篷。

长老枕着松软的枕头,躺在毡毯上。一双年轻有力的手按摩着他那干瘦的身体。生命缓缓回到他的躯体——眼皮扯动了一下,手掌合拢又张开,几乎觉察不出来。

姑娘们耐心地、不停地继续按摩着。

朗克骑马飞驰而来,到了统领的帐篷前翻身落马。在不远处玩羊拐骨的一群孩子,不声不响地看着他。朗克吹一声口哨,招呼他们过来。当孩子们走近时,他慢慢地从怀里掏出一只古怪的小动物,小心翼翼地把它放在地上。那是一只很大的雨蛙。孩子们吓得跳开了,后来又好奇地把小东西团团围住。

去见统领前，朗克先在门口蹲下。

统领脸朝下躺着，用手掌托着下巴。他的背裸露着。一个名叫艾琳的年轻漂亮的女人，拿着一只盖着破布的瓦罐，把里面嗡嗡叫的野蜂一只接一只地摆在他的背上。统领皱着眉头，但竭力止住颤抖。艾琳搓揉完一处肿块，一句话没说，带着嗡嗡响的瓦罐退了出去。

"嗯？"统领问。

"我找到一条路。路通到一个山口就断了。再过去全是峭壁和深渊。高极了。路很糟。我们的车子过不去。那地方很冷，绵羊和山羊会被冻死的。"

"还发现了什么？"统领心平气和地问。他只想从朗克的话里听到愿意听的情况。

"我还在峡谷里发现了一个奇怪的地方。那里每一声响动能引起十次回声。要是有一块石头掉下去，你会觉得四面八方都在掉石头。"

"就这些？"统领耐着性子问。

"我还发现一只奇怪的小东西。它歇在树上。我把它给了孩子们了。"

"什么石头！回声！小爬虫！"统领霍地跳起，"我没有米，没有面粉！我的人没衣穿！我已经答应两户人家要孩子了……可你这个侦探，倒有心思去数什么回声！"

他坐下，掩上长袍的衣襟。

朗克把手枪递给他。统领瞥了一眼，看子弹是不是都在。

"路不会平白无故中断的，"他说，语气柔和些、克制些，"既然有路，就会有村子。这些臭粪虫，这些长了一身肥肉的软骨头，是天神创造出来供给像我们这样自由的部落衣食的。"

"我会找到这个村子的！"朗克说，声音里透着委屈和自尊。

"我知道你会找到的。明天吧。今天嘛……你去传令全体集合,来一次实地演习。我们应当做好准备,拿下这些挡路的悬崖和峭壁!"

响起了低沉的大鼓声——两名少年精神抖擞地敲击着挖空了心的短粗整木。

成年男子用同样的节奏在晒了一天的石板上敲击着。

少年苏鲁特用洪亮的男低音宣告总动员开始。演习和比武的地点被选在两山之间的一片谷地,那地方四周都是盐沼地和矮树丛,其间还有一条湍急的河流。谷地相当宽阔、险要,两侧有几条羊肠小道相连。人们在小道上爬行。他们沿着用树皮和羊毛搓成的长绳下到大圆石上,从一块石头跳到另一块石头上,到了谷地的另一侧。

这个部落的每一个成员,动作之协调和准确,令人难以想象——有一种不可思议、不可遏止的力量推动他们永远向前。无论是环境的生疏与险恶,无论是生命的危险,还是刚刚掉进深渊的同伴的惨叫——什么都不能阻止他们前进。

目的,目的,目的……这就是魔鬼般驱赶他们前进的动力。不达目的,誓不罢休——这就是他们瞪大的狂热的眼睛里透露出的决心。

只有金发人没有参加这一集体的喜庆。他继续干他古怪的作业——在离放牧地不远处,他先把两根长杆扎成一个歪斜的十字架,此刻正毫不吝啬地把许多麻絮和火把绑到上面。当一群兴高采烈的年轻骑手急驰去征服河流从他身旁经过时,他甚至没有朝他们扭过头去。他的脸色极其平静,就像一个经过深思熟虑已经拿定主意要孤注一掷的人,此刻正泰然地等待着任何结局。

过了河的人立即分成两组。他们必须"厮杀一场",分别扮演成进攻的勇士和他们永世的仇敌——本地村民。

朗克跳出来打交手仗。轮到他同自己的老对手吉尔较量。搏斗颇不轻松。吉尔怒火中烧,有股狂劲。两人浑身燥热,大汗淋漓,彼此各不相让。他们动作矫健,几个回合后,短刀已被打飞。他们互相绊腿,拳击,伴跳,竭力想把对方从肩上甩出去。他们已经打出了规定比武的地界,只听轰的一声两人栽进一片扎人的桧树丛里,但双方仍不松手。

一次他们又栽倒了。朗克感到下颚挨了一拳,下唇立即出血了。打击迅猛而短促。朗克倍加小心。愤怒若狂的对手犹如一头发疯的野牛。在随后的搏斗中,朗克竭力想出其不意地猛击对方的胸部。他抽身跳开,顺势从一侧给对方以回击。吉尔躲闪不及,险些摔进山涧。他气喘吁吁地趴在地上,准备积聚力量再站起来,这时朗克便手下留情了。

与此同时,金发人走近篝火。他手持火把。为了引火,他得先推开护火人玛弗罗特。

统领皱起眉头,但他的声音并不凶狠,甚至带点儿同情:

"你疯啦?你知道这么干的后果吧?"

"我全知道,统领。我没有出路。"

"好,给他火。"

金发人手持点着的火把,又回到他那个古怪的木十字架前。有人跟在他后面。天色已近黄昏。从几何形的框架里望出去,可以看到一轮红日正朝草原尽头的地平线落下去。

"我都四十的人了!"金发人从发堵的喉咙里呼叫,"我求求天神,水神,和你——火神,赐我一个孩子。活生生的孩子!活——生——生的!"

他扔下火把。十字架起火了。金发人在熊熊的火焰跟前毕恭毕敬地匍匐在地。

他身后站着苏鲁特。他的目光在祈祷者和他那亵渎的十字架上来回转移。

火焰蹿得很高。火星落进低矮的干草地里。草地上游动着无数火蛇。火势朝拦马的草场蔓延。马匹惊炸了，扬起前蹄直立，撕咬着缰绳和横栏。特别是那匹剽悍的骏马更是狂暴——从它那对大眼睛里映射出的火球，引起了所有畜生的惊恐。

演习和比武中断了。有些人跑去安抚惊马，有些人跑去踩灭烧着的草。战鼓声戛然而止。

这时候，出乎大家的意料，长老从白帐中走出来。他身穿锁金边的华丽长袍。那两个像孪生姐妹的姑娘左右搀扶着他。长老惊诧地睁大眼睛，像个没有完全醒来的孩子。

全部落的人诚惶诚恐地、战战兢兢地在他面前让出路来。大家恭恭敬敬地垂下头，仿佛都无力抬眼瞧瞧这个活神仙。

只有统领面带愁容。

长老在起火的十字架前站住，凝神看着，似乎不相信那双昏花的老眼。他的嘴唇动了半天，最后吐出一个字：

"快……"

仿佛他用尽了精力，再也无法说下去。只见他两眼发直，瘫在两个姑娘的臂膀上。

人们窃窃私语：

"什么？"

"他说什么啦？"

"快。"

"'快'——这是什么意思？"

只有统领的举动与众不同。他虔敬地一躬到地，用沙哑的嗓子，喃喃地，但相当大声地说："啊，长老，感谢你！"他又转向大家，"难道你们没有听见吗？他说了'快'。我们的理想快要实现了！我们的路——是正确的！"

长老被人小心翼翼地架着胳膊抬着腿,给送回了白帐。

木十字架烧尽了,塌落了,火星四溅。

金发人趴在地上,一动不动。

在他身后,呆呆地站着面无血色的苏鲁特。他瞧着十字架碎片上的余火。他热泪盈眶。

夜里下了一场凉爽的细雨。清晨,旭日尚未东升,但天色已经大亮。孩子们的响亮的喊叫声把朗克吵醒了。他悄悄溜到外面。

在草原上,苏鲁特沿着一条匀整的弧线奔跑着。马匹呈扇面形散在他的一侧。

"给你们自由!"少年喊叫着,"你们的蹄子需要自由和奔跑!跑吧!跑吧!我让你们自由了!"

他跑到一匹匹马跟前,解下它们的缰绳,把绳子高高抛向空中。

"哎呀,你们怎么啦!现在你们自由了,跑呀!"

朗克唤过从旁跑过的一匹小母马,纵身跳上马背。

苏鲁特转向他。

"这些马不相信它们自由了!"他的声音里含着惊奇和绝望,"我怎么才能使它们相信呢?"

"这些马会死掉的,"朗克温和地说,"如果它们不回来,它们肯定会死掉的。"

"这些马跟我们一样,生来就是为了飞,为了幸福!"

"这些马跟我们,跟自己的主人搞熟了。离开我们,它们都填不饱肚子。"

"这是为——什——么?"少年绝望地喊道。

朗克把马赶回畜栏。

还在远处他就注意到,在金发人的住处前站着几个人。他们之前是骑在马上的统领。金发人站在统领面前。他手里抱着一个死婴。

"你的胆子真大,这么干你想证明什么呢?"统领责问,"你违反禁令求告神灵,也没能救了孩子的命,相反倒可能毁了你女人,谁知道呢,若是天神和水神不发怒,她也许还能保住一条命。你有死罪。"

"我知道。"金发人回答。

有人夺了他手中的死婴。

"从今往后,你要穿死囚服!记住,死神随时都可能落到你的头上。给他穿上红衣!"

两名早有准备的同族壮汉向他扑去。从他们背后走出护火人。他手里拿着红衣红裤。

仿佛直到此刻金发人才清醒过来。他拼命挣扎,又是咬,又是吼,又是呻吟,但是寡不敌众,直到往他的头上戴上一顶类似厨师帽的红帽子时,他才呆呆地站定,失声痛哭起来。

统领拨过马头跑开了。朗克急忙相随而去。

他们朝山里驰去。初升的太阳把悬崖峭壁抹上棕褐、浅紫、蛋白的色调。

"哪怕变成蟒蛇,只吃坚硬的骨头!"统领恶狠狠地大声叫道,"哪怕变成鸵鸟,只吞滚烫的石头!哪怕变成蝾螈①,掉进火里也烧不死!不应当筑窝。窝,这是鸟儿的樊笼!倘若你没有翅膀,哪怕去偷,你也得飞。好汉从来都走在别人前头。好汉,这是些会飞的人!鸟类中的好汉——是蝙蝠!"

他们离宿营地已相当远了,统领终于勒住了马头。群山似乎显得很近了。

"瞧那边,"统领扬鞭指点,"你就从那地方开始。"两人沉默片刻,相视而立。"明天我等你。我指望你了。"

---

① 中世纪迷信认为,蝾螈不怕火烧。

朗克笑着作答：

"一切都会顺当的，长老说过……"

"长老升天了，"统领平静地宣告，"一夜之间，死了多少……我信得过你，这事暂且不要对别人讲。"

"难道长老能死？"朗克乍听这个消息，一时还不能明白过来。

"是的，我原来也相信他是长生不老的……现在你要明白，我是多么寄希望于你！"他摸摸朗克的面颊，拍拍他的脖子（他很少这样做），说，"你飞吧！"

朗克下到一处小谷，立即置身于一个奇妙的天地。发出异香的草常常缠着他的小腿，鲜丽的野花使他目不暇接。他弯腰扯了一些长茎的草，把脸埋进盛开的花中，但立即又缩了回来：草花发出浓烈的香味，使人感到头晕。

山间越来越荒凉。过了一山，又是一山，更阴森，更巍峨。墙一般的玄武岩石高不可攀，露出一道道裂缝。山水渗入缝隙，岩石不断受到侵蚀。

一条河奇妙地蜿蜒开去，有时就在近旁，有时被大圆石挤得拐了弯。眼前出现了谷地的通道：一条多石的山路泛出微黄的光，再过去便是一片密林。朗克下了马，把马绊在一片茂盛的草地里。

有个年轻的姑娘站在峭壁旁，一双手与其说是扶着山岩，不如说在轻轻抚摩它。一股山水从高处的乱石间喷涌而下，她在源头饮水。喝够了，她双手捧水，往胸口泼。她那小小的乳房很高，衣衫撑得紧绷绷的。风吹拂着她的柔软的头发，一只光脚紧扒着石头。

突然间，姑娘如小兽般灵敏，感到有异样的目光在注视她。她低下头，不安地朝密林里张望，之后露出困惑的神色叫唤起谁的名字来——

那声音真是少有的动听。

从山岩后面走出另一个年长些的姑娘，也是一身鲜亮的花衣衫。两人叽叽喳喳地交谈了几句，好像极乐鸟在歌唱。另一个姑娘也盯着半明半暗的树丛细细察看了一阵，但同样什么也没有发现。

她俩把挖空的葫芦盛满水，顶在头上，急匆匆离去，一路上还几次回头张望。

朗克大气不出地站着，不敢动弹——他站在密密的枝叶后面，离姑娘们只有两步之隔。他竭力不弄出一丝响动以免暴露自己，在小径的一侧，也朝着姑娘们去的方向偷偷潜行。

小路连接源头和村子。村边的一所房子看上去像牧人歇脚的地方——院子很小，篱笆用干柳条编成。院里跑着山羊，这些羊长毛蓬松，行动笨拙，当蹄子陷进石缝时，便咩咩地大声叫起来。朗克聚精会神，只顾察看院里的动静，虽说他是一名有经验的侦探，但还是把两个姑娘看丢了。

出来了一个中年妇女，身体粗壮，动作迟缓。她解下系水牛的绳子，因为两小时前这头母牛还在树荫下，现在太阳已直射到母牛身上了。女人大声叫着一个奇怪的名字。屋里有人应了一声，走出来的正是早先的那个姑娘。她接过牛脖子上的绳子，把它牵到牛棚里，一边还无忧无虑地唱着什么。

朗克琢磨着村民以什么为生。他站在一面悬崖旁，像壁虎那样紧贴着山岩。路通到村子的另一头。不过那边跟这里一样，也没有行人。

其实村民们过着通常那种放牧兼种植的生活。各家院里都有人轰赶着犍牛和水牛，这些牛吃饱了，都懒得走动。孩子们拿着杆子，跑到大门口，想帮帮牧人。牧人还不算老，他不时甩开长鞭，"嗖"一声麻利地抽在尘土里，轰开一群蚊子。

朗克闻到一股随风飘来的烧牲口粪的气味。

男人都用精致的小扁担挑水，扁担两头固定着一对把整木挖空的木桶。

山下河那边有一块黑乎乎的水稻田。三三两两的男女正从田间归来。

家家户户生起了院中的炉灶——正在做晚饭呢。

朗克找了一棵大树，准备在树干分叉的地方过夜。

幸好他找到了几个成熟的果子。这种果子他从未见过，核很大，但肉汁多而香，一看就知道不会有中毒的危险。

朗克把牛蒡叶缠在野葡萄藤上，做成一个遮棚，以防遇上坏天气。夜里很冷。

天色越来越暗，四周的东西也越来越看不清了。朗克发现，就在他头旁的树皮上有个光闪闪的斑点。他不知道，有一种长在潮湿处干树枝上的小蘑菇品种特别，能发出微弱的光。

朗克翻了翻身，找了一个最舒适的位置，不久就沉沉入睡了。

清早，他从另一侧绕着村子走了一圈。在离去以前，他又冒险回到了源头。不是理智，而是一种直觉，或者说是一种强烈的愿望，悄悄向他提示：可能还会见到那个姑娘。

这一回姑娘只身前来。灌满葫芦后，她又捧水喝，又朝胸口泼了点儿水。她的一双眼睛不时朝她昨天感到有点儿异样的密林深处扫视。但林子里寂静无声，看来今天很安全。蝉耐不住白天越来越热的暑气，知了知了叫个不停；在远处，林中小鸟啁啾不绝。姑娘舒了一口气，就往回走。

朗克在树丛后跟随着她。他的心怦怦直跳——这是一种全然新鲜的感受。他仿佛觉得，姑娘身上跃动着这深山幽谷郁郁葱葱的生机，周身散发着这原生的奇花异草的馨香和魅力。

他已经忘了无论如何不能在潜在的敌人前露面的禁令。不过，难道这人，这个如小鸟般纯洁美丽的姑娘，能成为谁的敌人？朗克并未意识到自己的举动，身不由己地在小径上悄悄尾随着她。

走到一条漫流的小河旁，姑娘在拐弯时猛地转过身来。要躲已经晚了——朗克离她只有一臂之隔。她失声惊叫起来，往后一闪，不小心落进水里。他扑过去想帮她一把，她却更加害怕。姑娘推开他的手，抱住大圆石，笨拙地在浅水里扑腾着。他退回来，拽住一根树枝向下压。姑娘抓住枝子。她喘着粗气，还抽抽搭搭呜咽起来，但她似乎开始明白，这个奇怪的外来人对她并无恶意。他的眼睛忧伤而专注——这不像在威胁，倒像在恳求，或者不如说在表白爱慕之情。不过，等她爬到岸上，她还是想呼叫。这时他灵巧地，但温柔地、爱护地搂住她的肩膀，一只手捂住了她的嘴。

他俩久久地拥抱着，目不转睛地瞧着对方，仿佛彼此早已习惯这样。她的秀发漾出盛开的油橄榄的花香。而他本人，想必也把远方绿原上的草香以及尘土和马汗的气息带进了这山间谷地。

最后她推开他的手。但现在她知道，只要她再叫喊起来，他又会扑上来。她的衣裙弄湿了，右边的短袖开了线。看到这里，她又呜咽起来。因为他面带同情和忧伤，她便又抽泣了几声。

"你是谁？"朗克问她。

她听不明白，摇摇头，意思是：不懂你的话。不过，想必她觉得他的声音很滑稽，于是这个性情温和的姑娘破涕为笑了。

"你是谁？"朗克慢慢重复着，"你叫什么名字？我叫朗——克。"他指指自己的胸，"朗克。知道吗，朗克！知道吗，朗克！"

她伸手轻轻碰碰他的上衣，吐出简短的音：

"朗赫。"她瞧着他,像在问:我说得对吗?

他点点头,又指着她的胸:你呢,你呢?她说出自己的名字,但声音听起来很不习惯,发音有点儿特别,好像还是个叠音。她把名字重复了一遍,又重复了一遍。他试着说出她的名字:

"沃贝?……巴贝?……贝贝……"

最后一个她认可了。他喜出望外,一把抓住她的手说:

"手。"

"达斯塔。"她用自己的语言说。

他指着天:

"天。"

"西托尔。"

"太阳。"

"弗托巴。"

现在轮到她指点着说:

"拉赫特。"

"树。"

"拉甫。"

"草。"

"奥比。"

"水。"

瞧着河水的时候,两人想起刚才的情景,忍不住扑哧笑了。

沿河而下,他们在一处僻静的深水潭里游起水来。潭的左右两侧高耸着玄武岩的陡坡,其上杂树丛生。太阳难得照到这里,水很冷。

"奥比!"朗克重复着。

"奥比。"

"奥比很冷。"

她抖搂着头发,不明白。她的眸子闪亮,表达出一种相互理解也可能理解的愿望。

后来两人上岸歇息。朗克得意地重复着刚学来的词儿:

"弗托巴。西托尔。达斯塔。"

贝贝刚才是穿着衣服游水的。现在她走到一旁的树丛后,把衣裙脱下,拧干,又穿上。有好一阵她透过树叶一动不动地注视着朗克。朗克信任地背对她坐着。倒是她首先恢复了理智,同时感到不安起来。

"弗托巴,弗托巴——太阳!"朗克怕忘记,不断重复着。

蓦地,他一跃而起:树丛后不见了姑娘的踪影。

这是怎么回事?仿佛山岩和树能同声合唱,虽说唱得参差不齐,拖音很长,并不谐调。

这一回,教师领着孩子们离开宿营地,沿着大河旁的小河汊走出了很远。苏鲁特也跟孩子们同行——朗克讲的事让他着了迷:峡谷里有处地方,一声呼叫能引起十次回响,这可是真的?他们毫不费劲就找到了这处地方。现在每个人都试了一下,欣赏着自己呼喊的回声。

苏鲁特乐不可支。他很快找到了一些效果极好的点,把孩子们安排到那里,打着手势指点着谁跟在谁后面。群山顺从地、乐意地发出经久不息的、怪声怪调的、令人发笑的回声。

"山跟山打架了吧?"一个最小的女孩问。

"不,山跟山闹着玩哩。"教师回答。

教师坐在一块大圆石上,跟孩子们一样玩得很开心。

现在苏鲁特打手势让大家别作声。他选了一个效果最佳的点,先来几句花腔——就像乐师调弦那样。接着就唱起来,唱得平缓,摇头晃脑的,还兴奋得闭上了眼睛。他的嗓音时而昂扬,高得不能再高;时而低落,柔和而深沉。歌声里回响着少年不久前的全部见闻:节日般的演习,勇士们奋进的英姿;熊熊的十字架,人们的虔诚的祈祷;赶不走的驯马,对主人可悲的眷恋;阴霾的早晨,给造反者套上死囚的红衣。群山肃然起敬地应和着少年的歌声。

忽然间在此起彼伏的回声中,加进了一种新的声音。越来越响。这是马蹄敲击干砾石的声音。山下大河边,吉尔正策马飞驰而来。

"你们干的什么蠢事!"他大声斥责,"周围大片地区什么都叫你们给搞乱了!马上回去!回营地去!这是统领的命令!"

说完,他转身疾驰而去,相信大家会绝对地服从命令。

苏鲁特继续站着,闭着眼,举着手。

"教师,为什么他不让唱歌?"有个女孩问。

"谁来回答她的问题?"教师问,完全是教育家启发式的语气,"当我们很想唱歌的时候,为什么我们就不能唱?"

"我们是特殊的部落!"一个最大的男孩骄傲地高呼,"我们活着是为了飞!我们没有父母!我们都是兄弟!蛇和蝎子有自己的路,鹿和狼有自己的路,只有火鸡不知道自己的路!"

这些如同咒语般的话,随着人群慢慢离开那块奇妙的地方而渐渐止息。

苏鲁特又站了片刻,最后也离去了。

女人们又开始捕鱼。现在她们中间已经没有那个想投河自尽的女人了。统领和朗克坐在岸边。朗克拿一根树枝在湿沙上画着村子的位置。树枝勾出的不是地图,而是图画——两山间的一条路,村里的房子,种稻子的梯田。

"有人守卫吗?"统领问。

"我一个也没见着。"

"路边的村子没人守卫?"

"他们很大意。"

"不会的。我相信,他们过分的狡猾。放养牲口,种田种菜——好吧。不过在暗处他们一定藏着武士。你要知道,探出这个地点有多么重要!"

那个四肢短得出奇的老人在河汊里安了一个柳枝编结的捕鱼器。金发人当他的帮手。他穿一身红衣。他拉紧手里的绳头,鱼篓子便向前移动,露出长长的、圆鼓鼓的、渐渐缩小的形体。

苍蝇在眼前嗡嗡乱飞,叫人难以忍受。

老人却不讨厌苍蝇。

"要是苍蝇多,就是说,鱼来了。"

金发人默不作声。他面容冷漠,仿佛不知道手里在干什么。

朗克移开视线,不再看他。

"埋葬了吗?"他问。

统领吃了一惊——不知是对提问本身,还是有感于对方语气里流露出的同情。

"对死去的人还能怎么样?"他反问。

"长老呢?"朗克继续问,仿佛自己都不明白哪儿来的这份胆量。

"我可是对你讲过:这事暂且不要声张。也许……"他想了想,继续结束道,"也许我们能让他起死回生。"

朗克斜眼看去。四名原先侍候长老的姑娘正从营地朝岸边走去。这四人向来寸步不离木椁,此刻她们放下往日的架子,急匆匆赶去参加女人拉网的活儿。

统领截住了朗克的目光。

他一句话没说,只是不满地咬紧牙关。

早晨。在无数的帐篷、带篷大车和遮棚当中,出现了一个谁也没见过、不知从哪儿冒出来的人。他的衣着色彩斑驳:肥大的灯笼裤,中国式长袍，制作精美的鞣革皮靴，此外，还戴一顶西藏人的金丝绣花小帽。一双黑亮的小眼睛里透出机智和好奇，宽大的脸盘上露出和善可亲的微笑。

孩子们首先发现了他：外来人走到营地正中心，卸下自己的布袋，松了一口气，在地上坐下。

很快从布袋里摆出了许多泥捏的能吹响的小玩具：小羊，小骆驼，小牛，小马。每种玩具吹出的声音各不相同。外来人不停地嘟哝着别人听不懂的话，把这些小玩意儿塞给每一个想要玩具的人。孩子们不敢接，吓得直往后缩。他们睁着大眼睛，瞧着陌生人。

随后跑来许多女人。外来人为她们从布袋里拿出好些花花绿绿的中国丝头巾、铜梳子、廉价的耳环和项链。女人们着迷地瞧着这些宝贝。不过对她们来说，在游牧人的宿营地里来了一个外人，这本身就是一份最奇妙的礼物。

最后男人们过来了。女人忙闪开道，让他们走到前头。不过就连男人也不敢冒险走得太近。异族人见到他们就站起来，用手做了一个表示欢迎的动作，一边还询问着什么。不用说，没人回答他。他又用另一种语言，用第三种语言继续询问着。尽管别人听不懂他的话，他也不感到吃惊和着急。似乎他早已料到会这样，而且对这类难以应付的尴尬场面，也早已习以为常了。

外来人看到教师后狡黠地挤挤眼，做手势叫他走近点儿，还从布袋里掏出一样奇怪的东西塞给他。这是一本书，外形像个小匣子，烫金的硬封面是木质的，外带几个金属小搭扣。教师急不可耐地打开书皮。书页不怎么好，从各方面判断，这本书很古老了。里面用的是尖拱的哥特字体①。少数书页还带有印版画——看来，画的是中世纪骑士的生活。

---

① 一种中世纪欧洲的印刷字体。

这种玩意儿他们当中谁也不曾见过。教师爱不释手。异族人指指他腰间的短剑。教师的这把短剑也相当古老了，银质的刀鞘上还带着三颗毫无用处的小石子。外来人锐利的眼睛很识货，立即就估出这把短剑应有的价值：稀世的压花和红宝石。他做了个手势：咱们交换吧。

交换？教师立即解下腰带，把短剑连同腰带一起给了他。

外来人笑逐颜开以示感谢。短剑放进了布袋。

生意人（或许别的什么人）面带和善的笑容，转向四面八方，寻找同人的接触。围观者的心里有什么东西融化了，他们变得随和些，也想报以微笑。有几人走得很近，摸摸他的衣服，老想碰碰他的手。这使外来人很高兴，但也使他难堪——可见，他不喜欢过分亲昵。

教师走到一旁，忙着翻看那件珍贵的礼物。护火人扭头瞧了他一眼，这个迷信神怪的巫师只是轻蔑地朝地上啐了一口。

这时统领走过来，他边走边把手枪插进宽腰带里。

吉尔在半道上收住脚，讨好地朝他这边跑来。

"夜里谁放哨的？"

"是我，"吉尔一字一板地回答，"不过没发现什么人……想必他是从天上掉下来的。"

"我让你穿上红衣！"统领冲着他怒斥。

凭来者威严的气派和步态，外来人准确无误地猜到，这位是头领。谁也没有料到他随后的举动。他从怀里掏出一纸文书，双膝跪下，面带极其恭顺的神色，把它呈给统领。

统领接过那纸，来回转动着。纸上有几幅水印图画，图画上方是几小行象形文字。

统领把纸从肩头递过去。护火人接住。

"你——是——谁？"统领慢条斯理地发话。

"托——吉——塔科——"外来人说。他的脸上露出努力思索的表情。"这里是,丘鲁姆纳!"他高兴地说,"这儿,那儿,通通的,丘鲁姆纳!地!天!草!丘鲁姆纳的。你们,不是丘鲁姆纳。对不对?你们得给钱。给钱!我说的,明白吗?给钱,丘鲁姆纳!"

"我们没有钱!"教师自豪地说。

"不要紧!不要紧!金子!宝石!给!"

外来人掏出几个大钱币,似乎是用来做样品。其中有几个日本硬币,中国铜币,一枚很古老的印度卢比,还有一块俄国双头鹰卢布。

"这种脏东西,你在我们这儿可找不出来!"统领不屑一顾,不客气地说。他感觉得出来,由于外来人那么贪财,众人的情绪再一次发生变化,对外来人不利了。

"不要紧!不要紧!"那人一再重复,"我们可以拿绵羊、山羊、马,对不对?给马吧!"——他叉开五指。"给绵羊!"——他伸出十指。"给山羊!"——现在他翻翻手掌,表示要二十头。

"他是不是要买路钱?"护火人吃惊地问。

统领考虑着。外来人不歇气地对统领解释着,说到关键处,他感到没了词儿,只好一个劲儿地重复着"丘鲁姆纳"——这是个部落"城镇"还是地区的名称,就弄不清了。原来是,不管哪个部落,只要有人进了这个丘鲁姆纳,他们就得因为走了这片土地,安置了宿营地而交付酬金。

人群拥向教师。尽管他也听不懂异族人的话,却能根据对方的手势,明白个大概的意思。

"他说,他们的东西全都属于某个人。土地属于某个人。倘若别人踩了这片土地,他们就得给钱。"

吉尔脸色一沉,断然从刀鞘里拔出匕首。

外来人见这架势也毫无惧色。他继续自言自语,又央求地指指吉尔,仿佛说:你等一等,让我说清楚:收回去,把这吓人的玩意儿收回刀鞘去！

最后他不言语了，擦着汗，眼睛盯着统领，喜形于色地期待着。

"好吧，"统领说，"他要的，全给他。"

"什么，给五匹马?！"护火人惊呼道，"二十只山羊?！"

"他要的，如数给他！"统领提高嗓门，"既然来了，你可以得到你要的东西。不过，这以后，你得马上滚开！"

统领转身要走，但外来人又霍地跪下。大家愣住了，不安地等待着。果然，那人又从怀里掏出一纸文书。

"这又是怎么一回事儿？"统领勃然大怒。

"草！"外来人兴奋得大叫，"草给丘鲁姆纳！地，给过了！草，也要给！你们，走了地，还吃了草，对不对？给钱！马——五头……"他很快就说出了刚学到的"五"字，"绵羊，五头的两倍。山羊，五头的两倍的两倍。"

"就这么办，"统领说，"不过，你这个歹毒的小人，别让我在这里再见着你！"

"老爷，老爷，"外来人又央告起来，"给点儿吃的，给点儿，啊？客人，要招待招待。客人，要敬重。"

统领突然冷笑一声，离去时他朝一个人点头示意：给这个狗东西吃点儿什么。

外来人显然不急着想走。他喝了点儿稀汤，就坐在岸边晒起太阳来。装成无事可做的样子，他把布袋里的东西逐个翻看了一遍。孩子们又跑到他身边。

有个小姑娘手里捧着一只大雨蛙——就是朗克不久前从山里带回的那只小东西。雨蛙不爱动，只偶尔睁开圆鼓鼓的眼睛。

外来人霍地站起来，嘴里说着些什么，抢过雨蛙，抚摩着它，还亲了它一下，然后把它贴在胸口，孩子们瞧着，张着嘴，感到莫名其妙。陌生人使劲比画着，开始跟他们解释。后来他把眼睛瞪大，又闭上，嘴里喘着粗气，鼻子里呼呼作响。突然间，他仰面倒在地上，把脚抬得高高的，开始乱蹬乱踢。这整套动作的意思是：外来人要孩子们把雨蛙还给他，因为雨蛙是山里的居民，它的家在那边山里。它在这里很快会死的，求求你们，把它还给我吧，作为交换，你们可以随便要我布袋里的东西。我这就把小东西带回山里，到那边把它放了。

小家伙们什么也不明白，不过那人蹬蹬着脚挺逗人开心，于是他们放声大笑，把那人团团围住，要他再么么表演一次。

外来人便想，交易成功了。于是他郑重其事地把雨蛙揣进怀里，从布袋里拿出好些能吹响的泥玩具，慷慨地把它们分送给孩子们。

在孩子们之后，艾琳走过来，指着一块紫花黄头巾。她手里捏着一个中间有圆孔的硬币——这东西本是她从前的头饰。卖主有点儿犹豫不决。但是女人很漂亮，眼里透着期待的神情。外来人狡黠地对她眨眨眼，同意了。

艾琳把头巾系好，高傲地穿过宿营地。迎面遇见的女人，个个啧啧称好，还摇着头。她还得从篝火前走过，那边坐着统领、朗克和吉尔。

"艾琳！"统领温和地叫道。

她走过来，预感到事情不好。果然不出所料，他并不看她，迅即扯下她的头巾，扔进火里。之后同样温和地说：

"去吧！"

艾琳走开了，甚至不敢在他面前哭出声来。

"你全对我说了吗？"统领厉声问朗克，"你这次去做侦探，没什么瞒着我！"

"没有，"朗克绝望地撒了个谎，"怎么呢？"

"我想，一定是有人在那里看见你了。否则怎么解释这个来人呢？"

"这人不知是谁家的奴仆,收税的。"

"不,这人是——探子!"统领很有把握地说,"所以他现在不急着要走。他正在察看我们这里的情况。"

"也许他想等天黑了才溜。"脸色阴沉的吉尔推测道。

果然不错,外来人一直在偷眼东张西望。他仔细看了栏里有多少马,稍远处又有多少绊腿的马在吃草。循着叮叮当当的打铁声,他还仔细察看了行军铁铺。最后他目不转睛地观望着那些又在撒网的女人。

突然间,有个女人尖叫一声,把网扔下。其余的女人瞧着她面前的平静的小河湾,也忍不住大声呼喊起来。

外来人站起身。河岸上和营地里一片骚乱。

统领不动声色地吩咐他的年轻卫队:

"他什么都看到了,所以不能让他走远。明白了吗?"

众人异口同声说:

"是,明白了。"

统领拔出手枪:

"朗克,你领头。拿着。"

吉尔竭力克制自己的不满。

与此同时,河岸上更加骚乱起来。女人们和男人们合力把昨天老人和金发人安下的捕鱼器拖上岸来。这时金发人潜入水下,解下带铅锤的垂钩。卸了重物的鱼篓子浮上来,漂得更快了。

朗克来到了鱼篓旁,篓子已被拖上沙岸,里面的水流光了。在一堆鱼和水草中间,朗克看到一具尸体——这就是不久前想投水自尽的那个女人。还是那身褪色的粗布衣裙。右耳边的头发里缠着一朵让鱼吞了一半的白花。身上有些地方,如腿上、胸上、肩头都粘着鱼鳞。一条红鳍小鱼在她脸上蹦跳。有条活鱼在鱼篓里挣扎。女人的胸上死死压着一块长方形的石头。

"又死了一个,"那个躯干长得不成比例的老人说,"造物主对我们发怒了。眼瞅着多雨的秋天快到了,草快长高了。"

外来人如数点过了马、山羊和绵羊。他爬上一匹马,把布袋系在鞍旁,又从怀里掏出那只雨蛙,把它放进布袋里。随后他看看天,天上没有一丝云彩,太阳离地平线还相当高。不过要再拖延不走,是不可能的了。

朗克、吉尔和另三名骑手护送着外来人的畜群,装成帮他照料牲口的样子。

当他们走出相当远时,外来人精神振奋起来,开始像方才那样和气地、随随便便地不时看看护送者。

"是时候了。"吉尔小声对朗克说。

"再等一等。"对方同样小声回答,随即——他纵马跑到畜群前头,靠近外来人。

对方照旧以笑脸相迎。

两人并辔默默走了一阵。

"西托尔。"朗克突然脱口而出,并指指太阳。

"西托尔,西托尔,"客人非常高兴,"你是说:天空。"

"弗托巴。太阳,是吧?拉赫特!瞧那边——拉赫特!"

"没错,是树!弗托巴,是太阳。树,太阳,天空——这顶好!"

朗克还没说完他学到的新词,这些词使他痛苦地想起了山谷里的那个姑娘。

"达斯塔。"他说着并伸出一只手。

朗克无非是想用手指点他说的东西。可是异族人误解了他的手势——因为世界上不论哪个地方的人,都把这种手势理解成善意和友好。他一把抓过朗克的手,动情地、紧紧地握住了它。

朗克慌张起来。他的脑子里乱成一团。他很可怜这个人，但他又不能想象他会违抗统领的命令。可是，从另一方面来说，他又怎能下得了毒手，杀死一个刚刚还跟他说着友好的话语、打着友好的手势的人呢！

吉尔纵马蹿到他身旁。他气势汹汹地手握一杆可怕的标枪。

"嘿！"他催促说。

另三名骑者也都赶上前来。

朗克慢慢地从腰间摸出手枪。他稍稍停顿一下，把枪口对准异族人的背。对方正好朝骑手们转过身来。目标就在近旁，子弹不可能落空，但朗克怎么也按不动扳机。

"嘿！"吉尔扯着嗓门大声喝道。

异族人仿佛在等着信号。他顾不及左右张望，翻身滚下马鞍，还舍不得他的布袋，拽下它一溜烟钻进了一人高的草丛里。

"开枪呀！"吉尔又厉声呵斥，暴怒之下还推了一下朗克。朗克开枪了。不知是击发得不及时，还是他瞄得不准，子弹甚至没有擦着逃命的人。飞出的两杆标枪也没有击中。异族人在草地里消失了，只见草尖掠过起伏的波浪。

"叛徒！"吉尔喝道。他一把夺过朗克手中的枪，飞一般跑去追赶。"搜！"他对其余的人喊道，"那边是盐沼地，朝那个方向他跑不了！"

三名骑手听命呈弧线散开，他们手握马刀，开始仔细搜索那片草地。

被枪声吓惊了的牲口挤作一堆。马转动着竖起的耳朵，绵羊和山羊咩咩直叫，不知往哪奔。这些畜生真可说吓得团团转：它们只顾叫唤奔跑，跑来跑去又回到了老地方。

人的情况也好不了多少，他们一趟两趟地搜索草地，但是逃跑的人仿佛不翼而飞了。想必他采取了一种策略，得救了：哪怕离追踪者的马蹄只有一米、半米，他都像游蛇那样悄悄溜开，甚至比游蛇更灵活，声音更轻。但他不耐烦老躲着，他那颗高傲的心渴望复仇。

一匹坐骑腾空而起，长嘶一声，几乎跟人的哀叫一样凄厉。马肚子被捅了一刀。但骑手跌落时还来得及巧妙地掷出标枪。他拔出匕首，重又钻进草丛，立即捡起标枪，把它高高举在头顶，好让其余的追击者看到：标枪尖端有血。

此刻，包围圈在不断缩小。

朗克是最后一个策马赶来的，他浑身神经质地战栗着，上牙磕不着下牙。

异族人被赶进一处齐胸高的草地。他瘸着腿，左肩出血了，但行动还十分灵活。他的右手握着那把短剑。此刻他的脸上既没了笑容，也不见善意，只有一股刚毅的决心：豁出这条命，还得有赚头！

两名骑手挥动标枪，在他周围跳来跳去。异族人左冲右突，避开他们，但身子却越来越沉重了。他的胸背布满了枪刺，四周血迹斑斑。

吉尔翻身下马，把手枪藏在背后，朝他逼近。一枪打在异族人的膝盖上。他挣扎着还想站起来，这时吉尔绕到他背后，对准耳朵，又给了他一枪。那人扑过去，但还没够着吉尔，就倒地了。

枪声像鞭子般抽打着朗克的眼皮。他也急忙下马，走近死者。

两名骑手正翻着外来人的布袋。突然，他们慌慌张张跳开了，布袋里蹦出一只雨蛙。雨蛙歇了一会儿，鼓着大眼睛到处瞧瞧，慢慢儿爬进了灌木丛，吉尔扎紧口子，把布袋系在自己鞍上，纵马离去。

朗克久久地望着被害者。他并非第一次这么近地看到死人，但只是在此刻，他才感受到夺去一个刚刚还在呼吸的生命所产生的全部恐怖。

他扭过脸，垂下头，刚迈出几步，便恍恍惚惚跌坐在地上。他呕吐了。

那几个同族人捡起武器，跨上马，面带嘲讽地注视着朗克。

当他们往回走的时候，那片茂密得像堵墙似的青草被分开了。一只长角鹿探出头来，满脸困惑不解的神色。

鹿看看没有被掩埋的尸体，看看在一旁抽搐的朗克，重重地叹了口气，仿佛它也明白，刚刚在这里演出的人间悲剧是怎么回事。

吉尔手下的人，把从异族人手里夺回的牲口赶回放牧地。吉尔在统领的住处前跳下马，迅即钻进了他的帐幕，随身带着布袋和手枪，作为刚才那场事变的物证。

朗克垂头丧气，竟跑过了统领的住处。当他的坐骑举步不前时，他机械地翻身落马，扔下笼头，也不择道路，只顾朝前走去。他的脚自动停在教师的草棚前。

教师坐在木墩上，就着昏暗的暮色，一遍又一遍地小心翻阅着从异族人那里换来的书。

"这是一种很古老的语言，"他信任地对朗克说，"显然大家把它遗忘了。许多世纪过去，已经谁也认不得这种文字了。可是这书漫游过世界，里面写着些什么。谁写的？讲什么？那几张图画，照我看，画的是人间地狱里的狂欢作乐。"

"教师！"朗克问，语气悲凉而豪勇，"告诉我，这一切是怎么开始的？"

教师抬起头。

"这事人人知道。你也知道。我们这支部落高傲而勇猛，我们发誓不过定居生活，因为窝是鸟儿的樊笼。"

"在这以前呢？"朗克打断他的话。

这个问题是他刚刚想起来的，而且他认为这至关重要。在大家知道的情况以前，想必还有一些事，只不过人们对此闭口不谈罢了。

"不知道。再说我能跟谁去打听呢？我跟你一样，是在征战中长大的。"

"教师！你好好想想，哪怕是一些小事！我非常非常需要知道！"

"据说……"教师打住话头，匆匆回头一瞥，不由自主地压低嗓子说，"有一回听老人们说，我们原本是一支强大部落的残余部分。部落后来瓦解了：内讧、家族纠纷、贪婪的财产争执，把部落搞得四分五裂。其中最杰出的人发誓，从今往后永远不过这种堕落的生活。他们的首领是长老。他教导：最大的危险是血缘之亲。由此就产生继承问题，由此就产生父传子袭。鸟儿没有父母，母狼喂大了小狼就由它们去自由生活，所以它们都像兄弟，很团结。于是我们开始收养外族人的孩子，为的是永远只成为兄弟。不过，这些你已经知道了。"

"那么这些孩子的父母？"朗克缠着他问，他的脑子活动开了，此刻他了解到的每一件事都引起了一连串新的问题。他觉得，以前那种不明究底的生活，是多么幸福，又是多么愚昧啊！"他们全被害了吧？谁杀死了生我养我的女人？是你吗？"

"我是个残废人，"教师郁郁不乐但还是耐心地提醒他，"我的这只手没有扯过谁的一根头发。但是有些人缺乏自尊，朗克，他们堕落了，他们做了孽又愚昧无知，这时候就得有人狠狠揍他们的脑袋。"

"谁杀了我的母亲？"朗克一再追问，"统领？护火人？谁？"

"这种问题不准提，也不准回答！"教师厉声说。

朗克那双专注的痛苦的眼睛一直死死盯着他。

"好吧，我来解除你的痛苦。你是用一头独角水牛换来的。这事早啦。我记得有一次我们摧毁了一个小村，可那里的人个个是英雄，拼命抵抗。我们损失了许多人。当时我们就用抢来的一头水牛在另一个大村里换了三个娃娃，都是孤儿……"

"那么吉尔、苏鲁特、齐加尔呢?"

教师垂下眼皮。

"我对你讲的,已经够多了。"他的目光回到书上。

"那往后就永远这样啦?没个完啦?"朗克并不甘休。

教师站起来。他的眼神变得十分冷峻。

"你自己很清楚:在我们到达蓝石国以前,就永远是这样。"

"蓝石国在哪儿?还得走多久?也许这山里的谷地就是吧?也许世上根本就不存在这个地方?"

"如果它不存在,"教师虔诚地、热烈地说,"那我的生活、我们的生活就没有意义了。"

"不,是没有借口了,"变聪明的朗克纠正他的话,"样样东西都有自己的意义,比如说:草、天空、弗托巴……"

"你说什么?"教师惊呼,"这词什么意思,我怎么不知道!我们只能说自己的语言!"

但朗克已经不再听他的了。他转过身,拖着沉重的步子,慢慢走开了。

"拿去!"统领说,"我就知道你喜欢这些叮当响的脏东西!"

他把几个硬币扔在毯子上,这就是方才那个异族人拿出来给大家看的大钱币。

护火人嘿嘿笑起来。他坐在垫子上摇头晃脑,笑得露出了难看的黄牙。瞧他那副神态,好像不完全清醒。他的肩膀,像往常那样,微微摆动着眼镜蛇般的小头。

"不稀奇!不稀奇!"护火人大声说,"别看他这么高贵,尽说些大话,可到头来还得找我这个老骗子,要我帮他点儿忙!不稀奇!不稀奇!"

坐在他对面的统领,等着对方不再胡言乱语。

嘲笑了一阵,护火人很快把钱藏进长袍的褶缝里。

"情况不妙,是不是?"他假装同情、阴险地问,"你杀了他们的探子,这下惹出乱子来了。"他拿过那个小木杯,摇晃着里面占卜用的骰子:"不过,如若这人不是他们的探子,那就更糟。我们可能腹背受敌,停在原地是不行了。得走。或前或后,随你的便。"

"我们向来不后退。蓝石国在太阳升起的地方,你撒骰子吧。"

护火人变得一本正经。他撒出骰子,审视它们排列的位置,仔细看看统领,又撒了第二次,第三次。

"骰子说:至高无上的天神要……"护火人装腔作势开始说,但立即又换成平时的语气,冷嘲热讽起来,"不过嘛,没这些骰子,我也知道这个。你呢,如果没有失去理智,或者不假装糊涂,你也一清二楚。"

"骰子怎么说?"

"骰子说:你应当好好行动起来,否则你就要失去部落。"

"是这样!"统领说,"好,决定了。我要血洗他们。我要让他们淹没在血泊里,我们要踩着他们的尸体打开通向太阳的道路!他们休想在我们面前哼哼,敢提什么问题!"

"齐加尔的女人莎特拉等着抱孩子了。"护火人冷冷地宣布,"她把这事瞒着大家,可瞒不了我。"他把一片干枯的车前草叶递给统领。对方把草叶展开——里面有一小撮黑灰。"你用得着。睡觉前把它当香料点着了。这粉末能增添人的决心。"

一大清早,苏鲁特就叫醒了朗克,招呼他跟着自己。宿营地还在睡梦中。篝火旁留下巡夜的长臂老人,像鸟啄食似的捣鼓着脑袋。河上飘来晨雾,帐篷间悬着团团雾气。

两个年轻人悄没声儿的溜进了白帐。

四个姑娘盖着一条被子,像孩子那样互相偎依着,正做着清晨的美梦。

再过去，在帐幕深处，放着木椁。当来人刚朝它跨近一步，那条不眠的眼镜蛇立即发出咝咝的叫声，鼓着脖子，从一旁盘旋而上。

朗克跳开了。苏鲁特因为是护火人的门徒，立即轻轻吹出柔和的哨音安抚它。眼镜蛇认出他是自己人，听话地落进一个小木筐里——蛇就歇在里面。苏鲁特盖上小木筐的盖子，插上闩鼻。现在没什么阻碍他们俯身观看木椁了。他招呼朗克站到他身旁。

朗克听从了。他明白，是什么让他的朋友那么入迷。木椁是空的。帐幕里哪儿也没有长老——无论是活人，还是尸体，都不见。

天开始亮了，弥漫着乳白色的、令人不快的晨雾。暗淡的天幕上，挂着一轮白晃晃的太阳。河上、草场上的雾越来越浓。

白帐前的场地上，集合着全部落的男子。他们没有列队，也不是挤成一堆，尽管有些零散，但仍是一个整体，只要一声令下，随时可以冲向前去。众人的目光注视着统领。

统领在篝火旁来回踱步，像在等着什么。朗克站在前列。他身旁的一个年轻小伙子齐加尔，不时斜眼看看河那边。那里的河岸上，在两个老太婆的监视下，他的莎特拉正搬着一块扁平的重石。老太婆指点她把石头放在什么地方，然后让她直直腰，又命令她抱起石头，搬到另一处地方。当年轻妇女挺直身子时，可以看到她鼓出的大肚子。

涌过来的浓雾遮住了这幅图景。

响起了敲打空心木、石头撞击石头的低沉声音。

护火人从他的帐篷里走出来，他的脸上如往常那样挂着阴阳怪气的冷笑。他手里拽着一根长链条，下端摆动着的那个东西有点儿像东正教教堂里的烛台。里面冒出的烟，同团团晨雾混在一起，但显得更浓更黑。

原来大家在等教师普鲁斯。他微跛着腿急急跑来，站到前列离朗克不远的地方。

敲击声戛然而止。

统领朝教师迈出一步。他把镶有红宝石的短剑扔到教师脚下——这把短剑作为交换给了异族人，但在搏斗中却未能救那人的命。普鲁斯弯腰拾起短剑。他的眼神既温顺又含着屈辱。

统领依旧默不作声，朝他伸出一只索取东西的手。

教师立即明白了手势的意思。他还是迟疑了一刹那，甚至慌张地举目四顾了一下，舍不得同自己的宝物分手。但紧接着他伸手从怀里掏出了那本书。

统领漫不经心地一抛，书掉进火里。苏鲁特用手捂住嘴以免喊出声来。书慢慢冒烟，烧着了，书页翘起来，最后被火焰吞没了。

教师甚至不敢朝那边看望。泪水夺眶而出。他也不擦，不想让人看到他的软弱。

护火人嘿嘿笑着，在人群里来回转悠，晃动着手里的香炉。

"朗克！"统领叫道，尽管声音不大，但寂静中人人都能听见，"到这边来。"

年轻人遵命出列。现在他置身于众目睽睽之下。他气色不好：面颊瘦削而苍白，眼圈发黑，像熬过了痛苦的失眠之夜。与那个张皇失措、甚至不能举枪射击异族人的武士相比，现在的他简直判若两人了。他的眼睛像火炭般灼灼发光。

"这人曾经是我的骄傲，"统领带着真诚的痛苦说，"我们大家都爱护他。我本指望：一旦我老了，或是受伤了，或是受天神之召去到另一个世界时，他能替代我。我痛心！他是个懦夫！不执行命令！还提出种种问题！"

朗克木然站在那里。其余的人避免看他。场地上一片沉寂，只听见护火人嘿嘿的笑声。

"给他穿上红衣!"统领低声发话。

两名彪形大汉扑向朗克。这两人早在统领走出住处时,就寸步不离地紧跟着他了。

年轻人不加反抗,但也不帮助他们。

"站回去!"统领命令,"从现在起,你已被判处死刑。只有表现勇敢,将功赎罪,才可能让你回到我们的队伍里来。"

统领转向其余的人。不知是他们看到的场面起了作用,还是护火人的香草起到了提神的效果,总之,大家的脸上显出了些勇气。

"时候已到!"统领说,"蓝石国离我们还有十昼夜行程。但是有个村落挡住了我们东去的路。这些臭粪虫瞧不起像我们这样的自由的飞鸟。他们不是人——他们过的不是人的生活!他们仇视我们,想方设法要杀死我们中间的每一个人!我们该怎么办?"

问题提得既雄辩,还带着挖苦。回答他的是全体男子的吼叫。连泪汪汪的教师也大声喊叫。少年苏鲁特违心地唱起来,其余的人也唱起来。朗克紧闭的嘴没有张开。

"我们请教长老吧!"统领威严地宣布。

护火人扔下香炉,像丑角似的扭动身躯,急忙跳到白帐门口。长老的侍女仿佛在等着信号,都跑出来迎他,在狭窄的门旁站成两列。

"长老,尊敬的长老!"护火人高呼。他的声音刺耳、做作。"我们想请教您,我们想请教您,我们该怎么办?尊敬的长老,您听见了吗?"

似乎要贴着长老的耳朵提问,护火人装出无可奈何的样子,半身探进了帐幕。入口上方的布幔敞开着,里面黑乎乎一片。除了影影绰绰的木桩以外,真是一无所见。

突然有人一声尖叫,不过声音完全是从另一个方向,即从岸边传来的。被迫搬石头的那个女人,弯下腰后捂着背和肚子,再也动不得了。两个老太婆拽着她的胳膊,强使她挺直腰,她痛得又一次失声尖叫。

大家的目光转向河岸,只有一个人除外:她的齐加尔。他呆呆看着眼前,仿佛站立成了一座石雕。

有个老人的声音,颤悠悠地、缓慢地、断断续续地从白帐深处飘出来:

"要赶快行动。蓝石国的土地在等待着我们。任何障碍都吓不倒我们。它们在勇士们面前不堪一击!"

"开战!"统领狂呼。

随之,整个队伍吼声雷动。苏鲁特用天使般的嗓音唱起来。此刻这些人变成了一群不可救药的亡命徒,只要一声令下,就会去赴汤蹈火,根本不顾忌任何后果。

"你!"统领指着长鼻子男人说,"你不是跟我要儿子吗?明天你就会在战斗中得到他!"

快进山时,队伍停下稍事休息。

统领骑着他的大黄马,在朗克和布吉的护卫下,走出队伍很远。朗克依旧身着红衣。

统领举目四望。他根据风力和风向,根据草的摆动和依旧布满天空的乳白色云雾,做出了自己的判断。后来他转向朗克。

"我是爱你的,"他断断续续地说,"现在给你一项任务,完成了你可以回到我们的队伍里来。你第三次,也是最后一次去探明情况。"

统领等着回答。朗克默不作声。

"怎么样?打起精神!别再胡思乱想了!我们一定能通过这个村落,就像烧红的刀拉过羊脂油。然后我们再上征途,一切又会像从前那样美好。为此我要知道：他们有多少武士，都布置在哪儿，装备怎么样。"

他身下的烈马扬起前蹄，喷着响鼻，咬着嚼环。

朗克依旧默不作声。

"明天我还在这地方等你，也是这个时候！"

朗克点点头，纵马前行。他快马加鞭，再也没有回头。

这一回他骑马深入山间，后来他在事先看好的一处地方留下绊住的马。那地方有个水潭，潭的三面峭壁林立，其上布满盘根错节的低矮山松。

他爬上一处开阔的高地，回头望了一下。

丘陵绵延，只见高高的野草被风吹得起伏不定，虽说里面埋伏着他的同族战士，但外表看来却是一派和平景象。

朗克取下刀，把它掖进裤腰里。

他决定从房子附近有一片灌木林的地方进入村庄。从这块高地过去，大自然显得更为阴森，更为荒凉。

突然出现的一个深沟切断了他的去路，沟底还有一条奔流的河。确定了方位以后，朗克从这块高地又看到源头附近那块壁立的岩石和那条与姑娘相遇的小路。此刻那里空无一人。朗克无意中踢了一块石头，石头几次撞击着突出的山岩，最后扑通一声掉进了黑魆魆的水中。

一丛黑莓后面的石窝子里，积存着洁净的雨水。有只小虫无忧无虑地在水面上浮游。人世间发生的事与它毫不相干。朗克小心地把小虫赶开，捧起清水喝了个痛快，他又洗脸，还向胸口泼了点儿水，就像那个姑娘做过的那样。

村子里寂静无声，朗克感到纳闷儿。

他躲进一片茂密的牛蒡里,那地方隔着篱笆正对着一家院子。只见院里的母鸡咯咯叫着,一只孔雀走来走去,张开高高的尾巴。有头母牛不时从牛棚里探头张望,若有所思地、从容不迫地嚼动着嘴巴。可是没有人。

邻院也没有人,街上也一样。连走动声、互相呼唤的声音也听不见。

在这次暗探中,朗克的举动常常不像一个真正的侦察员的作为。他似乎忘了要小心谨慎,以防万一。就拿现在来说吧,他考虑了一下,竟从牛蒡里钻出来,不出声地跳出篱笆,毫不顾忌孔雀和母鸡的惊叫。他从旁溜过,一路上还不时朝低矮的窗户内瞧上几眼。最后他走上了一条尘土满地的大街。

街上依旧空无一人。他东张西望,挨家走去。他的脸上并无疑虑,只有一种专注的神色。他穿过小村的整条街道,几乎走到了村尽头。他收住脚,一动不动,开始侧耳细听起来。出乎他的意料,突然从一侧传来长笛的乐声。

街道尽头变成了大道,这路通向一处不大的墓地。那边站了一堆人,想必是村民。他们清一色穿着白衣。他们把一具也用白布紧裹的尸体从送葬的驭架上抬下来,慢慢放进新挖的墓坑。与此同时,有三四人继续吹奏着音色不同的木笛,而另一些人在他们的伴奏下,大幅度地甩着胳臂,像跳舞般跺着脚,踩踏着土。

朗克从一棵树蹿到另一棵树,就这样穿过了一片小树林。现在他可以在相当近的地方观察那边发生的事了。

开始埋土了。每人几次走近墓坑,扔下一捧捧土。但木笛一直在吹奏,舞蹈并未停止。有几人哭号起来,但声音并不悲哀。朗克只在一个手舞足蹈、呼天喊地的女人脸上看到有泪水。

另一些人没有参加舞蹈,只管在一旁哭泣。朗克越来越感到恐慌,因为他在人群中找不到熟悉的姑娘。他的心跳得更厉害了。他想象得出，这个村子同他的部落一样，是严禁同外人交往的。若是有人看到他同姑娘在一起待过，或者她本人承认了这事，那她就可能受到惩处。若是他们的习俗也一样严厉，那么这种惩处只能是——死。

突然间，乐声戛然而止——朗克也没有见到什么手势。人们转过身来，穿过起伏的坟地，朝村里走去。

朗克躲在树后，依旧在小树林里潜行，在道路的一侧跟随他们而去。

人们进了村，这时朗克才见到贝贝。几个女人走在最后，贝贝居中，一边是朗克上次匆匆见过一面的中年妇女，另一边是她的女友。三人的眼睛全哭肿了。

一家院落前，用柳条编成的篱笆门大开着，男人都拐了进去——他们想必要参加同族人的丧宴。女人们各自回家，立即忙起家务来。直到此时，牧童才开始甩着响鞭把牲口轰出来，各家院里的小铁锅下生起了火。孩子们在大麦地散开，他们巧妙地扮成田间的稻草人，又是喊叫，又是挥手，轰赶着无数的乌鸦。妇女们头顶瓦罐鱼贯而行，朝河边走去。其中有几人涉过浅水过了河，又踩着露出来的石头走得更远，一直到了水的源头——那里的水不仅更好喝，而且能治病。

贝贝家的平顶屋上晾晒着一篓白桑葚。

姑娘在院当中的一只木盆里揉黄黑桑葚，她的小腿肚被染上了许多紫色小斑点。

朗克又躲进牛蒡丛中，目不转睛地望着她。

有个胖女人，挎着一只外圈箍着木条的柳条篮子，从屋里走出来。显然，这是姑娘的母亲。她冲着姑娘大声嚷嚷了几句，过街后朝玉米地里去——玉米的棵子不高，苞米还小，半青不熟的。

朗克从怀里取出一朵从山里摘来的花，花很美，还带着一截细枝。

当时他是无心摘下的，但此刻他惊喜地发现，自己一直都在暗暗地盼着这一刻的到来。

等到中年妇女消失不见了，他又一次跳过柳条编成的篱笆，悄悄走到姑娘身后，小声唤她。

由于事出意外，姑娘猛地转过身来，又像上次在溪边那样，两腿没有站稳，险些把木桶弄翻了。不过这一次她不怎么惊吓了，很快就回过神来。

看到朗克面带羞涩的表情，把花递给她，姑娘高兴得笑起来。她的笑容十分动人，对这位年轻人来说尤其意味深长，因为它说明了最根本的一点：这段时间里，她一直在思念他，只思念他；她无时无刻不在回忆他俩相逢时的每一个瞬间；她责备自己，上次不该悄悄溜掉；而且她的心情已经从原来的惶恐不安转而获得了一种幸福的、充满整个心灵的信念：不论这个陌生人是谁——是精灵，是幻影，还是活生生的人，他一心只希望她好。

姑娘接过花，郑重其事地闻了一阵，用美目表达了感激之情。她把另一只手伸向朗克，要他扶她站起来。他听从了。姑娘把花插进乌黑的头发里。

姑娘提了提裙子，继续揉她的桑葚。而他，被爱情弄得心醉神迷，笨拙得手足无措了。他定定地瞧着她，傻笑着。

姑娘容光焕发，像一面镜子，她在他身上看到了自己的魅力和他的无限忠诚。

后来姑娘把牛粪和泥巴掺和在一起，用它来抹一处露出墙基的墙角。那墙基也是用柳条编成的。朗克蹲在旁边，热心地、笨手笨脚地给她帮忙。她哧哧笑着。当朗克不小心弄脏了她裸露的肩膀时，她像是发火了，在他颧骨上也抹了一把。随即她害怕了——是不是过分了？他不会生气了吧？他摇摇头：不，他不生气。他准备容忍她的一切，这样的小事算什么！她的眼神告诉他：她全明白，她非常非常喜欢他这样。

几只在篱笆旁的牛粪上抢食的乌鸦，一下都飞了起来。姑娘朝那边瞧了瞧，这是她的母亲回家来了。她吃了一惊，但毫不慌张，她把朗克朝披屋那里推，意思是：快藏起来！

他迅即躲进披屋，俯下身子。

披屋只有一堵墙，用来阻挡从峡谷里灌来的秋风。朗克紧贴着墙。他下意识地用稻草擦了擦糊了泥的脏手，把手掌往圆木上抹了抹，而且出于危急时刻的本能，伸手去摸腰间的刀。

朗克立时醒悟到：他这是干什么呢！作为伟大部落一名最出色的侦探，他刚才干的算什么营生！现在拔出钢刀又准备去对付谁呢？

他从墙角朝外瞥了一眼，女人放下一篮沉甸甸的老玉米。玉米已经干枯，外皮发黄，毛茸茸的缨穗变了好几种色。女人累了，生气地对女儿训斥着什么，姑娘抬起头，母亲看到她头上的花。她气得嗓子更粗了。女人用手指指墓地的方向，显然要提醒她这是悲痛的日子，并再一次对女儿说明，这种时刻这样打扮是很不得体的。她随手揪下花，扔到又是泥巴、又是牛粪的脏地上，还用两只粗壮的光脚踩了踩。之后，她取了另一只篮子，又去收玉米。

姑娘伤心得咬着嘴唇，目光转向朗克那边。

他做了一个手势，安慰她：不要紧，由她去吧，我不生气。

姑娘弯下腰，捡起被踩的花。花只剩下两片好看的鲜红的花瓣。

姑娘温柔地把花贴到胸口，开始像哄小猫睡觉似的柔声唱起来。她那调皮的眼神毫不掩饰：这番表演是为朗克做的，为的是安慰他。

朗克心领神会地笑了。

在离河岸三四米处的浅水里，一群孩子吵吵嚷嚷地在戏水。

他们没有料到,在离他们不远的地方,在倒垂水面树枝的掩护下,朗克和贝贝正躲开他们偷偷潜入水中。

现在她不怕他了,带着纯洁少女的天真无邪,她脱下了衣裙。

他也把红衣红裤留在岸上,悄悄把尖刀藏在衣服下。

他俩往身上泼水,相继潜入水中,时而游开,时而互相靠近。与此同时,两人都竭力提醒对方:千万千万别弄出响声来!——爱情外加神秘,更令他们陶醉。

朗克扎了一个猛子。姑娘吃了一惊,但随即顽皮地哗哗划着水,躲到别处,屏住气息,不让他听出她在哪儿。

他在水下游动,灵巧得像条鳗鱼。他睁大眼睛,在暗绿色的水中寻找她白晃晃的身条。

他又扎一个猛子,在她身边钻出来。她吓了一跳,投入他自然张开的臂膀,安静得一声不响了。这近乎亲吻。这一切他俩都得从头学起。

他俩搂抱着,一起缓缓沉入绿幽幽的水底,在那里,他俩睁大眼睛,继续凝视着对方。直到憋不住了,才气喘吁吁地浮出水面,贪婪地吞着空气。但随即同时伸出手指,放到嘴边,意思是:轻点儿,轻点儿……这不约而同的手势使他们觉得说不出地好笑。但是连笑也是不行的,以免引起旁人的注意。两人捂着嘴,相视而笑。

夜幕降临。各家庭院内的炉灶最后一次烧着了。人们烤饼准备晚饭。

姑娘给朗克送来一张刚烤好的饼子,一块羊油,一根弯弯的黄瓜。黄瓜刚从菜畦里摘下,颜色却有点儿发黄。

姑娘手托着尖尖的下巴,看看他怎么吃。

这是她的意中人,她的未婚夫,她的丈夫,瞧着他怎么吃东西她也感到舒心。

朗克坐在禾捆上一条破旧的毯子上。饼子很好吃，火麻油和黑麦面的香味特别让他喜欢。他拿起黄瓜，转动几下，抽出自己战斗用的尖刀。他又担心地看了看姑娘。

她对他比画着手势：没事，切吧。

他把黄瓜切开，拿半截给她。她不接，他便小心地咬了一口自己的那半截黄瓜。

她甚至很喜欢他那种本能的疑虑。

她站起来，拿走了她送东西来的木质托盘。

朗克一跃而起——怎么，难道她要走？

她对他示意：别急，更不能弄出响动，她很快就回来。

在朗克躺着的毯子上方，挂着一只鸟笼。一只会唱的小鸟在里面跳来跳去。它的歌很简单，总共才四个音符。

望着鸟笼，朗克凝神想着心事。按照自己部落的律法，他是个变节分子、是叛徒，不过，为什么他此刻又感到这般惬意呢？很快他就得去见统领了，他该怎么说呢？

传出响亮的说话声。朗克霍地跳起来，习惯地伸手去取尖刀，他把刀藏在头下的毯子底下了。

这是她的母亲站在屋门口，没完没了地教训自己的女儿，送她出来。

女儿站在披屋旁耐心地听着，手里抱着一个带花边的小枕头和一张柔软的山羊皮。天亮时寒气重，这东西是用得着的。

母亲说完了话，进屋去了。

姑娘摸到朗克身边的毯子，在他身旁躺下，还用手去找他的手。

他俩心旷神怡，久久不敢动弹，只是在越来越浓的暮色中想象着对方的身躯。

离天亮还早着呢，但夜色已渐渐发白。

他俩搂抱着躺在一起，彼此呼唤着对方的名字：

"朗赫……"

"贝贝……"

"朗克……"

突然她不再看他，目光注视着近旁，对着上空喃喃说起话来。他尽管不懂她的话，但还是凝神听着那音乐般的声调，竭力想把这些一再重复的词句和悦耳动听的声音好歹理出个头绪来。他的脑海里渐渐形成了一则奇妙的故事：

"有一次，月亮女神对大地之神说：'你让人起死回生吧！'——'不，我不能让人起死回生，'大地之神说，'人应当死去，植物有生有灭，一切以植物为生的动物也一样。土地也要死去：一旦它的精华耗尽，它就再也不会复苏了。'——'好吧，你就照你的办，'月亮女神说，'不过记住吧，我可要让月球永远充满生机。'从那时起，凡在地球上消亡的东西，都将在月球上照样生存。多亏这奇妙的生死轮回，万物的生命才经久不息。是吧，我和你永远不会死去？"

朗克明白，最后是一句问话，但他怀疑他是否正确理解了其余部分。显然，她在等待肯定的回答，于是朗克绝望地摇摇头。

"救救我，救救我，月亮女神！"姑娘紧紧地偎依着朗克，喃喃自语，"保佑我避开恶魔，避开毒眼①，避开邪恶的劝告。啊，大地之神，但愿我不知道什么叫阴谋诡计，但愿我不会因为贪得无厌去作恶，去争吵！但愿这个奇怪的武士，不管他是精灵，是我的幻觉，还是一个活生生的人，但愿他永远不死！只要我活着，就让他永远健在！还求你保佑我们永远不分离！"

---

① 迷信认为，人被毒眼看后，将遭遇不幸。

最后一句话她是闭着眼睛说的。安静了片刻之后,她久久地吻着朗克。

天蒙蒙亮了。现在他该离去了。他从披屋里走出来,手里拿着鸟笼子站着。姑娘站在三步外的地方。她披着山羊皮——早晨天气很冷。他做了个样子,要打开鸟笼的门,又探询地瞧了瞧姑娘,她不反对。

朗克打开笼子的门。小鸟扑扑地飞了出来。但奇怪的是,鸟儿慌里慌张飞了一大圈后,安然落到姑娘头上,而且从上面瞧着她的眼睛,向她讨东西吃。

姑娘伸开巴掌,手心里有好些麦粒。鸟儿啄了一颗,又飞回老地方,歇在姑娘头上。两只叫喳喳的麻雀从旁飞过来,一只落在姑娘肩头,另一只径直飞到姑娘手掌上,开始啄食。

这一瞬间,一个和平的、无忧无虑的美丽姑娘的形象,就永远铭刻在朗克的记忆里了。

朗克没有发现,吉尔那双被仇恨烧红的眼睛,正在篱笆后面密密的牛蒡丛中严密地监视着他。

朗克未及赶到约定的地点,因为队伍离得已经很近,就在山口了。

统领骑着他的大黄马,不慌不忙地走在最前头。他身后是两个面目可憎的黑脸大汉——寸步不离统领的侍卫。

队伍在稍后处行进,一个密实的、笨重的、沉默的群体。

朗克没有立即想到,这里还不是全体武士。

"啊,统领,向您致敬!"朗克策马跑到统领跟前,按部落的规矩这样说。统领继续前行,甚至没有瞧他一眼。

朗克拨转马头,在一旁随行。

"嗯?"统领阴沉地问。

"你是对的!"朗克大声说,"他们很狡猾。他们的武士白天黑夜都在暗地里放哨。"

"有多少人？"统领仿佛不感到惊奇。

"很多。非常多。比我们多两倍，也许三倍。"

"这支力量很大哇！"统领语带讥刺说，"都有哪些武器？"

"有手枪，跟您的一样！"朗克朝统领腰间点头示意，不过那里掖着的手枪只剩最后一颗子弹了。"有的人用火炮和火枪。有很多很多子弹。我还看到了几箱子弹。"

"那就更好了，"统领不动声色地说，"我们早该换些好枪啦！"

突然他猛一挥手，给了朗克一记短促而沉重的耳光。

朗克闪开了。打破的鼻子流出血来。

"什么火炮、火枪！"统领勃然大怒，闷声吼道，"什么手枪、子弹箱！好个有经验的侦探，这么多东西，你早先怎么没发现呢？你到底什么时候骗了我？说！是上一回，还是这一回？"

朗克一声不吭。

一匹坐骑迎面奔驰而来。那是吉尔。

"啊，统领，向您致敬！"他跑到近处，大声叫道。

"你说！"统领不耐烦地点点头。

吉尔斜眼看了看朗克。

"这人已经不存在了，"统领不动声色地说，"你不用怕他。说吧。"

"统领，这是个和平的村落。他们没有武士。他们自己保卫自己。武器只有长矛，铁叉，斧子。有些人有弓箭。"

统领转身又给了朗克一记耳光。

"你这东西，平时我最信任你……"他说，"吉尔，你怎么想，为什么他对我撒谎？"

"我不用想也知道。我全看见了。他爱上了这村里的一个姑娘。他跟她还睡了一夜。"

"你就不能忍一下吗？"统领问，"明天我本可以把她送给你当老婆。现在，这一夜只能是你们两人最后的一夜了。"

队伍下了山，进了一片小树林。而在山口，出现了第一批鱼贯而行的车队——部落里的人不等战斗结局，已经踏上了新的征途。

依山的村落又展现在眼前。各家院里炊烟袅袅，一处倒塌的炉灶旁孩子们在喧闹，种着稻子的梯田里男人在耕作，玉米地里和桑树枝间不时闪现出女人的身影。

这片使朗克惊叹不止的和平乐土，此刻了如指掌般清晰可见，它即将遭到愚钝的征服者的猛烈攻击。

统领等着信号。在离寨门不远处，从村子的两侧同时升起了系在长矛上的彩旗。

村子两面受围。

统领对聚在他周围的武士做了个进攻的手势。骑手们冲向前去。

袭击是在一片寂静中进行的，一瞬间，急骤的马蹄声如铺天盖地而来，三路人马冲进了村里。

武士们知道怎么行事。三骑队为首的都手握火把。火把被扔到屋顶上，干燥的草棚噼里啪啦立即升起熊熊烈焰。

一时间，没有刺耳的尖叫声，没有嘶哑的呼喊声，只有急骤的马蹄声，只有大火烧房时越来越响的爆裂声。

稍后，响起了凄厉的惨叫和哭号。恐怖，光天化日之下自天而降的灾难——这就是那些无力自卫、而且对此毫无心理准备的人们所感受到的。

一方是呼天喊地的哭号，另一方是不言声的野蛮的破坏勾当。

箭在呼啸。被箭射中的村民们纷纷倒下，其中大部分是女人和孩子。

随着统领的手势,一支新的进攻队伍冲向前去。如果说,先头部队的任务是使敌方仓皇失措、陷入混乱的话,那么后续队伍的行动,就像石磙子一样,要碾平任何反抗的痕迹。与此同时,从毫无防卫的村民住房里扔出了许多包袱和粮袋,堆在路当中,以便即将到来的车队能满载而去。又拖出了一些小娃娃,抓住他们的长发辫把他们系在一起。

村里的男人从稻田那边跑回来,但他们唯一的武器是锄头。无情的飞箭同样伤害了他们。

现在统领也进村了。面无血色的朗克木然地随他而去。

"潮虫①!"统领扬声欢呼。暴力的场面给他那颗懵懂的心以极大的快慰,"蛆虫只配喂饿鱼!怕火怕光的蟑螂,只能是躲在阴暗角落的小爬虫!……你瞧着点儿!"他对朗克大声呵斥,还用鞭梢顶起他的下巴,"你睁开眼睛!眼前这样的场面才无愧于我们这个长上翅膀的部落,像你这样的阉鸡,哪配呢!"

突然统领扬鞭狠狠抽了一下膘肥体壮的大黄马,又抽了一鞭,于是马儿龇牙咧嘴,甩动尾巴,奔跑起来。朗克也驱马跟上。

"弟兄们!"统领喊道,"现在我看到了我们的牺牲品——孩子,妇女、老人的尸体……如果你们当中有谁说,这种事是可以习惯的,这种事是可以处之泰然的——那我要对你们说:你们撒谎!这种事是不可能习惯的,但这一关又必须通过!"

慷慨激昂的统领策马奔向激战中心。

"由于意志薄弱,我们寄希望于,哪怕孩子们会因此对我们说声谢谢。不,他们不会说的!他们生活在另一个世界里,为了这种肮脏勾当只会蔑视我们,但是我们应当这样做,把手插进血泊和粪污里……这样做,不是为了让别人对我们说声谢谢!"

---

① 一种甲壳爬虫,喜生活于潮湿处。

朗克感觉到，出自统领之口的这种可怕的无耻，极大地鼓起了武士们的蛮勇。

"所有的障碍通通要在我们面前土崩瓦解，"统领继续说，"在此以前我们不应当休息，谈不上安宁。要马不停蹄地前进，绝不回头，我们这支自由飞翔的部落，将毫无阻挡地冲破一切障碍，直到实现我们的目的！"

在一个山冈前，统领勒位住了马头，朗克看到的一切使他惊心动魄，不寒而栗。他感到，他成了这场极其丑恶的、违反人性的暴行的见证人，他全身绷紧，捏紧了拳头，喉咙里像堵了一团东西。

他们路经一家院子，那就是朗克昨天过夜的地方。房子在燃烧，贝贝喊叫着从披屋里跑到街上。一个黑脸男人在她后面紧追不舍，那是统领的一名贴身侍卫。

不知哪儿飞来的箭射中了姑娘。

她快步如飞，突然呆住了，仿佛看到了什么可怕的东西。箭头穿过她的胸膛，从前面戳了出来。一双大眼睛似乎只盯着一个点——朗克。但这双眼睛已经视而不见了。缓缓地，像个塞着棉花的布娃娃，她脸冲下倒在地上，朝前伸出两只手——像在哀求，像在质问：这是为什么？

朗克用冲动的、平缓而准确的动作，从统领腰间拔出手枪，推上扳机，手指按住扣环。他对准统领的心脏，子弹没有落空。

这突如其来的枪击，仿佛使一切声响中断了。

统领张着歪嘴，瞪着瞬间变得暗淡无光的眼睛，笨重地在鞍子上扭过身来，似乎想看清自己的凶手，沉甸甸地半似爬下，半似跌落，倒在地上的尘土里。

顿时一切陷入混乱。

这些武士习惯于捕捉统领的每个手势或信号而行动。围剿远没有达到无须指挥的阶段。加之那些徒步和骑马的武士，本想截住从稻田里跑回来的村民，不料却陷进一片烂泥地里——他们还从未见过竟有这样的土地。事也蹊跷，村里一些男人偷偷穿过玉米地，正撞上他们，刹那间扔出了黑压压一片长矛。

进攻者战栗了。

朗克下了马。他不知所措地颓然站在街当中，站在贝贝和统领的尸体之间。

随即，从四面八方飞来的箭，一一击中了朗克：既有自己人射来的，因为他背叛了他们；也有村民们射来的，因为在他们看来，他是个十恶不赦的副手。

苏鲁特飞马赶来，跳下马后急忙扶住快要倒下的朗克。

一名长鼻子武士，也就是统领答应给他儿子的那人，在一家院子里滞留下来。他手握住出鞘的剑，朝一个倒在地上、满脸血污的女人走去，在她身旁，有个半周岁的小男孩在哇哇大哭。武士朝孩子蹲下，正准备小心地轻轻抱起他。

一把沉重的锄头落到他头上。武士倒下了，浑身不断抽搐。

情势起了变化。铁叉、车杠逼得骑手们后退。熊熊燃烧的房子火星四溅——马儿喷着响鼻，转动着竖起的耳朵，挤作一堆。与此同时，车队已经出现在下山的路上。

吉尔准确无误地判断出唯一的出路。

"走！走！"他在马上转动身子，疯狂地挥舞着马刀大吼，"我们的任务是冲过去！这是统领的命令！这是长老的教导！前进！前进！"

一条大路绕过低洼处的村头。武士们在那里列成一道防线，接应从崎岖不平的山路上滚滚而下的车队。随后，骑手们掉转方向，跟随车队而去——村民们谁也不想去追击他们。

只见最后一辆篷车里，有人伸出两条又长又白的胳臂。这就是那个被迫搬重石的年轻妇女，这时她歇斯底里地向她遇见的最后几个异族人呼救——对她来说,这是最后的一线希望。

"走!走!"吉尔继续呼叫,"朝东去!朝蓝石国方向前进!这是长老的命令!"

车轮声和马蹄声渐渐止息。

村民们忙着扑灭烈火,救护受伤的亲人,呼天喊地哭号着亡人。三个手持长矛和铁叉的人正准备接近朗克。朗克半躺在街上,头安静地枕在苏鲁特的膝头。他身上的几支箭已经拔出。苏鲁特撕下自己的衣服,匆忙给朋友裹伤。

旁边地上坐着至今穿着红衣的金发人。

"别怕,"朗克对围上来的村民说,"他们不会回来的。他们从不走回头路。"

那些人听不懂他的话,但对方友好的语气使他们感到惊讶。

仿佛是特地为了这些村民,为了同他们建立和平的交往,这时朗克开始重复、又仿佛在细细琢磨那几个异族人的词语:

"西托尔。弗托巴。拉赫特。"

他同时指点着他说出的东西。

"达斯塔。"他说着,举起了无力的拳头。

村民们瞠目相视。又有一些人走过来,站在一旁,竭力想弄清眼前发生的事。

于是苏鲁特唱起来。开始声音很轻,像在喃喃自语,后来歌声越来越嘹亮。他编了一支曲调,为了纪念自己觉醒过来的朋友,为了纪念这残酷的命运,纪念那些在今天流血死去的人们……

银幕上缓缓移过古代东方文件的字行:

> 这则故事是我父亲的曾祖父苏鲁特讲给他听的。在代代相传的叙说中,有关这个谜一般的部落的故事,增添了许多神

奇色彩的有趣细节。我只是把听来的传说做了记录。从那时起，再没有人见过这支在某年四月九日出现在准噶尔高原东部的游牧部落……

泪水涟涟的苏鲁特为朗克吟唱着安魂曲。

(译自苏联《电影剧本》1984年第4期)

雪地圣母（节译）

这些年来，由于经常熬夜，有时在战壕，有时在前线编辑部，而且灯光又总是昏昏沉沉，不知不觉香烟便成了不可分离的伙伴：只要情绪稍有变化，手里准会冒烟。根据这烟可以判断，此刻人的心情如何……特别是在他目前的处境——只身来到莫斯科，人生地不熟，跟谁也没有交往，再说某些要人事先做了警告，说他，索科洛戈尔斯基，处于他们的监督中，劝他不要去联系任何老相识（实际上他在这里根本没有老相识），自然也不要去结交可能出现的陌生人。为此他被迫待在"莫斯科旅馆"里过着闭塞的生活，而且违反了旅馆关于来客不得居住三十天以上的规定，已经在这里住了一个月有余。除此之外他对前景一无所知，不知还须多久，不得不听命于事态的进展……

此刻，他又一次想到（不知多少次，恐怕上千次了），由于他这次从被占领的德国来到莫斯科，他的命运发生了多么奇怪的、难以置信的、百思不解的变化，先是出于前线情势的需要，继而是出于这里，出于莫斯科情势的需要指定他去办的这件事，原来是难以预料地棘手。想到这里，他又叹了一口气，掏出香烟，习惯性地揉了揉，又开始抽起来，一边凝神沉思，默默地在客房里踱来踱去，从门口走到窗前，从窗前走到门口，不时瞧瞧手表，忧心忡忡地等待着把他带出城外。他早应得到上路的确切指示，但这样的指示迟迟未到。因而不得不在旅馆里备受折磨……

他只好给在萨拉托夫的双亲去信，说他因出差的事在莫斯科耽搁了，一旦能脱出身来，他会立即动身回家，说他现在正焦急地等待着这幸福的一天。他的父亲谢尔盖·伊格纳托维奇，中学地理教员，萨拉托夫著名的地方志学者，以老知识分子特有的那种率直照样在信里大加责备。说他真不明白，这究竟是怎么回事，根据什么规定，一次出差能拖这么长的时间。既然他还没有从部队上复员，那就更有充分的理由回家探望一下年老的父母。怎么能这样，战争已经结束，怎么能禁止亲人们哪怕见上一面？令人难忘的尤莉娅为"世界性的血腥大屠杀"献出了生命，难道这还不够吗？他和母亲没有一天不流着眼泪思念这个比亲生女儿还亲的儿媳，难道这还不够吗？他们永远也不会忘记这姑娘第一次来萨拉托夫做客时的情景。总共待了三四天，用父亲的话来说，这也算不上家庭最大的幸福，"蓬荜增辉"——真奇怪，虽说来的似乎是个外人，不熟悉的人，但"奥布隆斯基家里"一切都变了样①。如果安东当真怀念尤莉娅的话，他就应该回来一趟，给他在前线牺牲的妻子竖块墓碑。顺便提一下，这是安东的姐姐瓦尔瓦拉，瓦尔瓦拉·谢尔盖耶夫娜，从塔什干来信时这么写的。就竖在伏尔加河中那个最荒凉的汉巴特坎小岛上，再刻上他应当仔细考虑好的墓志铭，而且一定要提到，正是在这个汉巴特坎小岛上度过了他们最幸福的时光——在一个明丽的夏日，她，尤莉娅，像个天使，飘然到过这里，而现在她为国捐躯了。

是的，曾有过这件事。尤莉娅在跟安东结婚前曾来过这里，这次意味深长的出游正好在战争爆发前夕。那时她感到非常幸福，无法平静下来，什么都看不够，时不时喃喃自语："啊，南方！啊，伏尔加！太美了！我的天，多么开阔！让我们把船放了，由它顺流漂走，而我们要永远留在这里。谁赞成？"结果大家都赞成，一致同意留在这个灌木和小树丛生的汉巴特坎小岛上。那时的她长得多美！不过话说回来，尤莉娅向来是光彩照人的。老人在一封信里甚至写了这么一段话："美是命

---

① 为列夫·托尔斯泰的《安娜·卡列尼娜》开篇中的名句。

运的恩赐。在此以前需要有多少俊男美女出生并继承这份天赋才能在后来出现像我们的尤莉娅这样的姑娘。安托申卡①,你在生活中多么走运,但愿你能明白这点,我的儿子!上帝赋予她一切:智慧,身姿,天使般的善良。"随后老人又悲痛地回忆起,她情意绵绵,是那么温柔,她的眼睛和心灵充溢着无穷的欢乐,这欢乐几乎能覆盖半个地球,因此在她的"磁场"内,人人都变得无比幸福,充满了爱心,而这一点正是人们的最大愿望,人们生活的目的——成为幸福的人,并给他人以幸福。

　　此外,父亲还说,必须考虑到另一个可悲的情况,即尤莉娅的双亲,他的亲家佩列克列斯托夫夫妇——瓦季姆·尼古拉耶维奇和安娜·拉扎列夫娜(像他们这样有修养的文化人如今很难找了)在列宁格勒的灾难中丧生了:他们死得很惨:饿死了。只有上帝知道他们的尸骨埋在哪里。面对这样的结局,活着的人怎能平静?老人真诚地告诫儿子:遗骸,这是有灵性的圣物,是大地上神圣不可侵犯的场所,这是记忆的财富和基础。没有祖先的遗骸,就不会有各族人民,而那些数典忘祖的人无非是一群漂泊者,流浪汉,是人类的风滚草②。只有该诅咒的战争把亡人的墓穴变成了如"兽尸掩埋地"般的无名的"万人坑"。既然佩列克列斯托夫一家无人生还,如果不是他们,不是索科洛戈尔斯基家人的话,又有谁会去悼念尤莉娅?为此需要安东赶快回家一趟,以便为尤莉娅在地球上留个小小的标志。接下去老人开始发表议论,说什么就土壤的物理化学成分而言,土地作为一种地质生物物体,到处都是一样的。只有当人民为了保卫自己的土地、它的道德传统和民族传统、它的文化而献出生命的时候,只有当土地在危亡时刻被它的优秀儿女们的鲜血浇灌的时候,每个民族才能懂得祖国的土地神圣不可侵犯。为尤莉娅竖块朴素的墓碑将要说明的正是这一点:她的亲人们记得她,

---

① 安东的昵称。
② 一种随风飘的草原植物。

祖国的土地记得她。战争竭力要使人们丧失记忆，要使文化之树根枯叶落！但与战争的意向相反，人的精神始终不变！（是的，谢尔盖·伊格纳托维奇喜欢在信里发议论，谈谈高尚的话题。）啊，父亲和母亲是多么思念他安东，这些年来他们经受了多少苦难——这是不言而喻的。所以老索科洛戈尔斯基在信里责怪儿子，说他既然到了莫斯科，怎么能迟迟不归，一连好几个星期"没有穷尽地、无动于衷地耽搁得那么久"。人能容忍一切，放弃种种欲望，但战争毕竟结束了啊！他本应赶紧动身回家，想必这些年来他们衰老了许多。母亲病得不轻……万一……（愿上帝保佑）否则他们会自己坐上火车动身前来，不再等待。即使眼下的火车如火狱般难熬，据说路上还不时发生抢劫和凶杀。但他们为了能见上儿子一面，哪怕只待上一天也会来的……

可怜的，可怜的老人！但愿他们知道他目前的处境是多么糟糕！如果说出来，他们都不会相信的。

在这段时间里，旅馆里的人只有一次看到安德烈·索科洛戈尔斯基酒后失态了。当他得知他的战友季格里·雷若夫，师办报纸《斯大林近卫军》的编辑，在战争的最后一次战斗中阵亡的消息后，他喝醉了，据说雷若夫是在经过无数次战斗之后，在消灭一伙被围困在矿山里的党卫军"死刑犯"时牺牲的。这事发生在索科洛戈尔斯基离开德累斯顿的两周之后，当时我军已经胜利，为期四年的苦难深重的血腥的世界大战已告结束。

这一次他喝了个痛快。他摇摇晃晃地穿过长若肠子的旅馆走廊，关上了套房的两重门，把自己锁在内室里。为了不让人听到响声，他扑进沙发里放声大哭，哭得那么伤心，使他自己都感到可怕。当一个男子汉号啕大哭时有多么吓人！但这是感情的需要。这哀伤酝酿已久，积压在心胸，此刻他不过是让隐藏在"底层"、在下意识中的情感宣泄出来罢了。他呜咽饮泣，此刻他透过眼前模糊不清、不断闪现的幻象回忆起也许现在只有他一人才知道和记得的往事。与此同时，他不无惊恐地意识到，这场对于他们这些前线军人来说似乎构成生活的主旨和理想的战争，如果暴露出的只是硝烟弥漫、死气沉沉的废墟，它便失去了它的重大意义。战争已成为历史，似流水，如黄昏，正在渐渐远去，并失去自己的轮廓。于是他感到不寒而栗；他过去的全部生活如今只归纳为几个大字：学习，前线，杀人，胜利……

他再次违反自己的诺言，又大声呼唤起尤莉娅的名字，泣不成声地喃喃自语："尤莉娅，亲爱的尤莉娅，要是你能知道就好了。他牺牲了，咱们的季格里·雷若夫不在了。没有了朋友。一个伟大的人被杀害了！"不知对谁，也许是对上帝吧，他呻吟着，诉说着，威胁地用嘶哑的声音说道，"为什么世界要这样来安排？回答呀！为什么要有战争？为什么你要让这些势力发生冲突？你听见了吗？对你有什么好处，我在问你，你从中得到什么好处？你还嫌少吗？难道你还没有看够人间的苦难，没有喝够活人的鲜血？！在一切战事结束之后，是你把这些狂暴的党卫军枪手藏到山里，是你授意他们播种死亡，直到最后一息。这些党卫军是你豢养的禽兽！不是我们对你犯了罪，而是你，不管你是谁，对我们犯了罪。我憎恨你，你听着！也是你，拆散了我和尤莉娅！……"

第二天，当他想起这些酒后的呓语、这些可怜的咒骂时，便感到心情沉重。唯一的安慰是，好在谁也没有听到这些可耻而软弱的哭诉。

但他还是对自己说，随着雷若夫的牺牲，世界失去了一位未来的伟人。对此他深信不疑，而且这也绝非因一时冲动在这种场合下顺口说说的空话，要知道世上的伟人已经不多了。再说这一观念就时间和空间而言是相对的。有的人今天看来似乎名噪一时，能言善辩，享有盛誉，可是到了明天他已被人们遗忘。时光流逝，带走了一切暂时的东西……对那些不认识季格里·雷若夫的人来说，他的姓名当然无足轻重。但索科洛戈尔斯基本人确信,随着雷若夫的去世,一位无比伟大的人消失了。

从那以后又过了相当长的时间。然而安东还是没有想出如何处理季格里·雷若夫的这些文字材料,确切说是手稿。这些东西是对方预见到在战争的最后阶段可能丧生而托付给安东,要他打印几份装订成册的,头几册最好在莫斯科送交亚历山大·特瓦尔多夫斯基过目,因为他是著名的军事题材长诗《华西里·焦尔金》的作者,余下的几册请他保存,等雷若夫归来时再说。转交的事一拖再拖,先是因为索科洛戈尔斯基无法亲自见到亚历山大·特瓦尔多夫斯基。特瓦尔多夫斯基不是外出了,就是在开会,不是住进了医院,就是去了郊外,总之,时间也就过去了。有时索科洛戈尔斯基甚至想,是否设法见到康斯坦京·西蒙诺夫,他也是当时非常出名的军事作家,请他读雷若夫的东西——几篇战地短篇小说,几篇不长的战争速写。请他读一读不只是为了了解作品,而是要他做一些评价,再指点一下该怎么办,因为这些东西读者会感到不很习惯(如果不说很不习惯的话),写法与通常的作品迥然不同,情调也与当时的文学大异其趣。不用说,如果没有名家的权威性的支持,这样的作品是任何一个编辑部都不敢发表的。这一点他早已料到。不过话说回来,雷若夫本人对此也是不抱幻想的。出发前他俩有过一次谈话,当时雷若夫就淡淡一笑,坦然地说:"听着,恩特①,如果不成,也别烦恼。我对我国的文学界颇有了解。战前我曾有幸跟他们干过几仗。你想想,如果他们连陀思妥耶夫斯基也敢拉下马,说他不是革命作家,那么对其他的人,对那些普普通通的凡夫俗子就可想而知了。在这方面,战争未必给他们带来教益。他们也未必会大彻大悟起来。但愿不是相反,但愿胜利不会使我们更加倒退,倒退到特穆塔拉坎时代②!"

---

① 安东的昵称。
② 特穆塔拉坎,十至十二世纪塔曼半岛古罗斯城。今塔曼城。

"瞧你说的！"索科洛戈尔斯基责备说，"想想你胡扯些什么呀！"

"不知道。但我这话不是随便对你说说的，"他皱起眉头解释，"而是因为，"他又自我解嘲地说，"如果人家把前线军人的传世之作拒之门外，请不必过分伤心，你自己也清楚，所有的天才在开始时向来是不被承认的。"

出发前的时间很紧。几辆美国造的斯蒂佩克卡车装载着德累斯顿绘画陈列馆的战利品，遮盖得严严实实。索科洛戈尔斯基将随车从德累斯顿郊外出发，穿越近半个欧洲，把东西送往莫斯科。车队已经准备妥当，只等他的命令，以便在卫队的护送下起程。出发前他还是有机会跟雷若夫交谈了几句：

"不过你究竟指什么而言？"安东不无气恼地好奇地问，一边把雷若夫的手稿压在自己旧箱子里的东西上。"你说'但愿胜利不会使我们更加倒退'这话是什么意思？"他探问道，同时用膝盖使劲压住箱盖，"我们作战，作战，可是胜利的翅膀在哪儿？事业的成功在哪儿？"他转身对着雷若夫嘟哝说，"所以你究竟指什么而言？"

"噢，算了吧，"雷若夫挥挥手，"这个说来话长，以后吧……"他不再作声，急速地把他为索科洛戈尔斯基饯别的最后一杯酒一干而尽。伏特加的辛辣味呛得他不断吧嗒着厚实的嘴唇。他沉思起来。平时好嘲笑人的目光变得极其严肃。雷若夫向来就是那种农民型的壮实小伙子。大手，大额头，背有点儿驼，眼睛是灰色的，目光显得迟缓但很专注。"你呀，恩特，是知识分子出身，"雷若夫以前常常这样说，"所以你长得引人注目，从来像颗新钉子。而我呢，老弟，出生在旧式农村的一个世代贫穷的助祭家庭，像我们这种人一生便兼有农民和呆头呆脑的神父的长相。"接着便讲起，他这个古怪名字季格里①好像是他的一位伯父给取的。说不清这位伯父是修道士，还是被革去教职的教士，但他

---

① 季格里，其俄语词根意为"老虎"。

狂放不羁，经常受到迫害。无所顾忌的伯父给他取了这么个名字，是希望这小人儿将来成为卫士，成为"教门之虎"，既然生活中到处虎狼当道的话……据说说就是以此说服了他的父母……

"难道你从来没想到过，你生下来就注定要有这个名字？"索科洛戈尔斯基对朋友开了个小小的玩笑，"因为从毛色看，你的姓也很合适。"①

"是吗？你有一个贵族的姓②，我的姓是奴仆的。但时代变了，索科洛戈尔斯基老爷，雷若夫们成了时代的虎将。"

雷若夫的声音洪亮，确切说，甚至有点儿轰响，特别是当他谈起一些徒劳无益的琐事时。但是一旦他有了心事，感到忧虑不安，他就变得冷漠而孤僻，不爱多说话。遇到这种情况，安东和尤莉娅有自己的体会："老虎进洞了。"可不，这一回他又闷闷不乐，"进洞了"——这就是说，心里十分烦恼。

"后会有期，到时候咱们再谈，"雷若夫低声回答索科洛戈尔斯基的问题，"现在不是时候。"

"我这是顺便问问，"安东表示理解地说，"我大致也能猜出你想说什么。"

"既然能猜出来，那就无可奇怪的了。你我之间好像以前也谈起过这个话题。问题在于，胜利不应该只是军事上的辉煌成就，这一点人人都容易明白，然而胜利应该转变为人的自由的辉煌成就。是的，使现在所有活着的人获得自由的辉煌成就——这才是胜利的内涵！照我的理解，胜利的战争其根本实质就在于此。否则那只是胜利的一半，你明白吗？胜利应当是二位一体的——战胜敌人，战胜自我，为了自身的自由，为了每一个个别人的自由，而不只是为了笼统的整体。至于其余的

---

① 雷若夫，此姓的俄语词根意为"棕红色"。
② 其姓意为"山鹰"。

一切，如庆功和颂扬，那以后再说。这就是我要说的意思。不过从一切现象来看，在我们的国土上并没有放出光彩的东西，因而忘乎所以地大唱颂歌是最容易不过的事。我们被胜利冲昏了头脑，就不会去考虑一系列后果，考虑如何使它最终转变为人民的民主。而要考虑这些事情，这是冒险，你自己明白，这不是敲打乐队的定音鼓，这会招致灾祸。所以心里就常常憋气。对敌人来说，你是胜利者，而对自己来说，你是奴隶，一个可怜的聋哑人，一旦问题涉及真正的自由……"

是的。他俩在告别时就做了这么一次奇怪的交谈。结果成了被生活粗暴地打断了的最后一次交谈。后来在路上，在德累斯顿车队由西向东穿过被摧毁的国家和土地、穿过被破坏的波罗的海沿岸地区和白俄罗斯的多日行程中，索科洛戈尔斯基不时回想起这最后一次令人难忘的交谈。的确，像有一种无言之苦，像心上压着一块石头，他感到茫然不知所措。再说谁又能理解这番话呢？也许谁听了都会感到受了侮辱，会揪住你的胸脯，说不定还会去告发……不，谁也没有去思考这些问题，因此很自然，周围的人们在欢呼，非常满足于战争的结束，谁也不曾想到自由，不为它忧虑，而自由——这是自古以来就为人类的理智所渴望、所追求，因而积淀在世世代代人们的良心上的课题。也许日后人们会醒悟过来，会失声痛哭的。

"哦，天哪，"在漫长的旅途中他不由得寻思，"人究竟要多少自由？也许这欲望永无止境。为什么我们总觉得不够自由呢？因为缺少自由，因为我们永远渴求得到自由，并为之而付出了已有的自由。看来这种悲剧性的命运注定要永远延续下去！结果是，在任何时代，自由仅仅是人的渴望。人本身呢，如果细细想一想，只是不断地把自由埋进历史的周而复始中，有多少人为此而献身，又有多少次向全世界宣告：人们，你们高兴吧，通往自由的正确道路终于被找到了！可后来总是发现，这无非是自欺欺人，永远是一个不解之谜。最好不去想它，否则你会发疯。对季格里这样的人来说，这是不幸。他是怎么控制自己的？其实他什么都明白，因而就更感到痛苦……"

正当索科洛戈尔斯基来到莫斯科之后，在特维尔林荫道上的文学研究院附近找到一位女打字员，在她那里忙着复制手稿的时候，正当他考虑着有哪些途径可望处理好雷若夫的作品的时候，这期间季格里却离开了人世。

顺便提一下，季格里生前曾不止一次提起文学研究院的事，有机会总要谈论一番，他很有感触，在他这个年龄上大学已经晚了——都二十八岁的人了，这可不是闹着玩的。结果就在这第二十八个年头一切都告结束了。而他生前只想咬紧牙关靠助学生活，毫不分心，不结婚，不谈恋爱，一心向往着如实地去描写战争。

人的诞生需要很长时间，但死亡却是一瞬间的事。就这样安东·索科洛戈尔斯基失去了自己最亲密的朋友，失去了他在前线编辑部里结交的知己。现在，关心雷若夫手稿命运的全部责任落到他肩上，而且还不限于手稿。雷若夫关于自由的痛苦遗言意犹未尽，如重负般压抑着他的良知。

沉浸于绵绵的思绪，索科洛戈尔斯基在旅馆的房间里来回踱步，时刻等待着城外的召见，因而暂时哪儿也去不了。

在索科洛戈尔斯基停留在"莫斯科旅馆"的这段日子里，几乎没有人来找过他，更没有任何女人出现在他的身边。对此旅馆的服务人员既感到好奇又深表致意——这位年轻军官彬彬有礼，举止稳重，不像有些人那样常常酗酒，而且把女人带到客房里来。虽说索科洛戈尔斯基在白天还是经常外出，而且在外面耽搁很久。

说到女人，那么索科洛戈尔斯基的生活带有相当矛盾的性质。有时他避免结识女人，哪怕是短暂的接触，因为不想跟任何女人发生联系，受到任何束缚。有时他又寻找借口想接近某个女人，不过在这方面他所追求的,照他看来,纯粹是专业性的目标——实现一个珍藏在心底的、不说荒诞至少是闻所未闻的艺术构思。这一构思还在前线时就产生了,它在相当程度上与他同尤莉娅的最后几次谈话,特别是同季格里·雷若夫的争论和交谈有关。那就是创作一幅关于战争的画。但他不想把它画成炮火纷飞、硝烟弥漫的战斗场面,尽管这种画面给许多人以强烈的动感和实感;也不想画成史诗般的群众性场面,再突出几个经过精心挑选的色调鲜明的典型人物;更不想画成军事胜利的凯旋场面(这类表现英雄主义的绘画已经大量涌现,本身已成为明显的事实)。这样一些题材可以说俯拾即是。与此相反,他要创作一幅在一定程度上带有文艺复兴时期古典主义传统的极其和平的画——再次回到《圣经》中圣母和圣婴的题材,在人类经历了第二次世界大战的痛苦和磨难之后创作一幅新的圣母图——这圣母具有超越时代的气势,她有着新的当代人的面容,她处于新的历史心态,似乎她了解这场战争,这场一切战争的战争——总之,画一幅身着军大衣的圣母。就像这件事不是发生在近两千年之前,而是发生在今天。要让画面上的圣母身披军大衣,怀抱婴儿,再配以现代战争形象的背景以取代传统的天神标志物。如果能成功,如果这一切能构成完整的画面,如果配置得当,也许再画一名冒着弹雨在雪地爬行的工兵正在割断圣母前的铁丝网,为神奇的走向人们的她打开通道……

  这就是经常浮现在他的想象中的构图,这画面乍一看来平平淡淡,甚至略带几分伤感,但尽管如此,它又不同一般,而且承袭着固有的传统。这一构思对安东·索科洛戈尔斯基来说也许是最伟大的发现,是他经历了前线的生活,通过无数次进攻和退却,损失和厮杀,诅咒和眼泪而得出的唯一的痛苦的经验,因为他的这一领悟是付出很大代价才得来的。他,作为列宁格勒艺术学院研究文艺复兴时代最有影响的专家瓦季姆·尼古拉耶维奇·佩列克列斯托夫教授的研究生,始终认为新的圣母形象体现了艺术广博的根本的使命——人道主义思想的不朽和永恒。在这方面圣母马利亚永远是生命的载体，是永恒的母爱的象征，不可摧毁的生活的理想的象征，而这些理想是人类在精神的深重堕落和灵魂的不尽忏悔中找到的。然而事与愿违，他的导师佩列克列斯托夫尽管毕生弘扬人道主义的价值，但他和他的妻子却在被围困的列宁格勒饿死了。这一事实鲜明地证明了世界上如此崇高的绝对命令是多么不堪一击！

虽然情况发生了这样的转变，索科洛戈尔斯基还是认为，不论发生什么样的暴力行动和社会巨变，不论这种暴力行动和社会巨变如何随着人们拥有完备的方式发动规模越来越大的战争，因而越来越强有力地震撼着人类，但只有人道主义思想才能成为艺术中的主导思想。刚刚结束的这场战争的教训从反面向我们证明：残酷不能借残酷来根除，由此就萌发了创作"圣母图"的念头。还在前线的时候，尤莉娅就三言两语道出了这幅未来的画的内容："战后年代的圣母会把她的孩子带到什么地方？圣子将对尘世许诺什么？尘世又对他许诺什么？"这些话是她，尤莉娅，经常挂在嘴边的，她只要一有空就会离开流动广播站，跑来跟丈夫说话："但愿能等到那一天，但愿能活下来，我相信你行，恩特。记得吗？还在伏尔加河上，在咱们的小岛上我就对你说过，你有才气，定能做出一番非凡的事业。爸爸可不是无缘无故把你从众多的学生中挑选出来的。这是你的责任。你一定要活到胜利，拿起画笔！"在当时一切似乎是那样明了，那样简单。只要活下来就行。

如今，战争已结束了几个月。索科洛戈尔斯基一直在酝酿这幅未来的画，心里暗暗地描绘它，在痛苦的回忆和希望中体验它的神韵。有时他甚至对自己说，仅仅为了这幅画，他也值得经历这次战争，战斗到最后一天，哪怕上百次地冒着生命的危险。俗话说得好："有祸必有福。"在当前情况下这话对他来说有着真正的意义。还在前线时他就立下誓言：如果活下来，就要毕生去实现这一理想，以便如他希望的那样，通过这幅画来说出他自己对战争的看法。是的，说出自己的看法。

顺便提一下，季格里·雷若夫正好也非常支持他的这一"超古典意图"（对方曾这样亲热地嘲笑他）。雷若夫感兴趣的首先是索科洛戈尔斯基的主题思想，他要让新的一代人转向古已有之的人道主义的理想这一事实，因为这一代人经历了第二次世界大战火狱般难熬的全过程，经历了大规模的屠杀人的时代，经历了崇拜强权和残暴的时代，而这一类暴行是历史上任何一个国家都不曾有过的。

有一回，他和雷若夫发生了一次所谓的学院式的争论。是的，即使在前线也常有这种情况——暂时忘掉了战争的狰狞面目。尽管时间短暂，你却满心欢愉，突然间会兴致勃勃地去思考、去探求崇高的课题，渴望披露那些珍藏在心底的对美好时代的憧憬。

先是一般性地谈起宗教和艺术，谈起二者之间自古存在的相互联系和相互影响。毫无疑问，这与当时的环境有关。自1945年冬末以来，在进攻部队的视野内经常出现一些哥特式教堂的尖顶，这些尖顶，高不可及地耸立在砖房屋顶和发黑的烟囱的一般水平之上，耸立在公园内光秃秃的树冠之上，耸立在人头和作战部队的坦克和大炮之上。有时战斗就在教堂的墙根下进行。在战斗间隙，那些从未见过的外国教堂建筑引起了苏军战士的注目，因为他们对这类显示世界之宏伟的鲜明例证还很不习惯。这些教堂在踏上异国土地的士兵心中引起了不少无神论的真正的困惑："快瞧呀！"有人真诚地感到吃惊，"他们居然相信上帝！真是的！周围到处有教堂，耶稣挂在十字架上，看上去像钉着一张人皮。小伙子们，这么说他们都是信上帝的，真愚昧！"

一有合适的机会，索科洛戈尔斯基总会跑进路过的新教教堂，那种惶恐不安的心情就仿佛跑进了被熊熊大火包围的房子，但每一回，当他环视四周的一切时，他不由得感到忧伤和痛苦，内心呼唤着难以实现的事：但愿战争能从旁绕过这些教堂。历史提供了另一些教训：教堂的圣洁无论对退却者还是进攻者来说丝毫不意味着什么。他曾那么潜心研究过的西欧哥特式建筑呈现在他的眼前，显得那么败落和毫无价值。这些神的殿堂是世界性灾难的特殊篇章——遭践踏，受贬损，被遗弃，它们体现着基督教的伟大悲剧，它一度通过先知被钉上十字架的苦难向全世界宣告了普天下最高的道德准则——以忏悔，对近邻的爱和怜悯作为末日审判前拯救灵魂的唯一途径。这些神的殿堂在历史上遭到了无数次的洗劫，也无数次地暴露了它们在无情的现实面前完全无能为力。这一切究竟是怎么搞的？从好心弘扬博爱精神却招致一系列可怕后果这一可悲的经验中又能得出什么样的结论？不过这些话该向谁去倾吐？在这战火和血泊中谁又能聆听并同情一颗痛苦心灵的泣诉？

然而所有的神殿都寂然无声。教堂里空无一人，只有穿堂风在肆意穿行，犹如冬天荒凉的山谷，谁也不需要它们，人们担惊受怕，早已把它们遗忘。如今教堂里已无人出入，没有人在里面赞美至高无上的上帝，没有火去点燃起发出肃穆光辉的蜡烛，唤起人们去悼念九泉之下的亡人。然而这些悲凉的四壁还是向怜悯的目光透露了许多深意。那种赋予超越时间、处处与我同在、永生的上帝的美好形象以神采和灵性的技法；那种借着艺术的力量使人的灵魂上升到教堂穹顶，上升到天际，以便从那样的高度审视受尽尘世苦难、渴望光明的自己的效应；那种融建筑和绘画于一体，从著名的《圣经》场景和圣徒面容里流露出来的意向上——所有这一切依然蕴藏着自己的生命、自己的力量、自己的预言：这一切还没有永远消亡，渴望仁慈和善行的人们将回到神的殿堂，并寻找新的开端……

所有这一切给索科洛戈尔斯基留下了深刻的印象。在他的领悟中，这一切像是一种呼唤，呼唤回到备受责难的传统——现实主义经典作品，以及那种从美和善的世界中引出自己的一贯风格，确立鲜明的主题和纯洁的形象的创作方法,这是能为普通人所接受的真实性和通俗性。

雷若夫并不完全同意他的观点。在他看来,二十世纪艺术中的先锋派是美学和历史的必然,是时代的创新。"但是或迟或早一切将恢复旧观,"索科洛戈尔斯基反驳道,"因为人的本质始终不变。"雷若夫则说:"你得从我们的时代出发。比方说,你内心不能接受《格尔尼卡》①,你会说如果遇到毕加索一定要告诉他,你只是理智上理解他,但内心却不能接受他。但是你想一想,法西斯能为我们开创什么美好的事物?它能激起我们什么样的感情?这是恐怖和残酷,是反现实主义和堕落,它们超出了普通人感受的极限。朴素的传统的艺术在这里是不够的。因此我以为,由于预感到新的时代才出现了毕加索和整个先锋派。人道主义不只是如你断言的'永恒的基础',这是一个历史概念,它意味着传统的更新。"对此安东再次回答说:"如果他,也就是你说的当代艺术家,想发现人身上美的本质,那他所看到的,也正是与以往时代中同一的东西!"

在前线,特别是在进入欧洲之后,他俩经常发生这类争论。当时部队已经不是一连几个星期甚至几个月地躺在战壕里,而是在飞速前进,不断打击敌人,当时胜利已指日可待,已经到了彻底总结战争经验的时候了。当时在他们随军记者中间,流行着一句《圣经》格调的俏皮话:"生的季节,死的季节,收集子弹壳的季节。"真正是收集子弹壳的大好季节。从里海到白海一望无际的战场。后来他明白了,真理看来多半在季格里·雷若夫一边。然而酝酿、确定主题、构思是一回事,而创作、体现主题、把它落实到画面上是另一回事。

然而最令人惊讶的事,是他居然找到了那个他还在前线时就看中的需要寻找的模特儿。在这偌大的战后的莫斯科,既不知姓名,也不知确切地址——好在那幢房子非常醒目,一座半圆形的有着无数窗子的

---

① 毕加索的一幅画。——译者

高层大楼，像块马蹄铁似的耸立在离"地铁建设工程局桥"不远处的莫斯科河岸的山坡上，那仅仅是她居住的区，他总算找到了她，找到了那个前线护士。关于她，他只是听人家说起才有所了解，但他有个心愿，如果命中注定要做那件事，那就请她充当他的二十世纪圣母的模特儿。至于为什么偏偏看中了她，这一点连季格里·雷若夫也不知道，虽说安东还是从他那里第一次听到有关她的情况。现在他由衷地感到遗憾，当时没有把这事告诉雷若夫，对朋友应当开诚布公，但在那个时候，他那个心愿是如此珍贵、隐秘、奇特，因而在当时看来也许显得有些可笑。不过还是应当直言相告，要知道生生死死万物都有定时，没有及时说出要说的话，这也是一种损失。在这方面难道就不值得一谈？在他看来，为了完成这样一幅画，不仅需要一张符合主题思想的美好的母亲的脸（时代不同，但母亲始终是母亲，这是主要之点），而且还需要另一种处在画面之外、自身体现着时代的悲哀、构成第二次世界大战隐喻的那个人物的经历和命运，像钟表内部不显外形的机件那样来参与主题的工作。他甚至想对季格里·雷若夫说出自己珍贵的信念，告诉他，如果你想从新的油画人像中发现人道主义的理想，那么在我们这个时代，艺术创作的一个不可或缺的条件，就是人的具体遭遇要反映出世界的全球状态。如果说画面上那些取自《圣经》题材的众多圣母可能有着足够的灵性和魅力（这些神有时取自模特儿，有时是画家的想象，有时是静止的，因为在当时关于圣母的传说家喻户晓，这些情节必然会影响到作者的感受），那么在二十世纪便出现了一个新的神话的时代——通过把当今的现实纳入过去的经典，出现了关于身穿军大衣、婴儿在炮火的轰击下诞生的神话的时代。这一想法不知怎的他当时不敢直言相告，担心季格里·雷若夫会取笑他。谁听说过这种事？在文艺复兴时代的诸多艺术大师之后居然有人大言不惭要重复那些千古不朽因而不可重复的杰作……由他取笑去吧，但愿他活着就好了……

然而在整个这个故事中最让人感到惊异的,是他找到的那位昔日战地医院的女护士,正如他作为一名艺术家希望看到的那样,活脱脱像个新的圣母。这使安东·索科洛戈尔斯基大为震惊,以致开始时他甚至感到害怕了:害怕自己的目光,害怕如此轻易的巧合照例会以可悲的失望而告终。不过这件事里还有一点令人纳闷儿:这位昔日战地医院的护士本人毫不怀疑自己成了某个大尉特别关注的对象,而这位军官为他的那些艺术主题和构思所驱使,一有机会就坐在那个小公园里,因为她下班后常常抱着小孩在那里出现。天知道她会怎么想他。也许她已经猜着了几分……他是从季格里·雷若夫那里了解到她的身世的,季格里当时正打算写一篇关于她的遭遇的短篇小说。

从各方面看来,她的生活并不轻松,他和她还没有相识,也没有自我介绍,但他知道这就是她。不知怎的他从未想过他可能看错人……

目前,索科洛戈尔斯基一再推迟他同未来的模特儿极有必要的结识,部分原因是他相信自己的预感,对于如此亲近的结交,时机尚未成熟,因而不必操之过急。但他克制的更主要的原因是他不想闯入她的私人生活,因为他所了解到的有关她的情况远不是旁人应该了解的。要知道他要做的不只是建议她当他的画像的模特儿,而且使她相应地表现出当模特儿的愿望。在安东·索科洛戈尔斯基的想象中情况要复杂得多,因为他了解她的过去,知道她是从医学院研究生班直接上前线的,知道她后来的遭遇。这一切,照他看来,赋予艺术家一种特殊的责任……

(译自苏联《真理报》1988年12月12日第4版)

图书在版编目（CIP）数据

永别了，古利萨雷！/（吉尔）艾特玛托夫著；冯加译. -- 北京：华文出版社，2018.11

ISBN 978-7-5075-5004-7

Ⅰ.①永… Ⅱ.①艾… ②冯… Ⅲ.①小说集-吉尔吉斯-现代 Ⅳ.①I364.45

中国版本图书馆CIP数据核字（2018）第245226号

永别了，古利萨雷！
YONGBIELE, GULISALEI!

作　　者：	〔吉尔吉斯斯坦〕艾特玛托夫
译　　者：	冯　加
策　　划：	杨　平
责任编辑：	胡慧华
特邀编辑：	王　芳
出版发行：	华文出版社
社　　址：	北京市西城区广外大街305号8区2号楼
邮政编码：	100055
网　　址：	http://www.hwcbs.com.cn
电子信箱：	silkroadlibrary@qq.com
电　　话：	总编室 010-58336239　发行部 010-58336267
	责任编辑 010-58336197
经　　销：	新华书店
印　　刷：	北京画中画印刷有限公司
开　　本：	710×1000　1/16
印　　张：	20.75
字　　数：	210千字
版　　次：	2018年11月第1版
印　　次：	2018年11月第1次印刷
标准书号：	ISBN 978-7-5075-5004-7
定　　价：	58.00元

版权所有，侵权必究